Prolog zum Mord

Ein Oxford-Krimi

Bridget Hart Buch 6

M S MORRIS

Veröffentlicht von Landmark Media, einer Division
von Landmark Internet Ltd.

Bridget Hart® und M S Morris® sind eingetragene
Marken von Landmark Internet Ltd.

msmorrisbooks.com

KAPITEL 1

Das goldene Mauerwerk, die hohen Bogenfenster und die kunstvoll gewölbte Decke der Divinity School der Bodleian Library boten eine eindrucksvolle Kulisse für eine literarische Veranstaltung. Im warmen Licht der späten Abendsonne klatschte das Publikum in dem mittelalterlichen Saal höflich Beifall, als die Vertreterin des Oxford Literary Festivals – eine recht imposante Dame in einem maßgeschneiderten schwarzen Hosenanzug – ihre Sicherheitsunterweisung beendete und die Schriftstellerin und den Moderator auf dem Podium begrüßte.

Michael Dearlove – ergraut, aber immer noch attraktiv und bekannt für seine preisgekrönten Artikel im *Guardian* und anderen linksgerichteten Publikationen – war wohl der bekanntere der beiden Redner, die nun die Bühne betraten, aber es war die Schriftstellerin und Wissenschaftlerin Diane Gilbert, auf die alle gewartet hatten. Dearloves Aufgabe an diesem Abend würde lediglich darin bestehen, Fragen zu stellen und das Gespräch zu ihrem Debütbuch zu lenken. Zweifellos hoffte das Publikum auf eine interessante und anregende

Diskussion.

Von ihrem Platz im hinteren Teil des Saals aus dem fünfzehnten Jahrhundert aus – dem ältesten Teil von Oxfords weltberühmter Universitätsbibliothek – hatte Detective Inspector Bridget Hart einen guten Blick auf die Wissenschaftlerin, die es sich gerade auf einem der beiden Sessel bequem machte, die im Winkel von fünfundvierzig Grad zu beiden Seiten eines niedrigen Tisches standen, auf dem die Veranstalterin des Festivals zwei Gläser und Flaschen Mineralwasser platziert hatte.

Diane Gilbert schlug ihre langen Beine übereinander, lehnte sich in ihrem Sessel zurück und betrachtete das Publikum von oben herab. Sie war eine dieser außergewöhnlich großen Frauen, die Bridget ihre eigene winzige Statur schmerzlich bewusst machten. Mit ihren gut 1,80 m hatte Diane es doch sicher nicht nötig, diese überdimensionierten Absätze zu tragen, die sie nur noch weiter über ihre Mitmenschen emporhoben?

Bridget schätzte die Schriftstellerin auf etwa sechzig, aber sie war so gepflegt, dass sie so manche jüngere Frau in den Schatten stellte. Ihr dunkelblond gefärbtes Haar mit dezenten Strähnchen war zu einem gestuften Bob geschnitten. Ihre Wangenknochen waren markant, die Augenbrauen perfekt gezupft und es gab keine Anzeichen für eine schlaffe Kinnpartie, die das Alter so vieler Frauen in der zweiten Lebenshälfte verriet. Bridget vermutete stark, dass kosmetische Eingriffe dazu beigetragen hatten, dass Dianes strahlende Haut so glatt war. Die Frau sah auch aus, als würde sie regelmäßig trainieren, und ihre grazile, geschmeidige Figur kam in dem schlichten Designerkleid, das sie mit eleganter Leichtigkeit trug, besonders gut zur Geltung.

Ein Grund mehr für Bridget, sie nicht zu mögen.

Das neue Jahr war längst nicht mehr neu, und drei Monate später waren Bridgets gut gemeinte Vorsätze, weniger zu essen und mehr Sport zu treiben, ins Reich des Wunschdenkens verwiesen worden. Gesunde Ernährung und regelmäßige Besuche im Schwimmbad schienen mit ihrem Beruf als Kriminalbeamtin nicht vereinbar zu sein. Zumindest war das ihre Ausrede, und sie scheute sich nicht, sie zu benutzen.

Aber es waren nicht nur Dianes schlanke Figur und ihre makellose Erscheinung, die Bridget so wenig für diese Frau empfinden ließen. Sie war nicht so engstirnig, einer attraktiven Frau etwas zu missgönnen. Es lag auch nicht an Dianes Größe, denn fast alle, denen Bridget begegnete, waren größer als sie. Nein, Tatsache war, dass Bridget die Schriftstellerin bei ihrem kurzen Treffen vor dem Auftritt als ziemlich kalt und hochmütig empfunden hatte, ganz zu schweigen davon, dass sie erstaunlich undankbar dafür war, dass zwei Beamte der Thames Valley Police ihren Abend opferten, um „auf sie aufzupassen", wie Chief Superintendent Grayson es Bridget gegenüber früher am Tag ausgedrückt hatte.

„Sie hat eine Morddrohung erhalten", hatte Grayson ihr an diesem Morgen gesagt, als er Bridget in sein Büro gerufen und sich erkundigt hatte, ob sie für den Abend schon etwas vorhabe. Wie der Zufall es wollte, waren gerade Osterferien, und Chloe, ihre Teenager-Tochter, war zu Besuch bei ihrem Vater – Bridgets Ex-Mann Ben – in London. Bridgets Freund Jonathan war auf Geschäftsreise in New York. War „Freund" das richtige Wort, wenn sie Ende dreißig war (sie war einen Monat zuvor neununddreißig geworden, wollte es aber immer noch nicht wahrhaben) und Jonathan bereits in den Vierzigern? Es war Chloe, die jetzt einen Freund hatte, ein weiterer Umstand, an den Bridget sich noch zu gewöhnen versuchte. Was Jonathan betraf, so gab „Freund" nicht die wahre Natur seiner Beziehung zu Bridget wieder, und „Partner" deutete auf eine Art berufliche Verbindung hin. „Liebespartner" klang viel zu prätentiös. Wäre Bridget mutiger gewesen, hätte sie Jonathan vielleicht als ihren „Liebhaber" bezeichnet, aber das hätte sie wie eine Figur aus einem kitschigen Liebesroman klingen lassen. Sie würde es einfach bei „Freund" belassen und versuchen, nicht verlegen auszusehen, wenn sie es sagte.

„Pläne, DI Hart? Hmm?", hakte Grayson nach, und Bridget wurde klar, dass ihre Gedanken abgeschweift waren. Sie hatte eigentlich vorgehabt, den Abend allein zu verbringen, bei einer Serie auf Netflix aufzuholen und eine halbleere Flasche Moscato und ein Stück Schokoladentorte aus der Patisserie in der Banbury Road zu genießen, aber sie bezweifelte, dass der Chief Super das als dringende Verpflichtung ansehen würde. „Nein, Sir, keine Pläne."

„Ich übertrage Ihnen die Aufgabe, auf sie aufzupassen", sagte Grayson, und Bridget hatte das Gefühl, dass seine Reaktion in etwa gleich ausgefallen wäre, ob sie nun mit Ja oder Nein geantwortet hätte. „Der Deputy Commissioner meint, wir sollten diese Morddrohung ernst nehmen und ein paar Beamte in Zivil abstellen, zumindest bis das Literaturfestival vorbei ist."

„Warum sollte jemand eine Schriftstellerin umbringen wollen?", fragte Bridget. Diane Gilbert war nicht gerade ein bekannter Name. Jedenfalls hatte Bridget noch nie von ihr gehört.

Grayson runzelte die Stirn und nickte leicht, als hätte er sich dieselbe Frage gestellt. Aber er stand eindeutig unter Druck, den Wünschen seiner Vorgesetzten nachzukommen. „Offenbar hat ihr gerade veröffentlichtes Buch einige Kontroversen ausgelöst. Ich schlage vor, dass Sie sich vor dem Vortrag mit dem Inhalt vertraut machen."

„Ja, Sir."

Bridget hatte in diesen Tagen so wenig Zeit zum Lesen, dass die Aussicht, ihre Nase in der neuesten Veröffentlichung einer obskuren Akademikerin zu vergraben, wenig verlockend war. Aber die Teilnahme am Oxford Literary Festival klang besser als viele der Aufgaben, die sie als DI zu erledigen hatte. Wenigstens wäre sie drinnen, in der herrlichen Kulisse der Divinity School, und hoffentlich weit entfernt von jeglicher krimineller Aktivität.

Sie hatte in Erwägung gezogen, mit Jonathan zum Literaturfestival zu gehen, als das Programm Anfang des

Jahres veröffentlicht worden war. Fast hätte sie Karten für das Sheldonian gebucht, um eine preisgekrönte Bestsellerautorin historischer Romane zu sehen, die gerade den lang erwarteten letzten Teil ihrer Trilogie veröffentlicht hatte. Aber sie war zu sehr mit ihrer Arbeit beschäftigt gewesen, und als sie schließlich auf die Website des Festivals gegangen war, waren alle Karten für die Veranstaltung ausverkauft gewesen. Jetzt war sie hier, und obwohl sie eigentlich arbeitete und sich die Veranstaltung persönlich nicht ausgesucht hätte, war der Veranstaltungsort ganz nach ihrem Geschmack. Sie würde sich nie an Oxfords prächtigen Universitätsgebäuden sattsehen können, und die Divinity School war zweifellos eines der Kronjuwelen. Jetzt, da das letzte Licht draußen schnell verblasste, ließ sie ihren Blick über die unglaubliche Decke schweifen. Im gotischen Stil gehalten und fünf Jahrhunderte alt, war sie ein Meisterwerk aus Stein – eine Vielzahl von hoch aufragenden Bögen, kunstvoll miteinander verbundenen Schnörkeln und Hängeleuchten. Die Deckenstrahler an den Wänden des Saals betonten die geschwungenen Formen mit Licht und Schatten.

An Bridgets Seite stand Detective Sergeant Jake Derwent, der sein Gewicht von einem Fuß auf den anderen verlagerte und seine großen Hände hinter dem Rücken verschränkte. Selbst Diane Gilbert mit ihren Heuschreckenbeinen und Stilettos konnte es nicht mit Jakes 1,96 m aufnehmen.

Bridget hatte ihn gebeten, sie zum Literaturfestival zu begleiten, aus keinem anderen Grund als dem, dass er eine gute Gesellschaft war. Im Gegensatz zu ihr schien Jake für den Abend tatsächlich keine anderen Pläne gehabt zu haben als „ein Bier, ein Curry und ein Fußballspiel im Fernsehen", und nun hatten sie zusammen im hinteren Teil des Saals Position bezogen. Der junge Sergeant, der sie um Längen überragte, hatte mit seinem dichten, rotblonden Bart einiges an Aufmerksamkeit auf sich gezogen, insbesondere von den Damen im Publikum.

Auch Diane Gilbert hatte Jake gegenüber etwas weniger abweisend gewirkt als gegenüber Bridget, und die Ohrspitzen des jungen Sergeants hatten einen zarten Lachston angenommen, als sie ihn sarkastisch ihren gutaussehenden Beschützer nannte.

In der Nähe stand ein Tisch, auf dem sich glänzende Hardcover-Ausgaben von Diane Gilberts Buch stapelten, betreut von einem Team der Buchhandlung Blackwell's, das offensichtlich hoffte, viele Exemplare an die Festivalbesucher verkaufen zu können. Bridget fragte sich, ob sie mit ihrem wackeligen Stapel Bücher nicht zu optimistisch waren. Bridget hatte eines in die Hand genommen und den Klappentext auf der Rückseite des Schutzumschlags überflogen, während sie auf den Beginn des Vortrags wartete. Das Buch trug den Titel *Ein tödliches Rennen: Wie westliche Regierungen bei Waffenverkäufen an den Nahen Osten kollaborieren* und behauptete, die schändlichen Tatsachen über die Geschäfte der britischen und amerikanischen Regierung mit Ländern wie Saudi-Arabien aufzudecken. Bridget bemerkte, dass Michael Dearlove ein Zitat für das Cover zur Verfügung gestellt hatte. *„Dieses Buch wird Sie dazu bringen, alles, was Sie wissen, zu überdenken."* Aber bei fast fünfhundert Seiten war sich Bridget nicht sicher, ob sie die Zeit oder Geduld hatte, irgendetwas zu überdenken, schon gar nicht Fragen der nationalen Sicherheit. Bridget war nicht für die Sicherheit der Nation verantwortlich, sondern lediglich für die Sicherheit einer einzelnen Person. Außerdem schienen die dicht gedrängten Worte zu verschwimmen, als sie durch die vielen Seiten des Buches blätterte. Sie blinzelte und versuchte, sich auf die schmale Schrift zu konzentrieren, aber es war zwecklos. Sie war noch keine vierzig – da brauchte sie doch nicht schon eine Lesebrille!

Sie hatte das Buch auf den Stapel zurückgelegt und damit offensichtlich den eifrigen jungen Mann von Blackwell's enttäuscht, der auf einen Verkauf gehofft hatte. Aber solange Diane Gilbert ihr nicht ein signiertes Exemplar als Zeichen der Dankbarkeit überreichte – und das schien angesichts des abweisenden Empfangs, den die Wissenschaftlerin ihr bereitet hatte, wenig wahrscheinlich –, glaubte Bridget nicht, dass sie diese spezielle Publikation zu dem immer größer werdenden Stapel von Büchern hinzufügen würde, die sie eines Tages lesen wollte, wenn sie mehr Zeit hatte.

Bald, schwor sie sich. *Und das Training und die Diät auch.*

Der Beifall verebbte und Michael Dearlove eröffnete die Veranstaltung mit der Vorstellung seines Gastes. Diane Gilbert war Dozentin und Forscherin an der Blavatnik School of Government in Oxford, und obwohl dies ihr erstes Buch war, schien Dearlove zu glauben, dass es für die öffentliche Debatte von erheblicher Bedeutung war.

Bridget behielt das Geschehen im Auge, während sie gleichzeitig den Raum nach Bedrohungen absuchte. Ein skrupelloser Mörder auf dem Literaturfestival schien in der Tat unwahrscheinlich, und unter den Besuchern mittleren Alters, die überwiegend aus der Mittelschicht stammten, gab es keine offensichtlichen Kandidaten. Ebenso absurd war die Vorstellung, dass einer der Mitarbeiter von Blackwell's ein professioneller Auftragskiller mit einer versteckten Waffe sein könnte. Mit Bedauern dachte Bridget an den gekühlten Moscato und die Schokoladentorte, die in ihrem Cottage in Wolvercote auf sie warteten. Der Abend vor dem Fernseher hätte ihr Leben zwar nicht gerade verbessert, aber er schien umsonst geopfert worden zu sein. Auch Jake schien abgelenkt. Er scharrte mit den Füßen und rieb sich die Nase – beides Anzeichen dafür, dass er mit seinen Gedanken woanders war. Sie stupste ihn sanft an, um seine Aufmerksamkeit wieder auf die aktuelle Aufgabe zu lenken.

Auf der Bühne fragte Dearlove Diane nach den Beweggründen für ihr neuestes Werk. „Warum haben Sie sich entschieden, dieses Buch zu schreiben, und können Sie uns sagen, warum es Ihrer Meinung nach gerade jetzt so wichtig ist, diese Geschichte zu erzählen?"

Diane antwortete in kühlem, gemessenem Ton, obwohl ihre Ansichten durchaus kontrovers waren. Ihrer Meinung nach waren die gegenwärtigen Konflikte im Nahen Osten vor allem auf den mangelnden Respekt der westlichen Regierungen gegenüber der arabischen Kultur und auf die Gier eben dieser westlichen Nationen zurückzuführen, sich durch den Verkauf von Waffen zu bereichern. Die anhaltende Instabilität in der Region läge im Interesse der Briten und Amerikaner, da sie den Waffenhandel ankurbelte.

Bridget begann sich zu fragen, wer die Morddrohung geschickt haben könnte. Doch die Details des Vortrags fesselten ihre Aufmerksamkeit nicht lange. Stattdessen musste sie an Chloe denken und daran, was sie gerade tat. Sie war nach London gereist, um ein paar Tage mit Ben zu verbringen, und – diese Nachricht hatte Bridget ziemlich erschüttert und sie eine ganze Weile aus dem Gleichgewicht gebracht – mit seiner *Verlobten*.

Bridget konnte es immer noch nicht glauben. Ben und seine Freundin Tamsin waren über Weihnachten auf die Malediven geflogen und im Januar zurückgekehrt, um ihre Verlobung und Hochzeitspläne für den Sommer bekanntzugeben. Das war sicher eine Möglichkeit, das Problem zu lösen, wie man seine bessere Hälfte nennen sollte. *Verlobte!* Bridget gab sich tapfer, aber die Nachricht hatte sie aus der Bahn geworfen. Es war nicht so, dass sie Ben zurückhaben wollte, ganz im Gegenteil. Ihre Ehe mit ihm war eine Katastrophe gewesen und das einzig Gute, das daraus entstanden war, war Chloe. Und außerdem liebte sie Jonathan von ganzem Herzen. Aber die Vorstellung, dass Ben Tamsin heiraten würde – die Bridget noch nicht kennengelernt hatte, sich aber glamouröser und attraktiver als sie selbst vorstellte, und mit Sicherheit jünger und schlanker, ganz zu schweigen von größer –, schmerzte sie.

Die Tatsache, dass Tamsin Chloe gebeten hatte, ihre erste Brautjungfer zu sein, und dass Chloe mit eifrigem Enthusiasmus zugesagt hatte, machte die Sache nicht besser. Der Hauptgrund für Chloes derzeitigen Besuch in London war die Anprobe für ihr Kleid. Dieses wurde, ebenso wie das Brautkleid, von einer Schneiderin entworfen, die laut Chloe Outfits „für Promis" anfertigte. Bridget befürchtete, dass ihre Tochter unter Tamsins Einfluss zu sehr auf Promi-Kultur und ihr Aussehen fixiert sein könnte. Die mit ziemlicher Sicherheit schlanke Tamsin konnte unmöglich ein gesundes Vorbild für einen beeinflussbaren Teenager sein. Bridget hätte zwar selbst gern ein paar Pfund abgenommen, aber sie wollte nicht, dass Chloe magersüchtig wurde. Der Druck, bei einer Hochzeit gut auszusehen und in ein enges Kleid zu passen, konnte enorm sein, besonders für ein heranwachsendes Mädchen. Jonathan hatte ihr versichert, dass es Chloe blendend ginge und sie keine Anzeichen einer beginnenden Essstörung zeigte. Aber das hielt Bridget nicht davon ab, sich Sorgen zu machen.

Etwa vierzig Minuten nach Beginn neigte sich der Hauptteil des Interviews dem Ende zu und Dearlove lud das Publikum ein, Fragen zu stellen. Zunächst meldete sich niemand, vielleicht waren sie zu eingeschüchtert von der arroganten Art der Schriftstellerin, um es zu wagen, eine eigene Meinung zu äußern oder die eigene Unwissenheit zu offenbaren. Dann hob ein Mann in der ersten Reihe die Hand, und Dearlove bat ihn mit sichtlicher Erleichterung, das Wort zu ergreifen. Eine junge Frau mit einem Mikrofon eilte zu ihm hinüber.

Der Fragesteller war mittleren Alters, etwas korpulent und trug ein Tweedsakko. Bridget konnte sein Gesicht nicht sehen, aber der Mann hatte silbernes Haar. „Ms. Gilbert, Sie haben ein sehr interessantes Buch geschrieben", begann er. Diane nahm das Kompliment mit einem Lächeln und einer leichten Neigung ihres Kopfes entgegen, doch Bridget spürte, dass gleich ein „aber" kommen würde. Der Mann fuhr fort und seine Stimme gewann an Selbstvertrauen, als er seine Frage formulierte. „Aber glauben Sie nicht, dass das, was Sie enthüllt haben, der Sicherheit des Vereinigten Königreichs schaden könnte?"

Ein Schauer der Erregung ging durch das Publikum. Die Leute hatten gutes Geld bezahlt, um eine kontroverse Autorin zu hören, und nun schienen sie auf ihre Kosten zu kommen.

Bridget ließ ihren Blick über die Menge schweifen und war sofort in erhöhter Alarmbereitschaft. Neben ihr veränderte Jake seine Position, als ob auch er eine mögliche Gefahr witterte. Immerhin hatte Diane Gilbert eine Morddrohung erhalten. Als die Hand des Fragestellers in die Tasche seine Sakkos wanderte, spürte Bridget, wie sie sich anspannte. Er zog ein Taschentuch heraus, und sie atmete erleichtert aus. Der Mann tupfte sich die Stirn, als wäre es ziemlich stressig, im Mittelpunkt der Aufmerksamkeit zu stehen.

Bridget entnahm Dianes eher abweisender Antwort, dass sie wenig Verständnis für die Bedenken des Mannes hatte. Aber der erste Fragesteller hatte den anderen offenbar Mut gemacht und nun gingen mehr Hände in die Höhe. Geschickt gab Michael Dearlove so vielen wie möglich die Gelegenheit, ihre Fragen zu stellen, die Diane Gilbert jeweils in ihrer recht schroffen Art beantwortete.

Schließlich verkündete Dearlove, sehr zu Bridgets Erleichterung, dass nur noch Zeit für eine weitere Frage sei. Eine Frau versuchte, die Stimmung aufzulockern, indem sie Diane fragte, ob sie selbst vorhabe, Veranstaltungen des Literaturfestivals zu besuchen, und wenn ja, welche. Diane lächelte – ziemlich herablassend, wie Bridget fand – und antwortete, dass sie gerne den Vortrag eines Bestsellerautors besucht hätte, seine Veranstaltung aber sofort ausverkauft gewesen war, sobald die Karten in den Verkauf gingen. Belletristik, erklärte sie, sei weitaus populärer, als es ernsthafte Bücher wie das ihre jemals sein würden. Nur wenige Menschen hätten die intellektuellen Fähigkeiten oder die Neugier, zu lesen, um sich weiterzubilden. Ein nervöses Kichern ging durch den Saal, aber im Großen und Ganzen schien das Publikum mit ihrem Auftritt zufrieden zu sein und spendete Diane einen enthusiastischeren Applaus, als sie und Dearlove zu Beginn des Abends erhalten hatten.

Diesmal schlossen sich Bridget und Jake an, erleichtert, dass die Veranstaltung ohne Zwischenfall zu Ende gegangen war.

Die imposante Dame im schwarzen Hosenanzug betrat erneut die Bühne, dankte den beiden Rednern für einen „einfach faszinierenden" Abend und teilte mit, dass Diane an dem dafür vorgesehenen Tisch neben dem Podium Exemplare ihres Buches signieren würde. Mindestens die Hälfte des Publikums kramte daraufhin in ihren Taschen und holte Exemplare des Buches hervor, die sie zuvor gekauft haben mussten, möglicherweise am Stand von Blackwell's im hinteren Teil des Saals. Vielleicht hatten es sogar einige geschafft, sich durch die rund fünfhundert Seiten zu kämpfen. Sie begannen, eine ordentliche Schlange am Tisch zu bilden, und Bridget wurde klar, dass die Gefahr noch lange nicht gebannt war. Keine dieser Taschen war einer Sicherheitskontrolle unterzogen worden, bevor ihre Besitzer Platz genommen hatten. Morddrohung hin oder her, das Oxford Literary Festival war einfach nicht die Art von Veranstaltung. Soweit Bridget wusste, war noch nie ein Schriftsteller während seines Auftritts auf dem Festival angegriffen worden, und sie war fest entschlossen, dafür zu sorgen, dass das auch diesmal so blieb.

„Kommen Sie", sagte sie zu Jake.

Sie machten sich auf den Weg zum vorderen Teil des Saals und positionierten sich unauffällig hinter dem Tisch, an dem die Schriftstellerin bereits damit begann, mit einem Füllfederhalter mit goldener Feder Exemplare ihres Buches zu signieren. Aus der Nähe war der starke Duft von Dianes Parfüm ziemlich irritierend.

Bridget betrachtete jeden genau, der sein Buch zum Signieren vorlegte, aber keiner von ihnen sah auch nur im Entferntesten wie ein Mörder aus und keiner verhielt sich in irgendeiner Weise verdächtig.

Als das letzte Buch signiert war, blieben nur noch eine

Handvoll Menschen im Saal. Das Team von Blackwell's begann, die nicht verkauften Bücher in Kartons zu packen. Die Organisatorin des Festivals räumte die Gläser und leeren Mineralwasserflaschen weg und stellte die Stühle für die Veranstaltung am nächsten Tag neu auf.

Dearlove kam zu Diane, um sich zu verabschieden. „Sie waren fabelhaft", sagte er. „Ihr Buch verdient es, ein Bestseller zu werden."

„Sie wissen, dass es mir nicht um den Verkauf von Büchern geht", sagte Diane. „Darum müssen sich andere Leute kümmern."

Bewundernswerte Gleichgültigkeit, dachte Bridget. Dennoch war diese Frisur nicht billig, ebenso wenig wie diese Kleidung und Schuhe.

„Ich nehme an, Sie haben keine Zeit für einen Drink?", fragte Diane Dearlove.

„Ich fürchte, ich muss noch heute Abend zurück nach London."

„Dann ein anderes Mal."

Bridget wartete, während Dearlove sich von Diane verabschiedete und sie herzlich auf beide Wangen küsste. Sie trat vor, um sich bemerkbar zu machen, gerade als Diane sich von ihrem Stuhl erhob und sich zu ihrer vollen Größe aufrichtete. Diane sah auf Bridget herab, als ob sie sich gerade erst daran erinnerte, dass sie unter Polizeischutz stand.

„Oh, Inspector. Sie sind ja noch da."

„Ja", sagte Bridget geduldig. „Wie ich schon sagte, werden wir Sie nach Hause begleiten."

„Oh, ja, natürlich. Nun, wenn Sie schon hier sind, können Sie auch mein Team kennenlernen. Das sind die Menschen, die all das möglich machen." Diane lächelte mit einer Bescheidenheit, die Bridget ein wenig unaufrichtig fand. Während ihres Vortrags hatte Diane ihr Bestes getan, um sich als Einzelkämpferin darzustellen, die sich gegen die übermächtigen und finsteren Mächte des Staates stellte. Aber natürlich veröffentlichte sich ein Buch nicht von selbst, und Publicity-Events wie der Vortrag an diesem Abend entstanden nicht durch Zauberei.

Die Entourage der Autorin versammelte sich wie Bienen um einen Honigtopf, und Diane stellte sie nacheinander vor.

„Das ist meine Verlegerin, Jennifer Eagleston."

Eine große, temperamentvolle Mittfünfzigerin trat vor und schüttelte Bridgets Hand mit festem Griff. Sie trug eine riesige rote Tragetasche über der Schulter und dazu passenden Lippenstift. „Ich möchte mich bei Ihnen für alles bedanken, was Sie für Dianes Sicherheit tun. Das weiß ich wirklich zu schätzen."

Die Verlegerin klang aufrichtig dankbar für Bemühungen der Polizei, Diane zu schützen, was man von der Schriftstellerin selbst nicht behaupten konnte. „Nicht der Rede wert", erwiderte Bridget herzlich. „Alles Teil des Jobs."

„Wir möchten nicht, dass ihr etwas zustößt", fuhr Jennifer fort. „Schon gar nicht in der Woche der Buchvorstellung."

„Natürlich", sagte Bridget und fragte sich, ob Jennifers Kommentar von schwarzem Humor oder nacktem Egoismus zeugte. Ihr Gesichtsausdruck verriet nichts.

Diane wies auf die zweite Person des Trios. „Das ist mein Agent, Grant Sadler."

Ein etwas unbeholfener Mann in einer ungeschickten Kombination aus Skinny Jeans, weißem T-Shirt und schickem Jackett begrüßte Bridget mit einem Kopfnicken, bot ihr aber im Gegensatz zu Jennifer nicht die Hand. Er war in den Dreißigern oder Vierzigern, schätzte Bridget, konnte sein Alter aber nicht genauer bestimmen. Er stand abseits, die Hände in den Gesäßtaschen seiner Jeans, als ob er sich um eine jugendliche Pose bemühte. Er hatte die Angewohnheit, auf den Sohlen seiner Converse-Turnschuhe auf und ab zu hüpfen. War er aus irgendeinem Grund nervös?

„Toller Abend, Diane", sagte er zu seiner Klientin. „Ihr Vortrag ist wirklich gut gelaufen. Er sollte helfen, mehr Exemplare zu verkaufen." Er war eher fünfundvierzig, entschied Bridget, aber er sah aus wie jemand, der verzweifelt versuchte, nicht erwachsen zu werden. „Am Ende waren auch ein paar gute Fragen dabei."

„Finden Sie?", sagte Diane scharf. „Nicht jedem schien zu gefallen, was ich gesagt habe."

„Sie meinen den Kerl, der Sie für eine Bedrohung der nationalen Sicherheit hielt?" Grant kicherte. „Alte Reaktionäre, die so einen Aufstand machen, sorgen für mehr kostenlose Publicity. Hoffentlich schreibt er einen Beschwerdebrief an den *Telegraph*."

Diane kräuselte verächtlich die Oberlippe. Es war unmöglich zu sagen, ob ihre Reaktion auf die Aussicht auf einen Brief im *Telegraph* oder auf Grants leichtfertige Einstellung zu dem Vorfall zurückzuführen war. Er wirkte verlegen und trat mürrisch beiseite.

Bridget blickte zum dritten und letzten Mitglied der Gruppe, einer Frau in einem langen Wollmantel voller Hundehaare, deren dick besohlte Stiefel eher für einen Spaziergang auf dem Land als für ein Literaturfestival geeignet schienen. Bridget konnte sich nicht vorstellen, welche Rolle sie in der Welt der Bücher spielen sollte. „Arbeiten Sie auch im Verlagswesen?", erkundigte sie sich.

„Um Himmels willen, nein", antwortete die Frau. „Ich bin Lehrerin. Ich habe mit all dem nichts zu tun" – sie winkte vage in Richtung des leeren Podiums – „ich bin nur gekommen, um Diane zu unterstützen."

„Das ist meine jüngere Schwester, Annabel", erklärte Diane recht herablassend. „Sie hat mein Buch nicht einmal gelesen, sie ist nur aus Höflichkeit hier."

„Ich habe es gelesen", sagte Annabel, obwohl Diane sich bereits von ihrer Schwester abgewandt hatte und damit beschäftigt war, ihren Agenten über irgendetwas auszufragen.

„Nun, ich bin sicher, dass Diane Ihre Unterstützung zu schätzen weiß", sagte Bridget.

Der mittelalterliche Saal war nun leer und die Organisatorin des Festivals stand an dem Torbogen, der aus dem Gebäude führte, und warf einen bedeutungsvollen Blick auf ihre Armbanduhr. Der Vortrag war vor einer halben Stunde, um neun Uhr, zu Ende gegangen. Die bleiverglasten Fenster der Divinity School waren nun schwarz.

Jennifer, die Verlegerin, klopfte Diane auf den Arm. „Ich hole Sie morgen früh um Punkt halb sieben ab. Seien Sie nicht zu spät." Sie wandte sich an Bridget. „Diane gibt ein Interview in der Sendung *Today* von Radio 4. Sie muss pünktlich um sieben bei BBC Radio Oxford sein."

„Ja, das ist mir bekannt", sagte Bridget. „Ich werde auch anwesend sein." Das war Teil des Auftrags gewesen, den Grayson ihr heute Morgen gegeben hatte. *Passen Sie auf sie auf, bis das Festival vorbei ist.*

„Das freut mich zu hören", sagte Jennifer. „Also, in dem Fall mache ich jetzt Schluss für heute. Ich muss morgen früh raus." Sie gab Diane einen Luftkuss auf die linke Wange, rückte die Umhängetasche auf ihrer Schulter zurecht und verließ den Saal, wobei ihre Absätze forsch auf dem Steinboden klapperten.

Diane blickte sich in dem nun fast leeren Saal um. „Wie langweilig. Annabel, möchtest du etwas mit mir trinken gehen? Was ist mit Ihnen, Grant?"

Ihre Schwester schüttelte den Kopf. „Für mich nicht, danke. Ich muss nach Hause und nach Oscar sehen. Er ist mein Jack Russell Terrier", fügte sie an Bridget gewandt hinzu.

Grant wippte auf seinen Schuhen auf und ab. „Ich denke, Sie sollten Jennifers Rat befolgen und nach Hause gehen. Morgen müssen Sie früh raus."

Diane war über den mangelnden Enthusiasmus der beiden nicht erfreut, aber Bridget war sehr erleichtert. Der Besuch des Literaturfestivals war eine Sache, aber die Aussicht, der Schriftstellerin in eine überfüllte Kneipe zu folgen und nach potenziellen Bedrohungen Ausschau zu halten, war nicht gerade verlockend.

„Also", sagte Grant, „ich wünsche eine gute Nacht." Er umarmte seine Klientin unbeholfen, dann verließ er den Saal, wobei er sein Handy zückte und über das Display scrollte.

Jetzt waren nur noch Diane und Annabel übrig.

„Können wir Sie mitnehmen?", fragte Bridget die Schwester der Autorin. Es schien nur höflich, das Angebot zu machen, obwohl ihr Auftrag lediglich darin bestand, dafür zu sorgen, dass Diane Gilbert sicher nach Hause kam.

Annabel schüttelte den Kopf. „Danke, aber machen Sie sich keine Sorgen. Ich habe mein Fahrrad dabei. Ich fahre immer und überall mit dem Rad."

Draußen lag der umzäunte Innenhof der Bodleian Library im Dunkeln. Obwohl es kurz nach Ostern war, und der Frühling schon weit fortgeschritten, war die Luft unter dem klaren Himmel kühl. Bridget hielt einen Moment inne und warf einen kurzen Blick hinauf zu den abgedunkelten Fenstern des oberen Lesesaals. Als Studentin hatte sie unzählige Stunden damit verbracht, hier oder in der noch älteren Bibliothek des Merton Colleges – die schon Jahrhunderte alt war, als Thomas Bodley seine gleichnamige Institution gründete – zu recherchieren und ihre mühsam handgeschriebenen Aufsätze zu verfassen. Sie erinnerte sich an die archaische Erklärung, die sie bei ihrem ersten Bibliotheksbesuch unterschreiben musste, einschließlich des Versprechens, „kein Feuer oder Flammen in die Bibliothek zu bringen oder darin zu entfachen." Glückliche Tage. Wie wenig hatte sie damals vom Leben gewusst, trotz all der Stunden des Lernens.

Diane lief über den Innenhof auf einen Torbogen zu und Bridget eilte ihr nach. Sie holte sie ein, als Diane am Festivalzelt neben dem Sheldonian Theatre vorbeiging. Das mit Bücherregalen und Tischen voller glänzender Neuerscheinungen ausstaffierte Festzelt war ein Paradies für Bücherliebhaber. Bridget nahm sich vor, dorthin zurückzukehren und dort etwas Zeit zu verbringen, wenn sie eine halbe Stunde erübrigen konnte.

Sobald Diane Gilberts turbulente Promotion-Tour vorbei ist. Nur noch zwei Tage.

Auf der Broad Street umarmten sich die beiden Schwestern und verabschiedeten sich. Annabel schloss ihr Fahrrad auf und radelte los, wobei ihr Mantel gefährlich im Wind flatterte.

Dank ihres strategisch platzierten Polizeiparkausweises hatte Bridget einen Parkplatz direkt gegenüber dem Sheldonian ergattert. Ihr Auto, ein rotes Mini-Cabrio, passte perfekt zu ihrer knapp 1,60 m großen Statur. Jake hingegen hatte immer ein wenig Mühe, sich hineinzuzwängen, und auch Diane würde das Auto unpraktisch finden. Wahrscheinlich hätten sie einen größeren Wagen nehmen sollen, aber Jakes knalloranger Subaru schien dafür denkbar ungeeignet.

Gentleman, der er war, schaffte es Jake, sich auf den Rücksitz des Wagens zu quetschen, während Diane unbeholfen versuchte, ihre langen Beine auf dem Vordersitz unterzubringen, und vergeblich an den Bedienelementen herumfummelte, um die Beinfreiheit zu vergrößern.

Bridget beobachtete ihren Kampf mit einer gewissen Genugtuung. „Tut mir leid", sagte sie fröhlich. „Der Sitz ist schon so weit wie möglich nach hinten geschoben."

Jetzt, da der Vortrag zu Ende und die größte Gefahr vorüber war, hellte sich Bridgets Stimmung auf, auch wenn der Duft von Dianes Parfüm in der Enge des Wagens fast überwältigend war. Um diese Zeit würde die kurze Fahrt über die Banbury Road zu Dianes Haus nicht lange dauern, und mit etwas Glück würde Bridget noch genug Zeit haben, um zumindest einen Teil ihrer Serie zu sehen. Und was die Torte und den Wein anging, so hatte sie sich beides redlich verdient.

„Leben Sie allein?", fragte sie Diane, als sie mit dem Mini aus der Broad Street abbog und am King's Arms vorbeifuhr, wo die Tische auf dem Bürgersteig trotz der Kälte mit trinkenden Menschen besetzt waren.

„Ja", antwortete Diane. „Das passt zu mir."

Da bin ich mir sicher. Diane schien nicht geneigt zu sein, das Gespräch fortzusetzen, und Bridget hatte nicht das

Gefühl, dass sich die Mühe lohnen würde, mit der Schriftstellerin Smalltalk zu betreiben, also fuhren sie schweigend die Parks Road und die Banbury Road hinauf, bevor sie links in die St. Margaret's Road einbogen.

„Es ist gleich hier", sagte Diane und deutete auf ein Haus auf der rechten Seite.

„Ja", sagte Bridget mit zusammengebissenen Zähnen. „Das weiß ich bereits."

Diane schien keine Vorstellung davon zu haben, wie viel Arbeit und Planung hinter einer solchen Operation steckte. Sie schien den Eindruck zu haben, dass Bridget und Jake nur ein paar Stunden mit ihr abhingen und nichts Besseres mit ihrer Zeit anzufangen wussten. *Torte*, dachte Bridget sehnsüchtig.

Sie hielt vor einem großen, freistehenden viktorianischen Haus, das weit von der Straße entfernt hinter einer hohen, mit einer Hecke gekrönten Backsteinmauer stand. Vor dem Haus parkte ein Streifenwagen.

Diane verzog das Gesicht, als sie das Auto entdeckte. „Ist das wegen mir?"

„Zwei Polizeibeamte werden die ganze Nacht zu Ihrem Schutz hier draußen sein", erklärte Bridget.

„Ist das wirklich nötig?"

Bridget stellte sich dieselbe Frage. Aber der Deputy Commissioner war definitiv dieser Meinung, sonst hätte er nicht so viele Ressourcen für diese Operation abgestellt. Bridget war sich immer noch nicht sicher, wie Grayson persönlich zu dieser Angelegenheit stand, aber ihm blieb nichts anderes übrig, als der Bitte seines Vorgesetzten nachzukommen, genau wie sie es auch tat.

Die beiden uniformierten Beamten stiegen aus und näherten sich dem Mini. Beide waren jung, wirkten aber sehr engagiert. Bridget stieg aus, um sie zu begrüßen.

„Wir haben bereits den Garten und die Garage überprüft", sagte der größere der beiden, ein Bursche aus der Gegend mit einem warmen Oxford-Akzent in der Stimme. „Alles sauber."

„Danke." Bridget beneidete die beiden Männer nicht darum, die ganze Nacht im Auto vor dem Haus verbringen zu müssen. Zumindest war es unwahrscheinlich, dass sie auf Schwierigkeiten stoßen würden. Die von Bäumen gesäumte Straße war so ruhig, dass es schwer vorstellbar war, dass in dieser beschaulichen Umgebung etwas Ungewöhnliches geschah.

Diane ignorierte die beiden Polizisten und marschierte die Einfahrt hinauf, wobei ihre spitzen Absätze in den Lücken zwischen den Kieselsteinen versanken, und Bridget folgte ihr in ihren praktischen flachen Schuhen.

Das Haus war prächtig, dreistöckig, mit hohen Schornsteinen, die in der Dunkelheit gerade noch zu erkennen waren, und dekorativen Steinverzierungen, die sich vom roten Backstein abhoben und von ein paar Außenlampen beleuchtet wurden. Drei steinerne Stufen führten zur Eingangstür. Diane drehte den Schlüssel im Schloss und stieß die Tür auf, die in eine großzügige Eingangshalle führte.

Als sie drinnen waren, ging Jake die Treppe hinauf, während Bridget alle Zimmer im Erdgeschoss überprüfte. Das Haus schien viel zu groß für eine Person und Bridget fragte sich, wie Diane es sich mit dem Gehalt einer Dozentin leisten konnte. Es war ja nicht so, als wäre ihr Buch ein internationaler Bestseller.

Das Haus sah aus, als hätte es ein Innenarchitekt eingerichtet. Alles war von höchster Qualität, maßgeschneidert und aufeinander abgestimmt, aber der Gesamteindruck hinterließ bei Bridget ein kaltes Gefühl. Als sie ihre Hand über die Granitarbeitsplatte der ultramodernen Küche mit ihren verchromten Armaturen und Edelstahlgeräten gleiten ließ, entschied sie, dass Diane Gilbert ihr Haus behalten konnte. Bridget zog ihr kleines, unordentliches Cottage jederzeit vor.

Jake traf sie wieder im Flur. „Oben ist alles in Ordnung", bestätigte er.

Diane stand in der Tür zum Wohnzimmer. „Nun, Inspector, Sergeant", sagte sie. „Ich nehme an, ich sehe

Sie beide morgen früh wieder."

Bridget hätte es vorgezogen, nicht ganz so früh aufstehen zu müssen, und sie hätte diese Aufgabe wahrscheinlich an einen ihrer Junioren delegieren können, aber sie hatte sich vorgenommen, in diesem Jahr eine bessere Chefin zu sein, und dazu gehörte auch, ihren Teil der Routinearbeit zu leisten, damit Jake und der Rest ihres Teams die verdiente Freizeit bekamen. Es war der einzige ihrer Neujahrsvorsätze, der es über Ende Januar hinaus geschafft hatte. „Ich bin um halb sieben hier", informierte sie Diane.

„Wenn es sein muss." Ohne ein Wort des Dankes oder Abschieds geleitete Diane sie zur Eingangstür und schloss hinter ihnen ab.

Bridget stapfte mürrisch über den Kies zurück zum Auto, Jake an ihrer Seite. „Was für eine Frau", murmelte sie. „Ich bin fast versucht, sie selbst umzubringen."

„Ich nehme an, das verstößt gegen die Vorschriften, Ma'am", sagte Jake trocken.

„Zweifellos."

„Sie halten die Drohung also nicht für ernst?", fragte er.

„Nun, sie scheint sie nicht ernst zu nehmen. Aber es steht uns nicht zu, nach dem Warum zu fragen. Wir müssen einfach unseren Job machen."

„Ja, Ma'am."

„Wie auch immer, kann ich Sie nach Hause fahren?"

Er dachte einen Moment über ihr Angebot nach, dann schüttelte er den Kopf. „Danke, aber ein Spaziergang wird mir guttun. Da kann ich nach diesem Vortrag den Kopf freibekommen."

„Sie eilen also nicht nach Hause, um ihr Buch zu lesen?"

„Ich glaube, ich verzichte."

Sie wünschten einander eine gute Nacht und nachdem Bridget noch einmal mit den uniformierten Constables gesprochen hatte, fuhr sie die kurze Strecke zu ihrem kleinen Haus in Wolvercote, nördlich von Oxford.

Zehn Minuten später lag sie zusammengerollt auf dem Sofa mit einem Glas Wein und einem Teller Torte, den sie geschickt in einer Hand balancierte. Es war ein einstudiertes Manöver. Mit der freien Hand drückte sie die Wiedergabetaste der Fernbedienung und lehnte sich zurück, um eine Folge der glamourösen amerikanischen Seifenoper zu genießen, der sie seit kurzem verfallen war. Genau das Richtige nach einem langen, anstrengenden Tag. Doch nach zwanzig Minuten waren ihre Augenlider zu schwer, um sie offen zu halten. Sie gab sich geschlagen und kroch die Treppe hinauf ins Bett. Am nächsten Morgen würde sie früh aufstehen müssen.

★

Der Wecker riss Bridget um fünf Uhr dreißig unsanft aus dem Schlaf. Sie stöhnte und drehte sich auf die andere Seite, dann zwang sie sich aus dem Bett, bevor der Schlaf sie wieder einholen konnte. Es schien unnötig, sich so früh mit Diane Gilbert zu treffen, aber das war der Auftrag, den sie bekommen hatte, also konnte sie ihn genauso gut gleich erledigen. Sobald der morgendliche Termin bei BBC beendet war, hatte sie jedoch die feste Absicht, mit Grayson zu sprechen und ihm zu sagen, dass das Babysitten der Schriftstellerin eine Zeitverschwendung für alle Beteiligten war. Es war ja nicht so, als würde die Frau auch nur einen Funken Dankbarkeit für all die Mühe zeigen, die sich die Polizei ihretwegen machte.

Sie duschte und verbrachte dann mehrere qualvolle Minuten damit, bestürzt auf die grauen Strähnen (laut Jonathan „silbern") zu starren, die langsam, aber sicher ihr dunkelbraunes Haar zu verdrängen schienen. Sie würde versuchen müssen, einen Friseurtermin zu bekommen, bevor Jonathan aus New York zurückkehrte. Nachdem sie das Bad verlassen hatte, machte sie einen kurzen Stopp in der Küche, um schnelle eine Scheibe Toast und einen Kaffee zur sich zu nehmen, und fuhr dann zurück zum Haus der Autorin in der St. Margaret's Road.

Alles schien in Ordnung zu sein. Die beiden uniformierten Constables saßen noch immer in ihrem Wagen vor Dianes Haus. Bridget klopfte an die Fahrerscheibe, um sie wissen zu lassen, dass sie zurück war. Das Fenster wurde heruntergelassen.

„Morgen, Ma'am."

„Eine ruhige Nacht gehabt?", fragte Bridget.

„Totenstill", sagte der Beamte und errötete über seine unglückliche Wortwahl.

„Hoffentlich nicht ganz so ruhig", sagte Bridget grinsend. „Ich sehe nur kurz nach ihr, dann können Sie beide gehen."

Sie schenkten ihr ein dankbares Lächeln. Sie stapfte über den Kies und läutete an der glänzend schwarzen Eingangstür. Die Glocke ertönte tief im Inneren des Hauses, aber es kam keine Antwort. Bridget spähte durch die großen Erkerfenster neben der Tür, aber die Vorhänge waren noch zugezogen. Wenn Diane verschlafen hatte, nachdem Bridget so früh aufgestanden war, wäre sie verärgert. Verwundert trat sie zurück auf die Einfahrt und sah zum Fenster des Hauptschlafzimmers hinauf. Auch dort waren die Vorhänge zugezogen. Sie drückte erneut auf die Klingel, hielt sie eine halbe Minute lang mit dem Daumen gedrückt, und als immer noch keine Antwort kam, ging sie um das Haus herum zur Hintertür.

Der Anblick, der sich ihr bot, ließ sie erstarren.

Die Hintertür des Hauses stand offen und schwang in der morgendlichen Brise in den Angeln. In der Küche dahinter bedeckten Glasscherben den Boden und funkelten im ersten Licht wie verschüttete Diamanten.

Bridget sprintete so schnell sie konnte zurück zur Vorderseite des Hauses. Die beiden Polizisten sahen sie kommen und sprangen aus ihrem Auto.

„Was ist los, Ma'am?"

„Sie macht nicht auf. Und hinten ist eingebrochen worden."

Sie wurden blass bei dieser Nachricht. „Sollen wir die Vordertür aufbrechen?"

„Die ist zu solide", sagte Bridget. „Wir nehmen den Hintereingang. Einer kommt mit mir, der andere bleibt hier." Sie sah den Größeren der beiden erwartungsvoll an und wünschte sich, Jake wäre bei ihr.

Sie ging wieder zur Rückseite des Hauses, der große Polizist dicht hinter ihr. Dies war jetzt ein Tatort, aber es blieb keine Zeit, sich über dessen Kontaminierung Sorgen zu machen. Eine Frau war in Gefahr. Darauf bedacht, nichts zu berühren, trat Bridget vorsichtig über die Glasscherben und betrat die Küche, wo sie „Diane!" rief.

Keine Antwort.

Sie ging weiter ins Haus. Nachdem sie sich schnell vergewissert hatte, dass die Räume im Erdgeschoss leer waren, gingen sie und der Constable nach oben. Im Haus war es still.

Die Tür zum Hauptschlafzimmer stand einen Spalt offen. Bridget schob sie mit ihren behandschuhten Fingerspitzen ganz auf und schlüpfte in den Raum.

Das Schlafzimmer war wegen der geschlossenen Vorhänge schummrig, aber hell genug, dass Bridget die Umrisse von Diane Gilbert in ihrem Kingsize-Bett erkennen konnte.

„Dr. Gilbert? Diane?"

Die Frau schien tief und fest zu schlafen. Aber irgendetwas stimmte nicht. Sie war zu still. Die Bettdecke hob und senkte sich nicht, was darauf hingedeutet hätte, dass sie atmete. Bridget legte zwei Finger an Dianes Hals, fühlte aber keinen Puls. Ihre Haut war kühl.

Die Schriftstellerin, die sich nicht gescheut hatte, kontroverse Themen anzugehen, und die die Morddrohung, die sie erhalten hatte, verhöhnt hatte, war tot. Und sie war ermordet worden, während sie unter Bridgets Schutz stand.

KAPITEL 2

G ibt es schon etwas?", fragte Bridget ungeduldig.
„ Die Gerichtsmedizinerin Dr. Sarah Walker
hatte gerade mit der Untersuchung von Diane
Gilberts Leiche begonnen, um die mutmaßliche
Todesursache festzustellen. In der Zwischenzeit waren der
Leiter des SOCO-Teams, Vikram Vijayaraghavan – Vik
für seine Freunde – und die anderen Beamten der
Spurensicherung damit beschäftigt, das Haus und den
Garten nach Spuren zu durchkämmen. Bridget wusste,
dass diese Prozedur viele Stunden dauern würde und nicht
überstürzt werden durfte, aber sie brannte darauf, von
einem der beiden einen ersten Hinweis darauf zu
bekommen, was mit Diane Gilbert geschehen war.

Schließlich hatte sich der Vorfall ereignet, während
Bridget für die Sicherheit und den Schutz der
Schriftstellerin verantwortlich gewesen war, auch wenn sie
persönlich nicht anwesend gewesen war, als die Frau
ermordet wurde. Erst wenige Stunden zuvor hatten sie und
Jake Diane nach Hause begleitet und sich vergewissert,
dass alles in Ordnung war, bevor sie ihr eine gute Nacht
wünschten. Zwei Beamte hatten das Grundstück

durchsucht und die ganze Nacht Wache gehalten. Und doch war jemand in das Haus eingebrochen, hatte die schlafende Bewohnerin ermordet und war entkommen, ohne dass jemand etwas gehört oder gesehen hatte. Was hatten sie übersehen, dass es zu einer solchen Tragödie kommen konnte?

„Wir haben gerade erst angefangen", sagte Vik.

Sarah schüttelte den Kopf. „Ich lasse es Sie wissen, wenn ich zu einer ersten Einschätzung gekommen bin."

Unfähig, ihre Energie zu zügeln, stapfte Bridget nach draußen, wobei sie diesmal darauf achtete, die Vordertür zu benutzen, um nicht über die Glasscherben in der Küche steigen zu müssen.

PC Sam Roberts und PC Scott Wallis, die Polizisten, die in der Nacht Dienst gehabt hatten, standen im Vorgarten und rauchten. Hastig drückten sie ihre Zigaretten aus, als sie Bridget auf sich zukommen sahen.

„Gehen wir es noch einmal durch", sagte sie.

Sie hatte ihre Geschichte schon einmal gehört, aber eine Wiederholung konnte nicht schaden. Vielleicht gab es ja etwas, das ihr – oder ihnen – beim ersten Mal entgangen war.

Die beiden Constables tauschten einen Blick aus. Beide waren sichtlich bestürzt über das, was passiert war, und hatten zweifellos Angst vor einer disziplinarischen Anhörung – aber Bridget war im Moment weniger daran interessiert, Schuld zuzuweisen, als herauszufinden, was passiert war. So wenig sie Diane Gilbert persönlich gemocht hatte, Bridget war immer noch für sie verantwortlich gewesen. Und was noch wichtiger war: Ein Mitmensch hatte sein Leben verloren.

Der Beamte, der sie ins Haus begleitet hatte – PC Sam Roberts –, ergriff als Erster das Wort. „Es ist so, wie wir es letzte Nacht gesagt haben, Ma'am. Wir sind gestern Abend etwa fünfzehn Minuten vor Ihnen eingetroffen. Wir sind um das ganze Anwesen herumgegangen, haben uns vergewissert, dass die Türen und Fenster im Erdgeschoss verschlossen waren, haben in der Garage nachgesehen und das Gelände abgesucht. Es war niemand da und es gab auch keine Anzeichen für einen Eindringling."

„Und Sie sind zu keinem Zeitpunkt eingeschlafen oder haben Ihren Posten verlassen?" Sie wusste aus Erfahrung, wie leicht man während einer langen Nachtschicht ein kurzes Nickerchen machen konnte, besonders wenn die Aufgabe sinnlos erschien.

„Nein, Ma'am", sagte der andere Beamte. „Wir waren die ganze Zeit hier und hatten freie Sicht auf das Haus und die Einfahrt. Niemand hat das Haus betreten oder verlassen. Das schwöre ich."

Bridget musterte die Gesichter der beiden Männer. Angesichts ihres mitgenommenen Aussehens war sie geneigt zu glauben, dass sie tatsächlich die ganze Nacht wach gewesen waren.

Der einzige Zugang zum Grundstück führte über die Kiesauffahrt, die von der Straße abzweigte. Eine hohe Seitenmauer trennte das Haus von seinen Nachbarn.

„Wenn also niemand durch den Vordereingang gekommen ist", überlegte Bridget, „könnten sie sich dann von der Rückseite des Grundstücks Zugang verschafft haben?"

Scott schüttelte den Kopf. „Nein, Ma'am. Es gibt zwar ein Tor in der Mauer im hinteren Teil des Gartens, aber es war letzte Nacht verschlossen und ist es immer noch. Auf diesem Weg ist niemand hineingekommen."

„Vielleicht haben sie sich dann gestern Abend im Garten versteckt?" Der Garten war groß und das Gebüsch weitläufig.

„Nein", sagte Sam. „Wir haben das Grundstück gründlich durchsucht, bevor Sie gekommen sind. Wenn da jemand gewesen wäre, hätten wir ihn gefunden."

„Aber jemand ist eingebrochen, hat die Bewohnerin ermordet und ist dann wieder entkommen. Er hat sogar die Scheibe der Hintertür eingeschlagen, ohne dass Sie etwas gehört haben."

Die beiden Männer wurden noch blasser, wenn das überhaupt möglich war. Aber die Geschichte, die sie erzählten, war dieselbe wie zuvor, und Bridget glaubte nicht, dass sie ihr etwas verheimlichten.

„In Ordnung, Sie können nach Hause gehen. Ich brauche einen schriftlichen Bericht von Ihnen beiden. Aber schlafen Sie erst einmal."

Es gab keinen Grund, sie mit einem Berg von Vorwürfen zu überschütten. Das würde Grayson zweifellos bald mit ihr machen. Sie hatte bereits den Zorn von Jennifer Eagleston, der Verlegerin, über sich ergehen lassen müssen, die unglücklicherweise nur fünf Minuten nach Bridgets Entdeckung der Leiche eingetroffen war. Zunächst war Jennifer von der Nachricht zutiefst schockiert gewesen, wenn auch, wie Bridget bemerkte, nicht so sichtlich erschüttert, wie man es hätte erwarten können. Vielleicht war Bridget nicht die Einzige, die eine persönliche Abneigung gegen die verstorbene Schriftstellerin und Akademikerin empfunden hatte.

Doch als die Verlegerin erfuhr, was geschehen war, war der Schock sehr schnell dem Zorn gewichen, und jede Spur der Dankbarkeit, die sie Bridget noch am Abend zuvor entgegengebracht hatte, war von Empörung überschattet worden. „Ich dachte, Sie sorgen für ihre Sicherheit! War das nicht der Sinn des ganzen Polizeischutzes?" Vorwurfsvoll deutete sie auf den Streifenwagen, der immer noch auf der Straße vor dem Haus parkte. Ihre Fingernägel trugen dasselbe Purpurrot wie ihre Lippen.

Es war absolut verständlich, dass Jennifer wütend war, aber es war nicht ganz fair, Bridget die ganze Schuld in die Schuhe zu schieben. „Wir werden den Vorfall gründlich untersuchen", sagte sie, „aber ich kann Ihnen versichern, dass uniformierte Beamte die ganze Nacht vor Dianes Haus Wache gehalten haben."

„Und was hat es gebracht!"

Bridget wartete, bis Jennifer sich ein wenig beruhigt hatte, bevor sie Fragen stellte. „Darf ich fragen, ob Ihnen in letzter Zeit irgendetwas Ungewöhnliches an Diane aufgefallen ist?"

„Abgesehen davon, dass sie eine Morddrohung erhalten hat, meinen Sie?"

„Abgesehen davon. Hat sich ihr Verhalten in irgendeiner Weise verändert?"

„Nun, ehrlich gesagt kannte ich Diane nicht besonders gut", räumte Jennifer ein. „Nicht persönlich, meine ich. Natürlich hatten wir uns ein paar Mal getroffen und viel per Telefon und E-Mail kommuniziert, besonders in den letzten Monaten, als die Veröffentlichung näher rückte. Aber nein, ich hatte nichts Ungewöhnliches an ihr bemerkt."

„Hat sie mit Ihnen über die Morddrohung gesprochen?"

„Sie hat mir den Brief gezeigt, als er kam, aber sie schien nicht übermäßig beunruhigt zu sein."

„Worüber haben Sie dann gesprochen?"

„Über ihr Buch. Sie brannte dafür und es gibt viel zu besprechen zwischen Autor und Verleger, wenn ein neues Buch auf den Markt kommt. Die Art von Büchern, die Diane schreibt, verkauft sich nicht so leicht. Deshalb ist es so wichtig, das Marketing richtig zu machen." Sie schaute auf ihre Uhr, als wäre ihr gerade eingefallen, wo sie eigentlich sein sollte. „O Gott, BBC Oxford wartet auf uns. Was soll ich denen sagen?", fragte sie, als hätte Bridget vielleicht eine zündende Idee.

Nun, ein Interview bei Radio 4 würde es jetzt sicher nicht geben, obwohl die Sender viel zu erzählen haben würden, sobald die Nachricht von Dianes Tod bekannt gegeben wurde. Aber das war das Letzte, was Bridget im Moment wollte. Es war immer eine heikle Zeit, wenn eine Leiche gerade erst entdeckt worden war, die Todesursache noch nicht feststand und die Angehörigen noch benachrichtigt werden mussten. Bridget bat Jennifer, vorerst diskret zu sein und der BBC mitzuteilen, dass Diane unpässlich sei.

Die Verlegerin nickte zustimmend und kramte in ihrer geräumigen Umhängetasche nach dem Handy. Als sie am Ende der Auffahrt ankam, hatte sie bereits gewählt und hielt das Telefon ans Ohr gepresst. Bridget ließ sie gehen. Sie hatte dringendere Angelegenheiten, um die sie sich kümmern musste.

Die drängendste Frage war, wie sich jemand Zugang zum Haus verschaffen konnte, ohne dass Sam und Scott es bemerkten. Bridget ließ Sarah im Hauptschlafzimmer weiterarbeiten und Vik den Einbruch an der Hintertür untersuchen, und ging zurück ins Haus. Sie stieg die Treppe hinauf zu einem Gästezimmer, von dem aus man den hinteren Garten überblicken konnte. Wenn der Eindringling, wie Sam und Scott schworen, nicht von vorne ins Haus gelangt war, musste er sich logischerweise von hinten genähert haben.

Der große Garten hinter dem Haus bestand größtenteils aus Rasen mit ordentlich gestutzten Büschen an beiden Seiten. Er sah aus wie ein Ort, an dem die Natur niemals die Oberhand gewinnen durfte, ganz im Gegensatz zu Bridgets eigenem winzigen Garten, der sich längst in einen Lebensraum für Wildtiere verwandelt hatte. Es hätte sie nicht überrascht, wenn sich dort einige gefährdete Arten angesiedelt hätten.

Eine Reihe von Pflastersteinen führte über den Rasen zu einem Tor in der hohen Backsteinmauer, die den Garten umgab. Von hier aus sah es so aus, als würde das Tor zu einer schmalen Gasse hinter dem Haus führen. Sam und Scott hatten geschworen, dass das Tor sowohl vor als auch nach dem Mord verschlossen gewesen war. Da die Scheibe der Küchentür eingeschlagen worden war, um ins Haus zu gelangen, war es unwahrscheinlich, dass der Eindringling einen Schlüssel für das Gartentor hatte. Bridget versuchte zu schätzen, wie hoch die Mauer war. Könnte jemand über sie geklettert sein? Bridget hätte es selbst nie geschafft, aber sie nahm an, dass es für jemanden, der größer und fitter war als sie, gerade noch möglich gewesen wäre. Sie ging die Treppe hinunter und erzählte Vik von ihrer Idee.

„Sehen wir uns das doch mal genauer an", schlug er vor.

Gemeinsam gingen sie nach draußen, Bridget folgte ihm über die Pflastersteine, die zum Ende des Gartens führten. Die Luft war noch kühl und der Morgentau glitzerte auf dem Gras zu beiden Seiten. Die Mauer, die das Grundstück umgab, war gut zwei Meter hoch und mit einer Schicht aus Moos und Flechten bewachsen.

„Wenn jemand über eine Mauer dieser Höhe geklettert wäre", sagte Vik, „würde man Spuren des Eindringlings erwarten – Fußabdrücke im Boden, wo derjenige hinuntergesprungen ist, oder die Spuren einer Leiter – vor allem, wenn der Boden so weich ist wie heute. Es hat viel geregnet in letzter Zeit. Aber nichts Ungewöhnliches, soweit ich sehen kann." Er ging in die Hocke und untersuchte den Boden vor der hinteren Mauer. „Es sei denn, er ist mit katzenhafter Präzision gesprungen und auf dem Pflasterstein direkt vor dem Tor gelandet." Er trat einen Schritt zurück und betrachtete die Oberseite der Mauer über dem Tor, wo das Moos am dichtesten war. „Es sieht nicht so aus, als hätte sich jemand an diesem Teil der Mauer zu schaffen gemacht, aber ich werde jemanden mit einer Leiter hinaufklettern lassen, damit er sich das genauer ansieht."

„Es war nur eine Idee", sagte Bridget. „Er muss irgendwie zur Küchentür gekommen sein."

„Von einem Nachbargrundstück aus?", schlug Vik vor.

„Möglich", meinte Bridget, aber die Mauern, die den Garten von den Häusern auf beiden Seiten trennten, waren genauso hoch wie die hintere Mauer.

Sie und Vik gingen um den Garten herum und suchten den Boden sorgfältig nach verräterischen Spuren ab, aber am Ende ihres Rundgangs blieb Vik stehen und schüttelte den Kopf. „Niemand ist in den letzten Tagen über diese Mauern geklettert."

„Könnte sich jemand im Gartenhäuschen versteckt haben?", fragte Bridget. Sie gingen zu dem kleinen Holzhaus hinüber, aber die Tür war mit einem Vorhängeschloss gesichert, und als Bridget durch das Fenster spähte, sah sie, dass kaum genug Platz für den

Rasenmäher und andere Gartengeräte war, geschweige denn für jemanden, der sich verstecken wollte.

„Ich denke nicht", sagte Vik.

Immer noch ratlos, wie der Eindringling sich Zugang zum Haus verschafft hatte, folgte Bridget ihm zurück hinein. Da Vik ihr keine Antworten geben konnte, ging sie nach oben, in der Hoffnung, dass Sarah Walker inzwischen welche hatte. Als sie ihren Kopf durch die Tür des Hauptschlafzimmers steckte, kniete die Gerichtsmedizinerin neben dem Bett und betrachtete Diane Gilberts entblößten Oberkörper. Sarah musste gehört haben, dass sie gekommen war, denn ohne sich umzudrehen, sagte sie: „Kommen Sie und sehen Sie sich das an."

Der Raum roch nach Diane Gilberts ziemlich penetrantem Parfüm, das selbst nach ihrem Tod noch in der Luft hing. Der Duft erweckte die Frau wieder zum Leben und machte es schwer, den Körper auf dem Bett als nicht mehr lebendig zu betrachten.

Sarah deutete auf eine Stelle knapp unter der linken Brust des Opfers. „Sehen Sie das?"

Bridget trat näher und beugte sich vor, um die Leiche zu betrachten. Ein winziger roter Punkt war auf der entblößten Haut zu sehen. „Sieht aus wie ein Nadelstich."

„Nicht irgendeine Nadel", sagte Sarah. „Das ist der Abdruck einer Injektionsnadel."

„Eine Nadel? Könnte sie daran gestorben sein?"

„Wir brauchen einen kompletten toxikologischen Bericht. Aber es ist möglich, dass ihr eine tödliche Injektion verabreicht wurde. Ich kann sonst nichts finden, was mit ihr nicht stimmt. Es gibt keine Stichwunden oder Würgemale, keine Blutergüsse oder Anzeichen eines Kampfes. Ich kann natürliche Ursachen nicht ausschließen, aber für eine Frau ihres Alters ist sie in sehr guter Verfassung. Zumindest war sie das bis zu ihrem Tod. Roy wird der Sache auf den Grund gehen, daran habe ich keinen Zweifel." Sie wandte sich von der Leiche ab und begann, ihre OP-Handschuhe auszuziehen.

Eine tödliche Injektion – wenn Diane wirklich auf diese Weise ermordet worden war, warf das alle möglichen beunruhigenden Szenarien auf. Bridgets Interesse wurde aber auch durch Sarahs beiläufige Erwähnung des leitenden Pathologen, Dr. Roy Andrews, geweckt, den sie beim Vornamen nannte und nicht mit Titel und Nachnamen. Sie wusste, dass Sarah und Roy die Weihnachtsfeiertage zusammen verbracht hatten, und Sarah hatte ihr verraten, dass Roy ein sehr guter Koch war. Bridgets neugierige Hälfte wollte Sarah weiter über die Art ihrer Beziehung ausfragen und darüber, wie sie sich seit Weihnachten entwickelt hatte, aber die zurückhaltende Gerichtsmedizinerin war noch nie die einfachste Gesprächspartnerin gewesen, besonders wenn es um ihr Privatleben ging, und jetzt schien wirklich nicht der richtige Zeitpunkt zu sein.

„Ich lasse sie einpacken und in die Gerichtsmedizin bringen", sagte Sarah.

„Was meinen Sie, wie schnell Roy die Obduktion durchführen kann?", fragte Bridget. „Wissen Sie, ob er dieses Wochenende arbeitet?"

Sarah quittierte Bridgets unbeholfenen Versuch, weitere Details über Sarahs Kenntnisse der Aktivitäten des Pathologen herauszubekommen, mit leichtem Amüsement. „Ich bin sicher, er lässt sich zu ein paar Überstunden überreden, wenn Sie ihn darum bitten. Zu einer Leiche sagt Roy nie Nein. Aber warum fragen Sie ihn nicht selbst?"

„Das werde ich", sagte Bridget. Aber zuerst hatte sie noch eine andere Aufgabe zu erledigen – eine, vor der sie sich noch mehr fürchtete als vor der Aussicht, einer Obduktion beizuwohnen. Die Angehörigen des Opfers benachrichtigen.

KAPITEL 3

Marston war einst ein eigenständiges Dorf gewesen, etwa zwei Meilen nordöstlich von Oxford gelegen, aber inzwischen von der Umgehungsstraße umschlossen und mit der Stadt verschmolzen. Der Name leitete sich angeblich von „Marsh Town" ab, weil der Fluss Cherwell im Winter die Angewohnheit hatte, die tiefer gelegenen Wiesen zu überfluten. Sicher nicht gut für die Haushaltsversicherung, vermutete Bridget, aber dennoch charmant.

Das Dorf lag nur wenige Autominuten von Dianes Haus entfernt in der St. Margaret's Road, aber als Bridget von der Marston Ferry Road abbog, hatte sie das Gefühl, die Stadt weit hinter sich zu lassen und in eine ländliche Idylle inmitten von Feldern und Ackerland einzutauchen.

So friedlich war es nicht immer gewesen. Aus ihrer Zeit als Geschichtsstudentin wusste Bridget, dass König Charles I. Oxford während des Englischen Bürgerkriegs zu seiner Hauptstadt gemacht hatte, und als die Hochburg der Royalisten schließlich an Oliver Cromwells parlamentarische Truppen fiel, wurde der Vertrag über die Kapitulation der Stadt in einem Haus in der Mill Lane in

Marston ausgehandelt und unterzeichnet.

Das alte Herrenhaus, das Zeuge jenes historischen Ereignisses gewesen war, stand noch immer und befand sich nur wenige Häuser von dem entfernt, das jetzt Dianes Schwester Annabel Caldecott gehörte. Das alte Steincottage, das zu einer Reihe von vier Häusern gehörte, ähnelte in Alter und Stil sehr Bridgets bescheidenem Heim in Wolvercote. Beide Gebäude hätten bequem in den Grundriss von Dianes geräumiger viktorianischer Villa gepasst, und es wäre sogar noch Platz gewesen. Der winzige Vorgarten war üppig bepflanzt und bot, obwohl es noch früh in der Saison war, bereits ein farbenfrohes Schauspiel. Bridget war eine nachlässige Gärtnerin, die lieber die Anstrengungen anderer bewunderte, als selbst welche zu unternehmen, und sie hätte nicht einmal die Hälfte der hier wachsenden Pflanzen benennen können, wenn ihr Leben davon abhinge, aber sie erkannte einige Tulpen und Hyazinthen neben den verblassenden Narzissen. Einige große Hortensienbüsche trieben gerade aus und würden im Sommer zweifellos eine spektakuläre Blütenpracht entfalten. Sie stieß das quietschende Gartentor auf, klopfte an die Holztür des Cottages und wartete.

Es kam keine Antwort und sie wollte gerade Annabels Handy anrufen, als sie das Bellen eines kleinen Hundes hörte. Sie blickte auf und sah Annabel von einem Spaziergang zurückkehren.

„Inspector Hart, was führt Sie hierher?" Annabel war wie zuvor gekleidet, mit einem langen Mantel und Stiefeln. Ihr Hund, ein Jack-Russell-Terrier mit glattem weiß-braunem Fell und sehr schlammigen Pfoten, trottete durch das offene Tor und beschnupperte Bridget mit großem Interesse. Als es so aussah, als würde er gleich hochspringen und seine Pfoten auf Bridgets Mantel legen, zog Annabel an seiner Leine. „Sitz, Oscar." Der Hund gehorchte sofort und schaute verlegen drein. „Tut mir leid. Ich bin gerade mit ihm den Weg entlang und um das Feld herumspaziert und es hat in letzter Zeit so viel geregnet, dass alles sehr matschig ist. Oscar kann nichts dafür, dass er so schmutzig ist."

„Ja", sagte Bridget mit einem Blick auf Annabels schlammige Stiefel.

„Einen Moment", sagte Annabel, als wäre ihr gerade etwas eingefallen. Sie griff in eine tiefe Manteltasche und zog eine kleine Plastiktüte heraus, die oben zugeknotet war. Obwohl Bridget es begrüßte, wenn verantwortungsbewusste Hundebesitzer die Hinterlassenschaften ihrer Lieblinge beseitigten, wollte sie das Resultat lieber nicht sehen. Annabel warf den Kotbeutel in eine graue Mülltonne und wandte sich wieder Bridget zu. „Hat Diane Sie geschickt?"

„Sozusagen", sagte Bridget. „Macht es Ihnen etwas aus, wenn wir hineingehen?"

„Oh, nein. Natürlich nicht."

Annabel fischte einen Schlüssel aus einer anderen Tasche und öffnete die Tür. „Möchten Sie im Wohnzimmer warten? Ich sperre Oscar und seine schlammigen Pfoten schnell in die Küche."

Von der Leine befreit, sprang der Hund freudig durch die Tür am Ende des Flurs, und Annabel kümmerte sich um ihn, während Bridget ins Wohnzimmer ging. Die schmutzigen Pfoten des Hundes würden Annabels geringste Sorge sein, sobald Bridget ihr die Nachricht vom frühen Tod ihrer Schwester überbracht hatte.

Das Wohnzimmer war gemütlich eingerichtet, vielleicht ein wenig altmodisch, aber behaglich und fröhlich. In einem Bücherregal in einer der Nischen neben dem Kamin stapelten sich abgegriffene Taschenbücher mit gebrochenen Buchrücken. Bridget erkannte einige Bestseller von Krimi- und Thrillerautoren und eine großzügige Auswahl an Klassikern wie Dickens, Austen und Hardy. *Ein tödliches Rennen: Wie westliche Regierungen bei Waffenverkäufen in den Nahen Osten kollaborieren* war nirgends zu sehen, aber der Couchtisch war übersät mit alten Ausgaben von *Gartenwelt* und *Ihr Hund*.

Verschiedene Fotos in Holzrahmen schmückten den

Kaminsims. Ein Urlaubsschnappschuss zeigte die beiden Schwestern mit breitkrempigen Strohhüten entspannt und glücklich an einem heißen, sonnigen Ort. Ein anderes Bild zeigte Annabel und ihren Mann an ihrem Hochzeitstag – kein offizielles Foto von einem professionellen Fotografen, sondern mit einer Kompaktkamera aufgenommen. Das Paar winkte seinen Freunden zu, bevor es in einen mit Luftballons und Bändern geschmückten Volkswagen Beetle stieg. Aber es gab keine Anzeichen für die Anwesenheit eines Mannes im Haus. Kein Mantel, keine Schuhe im Flur, nur Annabels farbenfrohe Hüte und Schals an den Haken und ein Paar pinkfarbene Gummistiefel voller Schlamm.

Bridget hockte sich auf die Kante eines Sofas, das mit einer Patchwork-Decke bedeckt war, die mit weißen Hundehaaren übersät war. Die leuchtenden Gelb-, Rot- und Blautöne des Quilts schienen die Atmosphäre des Raumes widerzuspiegeln – ein wenig ramponiert und aus unpassenden Accessoires zusammengestückelt. Vorhänge, Teppiche und Kissen waren allesamt bunt durcheinander gewürfelt. Wäre da nicht die Tatsache gewesen, dass sie Annabel die schlimmste Nachricht der Welt überbringen musste, hätte Bridget sich hier viel wohler gefühlt als in Dianes akribisch durchgestyltem und aufeinander abgestimmtem Haus.

Als Annabel wieder auftauchte, hatte sie ihren Mantel ausgezogen und ihre Wanderstiefel gegen ein Paar Hausschuhe getauscht. Bridget wartete, bis sie in einem Sessel Platz genommen hatte, bevor sie ihr die Nachricht so behutsam wie möglich überbrachte.

Einen Moment lang sagte Annabel nichts, sondern hielt sich ungläubig die Hand vor den Mund. „Sind Sie sicher?", fragte sie schließlich. „Es war meine Schwester?"

„Ja", sagte Bridget. „Allerdings brauchen wir ein Familienmitglied, um die Leiche offiziell zu identifizieren." Sie fragte sich, ob Annabel in der Lage sein würde, die Leiche selbst zu identifizieren.

Annabel stand auf, stürmte aus dem Zimmer und stieß

einen unverständlichen Schrei aus. Bridget folgte ihr in den Flur, aber Annabel hatte sich in der Toilette im Erdgeschoss eingeschlossen. Durch die Tür konnte Bridget ein Schluchzen hören.

Als Annabel etwa zehn Minuten später wieder herauskam, waren ihre Augen gerötet und geschwollen, ihr Gesicht fleckig. In den Händen hielt sie eine zerknüllte Rolle Toilettenpapier.

„Soll ich Wasser aufsetzen?", fragte Bridget.

Annabel nickte stumm und Bridget ging in die Küche, um Tee, Milch und Zucker zu suchen. Kaum hatte sie die Küchentür geöffnet, stürmte Oscar heraus. Bridget versuchte nicht, ihn aufzuhalten. Der Hund würde Annabel trösten, schlammige Pfoten hin oder her.

Teebeutel und Zucker standen auf der Theke neben dem Wasserkocher, und auf dem Abtropfbrett fand Bridget einige bunte Tassen, die nicht zusammenpassten. Als sie mit zwei Tassen starkem, reichlich gesüßtem Tee ins Wohnzimmer zurückkehrte, drückte Annabel den Hund wie ein Kind an sich und vergrub ihr Gesicht in dem weichen Fell auf seinem Kopf.

Bridget stellte den Tee auf den Tisch und setzte sich wieder aufs Sofa.

Nach einer Minute hatte Annabel sich so weit gefasst, dass sie sprechen konnte. „Wie ist Diane gestorben?"

„Das wissen wir im Moment noch nicht sicher", sagte Bridget. „Es gab Hinweise auf einen Einbruch an der Hintertür, also behandeln wir ihren Tod als verdächtig."

„Mord?" Annabel hauchte das Wort, als traute sie sich nicht, es laut auszusprechen.

„Ich fürchte, wir müssen den Obduktionsbericht abwarten, bevor wir das mit Sicherheit sagen können." Bridget wusste, wie sehr sich trauernde Angehörige nach Antworten sehnten, die ihnen halfen, mit ihrem Verlust fertig zu werden, aber sie kannte auch die Gefahren voreiliger Schlüsse oder Spekulationen. Sie würde nichts über den Stich sagen, bevor sie die Fakten kannte. „Hatte Diane irgendwelche Krankheiten, wie Bluthochdruck oder

Herzprobleme?" Es war immer noch möglich, dass Diane durch den Schock, einen Eindringling in ihrem Haus entdeckt zu haben, einen Herzstillstand erlitten hatte.

Annabel schüttelte den Kopf. „Diane? Nein. Sie war immer kerngesund. Sie war kaum einen Tag in ihrem Leben krank."

Annabel schien ihren ersten Schock zu überwinden und Bridget hielt es für unbedenklich, ein paar weitere Fragen zu stellen. „Ist Ihnen bekannt, dass Ihre Schwester kürzlich eine Morddrohung erhalten hat?"

Annabels Miene verfinsterte sich. „Ja, natürlich, sie hat mir den Brief gezeigt. Ohne mich hätte sie nichts unternommen. Sie hielt ihn für nicht ernst-zu-nehmen, aber ich sagte ihr, sie solle nicht so dumm sein. Ich glaube nicht, dass sie allein auf mich gehört hätte, aber Jennifer, ihre Verlegerin, und Grant, ihr Agent, stimmten mir zu, und so ging sie damit zur Polizei." Sie blickte zum Hund hinunter. „Nicht, dass es etwas gebracht hätte. Am Ende ist sie trotzdem tot." Ihre Schultern fingen wieder an zu zittern.

„Es tut mir aufrichtig leid", sagte Bridget, „und ich kann Ihnen versichern, dass ich alles in meiner Macht Stehende tun werde, um herauszufinden, was mit Ihrer Schwester geschehen ist. Gibt es außer Ihnen noch jemanden, den wir über ihren Tod informieren sollten?"

Annabel legte eine Hand an die Stirn. „Gott, wo sind nur meine Gedanken! Es muss der Schock sein, der mich so vergesslich macht. Diane hat einen Sohn in London. Sein Name ist Daniel. Er muss benachrichtigt werden, und Ian auch."

„Ian?"

„Ian Dunn, Dianes Ex-Mann. Er lebt in Oxford. Er ist Facharzt am John Radcliffe Krankenhaus."

„Verstehe. Welche Art von Beziehung hatte Diane zu ihrem Ex-Mann?"

Annabel runzelte die Stirn angesichts der Anspielung, die in der Frage mitschwang. „Oh, kommen Sie nicht auf die Idee, dass Ian Diane getötet haben könnte. Er ist ein guter Mann, und ihre Beziehung war absolut freundschaftlich. Er und Diane haben sich vor etwa zehn Jahren scheiden lassen, und vor ein paar Jahren hat er wieder geheiratet."

„Es tut mir leid", sagte Bridget. „Aber ich muss diese Fragen stellen. Was ist mit Daniel? Hat er sich mit seiner Mutter gut verstanden? Er lebt in London, sagten Sie?"

„Er ist erwachsen geworden. Aber er sieht – sah – Diane noch regelmäßig."

„Muss noch jemand benachrichtigt werden?"

„Universitätskollegen, nehme ich an. Aber keine anderen Verwandten. Unsere Eltern sind vor ein paar Jahren gestorben."

„Und was ist mit Ihnen?", fragte Bridget mit einem Blick auf das Hochzeitsfoto auf dem Kaminsims. „Gibt es jemanden, der Ihnen emotionalen Beistand leisten kann?"

Annabels Blick folgte dem von Bridget und kehrte dann zu dem Hund auf ihrem Schoß zurück. „Jetzt gibt es nur noch Oscar und mich", sagte sie und tätschelte die Flanke des Hundes. Die Ohren des Tieres zuckten bei der Erwähnung seines Namens. „John ist vor fünf Jahren gestorben."

„Das tut mir leid."

„Das muss es nicht. Es war eine gnädige Erlösung. Er hatte Huntington, wissen Sie."

„Das ist eine degenerative Krankheit, nicht wahr?"

„Ja, es ist eine genetische Störung. John hatte sie von seiner Mutter geerbt. Die ersten Symptome traten auf, als er Anfang dreißig war. Anfangs waren es nur Kleinigkeiten – er war ungeschickt, vergaß Dinge. Er versuchte, es mit Humor zu nehmen, aber wir wussten beide, dass es nur schlimmer werden konnte. Ian ermutigte ihn, eine Diagnose stellen zu lassen, und danach ging es mit ihm sehr schnell bergab. In den letzten Monaten war er ans Bett gefesselt und ich musste ihn pflegen. Schließlich war er nicht einmal mehr in der Lage zu sprechen und hatte Probleme beim Schlucken und Atmen. Am Ende kam der Tod wie eine Erlösung."

„Das kann ich verstehen", sagte Bridget. „Sie haben keine Kinder?"

„Wir hätten vielleicht welche bekommen, aber nach Johns Diagnose haben wir uns dagegen entschieden. Es besteht eine fünfzigprozentige Chance, dass das Huntington-Gen weitergegeben wird, und dieses Risiko wollten wir nicht eingehen." Wieder schossen Annabel Tränen in die Augen. „Jetzt wünschte ich, wir hätten es getan. Ich habe meinen Mann verloren und jetzt auch noch meine Schwester. Oscar ist alles, was ich noch habe." Sie drückte den Hund fest an ihre Brust.

Bridget trank ihren Tee aus und stellte die Tasse neben eine Gartenzeitschrift auf den Couchtisch. „Haben Sie eine Ahnung, wer Diane die Morddrohung geschickt haben könnte?", fragte sie behutsam. „Haben Sie mit ihr darüber gesprochen?"

„Diane weigerte sich, darüber zu sprechen. Sie war überzeugt, dass es nur ein Spinner war. Aber ich war besorgt. Diane hatte keine Angst, über Themen zu schreiben, die bestimmte Leute in einflussreichen Positionen verärgerten. Ihre akademische Arbeit war eine Sache, aber ihr Buch wird die Aufmerksamkeit eines viel breiteren Publikums auf diese Themen lenken."

„Ja, das kann ich mir vorstellen", sagte Bridget. „Ich brauche die Kontaktdaten von Daniel und Ian, wenn es Ihnen nichts ausmacht."

„Natürlich", sagte Annabel und wischte sich die Tränen aus den Augen. „Aber kann ich vorher mit ihnen sprechen? Ich denke, es ist besser, wenn die Nachricht von mir kommt."

Bridget hatte nichts dagegen, dass Annabel mit Dianes Sohn und Ex-Mann Kontakt aufnahm. Es war sogar eine willkommene Entlastung und würde ihre Arbeit erheblich erleichtern, wenn sie später mit ihnen sprach und sie schon vorbereitet waren.

Annabel sah aus, als würde sie gleich wieder weinen. „Meine Schwester war ein guter Mensch, Inspector", sagte sie. „Es war nicht immer leicht, sie zu mögen" – Bridget spürte, wie Annabels Blick sie durchbohrte, und sie rutschte unbehaglich hin und her – „aber sie war meine Schwester und wir standen uns sehr nahe. Sie hat mir in schwierigen Zeiten beigestanden, besonders nach dem Tod meines Mannes. Sie werden herausfinden, wer sie getötet hat, nicht wahr?"

KAPITEL 4

Bridget wusste, dass sie erst Chief Superintendent Alex Grayson gegenübertreten musste, bevor sie ihr Team zusammenstellen und mit der Aufklärung des Mordes beginnen konnte. Es bestand sogar die Gefahr, dass Grayson ihr die Leitung der Ermittlungen nicht anvertrauen würde, da sie es derart vermasselt hatte, Diane Gilberts Tod zu verhindern. Sie machte sich auf eine Attacke gefasst, als sie sein gläsernes Büro betrat, wohl wissend, dass Jake und die anderen Mitglieder der Abteilung sie alle genau beobachteten, auch wenn sie es hervorragend schafften, so zu tun, als ob sie es nicht täten. Überwachungstraining konnte ein zweischneidiges Schwert sein.

Der Chief Super saß in seinem hochlehnigen Drehstuhl und klopfte mit einem Füllfederhalter auf die Oberfläche seines makellosen Schreibtisches. Es war immer ein schlechtes Zeichen, wenn er einen Stift in der Hand hielt. Und ein leerer Schreibtisch bedeutete ebenfalls Ärger.

„Sir, Sie wollten mich sehen", sagte Bridget, fest entschlossen, ihm nicht das erste Wort zu überlassen.

„Setzen Sie sich", sagte Grayson und drehte den Stift

in seiner Hand, um auf den Stuhl vor seinem Schreibtisch zu zeigen.

Bridget setzte sich kerzengerade auf die Kante des Stuhls, um ihre Statur um die dringend benötigten zusätzlichen Zentimeter zu verbessern. Ein Foto von Grayson, auf dem er einen Golfpokal in die Höhe hielt, starrte sie vom Schreibtisch aus an. Weder der Grayson auf dem Foto noch der im wirklichen Leben lächelte.

„Erklären Sie mir bitte, DI Hart", sagte der Chief ruhig, „wie Diane Gilbert in unserer Obhut ermordet werden konnte."

Mit einem Funken Hoffnung nahm sie zur Kenntnis, dass er „unserer Obhut" und nicht „Ihrer Obhut" gesagt hatte, aber sie gab sich nicht der Illusion hin, dass Grayson bereitwillig die Schuld für dieses Fiasko auf sich nehmen würde. Sie wollte auch nicht, dass die beiden Unglücksraben Sam und Scott zu Sündenböcken gemacht wurden, vorausgesetzt, sie hatten ihr die ganze Wahrheit über die Ereignisse erzählt. Bridget spielte keine Spielchen oder Bürointrigen. Wenn sie die Verantwortung für das Scheitern der Operation übernehmen musste, dann würde sie das tun. Aber sie würde nicht kampflos untergehen.

„Sir, ich kann mit Bestimmtheit sagen, dass sich, als Detective Sergeant Jake Derwent und ich Diane Gilbert am Donnerstagabend zu Hause absetzten, keine Eindringlinge im Haus oder auf dem Grundstück befanden. Die Hintertür und die Fenster im Erdgeschoss waren alle fest verschlossen, und wir hörten, wie sie die Vordertür abschloss, als wir das Haus verließen. Der Garten und die Garage wurden durchsucht, und die Beamten, die in der Nacht Dienst hatten, haben erklärt, dass während ihres Dienstes niemand das Grundstück betreten oder verlassen hat."

„Nun, jemand ist eindeutig rein- und rausgegangen", sagte Grayson. „Wie erklären Sie sich das?"

Bridget schluckte, denn sie wusste, dass sie auf diese Frage keine befriedigende Antwort hatte. „Sie sind durch die Hintertür des Hauses eingebrochen, aber wir wissen noch nicht, wie sie auf das Grundstück gelangt sind. Die Spurensicherung untersucht, ob jemand über die hintere Gartenmauer geklettert sein könnte." Sie fügte nicht hinzu, dass sie und Vik bereits nachgesehen und keine Anzeichen für ein Eindringen gefunden hatten.

Der Füllfederhalter klopfte rhythmisch auf den Schreibtisch. „Ist das wahrscheinlich?"

„Es ist eine Möglichkeit."

„Wenn das so ist, warum wurde dann niemand abgestellt, um die Rückseite des Grundstücks zu überwachen?"

„Sir, bei allem Respekt, mir standen nur zwei Beamte zur Verfügung. Sie waren an der Vorderseite des Hauses postiert. Wie sollte ich mit den mir zur Verfügung stehenden Mitteln den Hintereingang sichern?"

Bridget wusste, dass sie sich auf gefährliches Terrain begab, wenn sie sich auf Ressourcen und Budgets berief. Dafür war eindeutig Grayson zuständig.

Klopf. Klopf. Klopf. „Wir haben keine unbegrenzten Ressourcen, um Babysitter für jeden zu spielen, der etwas Kontroverses sagt und sich selbst in Gefahr bringt. Was auch immer der Deputy Commissioner denken mag."

So weit war der Chief noch nie daran gewesen, sich auf Bridgets Seite zu stellen. Doch ihre Erleichterung währte nur kurz. Grayson schloss die Faust fest um den Füllfederhalter. „Abgesehen davon war das ein monumentaler Schlamassel erster Klasse. Der Mörder hat uns schwarz auf weiß geschrieben, was er vorhatte, und wir haben es trotzdem nicht geschafft, ihn aufzuhalten. Sie können sich sehr glücklich schätzen, dass Sie sich nur vor mir verantworten müssen und nicht vor dem Deputy Commissioner. Die beiden Beamten, die letzte Nacht vor dem Haus des Opfers im Einsatz waren, wurden suspendiert, solange ihr Verhalten bei dieser Operation untersucht wird. Nennen Sie mir einen guten Grund, warum ich nicht auch Sie suspendieren und Baxter die Leitung der Mordermittlungen übertragen sollte."

„Sir? Das können Sie nicht tun!" Bridget war entsetzt,

als sie erfuhr, dass Sam und Scott vom Dienst suspendiert worden waren. Ihr Bauchgefühl sagte ihr, dass sie die Wahrheit über die Geschehnisse gesagt hatten. Aber die Aussicht, dass auch sie suspendiert werden könnte, war noch beunruhigender. Sie jetzt von dem Fall abzuziehen und ihrem Erzrivalen in der Abteilung, DI Greg Baxter, die Verantwortung zu übertragen, ihren Namen reinzuwaschen, war eine schreckliche Aussicht.

„Kann ich nicht?" Der Ton von Graysons Frage verriet eine deutliche Warnung.

Bridget wusste, dass sie ihren Kopf riskierte, wenn sie ihrem Chef sagte, was er tun oder lassen sollte. Aber ihr Sinn für Gerechtigkeit schien entschlossen, ihren gesunden Menschenverstand rücksichtslos zu ignorieren. „Das ist einfach nicht fair, Sir. Ich habe das Recht, diese Mordermittlungen zu leiten."

Graysons ohnehin schon gerunzelte Stirn verfinsterte sich noch mehr. Er hob den Stift und stieß ihn in die Luft. „Lassen Sie mich eines klarstellen, DI Hart. Sie haben hier keinerlei Rechte."

„Dann eben eine Pflicht, Sir. Ich bin es dem Opfer und ihrer Familie schuldig, herauszufinden, wer das getan hat. Und ich bin die Person, die am besten geeignet ist, diese Ermittlung zu leiten."

„Oder diejenige, die am wenigsten in der Lage ist, die Situation objektiv zu beurteilen."

Grayson hob die Hand, um sie daran zu hindern, noch etwas zu sagen. Er starrte zur Decke hinauf und klopfte sanft mit dem Stift auf seinen Schreibtisch, während er über seine Entscheidung nachdachte. Er brauchte nicht lange. Grayson war noch nie ein Mann gewesen, der von Zweifeln geplagt wurde. „Nun, Inspector Hart, Sie haben auf spektakuläre Weise versagt, den Mord an Diane Gilbert zu verhindern, also können Sie das verdammt noch mal wiedergutmachen, indem Sie herausfinden, wer sie getötet hat. Betrachten Sie das als Buße, nicht als Belohnung."

Der Füllfederhalter hatte seine Tortur überstanden

und Bridget auch. „Danke, Sir", sagte sie, erleichtert, dass sie nicht wieder zur Bekämpfung der Kleinkriminalität in der Blackbird Leys-Siedlung in East Oxford abkommandiert worden war. Aber sie wusste, dass ihre Zukunft auf dem Spiel stand. Wenn die Sache schiefging, konnte ihre Karriere in Gefahr sein.

„Seien Sie vorsichtig", warnte Grayson. „Keine weiteren Fehler. Und angesichts der Art ihres Buches möchte ich sofort informiert werden, wenn es auch nur den geringsten Hinweis darauf gibt, dass Diane Gilberts Tod mit Fragen der nationalen Sicherheit zu tun haben könnte."

„Ja, Sir. Selbstverständlich, Sir." Bridget erhob sich dankbar. „Sie werden es als Erster erfahren."

KAPITEL 5

B ridget verließ Graysons Büro und achtete darauf, die Tür leise hinter sich zu schließen. Alle in der Abteilung schienen plötzlich sehr beschäftigt zu sein, starrten konzentriert auf ihre Bildschirme, blätterten in den vor ihnen liegenden Berichten, eilten davon, um Tee zu kochen oder auf die Toilette zu gehen. Bridget fühlte sich, als wäre ein Scheinwerfer auf sie gerichtet, obwohl sich kein einziges Gesicht in ihre Richtung drehte. Sie mussten Graysons wütende Tirade mit Sicherheit gehört haben. Sie ging zu ihrem Schreibtisch, stand dann aber sofort wieder auf, entschlossen, sich ihrer Demütigung nicht zu beugen.

„Team-Meeting in zwei Minuten, pünktlich."

Es gab für sie nur einen Weg, sich zu rehabilitieren, und zwar indem sie nach vorne blickte und nicht zurück.

Teambesprechungen waren offenbar ohne die Stärkung durch Tee und Kaffee nicht zu ertragen, und so wartete Bridget geduldig im Einsatzraum, bis sich ihr Team versammelt hatte.

Detective Constable Ffion Hughes erschien als Erste und trug ihre übliche walisische Drachentasse, an der eine

Schnur mit einem Beutel Kräutertee baumelte. Ingwer, dem intensiven Aroma nach zu urteilen. Der Geruch erinnerte an Lebkuchenmänner, die Bridget mit Chloe gebacken hatte, als sie noch klein war. Die Erinnerung war tröstlich und half, Bridgets Nerven zu beruhigen. Umsichtig hatte Ffion Bridget eine Tasse mit normalem Tee in einer der Bürotassen zubereitet.

Bridget dankte ihr mit einem Lächeln. Seit Ffion nach Weihnachten für ein paar Tage zu ihrer Familie nach Wales zurückgekehrt war, hatte Bridget bemerkt, dass die sonst so stachelige Art der jungen Detective deutlich sanfter geworden war.

„Alles in Ordnung, Ma'am?", fragte Ffion und stellte die Tasse auf den Schreibtisch.

„Ja, danke." Es war eine Erleichterung zu wissen, dass, was immer Grayson auch denken mochte, wenigstens eines ihrer Teammitglieder noch hinter ihr stand.

Als Nächster kam Jake herein, der eine Tasse Tee, einen Schokoriegel und eine Tüte Chips balancierte, dicht gefolgt von DS Ryan Hooper mit einem Starbucks-Kaffee und einem Schokoladen-Brownie. DS Andy Cartwright und DC Harry Johns waren die Letzten, der eine mit einem Kaffee, der andere mit einem Energydrink.

Nachdem alle Platz genommen hatten, begann Bridget ohne Umschweife mit dem Briefing. Ein Mörder war auf freiem Fuß und Bridget war entschlossen, ihn zu fassen.

„Diane Gilbert", sagte sie und zeigte auf ein Foto, das sie an das Whiteboard geheftet hatte. Es war das offizielle Pressefoto, das auf der Innenseite des Schutzumschlags von Dianes neuestem Buch zu sehen war und sie in einem künstlerisch anmutenden schwarzen Rollkragenpullover zeigte, wie sie mit nachdenklichem Gesichtsausdruck in die Kamera blickte.

„Sechzig Jahre alt, Akademikerin an der Blavatnik School of Government und Autorin von *Ein tödliches Rennen: Wie westliche Regierungen bei Waffenverkäufen an den Nahen Osten kollaborieren*. Sie wurde heute Morgen tot in ihrem Bett aufgefunden. Die Todesursache ist noch nicht bekannt, aber direkt unter der linken Brust des Opfers wurde ein Einstich entdeckt, der von einer Injektionsnadel stammen könnte."

Bridget holte tief Luft, bevor sie weitersprach. „Wie Sie zweifellos bereits wissen, stand Diane unter Polizeischutz, nachdem sie eine Morddrohung erhalten hatte." Es war nicht nötig, alle daran zu erinnern, dass Bridget für diesen Schutz verantwortlich gewesen war. Sie wussten bereits, wie heikel die Situation war. „Ich habe sie gestern Abend kurz nach zehn Uhr wohlbehalten zu Hause abgeliefert. Ein Streifenwagen stand die ganze Nacht vor ihrem Haus, und das Anwesen wurde durchsucht, bevor Diane Haus allein zu Hause gelassen wurde."

Bridget blickte kurz zu Jake, dessen Gesicht sofort die Farbe verlor. Offensichtlich fühlte er sich wegen des Vorfalls genauso schlecht wie sie. Sie schenkte ihm ein kurzes, aufmunterndes Lächeln, bevor sie fortfuhr.

„Ihre Leiche wurde heute Morgen gefunden, als ich sie zu Hause abholen wollte." Bridget deutete auf das nächste Foto, das die offene Hintertür des Hauses zeigte. „Der Eindringling verschaffte sich Zugang, indem er eine Glasscheibe der Küchentür einschlug, um das Schloss zu öffnen. Diane lag noch im Bett, als ich sie fand. Es gab keine Anzeichen eines gewaltsamen Kampfes."

Ffions Hand hob sich sofort.

„Ja?", fragte Bridget.

„Wenn die Scheibe der Hintertür eingeschlagen wurde, warum lag das Opfer dann noch im Bett? Warum ist sie nicht aufgewacht und hat nach dem Lärm gesehen?"

„Gute Frage. Darauf habe ich noch keine Antwort. Vielleicht hatte Diane einen besonders tiefen Schlaf."

„Könnte sie Schlaftabletten genommen haben?", schlug Ryan vor.

„Das müssen wir herausfinden. Was auch immer der Grund war, es scheint, dass sie den Einbruch nicht bemerkt hat und der Eindringling sie im Bett überfallen konnte, während sie schlief."

„Wie sind die überhaupt zum Haus gekommen?",

fragte Ryan. „Ich dachte, draußen hätten Uniformierte Wache gehalten."

„Haben sie", sagte Bridget. „Die SOCO untersucht die Möglichkeit, dass der Mörder über die Gartenmauer geklettert ist. Aber die Mauer ist nicht so einfach zu erklimmen und es gibt keine offensichtlichen Spuren wie Fußabdrücke in der Erde."

„Vielleicht haben die Jungs im Streifenwagen ein Nickerchen gemacht oder sind Döner essen gegangen", sagte Ryan.

„Das glaube ich nicht", sagte Bridget. Aber wenn sich herausstellen sollte, dass Sam und Scott sie angelogen hatten, würde sie sie in der Luft zerreißen.

„Der Einstich in der Brust des Opfers", fragte Andy, „deutet das auf den Einsatz von Gift hin?"

„Es ist zu früh, um das zu sagen." Bridget erinnerte sich, was Sarah ihr gesagt hatte. „Wir brauchen einen vollständigen toxikologischen Bericht und die Obduktion, aber die ersten Untersuchungen haben ergeben, dass keine körperlichen Verletzungen und keine Anzeichen eines Kampfes vorhanden waren."

„Dazu passt, dass das Opfer im Schlaf getötet wurde", bemerkte Ryan. „Sie könnte nicht einfach einen Herzinfarkt gehabt haben, oder?"

„Das können wir nicht ganz ausschließen, aber wir müssen bedenken, dass ein Eindringling ins Haus gekommen ist. Und dann ist da noch die Sache mit der Morddrohung." Bridget tippte auf das Whiteboard, wo neben dem Bild von Diane die Fotokopie eines handgeschriebenen Briefes hing. Er war mit blauer Tinte auf billigem Briefpapier geschrieben. Die Worte, die in einer recht eleganten Handschrift festgehalten waren, lauteten:

Sie halten sich für schlau, wenn Sie über Waffen und Bomben schreiben. Aber wussten Sie, dass Worte genauso tödlich sein können? Stoppen Sie die Veröffentlichung Ihres Buches oder es wird das letzte sein, das Sie je schreiben. Wir werden Sie zum Schweigen bringen.

„Wir müssen uns fragen, ob die Person, die das geschickt hat, unser Mörder ist, und wenn ja, wer das sein könnte."

„Es ist ein bisschen altmodisch, oder?", sagte Ryan. „Schicken die Leute heutzutage ihre Morddrohungen nicht einfach über Twitter?"

„Nicht, wenn sie es ernst meinen", sagte Ffion. „Und die meisten Beleidigungen in den sozialen Medien stammen von Analphabeten. Das hier ist alles korrekt geschrieben, mit Satzzeichen."

„Ich wette, das hat sie beunruhigt", scherzte Ryan. „Was ist beängstigender als ein Mörder, der grammatikalisch korrekte Sätze bilden kann?"

„Nun, wer auch immer das geschickt hat, hat es offensichtlich sehr ernst gemeint", sagte Bridget. „Es hat also oberste Priorität herauszufinden, wer ihn geschrieben hat. Das Original des Briefes ist noch in der Forensik. Alles, was ich im Moment sagen kann, ist, dass er eine Woche vor ihrem Tod an die Adresse der Schriftstellerin geschickt wurde und einen Londoner Poststempel trug."

„Worum genau ging es in ihrem Buch?", fragte Andy.

„Um Waffenverkäufe in den Nahen Osten", sagte Bridget. „Vor allem nach Saudi-Arabien."

Andy machte sich eine Notiz in seinem Notizbuch. „Wenn die Morddrohung etwas mit ihrer Arbeit zu tun hat, müssen wir uns die beteiligten Parteien ansehen."

„Eine Regierung im Nahen Osten", sagte Jake.

„Die britische Regierung", sagte Ffion.

„Die amerikanische Regierung", sagte Ryan.

„Den MI5", sagte Harry und schien froh, endlich einen Beitrag geleistet zu haben.

„Waffenhersteller", sagte Andy.

Bridget schrieb alle Vorschläge an das Whiteboard. Es war eine ziemlich eindrucksvolle Liste von Gegnern. Könnte einer von ihnen wirklich für den Mord an Diane Gilbert verantwortlich sein? Wenn ja, könnte es sich um die Arbeit eines professionellen Killers handeln.

„In dem Brief ist von ‚wir' die Rede", sagte Andy. „Das deutet auf eine Gruppe oder eine Art Organisation hin."

Bridget kam der Gedanke, dass sie, wenn Dianes Ermordung wirklich mit der Veröffentlichung ihres Buches zusammenhing, sich selbst durch die mehr als fünfhundert Seiten von *Ein tödliches Rennen* wühlen musste – eine entsetzliche Vorstellung. Sie sah die schwülstige Prosa des Buches vor ihrem geistigen Auge, die schmalen Buchstaben tanzten vor ihr auf und ab, und erschauderte.

„Derjenige, der die Morddrohung geschickt hat", sagte Ffion, „wollte wohl verhindern, dass Diane ihr Buch veröffentlicht. Warum hat er dann mit dem Brief gewartet, bis das Buch veröffentlicht war?"

„Vielleicht wusste er bis dahin nichts davon", sagte Ryan.

Ffion fuhr fort, als hätte Ryan nichts gesagt. „Und er hätte doch wissen müssen, dass die Verkaufszahlen des Buches in die Höhe schnellen würden, wenn die Nachricht von dem Mord bekannt wird. Jeder wird wissen wollen, was an ihrem Schreiben so kontrovers war, dass sie dafür sterben musste."

„Stimmt", sagte Bridget.

In diesem Fall passte vieles nicht zusammen. Aber die wichtigste Frage war jetzt, wo sie anfangen sollte. Sie würde auf die Obduktion und den toxikologischen Bericht warten müssen; ebenso darauf, dass das SOCO-Team von Vik seine Untersuchungen abschloss. Die Analyse des Briefes mit der Morddrohung wurde noch von der Forensik durchgeführt. In der Zwischenzeit blieb Bridget nur die gute alte Polizeiarbeit.

„Andy, ich möchte, dass Sie und Harry in der St. Margaret's Road mit Haus-zu-Haus-Befragungen beginnen. Finden Sie heraus, ob jemand letzte Nacht etwas Ungewöhnliches gesehen oder gehört hat."

„Ja, Ma'am."

„Ryan, koordinieren Sie sich mit Vik und organisieren Sie ein Team, das den Garten und die benachbarten

Grundstücke nach Fingerabdrücken absucht. Suchen Sie nach allem, was darauf hindeutet, wie der Eindringling Zugang erlangt hat."

„Ich kümmere mich darum", sagte Ryan.

„Jake, Sie und ich werden der Blavatnik School of Government einen Besuch abstatten und mit Dianes Kollegen sprechen. Und Ffion?"

„Ja?"

Bridget reichte ihr ein Exemplar von *Ein tödliches Rennen*.

„Sie wollen, dass ich es lese?" Ffion schien die Aussicht nicht im Geringsten zu schrecken. Sie nahm das schwere Buch in die Hand und blätterte darin, wobei ihre grünen Augen leicht über den dichten Text huschten. „Etwas mehr als fünfhundert Seiten. Ich kann Ihnen bis zum Ende des Tages eine Zusammenfassung geben."

Bridget strahlte sie an.

KAPITEL 6

Die Blavatnik School of Government war in einem ausgesprochen futuristischen Gebäude in der Walton Street untergebracht. Bridget erinnerte sich, dass das kompromisslose Design des Gebäudes im Herzen des historischen Oxford sowohl Lob als auch Protest hervorgerufen hatte. Die Glasfassade des Rundbaus spiegelte die eleganten Steinsäulen der Oxford University Press gegenüber wider und bildete einen starken Kontrast zu der benachbarten neoklassizistischen Kirche, die jetzt Freuds Café-Bar beherbergte und in einem von Bridgets letzten Fällen eine Rolle gespielt hatte. Obwohl moderne Architektur nicht ganz ihrem Geschmack entsprach, war die Blavatnik School sicherlich eine dynamische und spannende Ergänzung zu den Universitätsgebäuden in Oxford. Wenn einem das Blavatnik-Gebäude selbst nicht gefiel, konnte man immer noch die Spiegelungen der traditionelleren Architektur in den Glasfenstern bewundern, überlegte Bridget.

Sie und Jake wurden am Empfang von einem großen, gutaussehenden Mann arabischer Herkunft begrüßt. Sein ordentlich gekämmtes Haar war schwarz mit grauen

Strähnen, seine dunkle, olivfarbene Haut war glatt rasiert, und sein selbstbewusstes Auftreten und sein eleganter, schlichter Anzug vermittelten den Eindruck eines Mannes auf dem Höhepunkt seiner Karriere.

„Detective Inspector Hart." Er verbeugte sich respektvoll, als er ihre Hand ergriff, und für einen kurzen Moment glaubte Bridget, er würde sie küssen. „Ich bin Professor Mansour Ali Al-Mutairi und es ist mir eine Ehre, Sie an der Blavatnik School of Government willkommen zu heißen, obwohl ich mir natürlich erfreulichere Umstände gewünscht hätte." Er wandte sich Jake zu und schüttelte ihm kräftig die Hand. „Sergeant, willkommen. Sollen wir?" Er deutete auf eine breite Wendeltreppe mit glatten Steinwänden, die Bridget an eine Rodelbahn erinnerte. Während sie hinaufstiegen, blickte sie zu den oberen Stockwerken mit ihren gläsernen Fronten hinauf und durch das riesige Fenster auf die Walton Street.

„Das ist ein sehr beeindruckendes Gebäude", sagte sie.

„In der Tat", sagte Professor Al-Mutairi. „Es wurde so konzipiert, dass es die Zusammenarbeit erleichtert" – er deutete auf einen der vielen Sitzbereiche, in denen kleine Gruppen um Tische versammelt waren – „aber es lehnt sich auch stark an die architektonischen Traditionen und das Erbe von Oxford an."

„Wirklich?", sagte Bridget, der keine offensichtlichen Ähnlichkeiten mit den historischen Gebäuden der Stadt aufgefallen waren.

„Doch, doch. Die runde Form erinnert an das Sheldonian Theatre", sagte Professor Al-Mutairi. „Und der vertikale Abstand der Glaspaneele entspricht exakt dem der Steinfassade der Bodleian Library."

„Faszinierend", sagte Bridget. Sie riskierte einen Blick zu Jake, der überrascht schien von diesem Vergleich dreier Gebäude, die für den flüchtigen Betrachter so unterschiedlich aussehen mochten. Professor Al-Mutairis privates Büro – ebenfalls aus Glas und Stein – befand sich im dritten Stock und bot einen hervorragenden Blick auf das Radcliffe-Observatorium aus dem achtzehnten

Jahrhundert auf der Rückseite eines unbebauten Grundstücks. Professor Al-Mutairi folgte Bridgets Blick zu dem wohlproportionierten Gebäude mit dem achteckigen Turm.

„Ah ja, das Radcliffe-Observatorium. Erbaut, um den Menschen den Blick auf die Sterne und Planeten zu ermöglichen. Eine ehrenvolle Aufgabe, die an die lange Tradition der Astronomie anknüpft, die von muslimischen Gelehrten im Mittelalter gepflegt wurde."

„Durchaus." Bridget lenkte ihre Aufmerksamkeit auf eine Reihe hoher, buschiger Pflanzen, die in Keramiktöpfen auf der Fensterbank wuchsen. Die Sträucher waren nicht besonders attraktiv, größtenteils kahl und mit winzigen, stacheligen Blättern, und bildeten einen auffälligen Kontrast zu den klaren Linien des Gebäudes. Aber jeder Stängel war mit leuchtend gelben Blüten geschmückt, jede einzelne wie ein Miniatur-Sonnenstrahl. „Ich sehe, Sie haben einen grünen Daumen, Professor Al-Mutairi."

„*Rhanterium epapposum*", sagte der Professor liebevoll. „Auf Arabisch nennen wir sie Al-Arfaj. Sie ist die Nationalblume von Kuwait und erinnert mich an meine Heimat. Eigentlich ist es gar nicht so schwer, sie zu züchten. Ich dünge die Pflanzen alle zwei Wochen, ansonsten lasse ich sie in Ruhe. Meine größte Herausforderung besteht darin, die Putzfrau davon abzuhalten, sie ständig zu gießen."

Mit einem Lächeln nahm er hinter einem großen, aufgeräumten Schreibtisch Platz und bedeutete Bridget und Jake, es sich in zwei Ledersesseln bequem zu machen. Jake zückte sein Notizbuch und seinen Stift, bereit, sich Notizen zu machen.

„Vielleicht können wir mit ein paar Hintergrundinformationen über die Blavatnik School beginnen", sagte Bridget. Als sie die geschwungene Treppe hinaufstiegen, war ihr aufgefallen, dass sich in dem Gebäude nicht wie an Colleges üblich blutjunge Studenten tummelten. Alle hier waren älter. Eine gewisse

Ernsthaftigkeit lag in der Luft.

Professor Al-Mutairi nickte kurz und verbarg das Lächeln, bevor er sprach. „Unsere Mission hier ist groß, aber in der heutigen Zeit unerlässlich. Sie besteht ganz einfach darin, die Qualität von Regierungen und politischen Entscheidungen weltweit zu verbessern. Zu diesem Zweck bieten wir einen einjährigen Masterstudiengang und einen dreijährigen Promotionsstudiengang an. Außerdem forschen wir, um Lösungen für Fragen der öffentlichen Ordnung und globale Herausforderungen zu finden."

„Und welche Position hatte Diane Gilbert hier inne?"

„Dr. Gilbert unterrichtete eines der Module des Masterstudiengangs, aber ihre Hauptaufgabe war die Forschung."

„Ich verstehe. Können Sie mir sagen, wie lange Sie Diane kannten?"

„Dr. Gilbert und ich waren die letzten fünf Jahre miteinander verbunden."

Verbunden. Das schien ein merkwürdiger Ausdruck zu sein, als wollte der Professor eine gewisse Distanz zwischen sich und die ermordete Frau bringen. Seine Weigerung, ihren Vornamen zu nennen, deutete auf eine gewisse Reserviertheit zwischen den beiden hin.

„Und worin genau bestand Ihre Verbindung?"

„Sie war rein beruflicher Natur. Als Dekan der Blavatnik School war ich technisch gesehen ihr Vorgesetzter, obwohl Dr. Gilbert keine Frau war, die sich leicht führen ließ. Dafür war sie zu eigensinnig."

Professor Al-Mutairis Beschreibung von Diane Gilbert stimmte mit Bridgets eigenen Eindrücken überein, aber die Antwort des Professors schien auf eine starke persönliche Abneigung gegen die verstorbene Frau hinzudeuten.

„Sind Sie und Dr. Gilbert aneinandergeraten?"

Der Professor seufzte und rieb sich mit Daumen und Zeigefinger den Nasenrücken. „Unsere Persönlichkeiten waren sehr unterschiedlich, ebenso wie unsere Ansichten.

Aber die Blavatnik School versteht sich als offene Einrichtung. Wir begrüßen Vielfalt in all ihren Facetten."

„Wenn ich das sagen darf, Professor, das beantwortet meine Frage nicht wirklich."

Ein Lächeln huschte über seine Lippen und ließ seine dunklen Augen aufleuchten. „In Wahrheit waren Dr. Gilbert und ich nicht auf einer Wellenlänge. Sie besaß – wie soll ich es taktvoll ausdrücken? – eine ungesunde Neigung zur Kontroverse, ja sogar zur Gefahr. Für Dr. Gilbert galt, je kontroverser ihre Ideen, desto besser. Und sie konnte die Welt nur durch das verzerrende Prisma ihrer eigenen politischen Ansichten sehen."

„Diese Ansichten deckten sich nicht mit Ihren?"

„Das taten sie nicht. Ich wünsche mir eine Welt, in der der freie Handel zwischen den Ländern zu mehr Zusammenarbeit, Verständnis und einem höheren Lebensstandard führt. Für Diane konnte nur eine sozialistische Revolution die Welt zu einem besseren Ort machen."

„Wussten Sie, dass Diane kurz vor ihrem Tod eine Morddrohung erhalten hatte?", fragte Bridget.

„Das wusste ich."

„Und haben Sie etwas unternommen, um sie vor der Gefahr zu schützen?"

Professor Al-Mutairi lächelte schief. „Entschuldigen Sie, DI Hart, aber ich war der Meinung, das wäre die Aufgabe der Polizei." Bridget zuckte bei der Erinnerung an ihre Schuldgefühle wegen Dianes Tod zusammen, aber der Professor fuhr schnell fort. „Jedenfalls hat Dr. Gilbert selbst kaum Rücksicht auf die Gefahr genommen. Ich kann ganz ehrlich sagen, dass ich ihren Mut bewunderte. Sie hätte sich niemals von irgendeiner Art von Bedrohung einschüchtern lassen."

„Wissen Sie, ob sie irgendwelche Feinde hatte?"

Al-Mutairi runzelte konsterniert die Stirn. „Feinde? Das ist ein sehr hartes Wort, wenn ich das so sagen darf. Dr. Gilbert war eine Akademikerin, keine Soldatin auf dem Schlachtfeld. In der Welt der Intellektuellen gibt es sicherlich Rivalität. Aber wir haben keine Feinde, lediglich Kollegen, die unterschiedliche Wege zur Wahrheit beschreiten."

„Vielleicht gibt es nicht immer nur eine Wahrheit", sagte Bridget.

Das Stirnrunzeln des Professors wich schnell einem Lächeln. „Oh, es gibt immer nur eine Wahrheit, Inspector. Aber nicht jeder kann sie sehen."

„Was halten Sie von ihrem neuesten Buch?", fragte Jake.

Professor Al-Mutairi nickte, als wolle er die Relevanz von Jakes Frage bestätigen. „Waffenverkäufe in den Nahen Osten. Das ist ein wichtiges politisches Thema, ein legitimes Anliegen. Es ist nur recht und billig, dass es untersucht und diskutiert wird. Und doch …"

Jake blickte von seinem Notizbuch auf. „Und doch?"

Die Lippen des Professors kräuselten sich missbilligend. „Wie immer ließ Dr. Gilbert zu, dass ihre persönlichen Vorurteile ihre Arbeit infizierten. Sie war nicht in der Lage, ein Thema unvoreingenommen zu betrachten. Ihr neuestes Buch ist ein Paradebeispiel dafür."

„Ihr Buch wurde nicht von der Universität genehmigt?", fragte Bridget.

„Mitnichten, und ich fürchte, es wird unseren guten Namen in den Schmutz ziehen."

Bridget begann sich zu wünschen, sie hätte Dianes Buch doch gelesen. Es wäre hilfreich, ein paar sachdienliche Fakten zur Hand zu haben. Sie erinnerte sich an den Vortrag an der Divinity School, aber sie war zu sehr mit Sicherheitsfragen – und zugegebenermaßen auch mit persönlichen Angelegenheiten – beschäftigt gewesen, um dem, was Diane gesagt hatte, viel Aufmerksamkeit zu schenken.

„Was genau beanstanden Sie an dem Buch, Professor?", fragte sie höflich.

Ein Schatten huschte über sein Gesicht. „Dr. Gilbert ging ihre Arbeit mit einer ganz besonderen Einstellung an.

Sie war fest davon überzeugt, dass sich die Amerikaner und Briten zu Unrecht in die Angelegenheiten des Nahen Ostens einmischten. Sie warf ihnen vor, aus zynischem Eigennutz und aus Gier nach Öl zu handeln." Er hielt kurz inne, bevor er mit wachsender Leidenschaft fortfuhr. „Aber sie ist nicht wie ich in Kuwait aufgewachsen. Sie hat nicht erlebt, wie ihr eigener Vater von Saddam Husseins randalierenden Truppen erschossen wurde, als sie 1990 in mein Land einmarschierten. Sie hat nicht gesehen, wie ihre Mutter weinte und ihre Schwestern vor Angst zitterten. Sie fühlte sich dieser Region nicht so verbunden wie ich." Er schlug sich mit der Hand auf die Brust und bedeckte sein Herz mit der Faust.

Bridget wartete, bis sich Professor Al-Mutairi nach seinem Gefühlsausbruch wieder beruhigt hatte. Es war offensichtlich, dass Diane Gilbert nicht das einzige Mitglied der Blavatnik School war, das Schwierigkeiten hatte, die Welt unvoreingenommen zu betrachten.

„Verzeihen Sie mir", sagte er schließlich. „Sie müssen verstehen, dass dies eine Angelegenheit von tiefer persönlicher Bedeutung für mich ist. Die Amerikaner und die Briten haben mein Land von den Invasoren befreit und unter ihren Schutz gestellt. Für Leute wie Dr. Gilbert waren sie Kriegstreiber und Kolonialisten. Sie hätte nicht weiter von der Wahrheit entfernt sein können."

„Sie mochten sie nicht." Bridget machte daraus eine Feststellung, keine Frage.

Professor Al-Mutairi legte seine Hände flach auf den Schreibtisch. Als er wieder sprach, hatte er seine Emotionen sorgsam unter Kontrolle. „Inspector, es liegt mir fern, schlecht über die Toten zu reden, aber Dr. Gilbert war eine schwierige und eigensinnige Frau, die alles daran setzte, Kontroversen zu schüren, ohne sich um die möglichen Folgen für ihre Kollegen zu kümmern."

„Sind Sie froh, dass sie tot ist?", fragte Jake.

Al-Mutairi richtete seinen durchdringenden Blick auf den jungen Sergeant. „Dr. Gilbert war ein angesehenes Mitglied dieser Schule, und natürlich bedauere ich ihr

Ableben. Aber ich werde keine Träne an ihrem Grab vergießen."

KAPITEL 7

Als Bridget nach Kidlington zurückkehrte, fand sie
Ffion in *Ein tödliches Rennen* vertieft vor. Sie hatte
bereits hundert Seiten des Buches verschlungen
und war noch immer mit Feuereifer bei der Sache. Bridget
spielte mit dem Gedanken, sie um eine kurze
Zusammenfassung zu bitten, entschied sich aber, Ffion
ihre Arbeit machen zu lassen.

Sie schickte Jake los, um die Details ihres Gesprächs
mit Professor Al-Mutairi in die HOLMES-Datenbank
einzugeben, während sie die Website von Grant Sadler,
Diane Gilberts Literaturagent, aufrief. Sie hatte keine
Ahnung, wie lange Dianes Autoren- und Verlagskontakte
während des Literaturfestivals in Oxford bleiben würden,
und wollte so viele wie möglich sprechen, bevor sie die
Stadt verließen. Sie hoffte, dass sie im Falle von Grant
Sadler nicht schon zu spät dran war.

Seine Telefonnummer hatte sie auf seiner Website
gefunden, wo es hieß, dass er „derzeit für Einsendungen
offen" sei. Als sie die Liste der Autoren überflog, die er
angeblich vertrat, erkannte Bridget keinen einzigen Namen
außer dem von Diane Gilbert, der auf seiner Homepage

einen Ehrenplatz einnahm, und selbst den hätte sie vor zwei Tagen noch nicht gekannt. Sie fragte sich, wie gut das Geschäft für den Agenten lief.

Grant hob beim dritten Klingeln ab. „Hallo? Wer ist da?" Er klang misstrauisch und Bridget vermutete, dass er bereits vom frühen Tod seiner wichtigsten Klientin erfahren hatte. Zweifellos hatte Jennifer Eagleston ihn über die Neuigkeit informiert.

„Grant Sadler? Hier spricht Detective Inspector Bridget Hart von der Thames Valley Police. Ich wollte fragen, ob wir uns auf ein Gespräch treffen könnten?"

„Um über Diane zu reden? Jennifer hat mich heute Morgen gleich angerufen, um mir zu sagen, was passiert ist. Mein Gott, ich kann es nicht glauben."

„Sind Sie noch in Oxford?" Da der Agent es am Abend zuvor nicht eilig gehabt hatte zu gehen, nahm Bridget an, dass er über Nacht in der Stadt geblieben war. „Wo sind Sie? Ich kann gerne zu Ihnen kommen." Sie bezweifelte, dass ihn eine Einladung ins Polizeipräsidium in Kidlington beruhigen würde.

Grant zögerte, bevor er antwortete. „Ich bin im Travelodge in der Abingdon Road", sagte er schließlich. Er klang nicht besonders glücklich darüber. „Hier gibt es nicht wirklich einen Ort, an dem wir reden können."

Bridget stellte sich das Budget-Hotel neben dem Redbridge Park & Ride im Süden der Stadt vor und war nicht überrascht, dass Grant nur ungern zugab, dort zu übernachten. Sie hatte sich die Verlagswelt deutlich glamouröser vorgestellt und vermutet, dass er eine Suite im Randolph Hotel bezogen hatte, aber sie war offensichtlich naiv. Vielleicht vermittelten hochkarätige Veranstaltungen wie das Oxford Literary Festival einen falschen Eindruck davon, wie viel Geld mit Büchern zu verdienen war. Schriftsteller, die es von Sozialhilfe zu einem Vermögen von Hunderten von Millionen gebracht hatten, waren eindeutig eher die Ausnahme als die Regel. Der offenbar finanziell angeschlagene Agent begann ihr ein wenig leid zu tun.

„Warum treffen wir uns nicht in der Stadt?", schlug sie vor. „Kennen Sie das Queen's Lane Coffee House? Es ist in der High Street gegenüber vom University College."

Bridget hatte nichts mehr gegessen, seit sie am Morgen das Haus verlassen hatte, was ihr wie eine Ewigkeit vorkam. Das Queen's Lane Coffee House war eines ihrer Lieblingslokale zur Mittagszeit und galt als das älteste Kaffeehaus Englands – obwohl man fairerweise sagen musste, dass das Grand Café auf der anderen Seite der High Street denselben Anspruch erhob. Wie dem auch sei, das Essen in diesem Lokal war reichlich und nicht überteuert. Perfekt, wenn der Agent ein knappes Budget hatte.

„Ich kenne es", sagte Grant. „Ich nehme den Bus und treffe Sie dort in einer halben Stunde."

★

Das Queen's Lane Coffee House war voll mit hungrigen Gästen, als Bridget eintraf, ziemlich außer Atem, nachdem sie den ganzen Weg von St. Giles, wo sie ihr Auto geparkt hatte, hergeeilt war. Sie sah auf ihre Uhr und stellte fest, dass sie zu spät war. Als sie das Kaffeehaus als Treffpunkt vorgeschlagen hatte, hatte sie den schrecklichen Verkehr in Oxford und den Mangel an Parkplätzen im Stadtzentrum nicht bedacht. Im Nachhinein – oder vielleicht mit etwas mehr Voraussicht – wäre einer der Pubs in St. Giles die klügere Wahl gewesen.

Ihr Weg hatte sie die Broad Street entlang und vorbei am Sheldonian Theatre und dem Zelt des Oxford Literary Festivals geführt. Den vielen Menschen nach zu urteilen, die Schlange standen, um in das prachtvolle Gebäude aus dem siebzehnten Jahrhundert zu gelangen, musste ein sehr bekannter Autor auftreten. Da fiel ihr ein, dass es die Autorin des historischen Romans war, die sie selbst zu sehen gehofft hatte. Es war gut, dass sie keine Eintrittskarte hatte kaufen können, denn der Mordfall hätte ohnehin jede Chance auf einen Besuch zunichtegemacht.

Als Bridget das Café betrat, stellte sie fest, dass trotz ihrer Verspätung keine Spur von Grant Sadler zu sehen war. *Verdammt.* War er wieder gegangen oder gar nicht erst aufgetaucht? Sie hatte gerade ihr Telefon aus der Tasche gezogen und seine Nummer erneut gewählt, als sein vertrautes Gesicht in der Tür erschien.

Hatte der Literaturagent am Abend zuvor noch versucht, ein unkonventionelles, cooles Image zu pflegen, so sah er heute Morgen einfach nur abgekämpft aus. Sein Haar stand zu Berge, er war unrasiert und seine Augen waren gerötet, als hätte er die ganze Nacht kein Auge zugetan. Vielleicht hatte ihn der Anruf von Jennifer Eagleston etwas früher als sonst geweckt.

„Entschuldigen Sie die Verspätung", sagte er. „Der Bus hat ewig gebraucht. Ich vergesse immer, wie furchtbar der Verkehr in Oxford ist."

Bridget lächelte und hatte Mitleid mit ihm. Es schien, als teilten sie und Grant eine Abneigung gegen die Staus und Verkehrsbeschränkungen in Oxford. Vielleicht würden sie gut miteinander auskommen. „Da drüben in der Ecke ist noch ein Tisch frei", sagte sie und zeigte darauf.

Sie ergatterten den Tisch, kurz bevor er von japanischen Touristen in Beschlag genommen werden konnte, die offenbar unschlüssig waren, ob sie sich zuerst setzen oder an der Theke bestellen sollten. Bridget fühlte sich ein wenig schuldig, als sie sah, wie sie sich umdrehten und das Lokal verließen, aber dann knurrte ihr Magen und verdrängte schnell jeden Anflug von Reue.

„Mittagessen?", erkundigte sie sich fröhlich.

„Ja, warum nicht", sagte Grant. Er nahm ihr gegenüber Platz, sein rechtes Knie wippte unter dem Tisch auf und ab. Tatsächlich schien er sogar noch nervöser zu sein als am Vorabend.

Bridget überflog rasch die Speisekarte, und als eine junge Kellnerin an ihren Tisch kam, gab sie ihre übliche Bestellung auf: Queen's Chicken Royal – ein Hähnchenfilet in Ciabatta mit Pommes frites – und eine

Flasche Mineralwasser. Das war ihrer Meinung nach mindestens zu fünfzig Prozent gesund.

„Für mich nur einen Kaffee", sagte Grant.

Die Kellnerin verschwand in der Küche, Grant wandte sich ab und starrte aus dem Fenster. Er beobachtete, wie Passanten über den Bürgersteig eilten, aber er schien sie nicht wahrzunehmen. Bridget erkannte, dass er unter Schock stand. Schließlich schien er sich daran zu erinnern, dass sie bei ihm war.

„Es mag eine dumme Frage sein", fragte sie, „aber was genau macht ein Literaturagent?"

„Oh, ja." Die Frage hatte den gewünschten Effekt, sie riss ihn aus seinen weit entfernten Gedanken und lenkte seine Aufmerksamkeit auf die Gegenwart. „Ich nehme an, das ist für Außenstehende nicht unbedingt offensichtlich. Agenten sind das Schmiermittel im Getriebe, das die gesamte Verlagsbranche am Laufen hält. Oder, wenn Ihnen die Metapher mit dem Schmiermittel nicht gefällt, könnten Sie uns als den Klebstoff betrachten, der Autoren und Verlage zusammenbringt."

„Haben Sie im Auftrag von Diane gearbeitet?"

„Sie war meine Klientin, ja. Ich habe den Verkauf ihres Manuskripts an Verlage ausgehandelt."

„Und sie hat Sie für Ihre Dienste bezahlt?"

Er schüttelte den Kopf. „Ihr Verlag hat mir einen Prozentsatz ihres Vorschusses gezahlt."

„Ihres Vorschusses?"

„Entschuldigung. Vorauszahlung. Das ist ein Betrag, den der Verlag dem Autor für die Veröffentlichungsrechte an seinem Manuskript zahlt."

„Verstehe. Und wie lange waren Sie Diane Gilberts Agent?"

„Drei Jahre."

„So lange schon? Ich dachte, *Ein tödliches Rennen* wäre ihr erstes Buch."

„Das ist es auch." Als Bridget ihn verwundert ansah, fuhr er fort. „Die Mühlen der Verlagswelt mahlen langsam. Es ist ein langer Weg, bis ein Erstlingswerk in den

Buchhandlungen liegt. Zuerst muss der Autor einen Agenten finden, was nicht einfach ist. Die meisten Autoren schaffen es nicht einmal so weit. Der Agent reicht das Manuskript bei Verlagen ein und verhandelt, wenn er Erfolg hat, einen Vertrag. Dann durchläuft das fertige Manuskript mehrere Lektorats- und Korrekturschleifen, bevor es schließlich veröffentlicht wird."

„Verstehe. Wie viel Kontakt hatten Sie in diesen drei Jahren mit Diane?"

„Nun, anfangs ziemlich viel, hauptsächlich per Telefon und E-Mail. Dann eine ganze Weile nicht so viel. Aber in den letzten Wochen vor der Buchvorstellung habe ich wieder mehr mit ihr gesprochen."

„Und was hielten Sie von ihr?"

„Im Ernst? Diane war eine unglaubliche Frau. Als sie mir schrieb, wusste ich sofort, dass sie eine Autorin war, die ich vertreten wollte."

„Warum genau?"

„Diane war eine hoch angesehene Akademikerin und eine furchtlose Schriftstellerin. Es war ihr egal, ob das, was sie schrieb, ihr Ärger einbrachte. Sie wollte einfach nur, dass ihre Worte veröffentlicht und gelesen wurden. In ihrem Fachgebiet war sie bereits sehr bekannt, aber ihr Buch wird ihre Arbeit einem viel breiteren Publikum zugänglich machen. Wenn diese Tragödie einen Silberstreif am Horizont hat, dann den, dass ihr Buch viel mehr Aufmerksamkeit erregen wird, als es sonst der Fall gewesen wäre."

„Das nehme ich an."

Bridget wartete, während die Kellnerin Essen und Getränke an den Tisch brachte. Sie nahm einen schnellen Bissen von dem Hühnchen in Ciabatta, bevor sie mit ihren Fragen fortfuhr.

„Was wissen Sie über die Morddrohung, die Diane erhalten hat?"

Grant starrte wehmütig in seinen Kaffee. „Ich habe der Polizei bereits alles gesagt, was ich weiß."

„Vielleicht könnten Sie es mir noch einmal erzählen?"

„Na gut. Diane hat mir davon erzählt, als ich in Oxford war, um die Vorbereitungen für das Literaturfestival zu treffen. Ich habe sie im Blavatnik besucht und sie hat sie mir dort gezeigt. Sie war an diesem Morgen mit der Post gekommen."

„An ihre Arbeits- oder Privatadresse?"

„Nach Hause."

„Was hielt Diane von dem Brief?"

„Nicht sehr viel. Sie war daran gewöhnt, in den sozialen Medien eine Menge Hass zu ernten. Um ehrlich zu sein, ich glaube, sie hat es insgeheim genossen. Einige ihrer Tweets – nun ja, es war fast so, als würde sie die Leute einladen, ihr Beleidigungen zu schicken. Wie gesagt, sie war furchtlos."

„Hat sie die Beleidigungen jemals der Polizei gemeldet?"

„Nicht Diane. Es lag einfach nicht in ihrer Natur, um Hilfe zu bitten."

„Aber sie hat sich entschieden, wegen des Briefes zur Polizei zu gehen?"

„Sie hatte es nicht vor. Aber ihre Schwester Annabel war besorgt, und als sie ihn mir zeigte, war ich es auch. Es schien kein gewöhnlicher Internet-Troll zu sein. Die Tatsache, dass der Brief an ihre Privatadresse geschickt worden war, zeigte, dass der Absender wusste, wo sie wohnte. Wer hätte Zugang zu solchen Informationen?"

Bridget kaute auf ihrem Hühnchen herum. „Wer könnte ihn Ihrer Meinung nach geschickt haben?"

Grant nahm einen Schluck von seinem Kaffee, den er schwarz und ungesüßt trank. „Ich hätte gedacht, die Antwort auf diese Frage läge auf der Hand." Er warf einen nervösen Blick in die Runde, beugte sich dicht zu Bridget und senkte die Stimme. „Diane Gilbert war der britischen Regierung ein Dorn im Auge. Ich vermute, dass sie den Sicherheitsdienst beauftragt haben, sie loszuwerden."

„Meinen Sie das ernst?"

„Absolut. Haben Sie ihr Buch gelesen?"

„Nicht ganz", sagte Bridget und dachte an Ffion im

Büro, die sich eifrig durch den dicken Wälzer arbeitete. „Es ist ziemlich lang, nicht wahr?"

Grant warf ihr einen leicht spöttischen Blick zu. „Ich denke, Sie werden feststellen, dass es detailliert und akribisch recherchiert ist. Wenn Sie am Ende angelangt sind, werden Sie zum selben Schluss kommen wie ich."

Bridget würde auf Ffions Zusammenfassung des Buches warten müssen, bevor sie sich ein Urteil über die Plausibilität von Grants Behauptung über den Sicherheitsdienst bilden konnte, also beschloss sie, eine andere Richtung einzuschlagen.

„Was haben Sie gestern Abend nach der Literaturveranstaltung gemacht?"

„Ich? Warum fragen Sie? Ich dachte, Sie hätten mich eingeladen, um über Diane zu sprechen."

„Das habe ich", sagte Bridget. „Aber ich ermittle in ihrem Mordfall. Vielleicht könnten Sie mir also erzählen, was Sie getan haben." Als er schwieg, versuchte sie, ihn zu beruhigen. „Das ist nur eine Routinefrage. Ich werde jeden, mit dem ich spreche, das Gleiche fragen."

„In Ordnung", sagte er schließlich. „Ich habe nicht viel gemacht. Nach dem Vortrag schien es keinen Sinn zu haben, länger zu bleiben, also habe ich ein schnelles Pint im White Horse getrunken und bin dann zurück in mein Hotel gegangen, wo ich den Rest des Abends irgendeinen Müll im Fernsehen geschaut habe."

Das White Horse war ein winziger Pub, direkt gegenüber dem Sheldonian Theatre in der Broad Street und neben der Buchhandlung Blackwell's. „Haben Sie im Pub jemanden getroffen, den Sie kannten?", fragte Bridget.

„Nein", sagte Grant mit finsterer Miene.

„Und wann sind Sie ins Hotel zurück?"

„Das weiß ich nicht."

„Hat Sie jemand zurückkommen sehen?"

Er lachte bitter auf. „Ich weiß nicht, ob Sie schon einmal in einem Travelodge übernachtet haben, aber das ist nicht die Art von Hotel, in dem ein Portier mit

Handschuhen und Anzug die Gäste an der Eingangstür begrüßt und ihnen eine gute Nacht wünscht. Aber vielleicht erinnert sich die Rezeptionistin daran. Vielleicht haben sie sogar Überwachungsvideos von mir. Alles Teil des Überwachungsstaates." Er trank den Rest seines Kaffees aus und stellte die Tasse mit einem ziemlich lauten Klirren auf die Untertasse. „Hören Sie, sind wir hier fertig? Ich muss noch ein paar Leute treffen."

„Fürs Erste sind wir fertig. Aber bleiben Sie in Oxford, falls ich Sie noch einmal sprechen muss?"

„Ich werde noch ein oder zwei Tage hier sein."

„Vielen Dank, Mr. Sadler. Bitte geben Sie mir Bescheid, wenn Sie abreisen möchten."

„Klar. Meinetwegen." Er schob seinen Stuhl zurück und erhob sich, dann entfernte er sich vom Tisch und überließ es Bridget, die Rechnung zu bezahlen.

KAPITEL 8

Bridget war schon auf halbem Weg zurück nach St. Giles, als ihr Telefon klingelte. Es war eine Nummer, die sie nicht kannte. „Detective Inspector Bridget Hart?"

Eine Männerstimme meldete sich, tief, aber sanft und kultiviert. „Hier spricht Ian Dunn, Dianes Ex-Mann. Wie ich von Annabel erfahren habe, möchten Sie mit mir sprechen."

„Das stimmt", sagte Bridget. „Danke, dass Sie mich angerufen haben, Mr. Dunn."

„Kein Problem. Ich wollte Sie nur wissen lassen, dass unser Sohn Daniel aus London eingetroffen ist. Er ist jetzt bei mir, und wir stehen Ihnen beide zur Verfügung, falls es Ihnen gerade passt."

Bridget bedankte sich und versicherte ihm, dass der Zeitpunkt perfekt sei. Sie notierte sich die Adresse, die er ihr gab, und eilte zu ihrem Auto zurück.

Die St. Andrew's Road lag in Old Headington, ganz in der Nähe des John Radcliffe Krankenhauses, wo Ian laut Annabel als Facharzt arbeitete. Bridget parkte ihren Mini hinter einem silbernen Lexus Coupé und ging den kurzen

Gartenweg hinauf zu einem reizenden, mit Efeu bewachsenen, dreistöckigen georgianischen Haus. In den gepflegten Beeten des Vorgartens standen Tulpen, Hyazinthen und Glockenblumen in voller Blüte, und in der Mitte nahm eine prächtige Magnolie einen Ehrenplatz ein, deren Zweige mit zarten rosa-weißen Blüten übersät waren. Es war die Art von Haus, in dem man den Pfarrer aus einem Jane-Austen-Roman vermuten würde.

Doch kein Pfarrer öffnete die Tür, sondern ein hochgewachsener Mann Anfang sechzig mit vollem silbergrauem Haar und gepflegtem Bart. Seine Augen waren von einem markanten Blau. „Ian Dunn." Sein gutes Aussehen wurde durch seine charmante Art noch unterstrichen. Er streckte Bridget die Hand entgegen und schenkte ihr ein strahlendes Lächeln. „Vielen Dank, dass Sie sich die Zeit genommen haben, uns zu besuchen, Inspector. Sie sind doch Inspector Hart, nicht wahr?"

„Ja", sagte Bridget und reichte ihm die Hand. „Und es ist überhaupt kein Problem. Es gehört zu meinem Job, mit möglichst vielen Menschen zu sprechen, die mit dem Opfer in Verbindung standen. Das hilft mir, mir ein möglichst umfassendes Bild zu machen. Aber zunächst möchte ich Ihnen mein Beileid aussprechen. Die Nachricht muss ein schlimmer Schock gewesen sein."

„Das war sie", sagte Ian und fuhr sich mit der Hand über den Bart. „Aber natürlich beantworten wir Ihnen gerne alle Fragen, die Sie zu Diane haben. Kommen Sie herein. Wir sind gleich hier drüben."

Bridget trat über die Schwelle und folgte Ian durch eine Tür rechts von der Eingangshalle. Sie fand sich in einem perfekt proportionierten Wohnzimmer mit hohen Decken wieder, das in einem sonnigen Gelbton gehalten war. An den Wänden hingen ebenso farbenfrohe Ölgemälde von toskanischen Landschaften und mediterranen Bergdörfern. Ein paar Sessel und ein braunes, mit Kissen bedecktes Ledersofa waren um einen Perserteppich in leuchtenden Rot- und Cremetönen gruppiert. Die Atmosphäre war warm und einladend.

„Darf ich Ihnen meinen Sohn Daniel vorstellen?"

Ein dunkelhaariger Mann um die dreißig trat von seinem Platz am Fenster vor. „Daniel Dunn", sagte er und schüttelte Bridget die Hand.

„Mein Beileid, Mr. Dunn", sagte Bridget.

Der junge Mann, der Diane verblüffend ähnlich sah, trug einen schicken dunklen Anzug und sah aus, als käme er gerade aus dem Büro. „Danke. Und bitte nennen Sie mich Daniel. ‚Mr. Dunn' klingt zu sehr nach meinem Vater."

„Dann Daniel", stimmte Bridget zu.

„Bitte nehmen Sie Platz", sagte Ian und deutete auf den Ledersessel am Fenster.

Bridget wollte sich gerade setzen, als eine äußerst glamouröse Frau mit gebräunter Haut und glänzendem, dunklem Haar, das ihr über die Schultern fiel, den Raum betrat und ein Tablett mit einer Cafetière, Porzellantassen und -untertassen, einem Kännchen Sahne, etwas Zucker in einer kleinen Schale und einem Teller mit Keksen trug. Sie stellte das Tablett auf einer antiken Truhe ab und richtete sich wieder auf, um Bridget zu begrüßen.

„Das ist meine Frau Louise", erklärte Ian.

Mit ihren hohen Absätzen war Louise mindestens so groß wie ihr Mann, wenn nicht sogar ein paar Zentimeter größer. Sie war auch etwa zwanzig Jahre jünger als Diane Gilbert. „Louise Morton", sagte sie und schüttelte Bridgets Hand. „Ich habe meinen Nachnamen behalten, als ich Ian geheiratet habe. Aus beruflichen Gründen, verstehen Sie."

„Berufliche Gründe?"

„Ich bin Kinderärztin am John Radcliffe. Dort haben Ian und ich uns kennengelernt."

„Verstehe."

Ian begann, Kaffee einzuschenken. „Annabel hat uns heute Morgen am Telefon über die Umstände von Dianes Tod informiert", sagte er. „Natürlich ist das für uns alle ein schrecklicher Schock. Annabel trifft der Tod ihrer Schwester besonders hart. Sie standen sich sehr nahe."

„Natürlich", sagte Bridget. Sie lehnte die angebotenen Kekse ab – in Gedanken verlieh sie sich einen goldenen Stern dafür, dass sie der Versuchung widerstanden hatte – , nahm aber dankbar eine Tasse Kaffee mit echter Sahne an.

Nachdem alle Platz genommen hatten, begann sie mit der Befragung. „Mr. Dunn –"

„Ian, bitte." Er schenkte ihr ein aufmunterndes Lächeln. Zweifellos hatte er über die Jahre gelernt, mit den Patienten einem Lächeln die Nervosität zu nehmen.

„Also, Ian. Wenn es Ihnen nichts ausmacht, würde ich gerne mit ein paar Hintergrundinformationen über Ihre Beziehung zu der Verstorbenen beginnen."

„Natürlich."

„Gehen wir zurück zum Anfang. Wie haben Sie und Diane sich kennengelernt?"

„Ich habe Diane über ihre Schwester kennengelernt. Annabel kannte ich von der Universität – wir waren beide in der Studentenpolitik aktiv, und natürlich hatte auch Diane starke politische Interessen. Sie war immer viel engagierter als wir beide, das muss ich sagen. Es ist schon sehr lange her, dass ich an einem Protestmarsch teilgenommen habe. Aber damals war es ein gemeinsames Interesse, das uns zusammengebracht hat."

„Und wie lange waren Sie mit Diane verheiratet?"

„Fünfundzwanzig Jahre. Aber wir haben uns vor zehn Jahren scheiden lassen."

„Darf ich fragen, warum?" Die Frage war nicht unbedingt notwendig, aber bisher hatte Ian keine Hemmungen gezeigt, über sein Privatleben zu sprechen, und Bridget wollte so viele Informationen wie möglich aus ihm herausbekommen.

„Natürlich", sagte er. „Es gab kein großes Zerwürfnis, keine außerehelichen Affären, keinen dramatischen Streit. Wir haben uns einfach auseinandergelebt, ohne es wirklich zu merken. Diane hatte ihre Karriere, ich meine. Plötzlich stand unsere Silberhochzeit vor der Tür, und als unsere Eltern – die damals noch alle lebten – vorschlugen, dass wir zur Feier des Tages etwas Besonderes machen sollten, wurde uns beiden klar, dass wir keine Lust auf ein rauschendes Fest oder auch nur ein romantisches Abendessen hatten. Diane war schon immer für schonungslose Ehrlichkeit, und als wir uns zusammensetzten, um über unsere Beziehung zu sprechen, kamen wir zu dem Schluss, dass es vorbei war und es keinen Sinn hatte, etwas vorzutäuschen. Wir hatten uns keine Zeit füreinander genommen, und zu diesem Zeitpunkt war es schon zu spät. Daniel war erwachsen und aus dem Haus. Er brauchte uns nicht mehr. Also beschlossen wir, uns zu trennen, und ließen uns schließlich scheiden. Es gab kein Theater, keine Schuldzuweisungen, nur eine einvernehmliche Trennung."

Wie zivilisiert, dachte Bridget und erinnerte sich an ihre eigene, bittere Trennung von Ben. „Und Sie haben Ihre jetzige Frau im Krankenhaus kennengelernt?"

Ian streckte die Hand über das Sofa hinweg aus und nahm Louises Hand in seine. „Louise ist das Beste, was mir je passiert ist", sagte er, „abgesehen von meinem Sohn Daniel natürlich."

Daniel, der etwas mürrisch in einem Sessel saß, die Ellbogen auf die Seiten gestützt, den Kopf zwischen die Schultern gezogen, quittierte das Kompliment mit einem leichten Nicken.

„Und wie lange sind Sie beide schon verheiratet?", fragte Bridget und sah von Ian zu seiner hinreißenden neuen Frau.

„Sieben Jahre", sagte Louise und lächelte.

„Und wir sind sehr glücklich miteinander", sagte Ian und drückte ihre Hand.

„Haben Sie eigene Kinder?", fragte Bridget.

Louise schüttelte den Kopf, sodass ihr glänzendes kastanienbraunes Haar auf ihren Schultern wippte. „Nein. Aber vielleicht ist das ein Segen. Bei meiner Arbeit im Krankenhaus sehe ich so viel Leid unter jungen Menschen. Ich könnte es nicht ertragen, wenn mein eigenes Kind schwer krank würde."

„Das kann ich verstehen", sagte Bridget. Als Polizistin wusste sie nur zu gut, auf welch vielfältige und oft grausame Weise ein Teenager Opfer eines Verbrechens werden konnte, und sie konnte nicht anders, als sich Chloe in jeder Situation vorzustellen. Von Autounfällen über Entführungen bis hin zu Mord hatte Bridget jedes Szenario tausendmal in ihrer Fantasie durchlebt. Der Möglichkeit einer schweren oder unheilbaren Krankheit hatte sie weniger Aufmerksamkeit geschenkt. Vielleicht sollte das auf ihrer Liste der elterlichen Sorgen einen höheren Rang einnehmen.

Sie wandte sich wieder an Ian. „Wie war Ihr Verhältnis zu Diane nach der Scheidung? Oxford ist ja keine besonders große Stadt. Sie müssen sich hin und wieder über den Weg gelaufen sein."

„Wir sind gut miteinander ausgekommen", sagte Ian. „Wie ich schon sagte, gab es keinen schlimmen Bruch, nur getrennte Wege. Wir trafen uns noch ab und zu auf einen Kaffee. Sie erzählte mir von ihrem Buch, und als ich sah, dass sie beim Literaturfestival auftrat, überlegte ich, ob ich mir ihren Vortrag anhören sollte, aber ich hatte an dem Abend eine andere Verpflichtung. Jetzt wünschte ich, ich wäre zum Festival gegangen."

„Hatte Diane nach der Scheidung noch andere Beziehungen?"

„Sie meinen einen Freund?", fragte Ian. „Nicht, dass ich wüsste."

Bridget wandte sich an Louise. „Und wie war Ihre Beziehung zu Diane? Es war sicher nicht leicht, Ians zweite Frau zu sein. Hat Diane jemals Groll gegen Sie gehegt?"

Louise schien sich über die Frage zu amüsieren. „Ganz und gar nicht. Diane war keine eifersüchtige Frau. Ich kann nicht behaupten, dass sie meine beste Freundin war, aber wir haben uns nie gestritten. Und wenn Sie glauben, ich hätte ein Problem damit gehabt, Ians zweite Frau zu sein, dann liegen Sie völlig falsch. Es hat mich nicht gestört, dass ich nicht die Erste war, ich war einfach froh, dass er zu haben war, als ich ihn kennenlernte." Sie hielt

Ians Arm und beugte sich liebevoll zu ihm.

Das war alles sehr erwachsen. In Bridgets Kopf tauchte ein Bild von Tamsin auf, Bens *Verlobter*. Egal, wie oft sie das Wort wiederholte, sie konnte sich einfach nicht damit abfinden, dass ihr Ex wieder heiraten würde. Bridget hatte Tamsin noch immer nicht kennengelernt, aber in ihrer Vorstellung sah sie immer aus wie die schöne, aber böse Stiefmutter aus *Schneewittchen*. Bridget konnte sich nicht vorstellen, dass die zukünftige Mrs. Tamsin Hart ihr gegenüber so großherzig sein würde wie Louise gegenüber Diane. Natürlich bestand immer die Möglichkeit, dass Bridget selbst das Problem war, weil sie eine irrationale und hässliche Eifersucht auf ihre Nachfolgerin hegte. Sie schüttelte den Kopf und verwarf den absurden Gedanken so schnell, wie er gekommen war.

„Was war Ihre andere Verpflichtung am Abend von Dianes Vortrag?", fragte Bridget Ian, um wieder auf das Thema zurückzukommen.

„Eine Ruhestandsfeier für einen der Krankenhausärzte." Er hielt inne und sah sie fragend an. „Soll ich Ihnen ein Alibi liefern? Ich kann Ihnen die Details nennen, wenn Sie möchten."

„Bitte." Bridget hatte zwar keinen Grund, Dianes Ex-Mann eines Verbrechens zu verdächtigen, aber kein Detective kam je zu Ergebnissen, ohne neugierig zu sein.

„Die Feier fand in einem Restaurant in Thame statt. Louise und ich gingen zusammen hin und nahmen danach ein Taxi hierher."

„Wann sind Sie nach Hause gekommen?"

Ian sah seine Frau zur Bestätigung an. „War es gegen Mitternacht?"

„Kurz vorher", sagte Louise. „Ich erinnere mich, weil ich in der Küche das Radio anmachte, während ich mir einen Kakao zubereitete. Das hilft mir, vor dem Schlafengehen abzuschalten."

Das erinnerte Bridget an etwas, das sie Ian schon lange fragen wollte. „Hatte Diane einen tiefen Schlaf?"

„Diane?" Ian klang überrascht. „Überhaupt nicht. Sie

schlief immer sehr leicht. Und sie neigte dazu, früh aufzuwachen. Sie sagte immer, das Leben sei zu kurz, um es schlafend zu verbringen."

„Eine letzte Frage: Fällt Ihnen ein Grund ein, warum jemand Ihrer Ex-Frau etwas antun wollte?"

Ian schüttelte energisch den Kopf. „Diane war nicht immer der einfachste Mensch, aber ich kann mir niemanden vorstellen, der sie so sehr hasste, dass er sie umbringen wollte."

Bridget drehte sich zu ihrem Sohn um, der bisher schweigend seinen Kaffee getrunken und die Kekse gegessen hatte. Krümel lagen verstreut auf der Hose seines Anzugs. „Es muss ein schrecklicher Schock gewesen sein, als Sie heute Morgen die Nachricht vom Tod Ihrer Mutter erhalten haben."

Daniel wischte die Krümel achtlos auf den Perserteppich, wo sie im verschlungenen Muster verschwanden. „Ein Schock, ja. Aber ich kann nicht sagen, dass ich furchtbar erschüttert war."

„Sie haben sich nicht mit Ihrer Mutter verstanden?" Bridget wusste aus eigener Erfahrung, dass die Beziehung zwischen Eltern und Kind schwierig sein konnte. Sie lebte in ständiger Angst, dass sie und Chloe sich eines Tages auseinanderleben würden. Bridgets eigene Eltern hatten sich nach dem Tod ihrer jüngeren Schwester Abigail von Bridget und ihrer Schwester Vanessa distanziert, und erst dieses Weihnachten war die Kluft, die sie so viele Jahre getrennt hatte, endlich überwunden und die Familie wieder vereint worden. Aber welcher Graben sich auch immer zwischen Daniel und seiner Mutter aufgetan hatte, er konnte jetzt nicht mehr beseitigt werden. Würde er das den Rest seines Lebens bereuen? Nach seinem Gesichtsausdruck und seiner Körpersprache zu urteilen, bezweifelte Bridget das.

Daniel rutschte unbeholfen in seinem Sessel hin und her. „Wie soll ich es nett ausdrücken? Der Mutterinstinkt ist meiner Mutter nicht in die Wiege gelegt worden. Sie war immer zu sehr auf ihre Karriere und ihre Politik fixiert.

Sie sprach immer nur über Israel, Palästina und den amerikanischen Imperialismus. Für mich hatte sie keine Zeit und für Dad auch nicht."

„Daniel, ist das wirklich fair?", fragte Ian. „Deine Mutter hat dich sehr geliebt."

Daniel verschränkte die Arme vor der Brust. „Nun, sie hatte eine seltsame Art, das zu zeigen. Hätte sie dir ein bisschen mehr Liebe gezeigt, hättest du dich vielleicht nicht scheiden lassen müssen."

Bridget griff ein, bevor es zu einem handfesten Familienstreit kommen konnte. „Sie hatten das Gefühl, dass Ihre Mutter Sie vernachlässigt hat?"

„Mit einem Wort, ja. Dad war trotz seiner anspruchsvollen Karriere immer für mich da. Und Tante Annabel auch. Sie war mehr Mutter für mich als meine eigene. Als ich aufwuchs, verbrachte ich fast so viel Zeit in ihrem Haus wie in meinem eigenen."

Er lächelte liebevoll bei der Erinnerung daran, und Bridget konnte sich vorstellen, dass Annabels schrulliges Häuschen für ein kleines Kind ein viel einladenderer Ort war als Dianes stattliches Haus, in dem nichts fehl am Platz war. Vielleicht hatte seine gutherzige Tante Daniel die Zuneigung gegeben, nach der er sich sehnte und die ihm seine Mutter nicht geben konnte.

„Und Louise war als Stiefmutter immer sehr nett zu mir", fügte Daniel hinzu. „Nur meiner Mutter war ich egal."

Bridget schaltete sich schnell wieder ein, bevor Ian etwas sagen konnte. „Manche Frauen haben Schwierigkeiten, eine Beziehung zu kleinen Kindern aufzubauen. Sie kommen besser mit ihnen zurecht, wenn sie erwachsen sind."

Daniel stieß ein kurzes, unangenehmes Lachen aus. „Wenn überhaupt, dann hat sich unsere Beziehung verschlechtert, als ich erwachsen wurde. Als Kind war es nur mütterliche Gleichgültigkeit. Aber als ich älter wurde, hatte ich ihre linke Politik so satt, dass ich, sobald ich wählen durfte, rebellierte und für die Konservativen stimmte. Ich trat sogar der Konservativen Partei bei. Stellen Sie sich das vor! Wer tritt schon den Konservativen bei, um zu rebellieren? Wie auch immer, meine Mutter war entsetzt, was natürlich meine Absicht war. Von da an fingen wir an, uns richtig zu streiten. Und dann versetzte ich ihr den letzten Schlag, indem ich Buchhalter wurde und mitten im kapitalistischen System arbeitete."

Daniels Wangen waren während seiner Tirade knallrot geworden, und seine Brust hob und senkte sich schwer. Er lehnte sich in seinem Sessel zurück, umklammerte die Armlehnen fest und sah sich im Raum um, als wolle er seinen Vater oder seine Stiefmutter herausfordern, ihm zu widersprechen. In weiser Voraussicht ließen sie sich nicht darauf ein.

„Sie leben jetzt also in London?", fragte Bridget, um das Gespräch in ruhigeres Fahrwasser zu lenken.

„Ich habe eine Wohnung in Camberwell gemietet", antwortete er. „Nicht besonders glamourös, aber ..." Er brach ab.

„Daniel würde gerne mit seiner Freundin eine Wohnung kaufen", sagte Ian, „aber die Immobilienpreise in London sind selbst mit zwei Gehältern enorm hoch. Diane und ich haben versucht, finanziell auszuhelfen, aber ..."

„Das kann ich mir vorstellen", sagte Bridget. Selbst in Oxford war es eine Herausforderung, die erste eigene Immobilie zu kaufen. Sie wusste, dass Jake mit seinem Sergeant-Gehalt immer noch eine kleine Wohnung in East Oxford gemietet hatte. Und in London, selbst in einer Gegend wie Camberwell südlich der Themse, waren die Preise für viele Berufsanfänger unerschwinglich.

Die Erwähnung der Immobilienpreise brachte sie auf eine weitere heikle Frage. „Apropos Geld: Wer erbt eigentlich Dianes Vermögen?"

„Nun", sagte Ian, „das ist kein großes Geheimnis. Diane hat ihr Testament nach unserer Scheidung umgeschrieben und sie hat uns allen gesagt, was sie darin verfügt hat. Daniel erbt alles. Es mag Diane schwergefallen sein, ihre Liebe zu Daniel direkt auszudrücken, aber in Wahrheit hing sie sehr an ihm. In ihrem Testament hinterlässt sie ihm alles."

KAPITEL 9

Ein melancholisches Gefühl überkam Grant Sadler, als sein Bus um die Ecke der High Street bog und sich in den Stau von St. Aldate's in Richtung Süden einreihte. Die breite Straße verengte sich rasch, als der Bus langsam an Christ Church vorbeifuhr. Grant starrte trübsinnig aus dem Fenster, als das imposante Bauwerk des Tom Tower kurz zu seiner Linken auftauchte und dann verschwand. Der schönste Teil von Oxford lag nun hinter ihm, vor ihm nur noch der Fluss und die trostlosen Reihenhäuser der Abingdon Road. Dahinter der weitläufige Park & Ride, das Travelodge und schließlich die Ringstraße.

Das Ende der Welt.

Das Klingeln seines Handys in der Jackentasche ließ ihn zusammenzucken. Er zog es heraus und blickte nervös auf das Display, weil er befürchtete, dass die Polizei ihn noch einmal sprechen wollte. Erleichtert stellte er fest, dass es nur Dianes Verlegerin war.

„Hallo, Jennifer. Was kann ich für Sie tun?" Der Bus holperte heftig über eine Bodenwelle, und er presste das Telefon an sein Ohr.

„Die Nachricht von Dianes Tod ist raus."

Grant senkte die Stimme und wünschte, er wäre an einem weniger öffentlichen Ort. „Ja, ich habe gerade mit der Polizei gesprochen. Mit dieser Inspector Hart, die gestern Abend bei dem Vortrag war."

„Ach, die. Welchen Ansatz verfolgt die Polizei?"

„Was meinen Sie mit ‚welchen Ansatz'?"

„Ich meine, welche Fragen hat sie Ihnen gestellt?"

„Hauptsächlich über Diane und was ich letzte Nacht gemacht habe."

„Hält sie Sie für verdächtig?"

Die Leute im Bus starrten jetzt in Grants Richtung, und er drehte den Kopf, um aus dem Fenster zu schauen. „Nein. Warum sollte sie?"

„Seien Sie nicht albern, Grant", sagte Jennifer. „Natürlich sind Sie ein Verdächtiger. Also seien Sie vorsichtig, was Sie ihnen erzählen. Wie auch immer, hören Sie, ich habe ein paar Interviews mit Fernsehsendern für Sie arrangiert. Sky News, BBC und Channel 4. Um Radiointerviews und die Presse kümmere ich mich selbst."

Grant wunderte sich über Jennifers Taktlosigkeit. „Ernsthaft? Dianes Leiche ist kaum kalt."

„Genau deshalb müssen wir sofort handeln. Wenn wir es richtig anstellen, wird sich *Ein tödliches Rennen* bald verkaufen wie warme Semmeln."

„Ist das nicht ziemlich skrupellos?"

„Ich bin überrascht, dass Sie so denken, Grant. Ich dachte, Sie wären sehr daran interessiert, so viel Publicity wie möglich zu bekommen. Schließlich erhalten Sie, wie Sie sicher nicht vergessen haben, fünfzehn Prozent der Einnahmen."

„Fünfzehn Prozent", sagte Grant. „Kaum ein Prozentsatz, der mein Leben verändert."

„Das kommt darauf an, wovon es fünfzehn Prozent sind, nicht wahr? Dianes Buch hat nun alle Zutaten, um ein Bestseller zu werden. Eine Morddrohung, Behauptungen über staatliche Absprachen bei Waffenverkäufen an eine repressive Regierung, der Mord an einer Oxford-Akademikerin. Die Verschwörungstheoretiker werden ausflippen."

„Ich hätte lieber eine erfolgreiche lebende Autorin als ein totes One-Hit-Wonder."

„Wirklich, Grant? Einige der größten Bücher der Geschichte waren One-Hit-Wonder, wie Sie sicher wissen. *Vom Winde verweht* war das einzige Buch, das Margaret Mitchell je veröffentlicht hat. Es war so erfolgreich, dass sie den Rest ihres Lebens damit verbrachte, Fanpost zu beantworten."

„Nun, das hier ist nicht *Vom Winde verweht*. Und Diane Gilbert wird keine Fanpost mehr beantworten."

„Nein, das wird sie nicht. Aber was ist mit Ihnen, Grant? Wie wollen Sie den Rest Ihres Lebens verbringen? Glauben Sie, dass Sie in fünf Jahren noch im Geschäft sind? Jeder weiß, dass sich die Verlagswelt verändert, und es ist kein Geheimnis, dass Sie das Geld brauchen. Ich schlage also vor, dass Sie sich gründlich überlegen, wie Sie Ihr tägliches Brot verdienen wollen, und dann reißen Sie sich zusammen und gehen ins Studio, um diese Interviews zu geben."

Die Leitung war tot.

★

Seit seiner Rückkehr von der Blavatnik School of Government hatte Jake den Nachmittag damit verbracht, sich in die düstere Welt der sozialen Medien zu vertiefen. Es schien, als ob eine freimütige Autorin, die sich zu einem kontroversen Thema äußerte, dazu verdammt war, eine Flut von Beleidigungen zu erhalten. Es war schockierend, was manche Leute zu schreiben bereit waren, wenn sie glaubten, sie seien unauffindbar und unantastbar. Es gab viel Hass da draußen, aber keine der abscheulichen Äußerungen ging so weit wie die Morddrohung, die Diane per Post erhalten hatte.

Nachdem er mehrere Stunden lang Twitter durchforstet hatte, wurde Jake klar, dass er Gefahr lief, sich in Verleumdung und Hass zu verlieren. Ein Mensch konnte nur ein bestimmtes Maß an Feindseligkeit ertragen, selbst wenn sie gegen jemand anderen gerichtet war. Er gähnte, streckte sich und schaltete den Computer aus. Auch am Vortag hatte er eine lange Schicht eingelegt, um auf Diane Gilbert bei ihrem Vortrag im Bodleian aufzupassen, und dann hatte man ihn unerwartet früh am Morgen angerufen, mit der schockierenden Nachricht von ihrem Tod.

Er konnte nicht anders, als sich ein wenig für den Mord an der Schriftstellerin verantwortlich zu fühlen. Sie wussten immer noch nicht, wie der Mörder sich Zugang zum Anwesen verschafft hatte. Hatte sich der Mörder heimlich irgendwo im Haus versteckt – vielleicht sogar in einem der Räume, die Jake durchsucht hatte? Ihn schauderte bei dem Gedanken, dass seine eigene Nachlässigkeit zu Dianes Tod geführt haben könnte. Aber, nein. Der Eindringling hatte nicht auf der Lauer gelegen. Er war nachts durch die Hintertür eingebrochen. Wenn jemand schuld war, dann die beiden Polizisten, die das Haus bewachen sollten. Der Mord an Diane hatte sich direkt vor ihren Augen ereignet. So unangenehm ihm die Situation auch war, Jake war sehr froh, nicht in ihrer Haut zu stecken.

Auf der anderen Seite des Einsatzraumes klappte Ffion die dicke, gebundene Ausgabe des Buches von Diane Gilbert zu, das sie den ganzen Tag gelesen hatte. Sie war völlig in ihre Aufgabe vertieft gewesen und hatte nicht bemerkt, dass Jake sie verstohlen beobachtete. Zumindest glaubte er das. Ihre grünen Augen waren fest auf das Buch fixiert gewesen und in Windeseile über die Wörter gehuscht, und die Geschwindigkeit, mit der sie die Seiten umblätterte, war erstaunlich. Wie konnte sie so schnell so viele Informationen aufnehmen? Heutzutage las Jake kaum noch ein Buch. Das letzte richtige Buch, an das er sich erinnern konnte, war John Steinbecks *Von Mäusen und Menschen*, das er für sein Englisch-GCSE lesen musste. Auch ein Theaterstück hatte er damals gelesen – *Ein*

Inspektor kommt – und es hatte ihm ziemlich gut gefallen. Vielleicht war es sogar einer der Gründe, warum er sich entschlossen hatte, Polizist zu werden. Das Unrecht in der Welt korrigieren und so weiter. Mit Shakespeare war er allerdings nicht so gut zurechtgekommen – zu viele Wörter, die kein richtiges Englisch waren. Jetzt lebte er in einer Stadt, in der es hundertmal mehr Bücher als Menschen gab. Sogar Ryan, dieser komische Kauz, hatte ihm einen Thriller zum Lesen geliehen, aber der lag immer noch ungeöffnet auf seinem Nachttisch. Mit seinen fast sechshundert Seiten würde er wahrscheinlich dort liegen bleiben, bis Ryan ihn zurückverlangte. Wenigstens war *Von Mäusen und Menschen* kurz gewesen.

Ffion stand auf, streckte die Arme über den Kopf, und Jakes Blick wurde unweigerlich von ihrer langen, schlanken, katzenhaften Gestalt angezogen. Grüne Augen. Lederhosen. Blondes, stacheliges Haar. Er kannte die Details auswendig, konnte seinen Blick aber trotzdem nicht abwenden.

„Gutes Buch?", wagte er zu fragen, um nicht dabei ertappt zu werden, wie er sie mit offenem Mund anstarrte, ohne etwas zu sagen.

Sein Arbeitsverhältnis zu Ffion hatte sich in den letzten Monaten wieder entspannt. Nach einem kurzen und letztlich katastrophalen romantischen Abstecher waren die Dinge kurzzeitig aus dem Ruder gelaufen, und eine Zeit lang hatten sie kaum miteinander gesprochen. Er hatte sogar ernsthaft in Erwägung gezogen, Oxford ganz zu verlassen und zurück in den Norden nach Yorkshire zu ziehen. Er tastete sich immer noch vorsichtig durch das Minenfeld ihrer Beziehung, und jeder Vorschlag, der über eine Freundschaft hinausging, war strengstens verboten, aber im Großen und Ganzen konnten er und Ffion wieder normale Gespräche führen. Obwohl kein Gespräch mit Ffion jemals völlig normal war.

„Diane Gilbert argumentiert gut", sagte sie, hob das schwere Buch vom Tisch und schwang es in Jakes Richtung, „obwohl sie lange Wörter verwendet, wo kürzere genauso gut passen würden, und ihre Sätze unnötig verschachtelt sind. Deshalb ist das Buch auch so lang. Ich denke, sie hätte wahrscheinlich alles auf der Hälfte der Seiten sagen können."

„Du würdest es also nicht als Bettlektüre empfehlen?"

„Ich bevorzuge Bücher, in denen die persönlichen Vorurteile des Autors nicht so offensichtlich sind." Ffion ratterte eine Liste von Büchern herunter, die sie in letzter Zeit gelesen hatte und von denen Jake noch nie gehört hatte. Die Titel klangen schwer verdaulich. „Und du?"

„Ich?"

„Was liest du gerne?"

Wollte sie ihn auf den Arm nehmen? In der kurzen Zeit, in der sie ein Paar waren, musste ihr aufgefallen sein, dass seine Wohnung nicht gerade mit literarischen Werken vollgestopft war. Oder mit Büchern jeglicher Art, um genau zu sein.

„Ich mag, ähm …", bot er lahm an. Was mochte er denn? Er sah sich gerne ein Fußballspiel im Fernsehen an. „Jede Menge Action", schlug er vor. „Etwas Spannendes mit einer überraschenden Wendung am Ende." Vielleicht sollte er es mit dem Thriller versuchen, den Ryan ihm empfohlen hatte. Vielleicht würde er sich selbst überraschen.

„Ich bevorzuge Sachbücher", sagte Ffion. „Ich mag es, Neues zu lernen und meine Vorurteile in Frage zu stellen." Sie begann, ihre grüne Bikerjacke anzuziehen.

Jake erhob sich. „Gehst du nach Hause? Ich wollte auch gerade aufbrechen." Er zögerte. Die Vernunft mahnte ihn, nicht mehr zu sagen, aber wann hatte Vernunft jemals Spaß gemacht? „Hast du heute Abend schon etwas vor? Hast du Lust auf einen Drink? Einfach als Freunde, meine ich. Du könntest mir sagen, was ich lesen sollte." Mit einem halben Lächeln versuchte er, sie zu ermutigen.

„Nein, tut mir leid", sagte Ffion. „Ich habe heute Abend ein Date." Sie schloss den Reißverschluss der Lederjacke und griff nach ihrem Handy auf dem

Schreibtisch.

„Oh", sagte Jake. Das waren definitiv Neuigkeiten. Und nicht gerade willkommene. Nicht, dass er selbst irgendwelche Absichten in Bezug auf Ffion gehabt hätte. Natürlich nicht. Und er konnte kaum erwarten, dass sie das Leben einer Nonne führte, nur weil sie nicht mehr mit ihm zusammen war. Das wäre völlig unvernünftig. „Ähm ...", sagte er und folgte ihr aus dem Büro.

„Was ist?"

Gute Frage. Was genau war sein Problem? „Also, ähm, wer ist der Glückspilz?", fragte er, obwohl er es eigentlich gar nicht wissen wollte.

Sie drehte sich um und lehnte sich an den Türrahmen. „*Ihr* Name ist Marion und *sie* ist Junior Research Fellow an der Universität."

„Ach so, ja, gut", sagte Jake und versuchte, die neue Information zu verarbeiten. Er hatte – natürlich – gewusst, dass Ffion bisexuell war. Sie hatte es ihm oft genug gesagt. Aber irgendwie hatte er es bis zu diesem Moment nie wirklich begriffen. Wahrscheinlich gab es ein Wort für Kerle wie ihn, aber er wusste nicht, welches. Und er glaubte auch nicht, dass er es wissen wollte. „Na dann, schönen Abend noch."

Ffion war schon wieder auf dem Weg. „Dir auch", rief sie über die Schulter.

Mir auch, klar.

Aber was hielt Jakes Abend für ihn bereit? Ein Curry zum Mitnehmen, ein paar Bier und eine weitere Nacht allein vor dem Fernseher. *Jede Menge Action*, dachte er betrübt. *Etwas Spannendes mit einer überraschenden Wendung am Ende.* Er musste vorsichtiger sein, was er sich wünschte. Diese Geschichte hatte auf jeden Fall eine überraschende Wendung genommen, und er war sich überhaupt nicht sicher, ob sie ihm gefiel.

KAPITEL 10

„Sie haben also immer noch nichts", schloss Grayson. Als Bridget nach Kidlington zurückkehrte, waren alle nach Hause gegangen, nur der Chief Superintendent wartete auf ihren Bericht. Sie gab ihm eine mündliche Zusammenfassung ihrer Treffen mit den verschiedenen Verwandten von Diane Gilbert, ihrem Literaturagenten und dem Abteilungsleiter im Blavatnik sowie eine Liste aller Aufgaben, die sie ihrem Team zugewiesen hatte.

Grayson schien wenig beeindruckt.

„Das ist nicht fair, Sir", erwiderte sie. „Wir haben an einem Tag eine Menge geschafft."

„Aber alle Anhaltspunkte, die Sie im Moment haben", sagte Grayson, „sind die ungewöhnliche Tötungsmethode und die umstrittene Natur ihres Buches. Und die Morddrohung."

„Ich warte immer noch auf den Bericht der Forensik. Und auf die Obduktion, um die Todesursache und den Todeszeitpunkt festzustellen. Und darauf, dass die SOCO herausfindet, wie der Mörder aufs Grundstück gekommen ist."

Grayson hob seinen Stift vom Schreibtisch, aber zum Glück klopfte er diesmal nicht. „Hoffen wir, dass wir das alles bald erfahren. In der Zwischenzeit, was sagt Ihr Bauchgefühl? Denken Sie, es war eine Familienangelegenheit?"

„Ihr Sohn mochte sie nicht und hat ein klares finanzielles Motiv, ihren Tod zu wollen, aber soweit ich weiß, war er gestern in London. Was die anderen Familienmitglieder betrifft, so haben sie kein Motiv und scheinen sich gut mit ihr verstanden zu haben. Sogar ihr Ex-Mann hatte allem Anschein nach ein freundschaftliches Verhältnis zu ihr."

„Was ist mit ihren Arbeitskollegen?"

„Ihr Chef hatte eindeutig eine starke Abneigung gegen sie und war mit der Richtung ihrer akademischen Forschung und ihres Buches nicht einverstanden, aber das scheint mir kein starkes Mordmotiv zu sein."

„Was dann?"

Bridget holte tief Luft. „Dianes Agent hat mir gegenüber angedeutet, dass ihr Tod auf das Konto des britischen Sicherheitsdiensts gehen könnte."

Grayson hob eine Augenbraue. „Glauben Sie das?"

„Um ehrlich zu sein, ich weiß es nicht, Sir. Die Morddrohung ... die Art und Weise, wie der Mörder in Dianes Haus eingedrungen ist, obwohl es von der Polizei bewacht wurde ... die ungewöhnliche Methode, sie zu töten ... und natürlich der Inhalt ihres Buches. All das stützt die Theorie, dass sie von einer ausländischen Regierung oder einer anderen mächtigen Partei ermordet worden sein könnte. Aber das ist natürlich reine Spekulation", fügte sie hastig hinzu, um Grayson keinen Anlass zu geben, an ihrem Urteilsvermögen zu zweifeln.

Zu ihrer Überraschung wies Grayson den Gedanken nicht zurück. „Nationale Sicherheit. Das ist eine Möglichkeit, die wir in Betracht ziehen müssen. Wenn das der Fall ist, werden Sie Unterstützung brauchen."

„Sir?"

„Überlassen Sie das mir. Ich werde mich über die

offiziellen Kanäle erkundigen. Mal sehen, ob ich etwas herausfinden kann."

„Danke, Sir", sagte Bridget. „Das weiß ich zu schätzen."

Mit einem Brummen und einer Handbewegung entließ er sie. Grayson, so wurde ihr klar, wusste einfach nicht, wie er mit Dankbarkeit umgehen sollte. Vielleicht war er deshalb so schlecht darin, sie auszudrücken.

★

Bridget war gerade auf dem Rückweg nach Wolvercote, als die Sonne am Horizont verschwand, den Himmel über Port Meadow lachsrosa färbte und tiefe Schatten auf den Dorfanger warf. Aus dem hell erleuchteten White Hart drangen fröhliches Gelächter und laute Stimmen zu ihr herüber, aber als sie die Tür zu ihrem dunklen Cottage öffnete, empfing sie eine Stille, die sich wie eine Wand vor ihr auftat. Sie hätte nie gedacht, dass sich ein so kleines Haus so leer anfühlen konnte, aber da Chloe noch nicht zurück war, schienen die niedrigen Decken sie zu erdrücken, und das normalerweise fröhliche Durcheinander in der Küche wirkte chaotisch und unordentlich.

Sie schaltete alle Lichter im Erdgeschoss an und legte die *Hochzeit des Figaro* in den CD-Player, um ihre angeschlagene Stimmung zu heben.

Warum fühlte sie sich so niedergeschlagen? Es lag nicht nur an Dianes Ermordung und dem Druck, den Grayson ausübte, um den Fall zu lösen. Es lag nicht einmal daran, dass sie ihre Tochter vermisste. Etwas Tieferes regte sich in ihr, und sie hatte das beunruhigende Gefühl, dass ihr Leben kurz davor war, aus den Fugen zu geraten.

Der eigentliche Grund für dieses Unbehagen war ihr Ex-Mann.

Warum sollte es ihr so viel ausmachen, dass Ben und Tamsin heirateten? Sie hatte den Schmerz und den Kummer über seine Untreue schon vor vielen Jahren überwunden und die Trümmer ihrer Ehe längst hinter sich gelassen. Sie war stolz auf das, was sie in ihrem Leben erreicht hatte, seit sie ihn verlassen hatte. Sie hatte eine Tochter allein großgezogen und sich eine Karriere aufgebaut. Es sollte keine Rolle spielen, was Ben mit seinem Leben anstellte.

Aber es war so, und Bridget wusste auch, warum.

Trotz all ihrer Bemühungen, trotz allem, was sie getan hatte, um Chloe zu schützen und eine Mauer um die schmerzliche Vergangenheit zu errichten, war es Ben langsam, aber sicher gelungen, sich wieder in ihr Leben zu schleichen und seine Tochter für sich zu beanspruchen. Jetzt war sie bei ihm in London, ging in teure Restaurants, probierte Kleider an und amüsierte sich mit ihrer zukünftigen Stiefmutter.

Sie ist meine Tochter! Meine!

Mozart spielte weiter, aber seine beschwingte Melodie passte nicht zu ihren eigenen disharmonischen Gedanken.

Ich lasse das zu sehr an mich ran.

Sie atmete tief durch und versuchte, ihre entfesselten Emotionen wieder unter Kontrolle zu bringen. Was auch immer Ben vorhatte, Chloe war immer noch ihre Tochter, und es stand außer Frage, dass sie jemals nach London ziehen würde, um bei ihrem Vater zu leben. Tamsin, die böse Stiefmutter, würde das sicher nicht wollen. Also musste Bridget einfach lernen zu teilen. Chloe war alt genug, um ihre eigenen Entscheidungen zu treffen, und Bridget würde ihr vertrauen müssen.

Ruhelos ging sie in der Küche auf und ab. Mit Jonathan an ihrer Seite wäre es so viel leichter, damit fertig zu werden. Wie spät war es in New York? Bridget stellte fest, dass es ihr eigentlich egal war. Sie nahm ihr Handy und wählte.

Bald hörte sie Jonathans beruhigende Stimme und Bridget spürte, wie ihre Sorgen von ihr abfielen.

„Hallo", sagte er. „Wie geht es dir?"

Schrecklich. „Ach, du weißt schon. Ich vermisse dich. Wie läuft es in New York?"

„Großartig. Aber es ist anstrengend. Galerien, Ausstellungen, Auktionen. Ich bin gerade ins Hotel zurückgekommen, nachdem ich den ganzen Tag herumgehetzt bin."

Das klingt wunderbar. „Das kann ich mir vorstellen."

„Und bei dir? Wie läuft es mit der Schriftstellerin, auf die du aufpasst?"

Bridget stöhnte. „Frag lieber nicht."

„Okay. Dann erzähl mir, was du gerade tust. Wo bist du?"

„Zu Hause. Allein."

„Keine Sorge. Chloe wird bald zurück sein. Und ich auch."

„Ja." Allein der Gedanke an seine Rückkehr gab ihr die Kraft, weiterzumachen. „Was sind deine Pläne für heute Abend?"

„Ich habe um acht einen Tisch reserviert. Ein paar Galeristen haben mich in dieses tolle neue peruanische Restaurant im East Village eingeladen."

„Klingt fantastisch."

„Und du?", fragte er fröhlich. „Kochst du heute Abend oder holst du dir was zum Mitnehmen?"

Bridget öffnete mit einer Hand die Tür ihres Kühlschranks und warf einen kurzen Blick hinein. Ein halber Block Cheddarkäse, ein paar schlaffe Schinkenscheiben, eine Milch, deren Haltbarkeitsdatum längst überschritten war, und ein verschimmelter Salat. Sie hatte vorgehabt, nach dem Radiointerview mit Diane einkaufen zu gehen.

„Ich bestelle wohl etwas."

„Gute Wahl", sagte Jonathan wissend. „Jedenfalls muss ich jetzt los. Pass auf dich auf. Ich rufe dich morgen an. Ich liebe dich."

„Ich liebe dich."

Sie legte auf und fühlte sich schon besser, nachdem sie Jonathans Stimme gehört hatte. Sie konnte sich zwar nicht darauf verlassen, dass er all ihre Probleme lösen würde, aber zumindest wusste sie jetzt, wie sie ihr dringendstes

Problem in den Griff bekommen konnte. Sie wählte erneut, und bald darauf bestellte sie eine Pizza mit Knoblauchbrot und einen Becher Pistazieneis.

Von der anderen Seite eines Eisbechers sah das Leben immer besser aus.

KAPITEL 11

Es war Samstagmorgen, aber solange der Mörder von Diane Gilbert noch auf freiem Fuß war, gab es keinen freien Tag. Bridget wartete darauf, dass sich ihr Team im Einsatzraum versammelte, gespannt darauf, was sie zu sagen hatten. Als auch der Letzte mit einer Tasse in der Hand Platz genommen hatte, erhob sie sich und bat um ihren Bericht.

Andy und Harry hatten wenig zu erzählen von ihren Haus-zu-Haus-Befragungen in der St. Margaret's Road und den umliegenden Straßen.

„Nichts Neues, Ma'am", sagte Andy entschuldigend. „Wir hatten den Eindruck, dass die meisten Leute in dieser Straße ihre Nachbarn kaum kennen. Diane jedenfalls nicht. Sie scheint sehr zurückgezogen gelebt zu haben. Und niemand hat letzte Nacht etwas gehört oder gesehen, nicht einmal die direkten Nachbarn."

Es war enttäuschend, aber Bridget dankte ihnen für ihre Mühe und wandte sich an Ryan. Er hatte den letzten Tag im Haus verbracht und versucht herauszufinden, wie sich der Eindringling Zugang zu Dianes Grundstück verschafft hatte.

„Ich habe ein paar Constables mit zum Haus genommen, Ma'am. Wir haben das ganze Grundstück – Garten vorne und hinten, Garage und Nebengebäude – gründlich nach Spuren abgesucht."

„Was haben Sie gefunden?"

„Absolut nichts. Keine verlorenen Gegenstände. Keine Fußspuren auf dem Boden. Keine Anzeichen dafür, dass eine Leiter benutzt wurde, um über die Mauer zu klettern. Der Schuppen auf der Rückseite war mit einem Vorhängeschloss gesichert und auch die Garage war sauber. Alle Fenster waren verschlossen. Es gab keine Anzeichen für ein gewaltsames Eindringen, außer an der Hintertür des Hauses selbst."

„Wie sind sie dann in den Garten und wieder hinausgekommen, ohne dass die Constables etwas bemerkt haben?"

„Könnte sich schon jemand im Haus versteckt haben, als Sie Diane abgesetzt haben?", fragte Andy.

Bridget bemerkte, dass Jake auf seinem Stuhl hin und her rutschte, was vielleicht nicht überraschend war. Er war derjenige gewesen, der oben nachgesehen hatte, während Bridget die unteren Räume des Hauses durchsucht hatte. Es war denkbar, dass ein Eindringling sich so gut versteckt hatte, dass er unentdeckt geblieben war, aber diese Möglichkeit warf nur noch mehr offene Fragen auf. Wie waren sie ins Haus gelangt? Und noch wichtiger: Wenn sie schon drinnen waren, warum hätten sie dann die Hintertür aufbrechen sollen? Das ergab keinen Sinn.

„Nein", sagte Bridget. „Das Haus war sauber. Der Mörder ist irgendwann in der Nacht eingebrochen, nachdem wir gegangen waren."

„Das habe ich mir auch gedacht", sagte Ryan. „Aber wenn sie nicht durch den Hintereingang gekommen sind, müssen sie von vorne gekommen sein. Die einzige plausible Erklärung für mich ist, dass die beiden Polizisten eingenickt sind oder kurz weggegangen sind, um sich einen Kaffee zu holen. Dianes Mörder könnte sie beobachtet haben und hineingeschlüpft sein, als er seine Chance sah."

„Das würde auch erklären, warum sie nicht gehört haben, wie die Scheibe der Hintertür eingeschlagen wurde", sagte Jake.

Bridget nickte widerwillig. Sie hatte den Schilderungen der beiden Beamten geglaubt und hoffte, dass ihr Vertrauen in sie nicht fehl am Platz war. „Es ist eine Möglichkeit. Aber es erklärt immer noch nicht, warum Diane selbst das Zerbrechen des Glases nicht gehört hat und nicht aufgewacht ist."

„Tiefer Schlaf?", schlug Ryan vor.

„Ihr Ex-Mann hat das Gegenteil behauptet." Bridget fasste ihre eigenen Nachforschungen zusammen und berichtete, was die verschiedenen Familienmitglieder ihr über Diane erzählt hatten, und erzählte ihnen auch von der starken persönlichen Abneigung, die ihr Chef an der Blavatnik School ihr gegenüber gehegt hatte.

„Reicht das als Motiv für einen Mord?", fragte Ryan.

„Berufliche Rivalität?", entgegnete Bridget. „Wir brauchen etwas Handfesteres, bevor wir Professor Al-Mutairi als Verdächtigen in Betracht ziehen. Jake, haben Sie das Alibi von Ian Dunn überprüft?" Ein Ex-Mann war bei Mordermittlungen immer ein naheliegender Verdächtiger, auch wenn Ian Dunn auf den ersten Blick recht charmant gewirkt hatte.

Jake schlug seine Notizen auf. „Ich habe mit zwei Gästen gesprochen, die auf der Party in Thame waren. Sie haben beide bestätigt, dass er und seine Frau erst nach elf gegangen sind."

„Okay, gut." Natürlich war es denkbar, dass Ian die Party mit der ausdrücklichen Absicht besucht hatte, sich ein Alibi zu verschaffen, und den Mord dann nach seiner Rückkehr nach Oxford begangen hatte, aber dazu bedurfte es der akribischen Planung und rücksichtslosen Effizienz eines kriminellen Superhirns. Soweit Bridget beurteilen konnte, hatte der Mann nicht einmal ein Motiv, denn er war seit vielen Jahren einvernehmlich von seiner Ex-Frau geschieden und profitierte in keiner Weise von ihrem Testament.

Bridget wandte sich an Ffion. Die junge Constable hatte Dianes Buch auf dem Schoß. „Ich nehme nicht an, dass Sie Ihr Leseprojekt gestern zu Ende gebracht haben?", fragte Bridget sie.

Ffion klopfte auf den Wälzer. „Von Anfang bis Ende."

„Sehr beeindruckend. Und was ist Ihr Fazit?"

„Zu Dianes politischem Standpunkt? Ich denke, sie hat einige gute Argumente, aber sie betrachtet nur eine Seite der Medaille."

„Ich meinte, ob es Hinweise auf den Mord gibt."

Ffion zögerte keine Sekunde mit der Antwort. „Die zentrale These des Buches ist, dass die britische und die amerikanische Regierung mit Unternehmen zusammenarbeiten, die Waffen herstellen und exportieren, um Regime zu beliefern, von denen sie wissen, dass sie repressiv sind. Sie behauptet, dass sie dies nicht nur aus kommerziellen Gründen tun, sondern auch, um ihre eigenen geopolitischen Expansionsziele zu verfolgen. Nach dem, was ich in ihrem Buch gelesen habe, muss sie von verschiedenen Ländern als Bedrohung für die nationale Sicherheit angesehen worden sein. Vor allem von den Regierungen Großbritanniens, der USA und Saudi-Arabiens."

Das war das Letzte, was Bridget hatte hören wollen. Aber es bestätigte, was Grant Sadler ihr im Café erzählt hatte. Vor allem hatte er mit dem Finger auf den britischen Sicherheitsdienst gezeigt. Sie berichtete dem Rest des Teams, was der Literaturagent gesagt hatte.

„Bei allem Respekt, Ma'am", sagte Ryan, „Sie glauben doch nicht ernsthaft, dass Diane Gilbert vom MI5 ermordet wurde? Ich glaube, Sie haben zu viele John le Carré-Romane gelesen."

Bridgets Problem war, dass sie nie genug Zeit hatte, um irgendwelche Romane zu lesen. Aber Ryan hatte recht. Es war viel zu früh, um Regierungen und Sicherheitsdienste zu beschuldigen.

„Aber sie ist tot, oder nicht?", erwiderte Ffion. „Also muss sie jemand umgebracht haben, und die nationale

Sicherheit ist ein naheliegender Grund. Die Art und Weise, wie sie getötet wurde, deutet auf einen professionellen Mord hin. Nicht zu vergessen die Morddrohung."

„Wie weit sind wir damit?", fragte Bridget. „Ist die Forensik mit dem Brief fertig?"

„Der Bericht kam gestern am späten Nachmittag", sagte Ryan und zog ein kurzes Dossier hervor. Er blätterte es durch und las die wichtigsten Punkte vor. „Der Brief wurde in einem Umschlag verschickt, der in der Londoner Innenstadt abgestempelt wurde. Als Papier wurde billiges liniertes Papier aus einem Nachfüllblock verwendet, und der Umschlag war von der weißen, selbstklebenden Sorte, so dass es keine DNA vom Speichel gab. Geschrieben wurde er mit einem Füllfederhalter mit blauer Tinte aus einer Parker-Patrone. Nichts besonders Teures, einfach ein Artikel, den man bei WH Smith kaufen kann. Die Handschrift selbst ist unauffällig. Natürlich haben wir nichts, womit wir sie vergleichen könnten, aber nach Ansicht der Handschriftexpertin hat sich der Verfasser nicht die Mühe gemacht, seine Schrift zu verfälschen. Sie weist darauf hin, dass die Schrift flüssig ist und keine Anzeichen von Federabdrücken oder neu begonnenen Wörtern aufweist. Wenn wir also eine Schriftprobe von einem Verdächtigen bekommen könnten, hätten wir wahrscheinlich gute Chancen, sie zuzuordnen."

„Irgendwelche Fingerabdrücke?", fragte Bridget hoffnungsvoll.

„Nur die des Opfers, des Literaturagenten und der Verlegerin, denen sie den Brief gezeigt hat. Wahrscheinlich hat der Absender Handschuhe getragen, als er den Brief geschrieben und abgeschickt hat. Haare oder Fasern waren auch nicht zu finden."

„Wir haben also keine Fingerabdrücke, keine DNA, keine Fußabdrücke, keinerlei physischen Beweise." Als Bridget heute Morgen ins Büro gekommen war, hatte sie nach E-Mails von Vik gesucht, aber das SOCO-Team hatte immer noch nichts gefunden, was sie hätte verwenden können. Sie hätte gerne Ffion beauftragt, das Handy und den Laptop des Opfers zu analysieren, aber frustrierenderweise befanden sich diese Gegenstände noch in der Forensik.

Andy hob erneut die Hand, um das Wort zu ergreifen. „Nachdem Harry und ich von der Haus-zu-Haus-Befragung zurück waren, hatte ich Zeit, ein wenig Hintergrundrecherche über das Opfer zu betreiben."

„Fahren Sie fort", sagte Bridget.

„Nun, es scheint, dass sie Anfang der Achtziger ein paar Mal wegen Protesten in Greenham Common verhaftet wurde." Er holte ein Schwarz-Weiß-Foto aus einer Zeitung hervor und reichte es Bridget, die es für alle sichtbar an das Whiteboard heftete. Es war aus dem Jahr 1982. Das Bild zeigte eine viel jüngere Diane Gilbert, die von zwei behelmten Polizisten gewaltsam durch den Schlamm gezerrt wurde.

Die Nachricht von Dianes früherem politischen Engagement überraschte Bridget nicht sonderlich angesichts dessen, was sie bereits über die Akademikerin wusste. Das Greenham Common Women's Peace Camp war in den achtziger Jahren berühmt – oder berüchtigt – geworden, als Hunderte von Frauen vor dem Luftwaffenstützpunkt der Royal Air Force in Berkshire kampierten, um gegen die Entscheidung der britischen Regierung zu protestieren, dort amerikanische Marschflugkörper zu stationieren. Damals war Margaret Thatcher Premierministerin und die Auswirkungen des Kapitalismus der freien Marktwirtschaft begannen sich gerade in der boomenden Londoner Wirtschaft bemerkbar zu machen. In anderen Teilen des Landes, deren industrielle Basis noch aus dem vorigen Jahrhundert stammte, lief es weniger gut. Es war eine turbulente Zeit in der britischen Geschichte, und Diane Gilbert war damals eine junge Frau voller politischer Überzeugung und selbstgerechter Empörung. Greenham Common wäre wie für sie geschaffen gewesen.

„Es ist also sehr wahrscheinlich, dass der MI5 eine Akte

über sie hat, die einige Jahrzehnte zurückreicht", schloss Andy. „Und nach allem, was wir über ihre jüngsten Aktivitäten wissen, haben sie sie vielleicht auch weiterhin überwacht."

Bridget dankte Andy für seine akribischen Nachforschungen. So sehr ihr der Gedanke auch missfiel, alle verfügbaren Beweise schienen auf eine Verbindung zur nationalen Sicherheit hinzudeuten, und sie konnte es sich nicht leisten, sie zu ignorieren. „Der Chief Super ist an dem Fall dran und klopft an die Türen der hohen Tiere, um zu sehen, was er in Erfahrung bringen kann. In der Zwischenzeit arbeiten wir mit dem, was wir haben. Jake, Ryan, ich möchte, dass Sie zurück zur Blavatnik School of Government gehen und mit den restlichen Kollegen von Diane sprechen. Sehen Sie, was Sie herausfinden können, und behalten Sie dabei alles im Hinterkopf, worüber wir heute Morgen gesprochen haben."

„Wir kümmern uns darum, Ma'am", sagte Jake.

„Andy, machen Sie mit den Hintergrundchecks weiter. Ich möchte alles über Diane und ihre politischen Aktivitäten wissen. Harry, fangen Sie an, ihre Anruflisten durchzugehen." Sie wandte sich an Ffion. „Sie kommen mit mir. Nachdem Sie gestern den ganzen Tag Ihre Nase in ein Buch gesteckt haben, können Sie etwas frische Luft vertragen."

KAPITEL 12

Die Mauer, die Diane Gilberts Garten hinter dem Haus begrenzte, war zweieinhalb Meter hoch. Bridget blickte zweifelnd hinauf. Sie konnte unmöglich hinaufklettern und Vik hatte ihr versichert, dass der Boden unter der Mauer keine Fußabdrücke oder verräterische Spuren einer Leiter aufwies. Aber wer auch immer sich Zutritt zu Dianes Haus verschafft hatte, war irgendwie gekommen und gegangen.

„Was denken Sie?", fragte Bridget. Sie wartete, während Ffion die Backsteinmauer betrachtete. Mit ihren gut 1,80 m in flachen Schuhen konnte Ffion fast die Oberkante erreichen, wenn sie sich auf die Zehenspitzen stellte.

„Soll ich es versuchen?"

„Wenn es Ihnen nichts ausmacht", sagte Bridget.

Ffion nahm die ungewöhnliche Bitte kommentarlos an und schien die Herausforderung sogar zu genießen. Sie beugte sich vor, berührte ihre Zehen, joggte einen Moment auf der Stelle und nahm dann Anlauf, um gegen die Mauer zu springen. Es gelang ihr, sich oben festzuhalten, aber selbst mit ihren langen Beinen hatte sie Mühe, auf der senkrechten Fläche Halt zu finden. Sie versuchte, ihr rechtes Bein bis zur Mauerkrone zu schwingen, aber es war einfach zu weit. Einen Moment lang schwebte sie über den Büschen, dann ließ sie sich wieder fallen und landete mit der Anmut einer Katze. Sie kehrte zu Bridget zurück, rieb sich Schlamm und Moos von den Händen und wirkte sichtlich enttäuscht, dass sie es nicht über die Mauer geschafft hatte.

„Guter Versuch", sagte Bridget. „Sie haben es bewiesen." Sie deutete auf die tiefen Abdrücke, die Ffion in der Erde des Blumenbeets hinterlassen hatte. „Selbst wenn es jemand geschafft hätte, darüber zu klettern, hätte er deutliche Spuren hinterlassen. Und Vik hat mir versichert, dass es keine Spuren gab."

„Wenn er nicht über die Mauer gekommen ist, könnte er dann durch dieses Tor gekommen sein?", fragte Ffion und deutete auf das massive Holztor in der Mauer.

„Nur wenn er den Schlüssel hatte", sagte Bridget. Die Tür schloss bündig mit der Mauer ab und war mit einem normalen Einsteckschloss gesichert. „Der Schlüssel hing in der Küche. Und da der Eindringling das Glas der Küchentür einschlagen musste, um ins Haus zu gelangen, ist es unwahrscheinlich, dass er einen Schlüssel für das Gartentor hatte. Auf jeden Fall war es abgeschlossen, als Viks Team es untersuchte. Warum sollte sich jemand die Mühe machen, das Gartentor abzusperren, nachdem er die Küchentür aufgebrochen hat? Das ergibt keinen Sinn."

„Nein", sagte Ffion, „wir haben also immer noch keine Ahnung, wie er reingekommen ist?"

Bridget wollte nur ungern zugeben, dass die naheliegendste Erklärung direkt vor ihren Augen lag – dass Sam und Scott nicht die Wahrheit gesagt hatten, als sie behaupteten, die ganze Nacht Wache gehalten zu haben. Wenn sich herausstellte, dass sie gelogen hatten, könnte ihre Karriere zu Ende sein, bevor sie überhaupt begonnen hatte. Sie verspürte einen Hauch Mitleid, aber auch eine gehörige Portion Wut.

Sie gingen durch den restlichen Garten, aber es gab

keinen offensichtlichen Weg, auf dem der Eindringling hätte hereinkommen können, wenn nicht durch die vordere Einfahrt. Bridget untersuchte erneut das Gartenhaus, aber es war nach wie vor fest verriegelt. Die Überprüfung der Garage ergab ebenfalls nichts Neues. Seufzend musste Bridget sich damit abfinden, dass sie diesen Teil des Rätsels auch durch eine weitere Untersuchung des Grundstücks nicht lösen konnten.

„Sehen wir uns das Haus von innen an."

Der Hintereingang war mit Absperrband versiegelt, und auf dem Küchenboden lagen noch Glasscherben, also gingen sie zur Vorderseite des Hauses, wo ein uniformierter Polizist sie hineinließ.

Durch die zerbrochene Scheibe der Küchentür drang die feuchte Aprilluft ins Innere, und im Haus war es kühl geworden. Bridget behielt ihren Mantel an, als sie und Ffion begannen, das Erdgeschoss zu untersuchen.

In der Küche schien alles in Ordnung zu sein, abgesehen vom Einbruch selbst, aber der Raum verriet wenig über Diane Gilbert als Person.

„Sie hatte einen guten Geschmack", sagte Ffion und betrachtete die polierte Granitarbeitsplatte, die eleganten Chromarmaturen, die hochwertigen Geräte und das Multifunktionskochfeld.

„Und das nötige Kleingeld dafür", sagte Bridget. Es war offensichtlich, dass Diane sich das Beste leisten konnte, was der Markt zu bieten hatte. Das massive viktorianische Haus in der begehrten Gegend von Nord-Oxford, das in so hohem Standard präsentiert wurde, würde auf dem Immobilienmarkt eine astronomische Summe einbringen. Dianes Sohn Daniel würde ein kleines Vermögen erben. Eigentlich gar kein so kleines.

Es war sicher weit entfernt vom Women's Peace Camp in Greenham Common, wo Diane ihre Protestjahre verbracht hatte. Bridget stellte sich Gruppen von Frauen vor, die sich um Campingkocher scharten, mitreißende Lieder sangen und sich von Dosen mit gebackenen Bohnen ernährten. Es war klar, dass man eines solchen

Lebensstils überdrüssig werden konnte.

Sie gingen weiter ins Esszimmer, das an den hinteren Garten grenzte und einen Blick über den langen Rasen bis zur gegenüberliegenden Mauer bot. Im Sommer, wenn draußen die Blumen blühten, wäre das ein herrlicher Anblick. Selbst an diesem leicht bewölkten Aprilmorgen trugen die violetten und gelben Tulpen dazu bei, die Stimmung zu heben.

Wie die Küche war auch dieser Raum eindrucksvoll eingerichtet, ein moderner Kristalllüster hing von der zentralen Deckenrosette und abstrakte Kunstwerke schmückten die Wände. Der Tisch mit den ledernen Hochlehnern bot Platz für acht Personen. Doch auch dieser Raum hatte etwas Seelenloses und Unberührtes an sich, das Bridget das Gefühl gab, dass hier noch nie die Art von großer Dinnerparty stattgefunden hatte, für die er offensichtlich gedacht war. Wenn sie gehofft hatte, in ihrem Haus einen Hinweis auf Dianes Privatleben zu finden, dann war die wichtigste Erkenntnis, dass Diane kein Privatleben gehabt hatte. Für die vielleicht ehrgeizige Akademikerin schien die Arbeit alles gewesen zu sein.

Sie betraten das Wohnzimmer.

Das nach Süden ausgerichtete Erkerfenster des Zimmers gab den Blick auf den Vorgarten frei und ließ sanftes Licht in den hohen Raum strömen. Zu beiden Seiten des Marmorkamins befanden sich in den Nischen Regale, die dicht mit Büchern gefüllt waren. Bridget überflog die Titel auf den Buchrücken. Die meisten Werke handelten von Politik, insbesondere von der Geopolitik des Nahen Ostens, und internationalen Beziehungen, aber es gab auch eine ganze Reihe von Büchern über Überwachung, den Geheimstaat und Kryptographie. Belletristik gab es kaum. Bridget erkannte einen bedeutenden amerikanischen Roman, der vor einigen Jahren den Pulitzer-Preis gewonnen hatte. Vanessa hatte ihr in jenem Jahr ein Exemplar zu Weihnachten geschenkt, und Bridget hatte sich tapfer durch die ersten hundert Seiten geackert, bevor sie kapitulierte und das Buch einem

Wohltätigkeitsladen spendete, wo es hoffentlich einen engagierteren Leser finden würde.

Das unterste Regal war höher und enthielt offenbar Fotoalben. Vielleicht würde sich hier endlich etwas über die echte Diane Gilbert herausfinden lassen. Ein cremefarbenes Album fiel Bridget ins Auge und sie nahm es aus dem Regal. Es war ein Hochzeitsalbum.

Diane hatte sich zwar vor einem Jahrzehnt von ihrem Mann scheiden lassen, aber hier, unter dünnen Lagen von Seidenpapier für die Ewigkeit konserviert, offenbarte sich eine Momentaufnahme ihrer und Ians Geschichte.

Die Hochzeit hatte im Standesamt von Oxford stattgefunden, mit einem Empfang in einem Landhaushotel. Die Braut trug ein bodenlanges Kleid aus reiner weißer Seide, der Bräutigam einen traditionellen Stresemann mit silberner Weste. Das Programm des Gottesdienstes, das in einer Banderole auf der Vorderseite des Albums steckte, verriet, dass die Hochzeit im Juni 1983 stattgefunden hatte. Damals, nur zwei Jahre nach der Hochzeit von Prinzessin Diana und Prinz Charles, war es fast unmöglich, eine Braut zu finden, die nicht in reinem Weiß gekleidet war. Es war eindeutig Hochsommer, denn es war ein strahlend sonniger Tag, und bis auf Diane hatten alle Frauen nackte Arme. Die einzigen anderen Personen, die Bridget auf den Fotos erkannte, waren Dianes Schwester Annabel und Annabels verstorbener Ehemann John, aber Bridget wusste nicht, ob das Paar damals schon verheiratet gewesen war.

Sie erinnerte sich an das Schwarz-Weiß-Foto von Diane, wie sie bei den Protesten in Greenham Common verhaftet worden war, aufgenommen nur ein Jahr zuvor. Es schien, als hätte Diane ihre Anti-Atomkraft-Proteste ziemlich schnell hinter sich gelassen und sich auf ein konventionelleres Eheleben eingelassen. Die Veränderung hatte ihr offensichtlich nicht geschadet – auf den Fotos hier strahlte sie vor Glück. Bridgets eigener Hochzeitstag war einer der glücklichsten Tage ihres Lebens gewesen. Weder sie noch Diane – und schon gar nicht Prinzessin

Diana – konnten ahnen, dass die Ehe eines Tages in einer Scheidung enden würde.

Ffion saß im Schneidersitz auf dem Boden und blätterte schnell die Seiten der anderen Alben durch.

„Irgendetwas Interessantes?", fragte Bridget.

„Viele Bilder aus der Kindheit ihres Sohnes", sagte Ffion. Sie reichte Bridget ein paar Alben und Bridget begann, darin zu blättern. „Heutzutage würden die Leute all diese Dinge einfach online teilen", fuhr Ffion fort, „aber ich nehme an, damals musste man die Fotos ausdrucken und in ein Album kleben."

„Ja", sagte Bridget, die sich noch gut daran erinnerte, wie sie Filmrollen zum Entwickeln ins örtliche Fotogeschäft brachte und Tage später die Abzüge abholte. Jemand, der so jung war wie Ffion, konnte sich eine solche Welt wahrscheinlich nicht einmal ansatzweise vorstellen.

Es dauerte nicht lange, bis Bridget entdeckte, dass Diane und Ian nur im Hochzeitsalbum im Mittelpunkt standen, während sich in den anderen Alben alles um ihren Sohn drehte. Bridget überflog ein Bild nach dem anderen, das zeigte, wie Daniel aufwuchs – vom süßen Baby zum schokoladenverschmierten Kleinkind, vom Schuljungen mit X-Beinen zum schüchternen Teenager. Laut Daniel war seine Mutter nie für ihn da gewesen, als er aufwuchs, aber die Beweise auf diesen Seiten bestätigten diese Ansicht nicht. Vielmehr deuteten sie darauf hin, dass Diane eine viel liebevollere Mutter war, als Daniel ihr zugestanden hatte.

Zum ersten Mal seit ihrer ersten Begegnung empfand Bridget etwas Mitgefühl für die ermordete Akademikerin. Es war jetzt sonnenklar, dass Diane ihren Sohn sehr geliebt hatte, und doch war sie in seinen Augen eine kalte, gleichgültige Mutter gewesen – eine, die er letztlich abgelehnt hatte. Vielleicht war das der Grund, warum Diane eine so harte, unnahbare Fassade kultiviert und nie wieder geheiratet hatte – um sich vor künftigem Herzschmerz zu schützen. Bridget dachte erneut an Chloe, und kalte Angst erfüllte ihr Herz bei dem Gedanken, dass ihre eigene Tochter sich jemals von ihr abwenden könnte. Das würde sie nicht zulassen. Egal, wie sehr Ben sich auch bemühte, sich in das Leben ihrer Tochter einzuschleichen, egal wie Chloe darauf reagierte, Bridget beschloss, immer für sie da zu sein und sie in allen Entscheidungen zu unterstützen. Alfie, Chloes Freund, würde am Sonntag mit ihnen allen bei Vanessa zu Mittag essen – zweifellos ein Beweis dafür, wie weit die Beziehung gediehen war – und Bridget war entschlossen, sich von ihrer besten Seite zu zeigen und nichts zu sagen, was ihre Tochter in seiner Gegenwart in Verlegenheit bringen könnte.

Das letzte Foto im Album war bei Daniels Abschlussfeier in Durham aufgenommen worden. Diane und Ian standen an der Seite ihres Sohnes, aber ihre Gesichter wirkten distanziert, als hätte ihre Ehe bereits die ersten Risse gezeigt, die zu ihrer sogenannten einvernehmlichen Scheidung geführt hatten. Trotz Ian Dunns Beteuerungen, die Trennung sei ohne Groll verlaufen, war sich Bridget nicht sicher, ob eine Ehe ohne Schuldzuweisungen und Ressentiments scheitern konnte. Vielleicht war es aber auch nur ihre persönliche Erfahrung, die ihre Sichtweise gefärbt hatte, und andere Menschen waren in der Lage, mit dieser Angelegenheit reifer umzugehen.

Ffion reichte ihr ein weiteres Album, diesmal ein rotes, und Bridget öffnete es in der Erwartung, noch mehr Bilder von Daniel als Kind zu finden, aber dieses Album war älter als alle anderen. Auf die Innenseite des Einbands hatte jemand *Italienreise, April 1983* geschrieben. Im selben Jahr hatten Diane und Ian geheiratet. Bridget hatte eine Vorliebe für alles, was mit Italien zu tun hatte – Pasta, Chianti, Oper, Kunst, Sonne, Piazzas und natürlich Gelato – und konnte nicht widerstehen, einen Blick hineinzuwerfen. Die Bilder erzählten ihr, dass Diane, Ian, Annabel und John im Frühjahr dieses Jahres einen dreiwöchigen Roadtrip durch Italien in einem Fiat Panda unternommen hatten. Die beiden Schwestern und ihre jeweiligen Partner waren in Mailand gestartet, hatten über

Verona einen Abstecher nach Venedig gemacht, hatten die architektonischen und kulinarischen Highlights von Bologna, Florenz und Rom genossen und waren schließlich in Neapel angekommen. Im Schatten des Vesuvs hatten sie eine Villa im Palazzo-Stil mit idyllischem Charme gemietet. Ein Foto, das vermutlich von einem hilfsbereiten Einheimischen aufgenommen worden war, zeigte die beiden Paare an einem Esstisch im Freien, beladen mit köstlichen Nudelgerichten und Gläsern mit Rotwein.

Es war das Bild einer anderen Version von Diane, einer unbekümmerten jungen Frau mit einer Vorliebe für Spaß und die einfachen Freuden des Lebens. Irgendwie war diese Frau im Laufe der Jahre verschwunden, begraben unter den erwachsenen Verpflichtungen von Ehe, Mutterschaft und einer anspruchsvollen akademischen Karriere. Auf ihrem Weg hatte Diane viele Entscheidungen getroffen. Eine davon hatte – vielleicht – zu ihrem Tod geführt. Aber die Lösung dieses Rätsels würde nicht in diesen alten Fotoalben zu finden sein.

„Ma'am?"

Bridget klappte das Album zu und holte ihre Gedanken aus dem sonnenverwöhnten Italien zurück ins feuchte und immer noch kühle Oxford. „Entschuldigung, ja?"

„Sollen wir nach oben gehen?"

„Ja", sagte sie, stellte das Album zurück ins Regal und schlang ihren Mantel fest um sich. „Ich denke, mehr können wir hier nicht tun."

Bridget war schon einmal in Dianes Schlafzimmer gewesen, am Morgen, als sie die Leiche entdeckt hatte. Doch diesmal, nachdem die Vorhänge zurückgezogen, die Leiche in die Gerichtsmedizin gebracht und das Gefühl der Eile verflogen war, konnte sie sich in Ruhe umsehen. Wie erwartet, war das Zimmer luxuriös eingerichtet, mit begehbaren Einbauschränken und einem en-suite Badezimmer. Aber auch hier gab es kaum Anzeichen von Persönlichkeit. Auf dem Nachttisch standen nur eine Leselampe und ein Tiegel mit Lippenbalsam.

Ffion ließ ihren Blick über die minimalistische Einrichtung schweifen. „Kein einziges Buch. Ich dachte, Schriftsteller verbringen ihre ganze Freizeit mit Lesen."

Das war etwas überraschend, angesichts der vielen Bücher im Erdgeschoss.

Bridget betrat das Badezimmer, das wie die Küche mit glänzenden Oberflächen und hochwertiger Technik ausgestattet war.

Die Hautpflegeprodukte, die wie Kunstwerke ausgestellt waren, stammten alle von Marken, die Bridget zwar begehrte, von denen sie sich aber nie hatte überzeugen können, dass sie es wert waren, so viel Geld dafür auszugeben. Aber das war es nicht, was sie am meisten interessierte.

Sie öffnete die Türen des Badezimmerschranks und kramte darin herum. Doch zwischen den üblichen Packungen Paracetamol, Ibuprofen und Verdauungstabletten befand sich keine einzige Packung Schlaftabletten. Sie konnte sich immer noch nicht erklären, wie Diane, die angeblich einen leichten Schlaf hatte, nicht mitten in der Nacht durch das Geräusch von zerbrechendem Glas aufgewacht war.

KAPITEL 13

Bridget kehrte nach Kidlington zurück, den Kopf voller Gedanken: eine tote Frau, die in ihrer Obhut ermordet worden war; die scheinbar unausweichliche Schlussfolgerung, dass Fragen der nationalen Sicherheit die Ursache waren; ganz zu schweigen von der impliziten Bedrohung für Bridgets eigene Karrierechancen, wenn sie diesen Fall vermasselte.

Die Umstände des Mordes selbst waren geheimnisumwittert und Bridgets Besuch in Dianes Haus hatte nichts dazu beigetragen, Licht ins Dunkel zu bringen. Und als wäre das alles noch nicht genug, nagte der unterschwellige Groll, den Ben in ihr geweckt hatte, an ihren Gefühlen, und die anhaltende Abwesenheit von Jonathan und Chloe begann sich wie eine Leere in ihrem Herzen anzufühlen.

Auch Ffion schien in Gedanken versunken, aber Bridget fand etwas Trost darin, dass die Gedanken der Constable vielleicht leichter und fröhlicher waren als ihre eigenen.

Als sie zur Wache zurückkehrte, begann sich Bridgets Glück zu wenden. Nachdem sie sich einen Kaffee aus dem

Automaten geholt hatte, ging sie zu ihrem Schreibtisch zurück und entdeckte dort einen offiziell aussehenden Umschlag, der auf sie wartete. Sie erkannte sofort, dass er von der Gerichtsmedizin des John Radcliffe Krankenhauses stammte. Zweifellos wartete auch eine E-Mail in ihrem Posteingang, aber Dr. Roy Andrews glaubte immer noch an den Wert von Papier. Sie öffnete den Umschlag und stellte fest, dass Roy, wie sie gehofft hatte, alle Hebel in Bewegung gesetzt hatte, um die Obduktion noch an diesem Morgen abzuschließen.

Während man Roy im persönlichen Gespräch vorwerfen konnte, dass er den Klang seiner eigenen Stimme zu sehr genoss, war er auf dem Papier unfehlbar prägnant. Die Schlussfolgerung des Berichts war klar und auf den Punkt gebracht. Das Opfer war an Herzversagen gestorben. Der Todeszeitpunkt wurde auf die Zeit zwischen elf Uhr abends und ein Uhr morgens geschätzt. Obwohl eine natürliche Todesursache nicht völlig ausgeschlossen werden konnte, handelte es sich bei dem Einstich auf Dianes Brust, wie Sarah vermutet hatte, um den Abdruck einer Injektionsnadel, die in den linken Vorhof des Herzens eingedrungen war. Bei der Obduktion war es nicht möglich gewesen, die Art der injizierten Substanz zu bestimmen, aber Blutproben waren an die Toxikologie geschickt worden, deren Ergebnisse in den nächsten Tagen eintreffen würden.

Bridget legte den Bericht beiseite und staunte über die Wunder der modernen Forensik, aber auch über die frustrierenden Verzögerungen, die sie mit sich brachte. *In den nächsten Tagen? Zum Teufel mit Wochenenden und Feiertagen!* Was sollte sie tun, bis der toxikologische Bericht vorlag?

Ihr Schreibtisch war bereits übersät mit nicht abgehefteten Berichten und Dokumenten zu diesem und anderen Fällen. Eines Tages würde sie sich ein System zurechtlegen, und ihr Schreibtisch wäre so leer und aufgeräumt wie der von Grayson. Aber nicht heute. Neben dem Obduktionsbericht lag ein Veranstaltungsprogramm des Oxford Literary Festivals. Sie nahm es in die Hand und blätterte beiläufig durch die Seiten, bis sie bei Dianes Vortrag am Donnerstagabend stehen blieb. Hier hatte alles begonnen. Noch vor wenigen Tagen war alles reibungslos verlaufen. Damals war ihr der Schutz einer widerwilligen und undankbaren Akademikerin als unnötige Zeitverschwendung erschienen. Jetzt schienen die kunstvoll geschossenen Fotos der Divinity School sie zu verhöhnen. Wenn sie die Zeit zurückdrehen und jenen Tag noch einmal erleben könnte, was würde sie anders machen? Abgesehen davon, dass sie die ganze Nacht an Dianes Seite bleiben würde, war das schwer zu sagen.

Ihr Blick wanderte über die Seite und blieb an dem Namen des Mannes hängen, der Diane an diesem Abend interviewt hatte. Michael Dearlove, der Journalist. Dearlove war ausgewählt worden, weil er für seine Arbeit über dieselben Themen bekannt war, über die Diane in *Ein tödliches Rennen* geschrieben hatte. Wenn jemand neue Erkenntnisse darüber liefern konnte, warum Diane ermordet worden sein könnte, dann war er es.

Bridget sah sich die anstehenden Veranstaltungen an und entdeckte, dass Dearlove in diesem Moment ein Interview mit einem Autor politischer Biografien führte, das in einer halben Stunde enden sollte. Der Vortrag fand in der Oxford Martin School statt, die sich an der Ecke Catte Street und Holywell Street direkt gegenüber dem Bodleian befand.

Ohne ihren Kaffee anzurühren, schnappte sie ihre Schlüssel und ihr Handy und eilte zu ihrem Auto zurück.

★

Als Bridget an der Oxford Martin School ankam, war der Vortrag bereits zu Ende. Ein steter Strom von Menschen strömte die Treppe hinunter, sie ging in die entgegengesetzte Richtung und ignorierte die unhöflichen Blicke der Büchernarren, als sie sich an ihnen vorbeidrängte. Als sie den Vortragsraum erreichte, waren nur noch wenige Nachzügler übrig.

Die Oxford Martin School, die im alten Gebäude des Indian Institute untergebracht war, war eine moderne Ergänzung der Universität, die mit dem erklärten Ziel gegründet worden war, „Lösungen für die drängendsten Herausforderungen der Welt zu finden". Es gab nichts Besseres, als sich ein ehrgeiziges Ziel zu setzen, dachte Bridget und tadelte sich einmal mehr für ihre Unfähigkeit, ihre bescheidenen Neujahrsvorsätze einhalten zu können, wobei sich die Frage stellte, ob ihr Problem nun darin bestand, dass sie sich zu niedrige oder zu hohe Ziele gesetzt hatte.

Der Vortragssaal war viel kleiner als der an der Divinity School und spiegelte deutlich den Rang des Schriftstellers in der Hierarchie wider. Das Publikum musste sich dennoch amüsiert haben, denn der junge Mann von Blackwell's, den Bridget von Dianes Veranstaltung kannte, sah viel glücklicher aus als bei ihrem letzten Treffen und schien alle seine Bücher verkauft zu haben.

Bridget entdeckte Michael Dearlove vorne im Raum, wie er seine Notizen zusammenpackte. Sie beeilte sich, ihn zu erwischen, bevor er ging.

„Mr. Dearlove?"

Er sah zu ihr auf und runzelte leicht die Stirn, während er versuchte, sie einzuordnen. „Ja?"

„Ich bin Detective Inspector Bridget Hart."

Seine Miene hellte sich auf. „Ach ja, ich wusste doch, dass ich Sie von irgendwoher kenne. Sie waren Dianes Bodyguard in der Nacht, in der sie ermordet wurde."

Bridget zuckte zusammen, als sie daran erinnert wurde, dass sie den Tod der Schriftstellerin nicht hatte verhindern können, aber nach Dearloves Gesichtsausdruck zu urteilen, hatte er es nicht böse gemeint. Er wirkte traurig, nicht wütend. Er streckte Bridget die Hand entgegen.

„Nennen Sie mich Mick. Oder Michael, wenn Ihnen Mick zu zwanglos ist."

„Michael, ich habe mich gefragt, ob Sie ein paar Minuten Zeit hätten, um mit mir über Diane zu sprechen?"

Er ließ seine Notizen in eine lederne Aktentasche gleiten. „Nichts lieber als das. Seit ihrem Tod muss ich ständig an Diane denken. Ich kann immer noch nicht glauben, was passiert ist. Aber was ich im Moment am meisten brauche, ist eine Zigarette. Macht es Ihnen etwas aus?"

Bridget folgte ihm die Treppe hinunter ins Freie, wo er sich sofort eine Zigarette anzündete. „Das ist besser", sagte er, atmete tief ein und blies einen Rauchschwall durch die Nase aus. „Ich hatte aufgehört, aber Dianes Tod hat dem ein Ende bereitet. Seit ich die Nachricht gehört habe, rauche ich wie der Schornstein einer Baumwollfabrik aus dem neunzehnten Jahrhundert. Absolut schockierend. Ich kann Ihnen gar nicht sagen, wie sehr mich das getroffen hat."

„Kannten Sie sie gut?"

Dearlove nickte und machte sich auf den Weg zum Radcliffe Square. Bridget ging neben ihm her und gab ihr Bestes, auf ihren kurzen Beinen Schritt zu halten.

„Diane und ich kannten uns schon ewig. Gott, ich kann gar nicht daran denken, wie viele Jahre das sein müssen. Es genügt zu sagen, dass wir damals zusammen studiert haben."

„Hier in Oxford?"

„Wohl kaum. Ich wäre hier nie reingekommen" – er deutete auf die Radcliffe Camera, die Bodleian Library und die anderen Universitätsgebäude um sie herum – „und Diane wollte eine Universität, die eher ihren sozialistischen Prinzipien entsprach. Wir waren zusammen in Manchester. Das war ein wilder Ort in den Siebzigern. Wir haben damals nicht nur Tabak geraucht, das kann ich Ihnen sagen."

Sie umrundeten die Radcliffe Camera mit ihrer Kuppel, vor sich den hoch aufragenden Turm der Universitätskirche St. Mary the Virgin, links die verschnörkelten Zinnen des All Souls College.

„Darf ich fragen, wie nahe Sie sich standen?"

Dearlove lächelte bitter. „Ist das so offensichtlich? Na gut, wir haben an der Universität ein paar Mal miteinander geschlafen. Gott, es waren die Siebziger. Jeder schlief mit jedem!" Er warf den Zigarettenstummel weg und zerdrückte ihn mit der Schuhspitze auf dem Kopfsteinpflaster. Er zögerte, zog dann aber eine weitere Zigarette aus der Tasche und zündete sie an. „Das war natürlich, bevor Diane Ian kennenlernte. Wir haben uns ein paar Jahre aus den Augen verloren, wie das eben so ist, aber dann hat uns unser gemeinsames Interesse an Politik und Zeitgeschehen wieder zusammengeführt."

„Sie schreiben über ähnliche Themen."

„Ja", sagte Dearlove. Deshalb hat mir der Verlag ein ARC ihres Buches geschickt."

„Ein ARC?"

„Sorry, das ist Verlagsjargon. Ein Vorab-Leseexemplar oder ein Vorab-Rezensionsexemplar. Das schicken die Verlage an die Rezensenten, bevor die fertige Version des Buches in den Druck geht. Sie wollten, dass ich es lese und rezensiere, damit ich ihnen ein Zitat für das finale Cover liefern konnte."

„*Dieses Buch wird Sie dazu bringen, alles, was Sie wissen, zu überdenken*", sagte Bridget, die sich an das erinnerte, was sie beim Festival auf dem Buchcover gelesen hatte.

„Sie haben es gelesen?", fragte Dearlove.

„Nur den Klappentext", gab sie zu. „Ich war ziemlich beschäftigt damit, herauszufinden, wer Diane Gilbert ermordet hat und warum."

Dearlove nahm einen tiefen Zug von seiner Zigarette. „Und wie kommen Sie dabei voran?"

„Das ist der eigentliche Grund, warum ich heute mit Ihnen sprechen möchte", sagte sie. „Wir versuchen, uns ein Bild von Diane Gilbert zu machen, indem wir mit Freunden, Familie und Kollegen sprechen."

„Ach ja?" Dearlove inhalierte tief und stieß noch mehr Rauch aus. Er hatte nicht übertrieben, als er sein Rauchen mit dem einer viktorianischen Fabrik verglichen hatte.

„Aber alles führt immer wieder zum gleichen Punkt

zurück."

Dearlove nickte knapp. „Ein politisch motiviertes Attentat."

„Genau." So sehr sie auch gehofft hatte, diese Schlussfolgerung zu vermeiden, Bridget konnte die Beweise nicht ignorieren. „Was denken Sie, wer Diane ermordet haben könnte?"

„Aufgrund ihrer politischen Interessen und Publikationen würde ich sagen, dass Sie es mit dem MI5, der CIA oder sogar der General Intelligence Presidency zu tun haben."

„Mit wem?"

„Die GIP ist der wichtigste Geheimdienst Saudi-Arabiens und untersteht direkt dem König", erklärte Dearlove. „Die Präsidentschaft hat enge Verbindungen zur *Mabahith*, der saudischen Geheimpolizei und auch zur CIA. Viele glauben, dass diese Organisation den Mord an dem Journalisten Jamal Khashoggi geplant und ausgeführt hat."

„Verstehe." Wenn Dearlove mit seinen Spekulationen recht hatte, war das eine beängstigende Liste potenzieller Verdächtiger. „Wenn das, was Sie sagen, stimmt", sagte Bridget, „sind Sie dann nicht auch ein potenzielles Ziel? Schließlich behandeln Ihre Zeitungsartikel viele der Themen, über die Diane in ihrem Buch geschrieben hat. Haben Sie Morddrohungen erhalten?"

Dearlove lachte freudlos, während Rauch aus seinen Nasenlöchern quoll. „Morddrohungen? Klar. Ich bin Journalist. Es gibt immer irgendeinen Verrückten auf Twitter, der mich tot sehen will. Aber ich bin nur ein zynischer alter Schreiberling und schenke solchen Dingen keine Beachtung. Wenn irgendeine Regierungsbehörde mich wirklich tot sehen wollte, könnten sie mir jetzt eine vergiftete Schirmspitze in den Körper rammen, und es gäbe nichts, was Sie oder ich tun könnten, um sie daran zu hindern."

Bridget sah sich um. Glücklicherweise gehörte der einzige Regenschirm in Sichtweite einem Fremdenführer, der das potenziell tödliche Objekt gen Himmel richtete und seine Herde aufforderte, ihm zu den Toren des All Souls College zu folgen.

Dearlove beendete seine zweite Zigarette und warf sie angewidert auf das Kopfsteinpflaster, wo sie in einem Funkenregen erlosch. „Können Sie mir sagen, wie sie gestorben ist? Ich muss immer wieder an sie denken, ganz allein in ihrem großen, leeren Haus, und versuche, mir ihre letzten Augenblicke vorzustellen. War es ein sehr grausamer Tod?"

Bridget zögerte, Dearlove Einzelheiten über die Ermittlungen zu verraten, aber da er auch ein potenzielles Ziel war, fand sie, er hätte ein Recht darauf, es zu erfahren. „Wir vermuten, dass Diane eine tödliche Injektion verabreicht wurde."

„Wirklich?" Er brauchte einen Moment, um die Nachricht zu verdauen. „Nun, das bestätigt meinen Verdacht. Wie viele Organisationen wären in der Lage, einen solchen Mord auszuführen, vor allem, wenn die Zielperson unter Polizeischutz stand?"

„Was schlagen Sie also vor, was ich tun soll?" Bridget wusste, dass sie mit der Situation überfordert war. Bisher hatten Graysons Bemühungen, auf offiziellem Wege voranzukommen, zu nichts geführt. Sie musste sich etwas anderes einfallen lassen.

„Ernsthaft? Vergessen Sie es. Lassen Sie es bleiben. Keine der Gruppen, die ich Ihnen genannt habe, wird jemals etwas zugeben. Und in dem Moment, in dem Sie anfangen, gegen den britischen Sicherheitsdienst zu ermitteln, wird man Sie ausschalten. Der Schattenstaat wird nicht zulassen, dass Sie ihm zu nahe kommen."

„Wenn ich das sagen darf, Michael, Sie klingen langsam ein wenig paranoid."

Er grinste. „Machen Sie sich ruhig über mich lustig, aber sagen Sie später nicht, ich hätte Sie nicht gewarnt."

„Ich hatte gehofft", sagte Bridget, „dass Sie mir vielleicht helfen können. Was ich wirklich brauche, ist ein Weg hinein."

Seine Augen verengten sich misstrauisch. „Sie wollen, dass ich Ihnen einen Kontakt vermittle?"

„Haben Journalisten nicht immer die besten Quellen?"

„Wir ziehen es vor, sie für uns zu behalten."

„Aber wenn Sie wollen, dass ich Dianes Tod gründlich untersuche …" Sie ließ den Satz wie einen Köder in der Luft hängen.

Dearlove musterte ihr Gesicht, vielleicht wog er ab, ob er ihr trauen konnte. „In Ordnung", sagte er schließlich. „Überlassen Sie das mir. Ich werde Ihnen einen Namen besorgen. Diane zuliebe."

„Danke", sagte Bridget und gab ihm ihre Karte.

Sie hatten den Radcliffe Square einmal umrundet und befanden sich nun wieder in der Catte Street, in der Nähe des Festzeltes. Fast ununterbrochen strömten Bücherfreunde in das Zelt und wieder hinaus.

Dearlove steckte ihre Karte ein und winkte zum Abschied, drehte sich dann aber noch einmal um. „Während ich daran arbeite, einen Kontakt für Sie zu beschaffen, sollten Sie sich vielleicht ein wenig in der näheren Umgebung umsehen."

„Was meinen Sie damit?"

„Dianes Chef im Blavatnik. Jeder weiß, dass Al-Mutairi und Diane sich gehasst haben. Er ist den Saudis hörig und hält die Briten und Amerikaner für die besten Freunde des Nahen Ostens. Er hat Freunde in hohen Positionen im saudischen Regime, und er weiß mehr, als er Ihnen erzählt hat, darauf können Sie wetten."

Damit ging er davon und ließ Bridget mit dem Tabakgeruch und einem wachsenden Gefühl des Unbehagens zurück.

KAPITEL 14

Als Bridget auf dem Weg zurück zu ihrem Auto war, klingelte ihr Telefon und Ffions Name erschien auf dem Display. Sie nahm sofort ab, froh über die Ablenkung von der Welt der internationalen Spionage und Geheimdienste.

Wie immer kam die walisische Detective schnell zum Punkt. „Gute Nachrichten, Boss, die Forensik ist mit Dianes Telefon und Laptop fertig."

„Das sind gute Neuigkeiten. Wie schnell können Sie sie beschaffen?"

„Das habe ich bereits."

„Und?"

„Auf den Laptop kann ich noch nicht zugreifen", sagte Ffion, „aber auf ihr Handy. Ich arbeite mich gerade durch ihre E-Mails und Nachrichten."

„Schon etwas Wichtiges gefunden?"

„Noch nicht. Es gibt Tausende, die ich mir ansehen muss. Ich wollte Sie nur informieren, bevor ich für heute Feierabend mache."

„Okay."

Es war untypisch für Ffion anzurufen, wenn sie nicht

etwas wirklich Wichtiges zu berichten hatte. Bridget wartete.

„Da wäre noch etwas."

„Ja?"

„Eine der Apps, die sie auf ihrem Telefon neben Messaging-Apps am häufigsten benutzte, war ein E-Reader."

„Sie meinen, um Bücher zu lesen?"

„Genau."

Persönlich hatte Bridget den Sprung vom Papier ins Digitale noch nicht geschafft. Nicht nur bei Büchern hinkte sie der Zeit hinterher. Obwohl Chloe sie ständig drängte, ihre alte Musiksammlung aufzugeben und sich der Welt des Streamings zu öffnen, war sie noch nicht bereit, sich von ihren CDs zu verabschieden. Vielleicht klammerte sie sich an die Vergangenheit oder setzte ihr Vertrauen in physische Objekte, die sie in den Händen halten konnte. Vielleicht war das verständlich, weil sie so viel in ihrem Leben verloren hatte – ihre Schwester, ihren Mann.

„Und was für Bücher haben Sie gefunden?"

Bridget erinnerte sich an die prall gefüllten Bücherregale in Dianes Haus, die voller politischer und anderer Sachbücher waren, und ahnte, dass Ffion gleich etwas Überraschendes enthüllen würde.

„Heiße Liebesromane. Hunderte von Büchern, alle mit Covern, auf denen halbnackte Männer mit durchtrainierten Oberkörpern abgebildet sind. Sie wissen schon, was ich meine."

„Klar", sagte Bridget, die das nicht wusste und für die „heiße Liebesromane" *Jane Eyre* bedeutete. „Ich schätze, das erklärt, warum auf Dianes Nachttisch keine Bücher lagen. Sie hat dieses Zeug heimlich auf ihrem Handy gelesen."

„Heimliche Gelüste", sagte Ffion amüsiert.

Es war ein weiterer Einblick in die geheime Welt von Diane Gilbert. Nach außen hin hatte sie ihre Gefühle voll und ganz unter Kontrolle. Innerlich war sie eine einsame

Frau mit einer unerfüllten Sehnsucht nach Liebe. Ian Dunn hatte gesagt, dass es seit ihrer Scheidung keine romantische Beziehung mehr in ihrem Leben gegeben hatte. Bridget hatte fast Mitleid mit ihr.

„Diane Gilbert präsentierte sich gern als intellektuelles Schwergewicht", sagte Ffion, „aber hinter der Fassade war sie ein Mensch wie jeder andere auch."

Da hatte Ffion sicherlich recht. Jeder hatte heimliche Gelüste, und Bridget brauchte nicht sehr tief in ihre Seele zu blicken, um die ihren zu entdecken. Schokolade. Rotwein. Und Sahne.

★

Es war eine lange, anstrengende Woche gewesen, besonders nachdem er den ganzen Samstag gearbeitet hatte, und Jake war mehr als bereit, nach Hause zu gehen und einen ruhigen Abend vor dem Fernseher zu verbringen. Wenn nichts Interessantes lief, würde er vielleicht sogar das Buch aufschlagen, das Ryan ihm geliehen hatte. Man konnte ja nie wissen – vielleicht hatte diese Welt der Bücher, über die plötzlich alle sprachen, ja doch etwas für sich.

„Ach komm schon, Mann", sagte Ryan, als Jake ihm von seinen Plänen erzählte. „Es ist Samstagabend. Zeit, ein paar Bier zu trinken und etwas Dampf abzulassen. Warum kommst du nicht mit mir und Andy ins King's Head? Sogar der junge Harry hat zugesagt."

Jake hatte Zweifel. Es wäre zwar schön, etwas Gesellschaft zu haben, anstatt wieder eine Nacht allein zu verbringen, aber im King's Head konnte es am Wochenende ziemlich laut zugehen, und er war sich nicht sicher, wie viel Dampf Ryan ablassen wollte. Aber er dachte sich, wenn Andy und Harry dabei waren, wäre es wahrscheinlich in Ordnung.

„Also gut", sagte er. „Kommt Ffion auch?"

Ryan schüttelte den Kopf. „Ich habe sie gefragt, aber sie hat schon ein Date. Mit irgendeinem Mädchen, wie es aussieht."

„Marion, nehme ich an", sagte Jake und erinnerte sich an den Namen von Ffions neuem Date.

Ryan legte den Kopf zur Seite. „Du weißt mehr als ich. Also vergiss Ffion, das wird ein Männerabend. Kein Entkommen."

Bis Jake seine Sachen gepackt und sich auf den Weg zum Pub gemacht hatte, hatte Ryan bereits sein zweites Bier intus. Jake bestellte ein Pint und eine Tüte Chips und setzte sich zu ihm und den anderen Jungs an einen Ecktisch. Schon bald lauschte er Ryans Scherzen und derben Sprüchen und begann sich zu entspannen. Er nippte an seinem Bier und fragte sich, wo Ffion wohl war und was sie machte. Wenn diese Marion eine Forscherin an der Universität war, war sie wahrscheinlich genau Ffions Typ. Jake stellte sich eine große, schlanke Blondine mit einem durchdringenden Blick vor, die es verstand, Männer in Eisblöcke zu verwandeln. Eine andere Version von Ffion also.

„Noch eine Runde, Jungs?", fragte Ryan und unterbrach seine Gedanken.

„Nicht für mich", sagte Andy und trank aus. „Ich muss zurück zu Frau und Kindern."

„Für mich auch nicht", sagte Harry, der keinen Alkohol trank und Lemonsoda bestellt hatte. „Ich will noch ins Fitnessstudio."

Jake riss die Tüte Salz- und Essig-Chips auf und bewunderte Harrys Selbstdisziplin. Kein Wunder, dass der junge Detective Constable so schlank und durchtrainiert war. Doch diese ganze Fitness klang nach viel zu viel harter Arbeit.

Ryan starrte Harry ungläubig an. „Du gehst an einem Samstagabend ins Fitnessstudio?"

„Ja", sagte Harry. „Ich habe einen Termin für halb acht gebucht. Das ist eine beliebte Zeit. Vielleicht solltest du es auch mal versuchen. Du hast ein bisschen zu viel Speck angesetzt."

Ryan sah an sich hinunter und stupste neugierig auf

seinen Bauch. „Das ist kein Speck. Ich habe nur ein paar Pfund für schlechte Zeiten angespart."

„Na ja, ich meine ja nur", sagte Harry und stand auf, um zu gehen. „Vielleicht solltest du ab und zu mal ein paar Gewichte stemmen."

„Nein, passt schon", sagte Ryan. „Ich bleibe beim Bierkrugstemmen." Er sah zu Andy. „Noch ein halbes Bier?", fragte er hoffnungsvoll.

„Tut mir leid. Ich will nicht zu spät nach Hause kommen. Sally hat selbstgemachte Lasagne im Ofen, und die will ich nicht verpassen."

„Klar, du Glückspilz", sagte Ryan. „Wenn mir jemand eine Lasagne kochen würde, würde ich wahrscheinlich auch abhauen. Wenn ich eine Lasagne will, muss ich eine aus dem Supermarkt in der Mikrowelle aufwärmen. Ist nicht dasselbe."

„Du könntest kochen lernen", sagte Andy.

Ryan sah aus, als hätte Andy ihm gerade vorgeschlagen, sich am Trapezschwingen zu versuchen. „Meine Güte, was sollen plötzlich all diese Ratschläge?" Er winkte Andy und Harry zum Abschied und ging zur Bar, um mehr Bier zu holen.

Jake lehnte nicht ab. Er konnte genauso gut eine Weile mit Ryan abhängen. Es war ja nicht so, als hätte er etwas Besseres vor.

Ryan kehrte mit einem Bier in jeder Hand an den Tisch zurück. „Also, zur Sache", sagte er, setzte sich und reichte Jake eines der Biere. „Wir müssen dein Liebesleben in Ordnung bringen."

„Was?", sagte Jake und hustete, als er sich an einem Schluck Bier verschluckte.

„Romantik", sagte Ryan. „Das ist es, was in deinem Leben fehlt, und es wird Zeit, dass wir das in Ordnung bringen. Du hattest mehr als genug Zeit, über die Trennung von Ffion hinwegzukommen, und mein Detective-Instinkt sagt mir, dass sie längst über dich hinweg ist. Dieses Schiff ist abgefahren, Kumpel, also lass uns dich mit jemand Neuem verkuppeln."

„An wen hast du gedacht?", fragte Jake misstrauisch. Er sah sich im Pub um und fragte sich, ob Ryan ihm schon ein Blind Date besorgt hatte. Wenn er gewusst hätte, dass Ryan so etwas vorhatte, wäre er nie mit in den Pub gekommen.

„Nicht wen", sagte Ryan, „sondern wie." Er zückte sein Handy. „Online-Dating."

„Das soll wohl ein Scherz sein."

„Ich? Ein Scherz?", sagte Ryan. „Wann ist das schon mal passiert? Im Ernst, Kumpel, verurteile es nicht, bevor du es ausprobiert hast."

Jake nahm noch einen Schluck von seinem Bier und vergewisserte sich, dass es diesmal den richtigen Weg nahm. „Und du bist ein Experte, nehme ich an?" Ryan mochte es vielleicht nicht, Ratschläge zu erhalten, aber er war nicht schüchtern, wenn es darum ging, sie zu verteilen.

„Zufälligerweise hatte ich auf diesem Gebiet einige bemerkenswerte Erfolge", sagte Ryan. „Und ich hasse es, dich auf dem Abstellgleis zu sehen. Bleib zu lange dort und du hast dein Verfallsdatum überschritten, bevor du es merkst."

„Ich bin noch lange nicht über meinem Verfallsdatum", sagte Jake. „Menschen haben nicht einmal ein Verfallsdatum. Und überhaupt, wenn du so unglaublich erfolgreich beim Online-Dating hast, warum bist du dann mit mir im Pub und nicht in den Armen einer umwerfenden Frau?"

„Ein selbstloser Akt der Nächstenliebe", sagte Ryan. „Ich opfere die Freuden meines Samstagabends, um dir welche zu bescheren. Jetzt komm schon, hol dein Handy raus."

Seufzend zog Jake sein Handy aus der Tasche. Ryan hatte offensichtlich nicht vor, die Sache auf sich beruhen zu lassen, also konnte er genauso gut mitspielen. Außerdem hatte Ryan vielleicht ausnahmsweise recht. Vielleicht war das tatsächlich die beste Möglichkeit für ihn, jemanden kennenzulernen. Hatte Ffion Marion über eine Online-Partnerbörse kennengelernt? Darüber hatte er noch nie nachgedacht.

„Das ist die beste App, die ich gefunden habe", sagte Ryan und zeigte Jake sein Handy.

Jake tippte den Namen der App ein und schon bald erschienen auf seinem Display Bilder von glücklich lächelnden Paaren, Versprechungen von Vertrauen und Geborgenheit und die Aussicht auf Tausende potenzieller Partnerinnen. Er suchte nur nach einer.

„Du gibst einfach ein paar Details über dich an", sagte Ryan, „und dann lehnst du dich zurück und wartest, bis die Matches eintrudeln."

Um ehrlich zu sein, sah es nicht allzu schwer aus. Jake wählte „männlich" auf der Suche nach „weiblich", gab sein Geburtsdatum an und dass er in Oxford wohnte. Er musste ein Foto von sich hochladen, aber er hatte kein aktuelles auf seinem Handy.

„Gib her. Ich mache ein Foto von dir." Ryan knipste ein paar Bilder, wählte das beste aus und gab Jake das Handy zurück.

„Wie soll ich mich beschreiben?", fragte Jake.

„Normalerweise würde ich sagen, addiere ein paar Zentimeter zu deiner Körpergröße, aber in deinem Fall" – Ryan sah zu ihm auf – „glaube ich nicht, dass das nötig ist. Sag einfach, dass du einen tollen Sinn für Humor hast. Darauf fahren Mädchen immer ab. Was auch immer du tust, erwähne auf keinen Fall deinen Musikgeschmack."

„Was ist an meinem Musikgeschmack auszusetzen?" Jake war ziemlich stolz auf seine Vorliebe für Indie-Rock. Obwohl, wie er sich erinnerte, Ffion ihn gehasst hatte.

„Vertrau mir, Kumpel", sagte Ryan. „Lass es einfach."

„Soll ich sagen, dass ich für die Polizei arbeite?"

„Ich würde es weglassen. Du kannst es später immer noch zugeben, wenn die Beziehung ernst wird."

„Zugeben?", fragte Jake. „Es ist nichts, wofür man sich schämen müsste, und es ist ein wichtiger Teil meines Lebens. Ist es nicht wichtig, von Anfang an ehrlich zu sein?"

„Mann, wenn jeder hundertprozentig ehrlich wäre,

wären wir alle noch Single. Hör zu, betrachte das eher als einen Marketing-Pitch und nicht als die reine Wahrheit. Der Trick besteht darin, nicht zu viel zu verraten. Es ist besser, geheimnisvoll zu bleiben."

Jake hatte seine Zweifel, aber er befolgte Ryans Rat und innerhalb weniger Minuten war sein Online-Profil im Internet auf der Suche nach der wahren Liebe.

*

Marion Badeaux unterschied sich in vielerlei Hinsicht von Ffion. Während Ffions Haare kurz, blond und streng geschnitten waren, trug Marion ihre Haare in einer langen, ungezähmten Masse aus kastanienbraunen Locken. Ffions Haut war blass, während Marions Gesicht und Arme die sonnenverwöhnte Wärme Südfrankreichs ausstrahlten. Auch Ffions schlanke Figur stand in deutlichem Kontrast zu Marions üppigen Rundungen, und während Ffion Langstrecken lief und Taekwondo praktizierte, hatte Marion eine gallische Verachtung für jede Form von Sport. Doch trotz der offensichtlichen Unterschiede hatten die beiden Frauen viel gemeinsam. Zum Beispiel waren sie beide Außenseiterinnen.

Ffion hatte ihren Außenseiterstatus als Bisexuelle in einer kleinen walisischen Bergbaugemeinde erworben, während Marion in eine konservative katholische Familie in Toulouse hineingeboren worden war, was zu erbitterter Ablehnung ihrer Eltern führte, als sie sich als lesbisch outete. Beide empfanden Oxford als eine viel einladendere Stadt als die Orte, in denen sie geboren wurden.

Im Gegensatz zu Ffion, die sich sowohl mit Frauen als auch mit Männern verabredet hatte – zuletzt mit Jake –, hatte sich Marion immer nur für Mädchen interessiert. Sie hatte schon in sehr jungen Jahren gewusst, dass sie nie mit einem Mann zusammen sein wollte. Und während Ffion nur eine Handvoll zaghafter, kurzlebiger Beziehungen gehabt hatte, war Marion mit vielen Mädchen zusammen gewesen und hatte sowohl in Frankreich als auch in

England wilde, leidenschaftliche Romanzen erlebt.

All das hatte Ffion schon bei ihrem allerersten Date mit Marion erfahren.

Marion, das musste man ihr lassen, war sehr freimütig mit ihrer Meinung und ihrem Vertrauen. Das war einer der Aspekte, die Ffion am meisten an ihr liebte. Wenn sie zusammen waren, gab es keine gestelzten Gespräche und keine Verlegenheit, die ihre Beziehung zu Jake belastet hatten. Die Worte flossen mühelos zwischen ihnen und es gab so viele Dinge, die gar nicht erst gesagt werden mussten. Sie verstanden sich wortlos und Ffion konnte sich einfach entspannen und glücklich sein.

Sich mit einem Mann zu verabreden, war dagegen ein Minenfeld voller Komplikationen und Schwierigkeiten. Ffion erinnerte sich an ihre ersten qualvollen Gespräche mit Jake, bei denen sie umeinander herumschlichen und nicht wussten, wer den ersten Schritt machen würde, wenn überhaupt. Es hatte ewig gedauert, bis sie ihm schließlich gestanden hatte, dass sie bisexuell war. Marion war nicht im Geringsten überrascht gewesen, als sie ihr von der chaotischen Trennung erzählt hatte. „Dieser Jake klingt für mich wie jeder andere Mann. Die sind doch alle gleich. Teufel. Schlangen. Männern kann man nicht trauen. Alle Frauen wissen das, warum betrügen sie sich dann selbst?"

Ffion lächelte in sich hinein. Marions Ansichten über Männer mochten übertrieben hart sein, aber es war schwer, ihr zu widersprechen, wenn sie so leidenschaftlich und mit einem so farbenfrohen französischen Akzent sprach. Ihre Stimme war sinnlich und verführerisch, Ffion konnte ihr den ganzen Tag zuhören. Sie dachte an Jakes nüchterne nordenglische Vokale und das tiefe, rauchige Grollen in seiner Stimme. Manchmal hatte sein starker Yorkshire-Akzent wie eine Fremdsprache geklungen.

„Also, was essen wir?", fragte Marion. Ffion hatte sie in eines ihrer Lieblingsrestaurants in Oxford mitgenommen, das Al-Shami in der Walton Crescent, das für seine libanesische Küche berühmt war.

„Die vegetarischen Spezialitäten sind gut", sagte Ffion.

Besonders die Artischocken und das Gemüse, das in einer köstlichen Sauce serviert wurde, hatten es ihr angetan.

Marion warf ihr langes Haar zurück. „Was mich angeht, ich bin zu hungrig. Ich brauche Fleisch. Eine gemischte Grillplatte, denke ich. Kafta, Kebab, Huhn und Lamm."

Einige Dinge hatten sich also nicht so sehr verändert. Auch Jake mochte Fleisch. Aber er war nicht so abenteuerlustig wie Marion. Am liebsten mochte er Currys, Fish and Chips und natürlich die Yorkshire Puddings seiner Mutter, die er Ffion einmal ausführlich beschrieben hatte. Gemüse war für ihn eher eine Herausforderung, es sei denn, es war eindeutig als Erbsen oder Karotten zu erkennen. Ihre Gedanken verweilten noch eine Weile bei Jake, und sie erinnerte sich an seine große Statur, sein rotes Haar und den Vollbart, die breiten Schultern und kräftigen Hände. Sie hatten schöne Momente miteinander verbracht, aber auch einige unangenehme. Ffion war froh, dass sie ihre Differenzen nach der Trennung überwunden und sich wieder vertragen hatten. Jake war ein netter Kerl und sie hoffte, dass er bald eine ebenso nette Frau wie Marion finden würde.

Sie gaben beim Kellner ihre Bestellungen auf, dann griff Marion über den Tisch und nahm Ffions Hände. „Es war eine gute Wahl, hierher zu kommen. Danke, dass du mich heute Abend hierhergebracht hast."

„Ich bin froh, dass es dir gefällt", sagte Ffion. Es war schön, die Orte, die sie liebte, mit der neuen Liebe ihres Lebens zu teilen. Marion mochte nicht alles, was Ffion gefiel – Motorräder zum Beispiel oder Laufen oder Kräutertee –, aber es war noch viel Zeit, sie dafür zu gewinnen. Im Moment genügte es, dass sie so leicht miteinander reden und in der Gesellschaft der anderen ganz sie selbst sein konnten.

„Was machen wir später? Tanzen? Ein Nachtclub? Es ist Samstagabend."

Ffion lachte über Marions Enthusiasmus. „Wir haben noch nicht einmal gegessen."

„Du hast recht", sagte Marion. „Aber ich möchte, dass wir jeden Augenblick miteinander genießen. Zeit ist kostbar. Wir sollten sie nicht verschwenden."

„Natürlich", sagte Ffion. „Aber wir haben noch ein ganzes Leben voller Momente vor uns, nicht wahr?"

„Sicher, natürlich", sagte Marion. „Ein ganzes Leben, selbstverständlich. Aber jetzt lass uns erst einmal in der Gegenwart leben. Wer weiß, was die Zukunft bringt?"

KAPITEL 15

Der nächste Morgen war ein Sonntag, eigentlich ein Tag der Ruhe. *Als ob*, dachte Bridget, aber sie gönnte es sich, noch eine halbe Stunde dahinzudösen und ein gemütliches Frühstück zu genießen (auch wenn es ohne Jonathans berühmtes Rührei nicht ganz dasselbe war), bevor sie zum Kurzzeitparkplatz am Bahnhof von Oxford fuhr, um auf Chloes Zug aus London zu warten. Ihre Tochter war drei volle Tage weg gewesen, und Bridget hatte sie schrecklich vermisst. Am Abend zuvor hatte sie noch einmal mit Jonathan gesprochen, und er hatte ihr geholfen, ihre angespannten Nerven zu beruhigen, aber kaum hatte sie das Telefonat beendet, hatten die Probleme sie wieder eingeholt. Wenn sie allein zu Hause war, hatten sie die Angewohnheit, die Leere zu füllen, besonders in den dunkelsten Stunden der Nacht. Sie würde sehr froh sein, Chloe wieder bei sich zu haben, mit all dem üblichen Lärm und der Unordnung, die sie in den Haushalt brachte, und die Bridget half, ihre Probleme zu relativieren.

Der Zug fuhr pünktlich ein, und eine Minute später erschien Chloe, die mit einem breitkrempigen Hut auf dem Kopf und mit Einkaufstüten bepackt über den Parkplatz schlenderte und einen Koffer auf Rollen hinter sich herzog. Bridget sprang aus dem Wagen, um sie zu begrüßen.

„Hi, Mum!"

„Hi." Bridget schlang ihre Arme um sie und umarmte sie fest, oder zumindest so fest, wie sie konnte, da Chloe so schwer mit ihren Einkäufen beladen war. „Ist alles in Ordnung?"

„Natürlich!" Chloe war atemlos vor Aufregung. „Ich hatte eine unglaubliche Zeit."

„Sieht aus, als wärst du einkaufen gewesen."

„Natürlich, Mum, das war ja der Sinn der Reise."

„Lass uns alles ins Auto laden, dann kannst du mir davon erzählen. Leg einfach erst mal alles auf den Rücksitz." Bridget öffnete die Autotür und trat zur Seite, damit Chloe ihre Sachen auf dem Rücksitz verstauen konnte.

Kaum waren sie losgefahren, griff Chloe hinter sich und zog eine Tüte mit dem Logo einer teuren Schuhmarke hervor. Sie öffnete den Deckel der Schachtel und holte ein Paar rote Lackleder-Stilettos mit Absätzen wie Wolkenkratzer heraus. „Schau sie dir an, Mum! Sind die nicht toll!"

Bridget warf einen kurzen Blick auf die Schuhe, bevor sie abrupt bremsen musste, um einem Doppeldeckerbus auszuweichen, der schwerfällig durch die Haltezone vor dem Bahnhofseingang rollte. „Kannst du darin laufen?", fragte sie.

„Natürlich kann ich das. Mit etwas Übung schaffe ich das auf jeden Fall. Tamsin hat es mir gezeigt. Sie passen perfekt zu meinem Kleid."

„Wirklich?", fragte Bridget, als sie aus dem Bahnhof in den fließenden Verkehr am Frideswide Square einbog. „Und wie sieht das Kleid aus?"

Es war offensichtlich, dass Chloe darauf brannte, es ihr zu erzählen. „O mein Gott, es ist einfach unglaublich. Es ist aus roter Seide, schräg geschnitten, so dass es sich richtig eng anschmiegt, und am Rücken hat es einen tiefen V-Ausschnitt, also werde ich natürlich keinen BH tragen können, aber vorne hat es versteckte Stützen, die meiner Figur einen richtigen Boost geben."

„Es klingt ..." Bridget fehlten die Worte. Wenn sie ehrlich war, klang es alles andere als angemessen für ein fünfzehnjähriges Mädchen. „Wird es warm genug sein?", fragte sie schwach.

„Oh, Mum, sei doch nicht so ein Spielverderber. Wen kümmert es, ob es warm ist? Außerdem ist die Hochzeit im Sommer. Es wird perfekt sein. Hast du schon dein Outfit ausgesucht?"

„Noch nicht", sagte Bridget. „Ich bin gerade ziemlich in der Arbeit eingespannt." Gott, was sollte sie nur anziehen? Es hatte keinen Sinn, mit Chloe in ihrem figurbetonten, rückenfreien Seidenkleid konkurrieren zu wollen. Genauso gut konnte sie sich von Kopf bis Fuß in ein formloses Gewand hüllen, das die zusätzlichen Pfunde verbarg, die sie seit Weihnachten zugelegt hatte. Mit ein bisschen Glück würde sie niemand erkennen. Aber das war ein törichter Gedanke. Das Letzte, was sie wollte, war, dass Tamsin sie ansah und dachte, kein Wunder, dass Ben sie verlassen hat. Sie würde sich Mühe geben müssen, um ihre Würde zu bewahren. Vielleicht konnte Chloe ihr ein paar nützliche Tipps geben.

Sie warf ihrer Tochter einen Seitenblick zu. Da war noch etwas anderes – Make-up. Dezent und gekonnt aufgetragen, aber dennoch deutlich sichtbar. Es ließ Chloe viel älter aussehen als ihre fünfzehn Jahre. Vermutlich ein weiterer Einfluss von Tamsin. Bridget spürte, wie ihr eigener Einfluss immer mehr schwand.

Sie luden die Taschen in Wolvercote ab und fuhren zur Sunderland Avenue, um Chloes Freund Alfie abzuholen. Nach wochenlangem Zureden und nicht ganz so subtilen Hinweisen hatte Bridget Chloe vor zwei Wochen schließlich dazu überredet, ihn mit nach Hause zu nehmen, damit sie und Jonathan ihn kennenlernen konnten.

Bridget war genauso nervös gewesen wie das junge Paar selbst und hatte sich gefragt, was sie tun würde, wenn Alfie sich als der unpassende Freund herausstellen würde, für den sie ihn gehalten hatte. Doch sie wurde angenehm überrascht. Alfie entpuppte sich als reizender junger Mann, wenn auch etwas schmächtig, mit gewelltem dunklem Haar, das ihm fast bis zu den Schultern reichte. Er war etwa einen Kopf größer als Bridget. „Freut mich, Sie kennenzulernen, Mrs. Hart", hatte er gesagt und ihr die Hand gereicht, und Bridget war ziemlich angetan gewesen. „Nenn mich Bridget", hatte sie strahlend erwidert.

Danach hatte sie Zweifel. Und noch mehr Zweifel. War er zu höflich? War seine Höflichkeit nichts weiter als eine zynische Fassade? Und was sie am meisten beunruhigte, war der Grund, warum sie ihn so charmant gefunden hatte, seine verblüffende Ähnlichkeit mit ihrem Ex-Mann Ben? Aber Jonathan hatte ihre Bedenken wie immer abgetan. „Er macht Chloe glücklich", hatte er gesagt. Und das war schwer zu leugnen.

Heute würde Alfie zum ersten Mal beim Sonntagsessen in Vanessas Haus dabei sein. Es war ein großer Schritt, Alfie in die erweiterte Familie aufzunehmen, und Bridget freute sich, dass er die Einladung angenommen hatte. Wie sie Vanessa kannte, würde sie sich besonders viel Mühe geben, etwas Besonderes für diesen Anlass zu kochen. Obwohl, wenn sie es sich recht überlegte, gab sich Vanessa immer besonders viel Mühe. Bridget beschwerte sich nicht. Es würde das erste anständige Essen sein, das sie diese Woche hatte.

Sie hielt vor Alfies Elternhaus in der Sunderland Avenue – einem weißen Einfamilienhaus aus den 1930er-Jahren am nördlichen Rand von Oxford – und wartete im Auto, während Chloe hineinging, um ihn zu holen. Bridget hatte Alfies Eltern kurz kennengelernt, als sie Alfie nach seinem Besuch in Wolvercote nach Hause gebracht hatte. Sie waren etwas älter als Bridget, schienen aber nett zu sein. Alfies Vater Jasper hatte eine eigene Zahnarztpraxis in der Banbury Road. Seine Mutter Autumn war Tierfotografin und schien ständig auf der Suche nach bedrohten Tierarten unterwegs zu sein. Ihre anspruchsvollen Karrieren und ihre lockere Einstellung zur Kindererziehung hatten dazu geführt, dass Alfie mit viel Freiheit aufgewachsen war. Zu viel, wie Bridget fand. Sie konnten sich glücklich schätzen, dass ihr Sohn so gut geraten war.

Chloe und Alfie kamen nach kurzer Zeit händchenhaltend aus dem Haus. Vanessa, das wusste Bridget, würde einen Blick auf Alfies magere Arme und dünnen Oberkörper werfen und ihm sofort doppelte Portionen servieren. Sie hoffte, dass er einen guten Appetit hatte. Den hatten die meisten Teenager-Jungs.

„Morgen, Bridget", sagte Alfie, als er und Chloe in den Mini kletterten. Er grinste sie vom Rücksitz aus fröhlich an.

„Guten Morgen, Alfie." Bridget konnte sich kaum beschweren, dass Alfie sie beim Vornamen nannte. Sie war es schließlich gewesen, die ihm das angeboten hatte. Außerdem war es unmöglich, einem Jungen böse zu sein, der so nett lächelte.

Bridget fuhr die kurze Strecke zu Vanessas Haus in der Charlbury Road und parkte in der Einfahrt hinter Vanessas Range Rover.

„Schönes Haus", sagte Alfie anerkennend und bewunderte das große, freistehende Anwesen, das Bridgets eigene bescheidene Behausung in den Schatten stellte. Das Haus war sogar noch größer und prächtiger als das Haus von Diane Gilbert in der St. Margaret's Road, nur ein paar Straßen weiter. Vanessas Ehemann James leitete sein eigenes, sehr erfolgreiches und hochmodernes Computerunternehmen, sodass Vanessa sich auf die Erziehung der Kinder, die Zubereitung des perfekten Bratens und die Pflege des Gartens konzentrieren konnte. Manchmal beneidete Bridget sie um diesen Lebensstil, bis sie sich daran erinnerte, dass sie in der Küche ein hoffnungsloser Fall war und es hasste, den ganzen Tag im

Haus eingesperrt zu sein.

„Warte, bis du Tante Vanessas Kochkünste kennengelernt hast", sagte Chloe. „Sie ist die Beste."

Das war ein berechtigter Kommentar und Bridget war froh, dass Chloe immer noch jeden Sonntag gerne mit ihr und Vanessa zu Mittag aß. Das wöchentliche Mittagessen war eine Familientradition, von der Bridget hoffte, dass sie noch viele Jahre Bestand haben würde. Sie wünschte sich nur, Jonathan könnte auch dabei sein. Tatsächlich hatte Bridget Jonathan bei einem Sonntagsessen bei Vanessa kennengelernt – keine zufällige Begegnung, sondern das Ergebnis von Vanessas Verkupplungsversuchen. Bridget musste zugeben, dass Vanessa eine gute Wahl getroffen hatte. Glücklicherweise würde Jonathan am nächsten Tag zurückfliegen.

Nachdem sich alle vorgestellt hatten, nahm Chloe Alfie mit nach draußen, um sich den Garten anzuschauen, und ließ Bridget mit Vanessa und James allein.

„Also, wie geht es dir?", fragte James. „Wie läuft es bei Jonathan in New York?"

„Er scheint eine fabelhafte Zeit zu haben."

„Und bei dir?"

„So lala. Um ehrlich zu sein, habe ich mich ohne ihn und Chloe ziemlich einsam gefühlt."

„Du hättest mich anrufen sollen", meinte Vanessa. „Dafür sind Schwestern doch da."

„Ja, das stimmt wohl."

„Hast du etwas Bestimmtes auf dem Herzen?", fragte Vanessa.

Bridget wusste, dass sie mit ihrer Schwester und ihrem Schwager nicht über ihre Arbeit sprechen sollte, aber es würde ihr guttun, sich die Probleme von der Seele zu reden. Sie hatte noch keine Gelegenheit gehabt, sich richtig mit Jonathan zu unterhalten. Sie holte tief Luft und begann zu erzählen. „Es ist die Arbeit. Ein neuer Fall. Eine Schriftstellerin wurde in Oxford ermordet, nachdem sie beim Oxford Literary Festival aufgetreten war, und es ist meine Schuld."

„Ich habe davon in den Nachrichten gehört", sagte Vanessa. „Aber wie kann es deine Schuld sein?"

„Du hast bestimmt schon von der Morddrohung gehört? Ich war für ihren Schutz verantwortlich."

„Oh, ich verstehe. Das ist heikel."

„Es ist mehr als das. Es könnte das Ende meiner Karriere bedeuten." Bridget spürte, wie ihr die Tränen in die Augen stiegen, aber sie wollte nicht, dass Vanessa sie weinen sah. Schnell wischte sie sie weg. „Ich weiß, dass du meine Berufswahl nie gutgeheißen hast, aber du weißt, wie wichtig er mir ist. Ich bin jahrelang nur im Schneckentempo vorangekommen und habe in Teilzeit gearbeitet, während ich mich um Chloe gekümmert habe. Ich kann es mir nicht leisten, dass jetzt etwas schief geht."

„Das wäre doch nicht das Ende der Welt, oder?"

„Ich bin fast vierzig, Vanessa. Was soll ich denn sonst mit meinem Leben anfangen?"

„Nun", sagte James, bevor Vanessa einen Vorschlag machen konnte, „die Antwort scheint mir ziemlich einfach."

„Tatsächlich? Was denn?"

„Mach weiter. Löse den Fall."

Bridget quittierte seine nüchterne Lösung mit einem abfälligen Lachen. „So einfach ist das nicht. Es gibt alle möglichen Komplikationen, die mit der nationalen Sicherheit zu tun haben. Ich bewege mich auf dünnem Eis und fühle mich völlig überfordert."

„Du hast in der Vergangenheit schon schwierige Fälle gelöst", sagte James. „Bleib einfach dran. Ich bin sicher, dass du früher oder später einen Durchbruch erzielen wirst."

Das Vertrauen, das ihr Schwager in sie setzte, war rührend. Bridget wünschte nur, sie könnte es teilen.

„Dürfen Alfie und ich mit Rufus Gassi gehen?", fragte Chloe, als sie aus dem Garten kam. Rufus, der goldene Labrador der Familie, wedelte bei der Erwähnung seines Namens und den Worten „Gassi gehen" begeistert mit dem Schwanz. „Wir sind rechtzeitig zum Mittagessen zurück."

„Natürlich", sagte Vanessa. „Ich hole seine Leine."

„Sie wollen nur ein bisschen Zeit allein verbringen", sagte Bridget, nachdem Chloe und Alfie von Rufus aus dem Haus gezerrt worden waren.

„Ach, junge Liebe", sagte Vanessa. „Aber ich bin froh, dass sie kurz weg sind. Ich wollte sowieso mit dir allein reden."

„Worüber?" Wann immer Vanessa etwas zu besprechen hatte, bedeutete das normalerweise, dass sie Bridget tadelte oder ihr ungebetene Ratschläge gab, wie sie ihr Leben führen sollte.

„Komm mit in die Küche. Du kannst die Soße rühren, während ich es dir erzähle."

Bridget folgte ihr mit einem mulmigen Gefühl. Noch nie hatte Vanessa ihr in der Küche eine so wichtige Aufgabe anvertraut. Sie nahm einen Holzlöffel und begann, die duftende braune Soße auf dem Herd umzurühren, während Vanessa sich ein Paar Cath-Kidston-Ofenhandschuhe überstreifte und den Fortschritt der Yorkshire-Puddings überprüfte. Nachdem sie sich vergewissert hatte, dass sie gut aufgingen und Bridget die Soße nicht ruinierte, lehnte sich Vanessa gegen ihre Smallbone-Schränke und begann zu sprechen. „Es geht um Mum und Dad. Ich mache mir Sorgen um sie."

„Warum? Ist etwas passiert?"

Nach einem jahrelangen Zerwürfnis waren die Barrieren, die Bridget und Vanessa von ihren Eltern getrennt hatten, bei einem Familientreffen zu Weihnachten endlich überwunden worden. Bridget telefonierte nun regelmäßig mit ihren Eltern, und obwohl die wöchentlichen Gespräche nicht lang waren, fühlte sie sich ihnen näher als je zuvor, seit sie von Oxford nach Dorset gezogen waren, um sich zur Ruhe zu setzen. Ihr Vater sagte immer, dass alles gut liefe, und fragte dann nach ihrer Arbeit. Ihre Mutter gab ein kurzes Update über ihren Gesundheitszustand – neue Tabletten vom Arzt, eine Untersuchung im Krankenhaus – und fragte dann nach Chloe und Jonathan. Bridget hatte das Gefühl, ziemlich gut über den Stand der Dinge in Lyme Regis informiert zu sein. Aber hatten sie ihr etwas verschwiegen? War vielleicht doch nicht alles so rosig, wie ihr Vater behauptete?

„Mum geht es gesundheitlich gar nicht gut", sagte Vanessa.

„Nun, ja", sagte Bridget. „Das weiß ich."

Kurz vor Weihnachten war ihre Mutter gestürzt und hatte sich das Handgelenk verstaucht. Sie war ziemlich gebrechlich geworden und konnte die Treppe nicht mehr bewältigen. Dabei war sie doch erst in den Siebzigern. Wie gebrechlich konnte sie schon sein?

„Sie beschönigen die Fakten, aber ich habe mit Hilfe von Dr. Google meine eigenen Nachforschungen angestellt. Ihr Sehvermögen lässt nach, weißt du. Sie hat grünen Star, und das beeinträchtigt allmählich ihr peripheres Sehen. Deshalb stößt sie sich ständig an Dingen und fällt hin."

„Das wusste ich nicht", sagte Bridget. „Aber kann man das nicht behandeln?"

„Die Schädigung des Sehnervs ist irreversibel. Sie nimmt jetzt Augentropfen, die hoffentlich verhindern, dass es noch schlimmer wird, aber es ist bereits zu spät, um ihr verlorenes Sehvermögen wiederherzustellen."

„Ich verstehe", sagte Bridget. Vanessa warf ihr einen bösen Blick zu und Bridget widmete sich wieder energischer dem Rühren der Soße, die sie kurzzeitig vernachlässigt hatte.

„Und sie nimmt auch Blutdrucktabletten. Es besteht die Gefahr, dass sie einen Schlaganfall oder einen Herzinfarkt bekommt. Es geht ihr wirklich gar nicht gut. Dad tut so, als hätte er alles im Griff, aber es wird zu viel für ihn da unten. Lyme Regis ist viel zu hügelig für Menschen in ihrem Alter."

Jetzt klang Vanessa lächerlich. „Aber viele alte Leute ziehen sich nach Lyme Regis zurück", protestierte Bridget. Die Soße begann zu blubbern und einzudicken, und sie rührte energischer, damit sich keine Klümpchen bildeten. Langsam kam ihr der Verdacht, dass Vanessa ihr diese Aufgabe absichtlich übertragen hatte, um ihr die Schuld zu geben, wenn etwas schief ging.

Sie überlegte gerade, wie sie sich sowohl von Vanessas stellvertretender Hypochondrie als auch von der Verantwortung für die Soße befreien könnte, als ihr Handy mit einer eingehenden Nachricht summte. „Ich muss das lesen", sagte sie. „Könnte wichtig sein."

„Ja, natürlich", seufzte Vanessa und übernahm das Rühren der Soße. „Das ist es immer."

Bridget sah auf ihr Handy und fand eine Nachricht von Michael Dearlove. Nach ihrem Gespräch am Vortag, das sie bei einem Spaziergang über den Radcliffe Square geführt hatten, hatte der Journalist für sie ein Treffen mit seinem Kontakt in der saudischen Botschaft in London arrangiert. Das ging schnell. Sie wartete immer noch darauf, dass Grayson die Dinge mit dem MI5 klärte. Dearlove hatte den Namen seiner Kontaktperson nicht genannt, aber das Treffen war für morgen um zehn Uhr angesetzt.

Bridget steckte das Telefon lächelnd zurück in ihre Tasche. Was hatte James ihr geraten? Dass sie weitermachen und den Fall lösen sollte? Es sah so aus, als würde sie genau das tun.

Vanessa reichte ihr die Terrine mit der Soße. „Du kannst das hier ins Esszimmer tragen."

„Ist sie gut geworden?"

„Ja", gab Vanessa zähneknirschend zu. „Nicht schlecht."

Vielleicht gab es auch in der Küche Hoffnung für Bridget.

KAPITEL 16

Es schien, als ob jedes Mal, wenn eines von Bridgets Problemen gelöst war, ein neues auftauchte. Chloe mochte wohlbehalten aus London zurück sein, aber Vanessa hatte neue Sorgen um den Gesundheitszustand ihrer Mutter geschürt. Trotzdem konnte Bridget es sich nicht erlauben, sich jetzt damit zu beschäftigen. Sie hatte gerade noch Zeit für eine kurze Teambesprechung, bevor sie sich auf den Weg machen musste, um den Morgenzug nach London zu erreichen. Im Besprechungsraum bat sie alle, ein kurzes Update zu geben, was sie bisher herausgefunden hatten.

„Jake, Ryan, Sie können anfangen."

„Es ist uns gelungen, mit den meisten von Dianes Kollegen am Blavatnik zu sprechen", sagte Jake.

„Da es Wochenende war, war es etwas mühsam, einige von ihnen zu erreichen", fügte Ryan hinzu.

„Einige von ihnen berichteten, sie hätten ein paar Tage vor Dianes Tod laute Stimmen aus dem Büro des Abteilungsleiters gehört. Aber niemand hat sich zu diesem Zeitpunkt etwas dabei gedacht."

„Wirklich?", sagte Bridget. „Warum nicht?"

„Offensichtlich waren hitzige Auseinandersetzungen zwischen Professor Al-Mutairi und Dr. Gilbert keine Seltenheit."

„Hat jemand gesagt, worum es bei dem Streit ging?"

„Niemand weiß es genau", sagte Ryan. „Er fand hinter verschlossenen Türen statt, und die Leute wollten nicht lauschen. Aber eine Person glaubt gehört zu haben, dass der Professor gedroht hat, Diane zu entlassen, wenn sie so weitermacht. Alle betonten, wie sehr Al-Mutairi um die Reputation besorgt ist. Er möchte nicht, dass das Institut mit kontroversen Positionen in Verbindung gebracht wird. Diane Gilbert hingegen schien sich alle Mühe zu geben, radikale politische Ansichten zu verkörpern."

„Was ist mit Professor Al-Mutairi selbst? Haben Sie ihn zu dem Streit befragt?"

„Das hätten wir, aber er war wegen eines Meetings nicht in Oxford."

„Wie praktisch für ihn", sagte Bridget. Sie wandte sich an Ffion. „Wie kommen Sie mit dem Telefon und dem Laptop voran?"

„Ich arbeite noch am Handy", sagte Ffion. „Es gibt eine Menge zu durchforsten. Aber ich hoffe, dass ich später am Tag mit dem Laptop weitermachen kann."

„Gut. Wie weit sind wir mit dem toxikologischen Bericht?" Bridget erntete nur verständnislose Blicke. „Okay, Ryan, ich möchte, dass Sie sich mit dem Labor in Verbindung setzen und die Sache weiterverfolgen. Gehen Sie persönlich hin, wenn es sein muss, und sorgen Sie dafür, dass die Sache mit höchster Priorität behandelt wird. Wir müssen genau wissen, was sie getötet hat."

„Alles klar, Ma'am", sagte Ryan.

„Und Jake, könnten Sie Dianes Bankkonten und Telefonverbindungen überprüfen?"

„Sicher."

„Andy, stöbern Sie ein wenig herum und finden Sie so viel wie möglich über Dianes politische Zugehörigkeit heraus. War sie formell oder informell in irgendwelchen Gruppen aktiv? Wer waren ihre Kontakte? Ich bin besonders an radikalen Organisationen interessiert, an der Art von Leuten, die den Status quo stürzen wollen."

Andy machte eine Notiz in sein Notizbuch und Bridget sah auf ihre Uhr. Es war Zeit, sich auf den Weg zu machen, wenn sie ihren Zug noch erwischen wollte.

„Und was ist mit mir, Ma'am?", fragte Harry.

„Helfen Sie einfach jedem, der Hilfe braucht", antwortete Bridget und wünschte, sie hätte etwas Konkreteres für den eifrigen jungen DC, in das er sich einbringen konnte. „Ich fahre jetzt nach London", sagte sie zu ihrem Team. „Ich verfolge eine Spur von Michael Dearlove, dem Journalisten, der Diane Gilbert auf dem Literaturfestival interviewt hat."

Sie sahen sie erwartungsvoll an, offensichtlich neugierig, was sie in der Hauptstadt tun würde.

„Es ist reine Spekulation, aber ich werde mit jemandem in der saudischen Botschaft sprechen."

Ryan pfiff durch die Zähne. „Sind Sie sicher, dass die da Frauen reinlassen?"

Bridget war sich nicht sicher, ob das eine ernst gemeinte Frage war oder Ryans Vorstellung von einem Witz. Sie hoffte, dass sie keinen diplomatischen Zwischenfall provozieren würde. „Nun, ich habe einen Termin, also sollten sie es besser."

„Viel Glück, Ma'am", sagte Jake.

„Danke." Sie hatte das Gefühl, dass sie es brauchen würde. „Und wenn jemand Fortschritte macht, schicken Sie mir eine Nachricht."

Sie nahm an, dass sie Grayson mitteilen sollte, wohin sie ging. Vermutlich hatte er genau das gemeint, als er darum gebeten hatte, auf dem Laufenden gehalten zu werden, aber als sie einen Blick durch die Glaswände seines Büros warf, war er am Telefon, und sie hatte wirklich keine Zeit, herumzutrödeln.

Als sie zwanzig Minuten später über die Fußgängerbrücke eilte, die vom Langzeitparkplatz zum Bahnhofseingang führte, überkam sie plötzlich ein mulmiges Gefühl. Was, wenn wirklich jemand von der saudischen Botschaft Diane Gilbert getötet hatte? Dann würde sie sich direkt in die Höhle des Löwen begeben. Dearlove hatte ihr die Identität seines mysteriösen Kontakts nicht verraten, aber wenn der Mann, den sie gleich treffen würde, genug wusste, um von Nutzen zu sein, war er mit ziemlicher Sicherheit selbst in das Komplott verwickelt. Jakes solide, beruhigende Präsenz kam ihr in den Sinn, und sie wünschte, sie wäre so vernünftig gewesen, ihn mitzunehmen. Aber dafür war es jetzt viel zu spät. Ihr Zug würde in fünf Minuten in Oxford abfahren.

KAPITEL 17

Die Königliche Botschaft von Saudi-Arabien befand sich in der Charles Street im Herzen von Mayfair. Das prachtvolle Gebäude im palladianischen Stil mit seinen perfekten Proportionen und dem symmetrischen Design erstreckte sich über drei Stockwerke mit riesigen venezianischen Fenstern und einem zweistöckigen Säulenportikus, der auf gepflegte Blumenbeete und makellose Rasenflächen hinausging. Bridget musste unweigerlich an eine mehrstöckige Hochzeitstorte denken. Die bevorstehende Hochzeit von Ben und Tamsin ging ihr offensichtlich immer noch durch den Kopf. Vor dem weiß gestrichenen Gebäude flatterte die grüne Flagge Saudi-Arabiens sanft an einem Fahnenmast, aber der Wind war nicht stark genug, um sie vollständig zu entfalten.

Bridget kam gerade rechtzeitig zu ihrem Termin, nachdem sie vom Bahnhof Paddington mit dem Taxi quer durch die Stadt gefahren war. Sie war etwas überrascht, als sie zwei uniformierte britische Polizisten vor dem Tor der Botschaft entdeckte. Die Beamten trugen schwarze kugelsichere Westen und waren deutlich sichtbar mit automatischen Gewehren bewaffnet. Bridget ging auf sie zu und zeigte ihren Dienstausweis. „Gibt es hier Probleme?", erkundigte sie sich.

„Reine Routine, Ma'am", sagte der ranghöhere Beamte, ein Sergeant. „Teil unserer normalen Schutzaufgaben hier in der Hauptstadt. Nichts Besorgniserregendes."

Bridget nickte und hoffte, dass das stimmte. Sie fragte sich, ob die Anwesenheit der Polizisten etwas mit Diane Gilberts Tod zu tun hatte, beschloss aber, dass es wohl einfach normal war. London befand sich in diesen Tagen wegen möglicher Terroranschläge ständig in erhöhter Alarmbereitschaft. Es war beruhigend zu wissen, dass befreundete Kräfte direkt vor der Botschaft stationiert waren, obwohl sie wusste, dass sie rechtlich nicht befugt waren, das Gelände oder das Gebäude zu betreten, selbst wenn dort ein Verbrechen verübt werden sollte. Wenn sie erst einmal drinnen war, wäre Bridget völlig auf sich allein gestellt und der Macht eines fremden Staates ausgeliefert.

Sie atmete tief durch und ging durch das Metalltor, das von der Straße zum großen Eingang führte.

Während das Äußere des Gebäudes von klassischer Eleganz geprägt war, wirkte die Empfangshalle der Botschaft – zumindest in Bridgets Augen – übertrieben prunkvoll, mit polierten Marmorböden, einer mit geschwungenen Stuckarbeiten verzierten Decke und goldenen Akzenten an jeder Oberfläche, die sich von der allgemeinen Opulenz ausgeschlossen fühlen konnte. Hinter dem Mahagonischreibtisch saß eine junge Frau in einer dunklen Jacke, die Haare mit einem Schal bedeckt, und neben der Eingangstür hielten zwei Männer in schwarzen Anzügen Wache. Bridget hatte keinen Zweifel, dass diese Männer bewaffnet waren.

„Willkommen." Ein großer, olivhäutiger Mann in einem gutsitzenden Anzug schritt über den Marmorboden, um sie zu begrüßen. Sein Haar war schwarz und glänzend, und er trug einen ordentlich gestutzten Bart. „Ms. Hart, nehme ich an? Wie schön, dass Sie gekommen sind."

„Detective Inspector Hart."

„Natürlich, verzeihen Sie." Die Haltung des Mannes war höflich, fast unterwürfig, aber als er sie in höflichstem Ton aufforderte, ihr Handy auszuschalten und es „zu ihrer Sicherheit und ihrem Wohl" auszuhändigen, lag ein stählerner Unterton in seiner Stimme, der deutlich machte, dass kein Widerspruch geduldet wurde.

Bridget folgte seiner Aufforderung. Dann, ihrer einzigen Verbindung zur Außenwelt beraubt, folgte sie dem Mann – der seinen Namen nicht genannt hatte – vorbei an Marmorsäulen, Kristalllüstern und noch mehr Blattgold in einen Raum, in dem zwei hochlehnige, mit Seidenbrokat gepolsterte Stühle zu beiden Seiten eines achteckigen Tisches standen, dessen dunkles Holz mit geometrischen Mustern eingelegt war. Die Wirkung war exquisit.

Bridget hatte das Gefühl, dass eine anerkennende Bemerkung angebracht sein könnte. „Was für ein schöner Tisch", sagte sie und hob das eine Detail hervor, um nicht völlig von der palastartigen Umgebung überwältigt zu werden.

„Ja", sagte ihr Gastgeber. „Er ist aus Ebenholz mit Einlegearbeiten aus Perlmutt und Schildpatt und stammt aus dem Osmanischen Reich. Bitte nehmen Sie doch Platz." Er deutete auf einen der Stühle, und Bridget setzte sich, kreuzte die Füße an den Knöcheln und schob ihre Beine unter den Stuhl. Fühlten sich Premierminister bei ihrer wöchentlichen Audienz bei der Königin auch so? „Ich habe Tee bestellt", sagte ihr Gastgeber.

Wie auf ein Stichwort erschien ein junger Mann in traditioneller arabischer Tunika und Kopfbedeckung mit einem silbernen Tablett, auf dem eine hohe silberne Teekanne und zwei mit Blattgold verzierte Gläser mit Henkeln standen. Er stellte das Tablett auf den Tisch, verneigte sich und zog sich wortlos zurück. Bridgets Gastgeber füllte die beiden Gläser mit bernsteinfarbenem Tee und bot ihr eines davon an. Sie nahm es und trank einen Schluck. Das Getränk war heiß, stark und sehr süß, genau das, was sie brauchte.

„Danke, dass Sie sich mit mir treffen", sagte sie.

Er betrachtete sie mit Augen wie tiefe, dunkle Teiche. „Gern geschehen. Es ist uns eine Ehre, unseren britischen Freunden zu helfen." Seine Lippen drückten Genugtuung aus, aber seine Augen veränderten sich nicht. „Ich habe gehört, dass Sie Fragen zum Tod der Wissenschaftlerin und Schriftstellerin Diane Gilbert haben."

„Ja, das stimmt."

Die Lippen ihres Gastgebers verzogen sich zu einem Ausdruck offensichtlichen Missfallens. „Diane Gilbert war keine Freundin Saudi-Arabiens. Auch nicht Ihres Landes. Sie war in der Tat eine Staatsfeindin." Das Lächeln kehrte zurück. „Natürlich ist sie nicht die einzige Person auf der Welt, die die engen Beziehungen zwischen unseren beiden Regierungen kritisiert hat, und das ist keinesfalls ein Grund, ihr den Tod zu wünschen. Wir haben mit großem Bedauern von ihrem Tod erfahren."

„Ach ja?", fragte Bridget.

„Natürlich. Der Tod ist immer eine Tragödie, aber eine natürliche und unvermeidliche."

„In diesem Fall glauben wir, dass der Tod von Dr. Gilbert möglicherweise nicht auf natürliche Weise eingetreten ist."

„Tatsächlich? Aus welchem Grund hegen Sie diesen Verdacht?"

Der Mann versuchte offensichtlich Informationen aus ihr herauszukitzeln, aber Bridget würde nicht verraten, wie viel – oder wie wenig – sie wusste. „Es ist die Aufgabe der Polizei, alle derartigen Todesfälle zu untersuchen."

Das Lächeln des Mannes wurde breiter. „Natürlich."

„Ist Ihnen bekannt, dass Dr. Gilbert kurz vor ihrem Tod eine Morddrohung erhalten hat?"

Die dunklen Augenbrauen ihres Gastgebers hoben sich überrascht. „Woher sollte ich das wissen?"

Bridget hielt seinem Blick stand. „Die Drohung bezog sich auf das neue Buch von Dr. Gilbert, das, wie Sie wissen, Informationen über Waffenlieferungen an Ihr

Land enthüllt."

„Ein legitimer Handel, der von Ihrer eigenen Regierung genehmigt wurde."

„Sie wissen also nicht, wer sie getötet hat?"

Das Lächeln ihres Gastgebers verblasste und ein Ausdruck der Enttäuschung trat an seine Stelle. „Ich glaube, Sie tun mir mit dieser Frage großes Unrecht, Detective Inspector. Was auch immer Sie gehört haben mögen, mein Land ist nicht dazu da, Drohungen an ausländische Bürger auszusprechen, geschweige denn, diese umzusetzen." Er nippte an seinem Tee, stellte das Glas zurück auf das Tablett und verschränkte die langen Finger unter dem Kinn. „Inspector Hart", fuhr er in einem versöhnlicheren Ton fort, „ich verstehe, warum Sie es für nötig hielten, heute hierher zu kommen, aber ich kann Ihnen versichern, dass das Königreich Saudi-Arabien absolut nichts mit dem unglücklichen Tod von Diane Gilbert zu tun hat. Selbst wenn wir sie, rein hypothetisch, hätten töten wollen, warum hätten wir ihr eine Morddrohung schicken sollen? Wäre es nicht effizienter gewesen, die Tat ohne Vorwarnung auszuführen?"

Das war, wie Bridget zugeben musste, die logischere Vorgehensweise.

Der Mann lächelte wieder. „Vielleicht wurde die Drohung von jemandem ausgesprochen, der Dr. Gilbert einschüchtern wollte. Sie muss nicht unbedingt vom tatsächlichen Mörder stammen. Haben Sie das bedacht?"

Bridget gab keine Antwort. Nachdem ihr Gastgeber so kategorisch bestritten hatte, dass sein Land etwas mit dem Mord an Diane Gilbert zu tun hatte, gab es für sie nichts mehr zu sagen. Sie trank ihren Tee aus, bedankte sich noch einmal für seine Zeit und wurde aus dem Gebäude geleitet, wobei sie unterwegs ihr Handy zurückbekam.

Als sich die Tore der Botschaft hinter ihr schlossen, hielt sie inne und atmete erleichtert auf. Sie mochte bei ihrem Besuch zwar nichts wirklich Neues erfahren haben, aber sie war froh, wieder draußen auf einer Londoner Straße zu stehen. Es war möglich, dass sie sich hatte abspeisen lassen, aber sie war sich zweier Dinge sicher. Erstens, dass sie nicht den Wunsch hatte, noch einmal einen Fuß in das Botschaftsgebäude zu setzen. Und zweitens, dass dies das einzige Treffen war, das ihr jemals gewährt werden würde.

KAPITEL 18

Ffion ließ sich normalerweise nicht von der Arbeit ablenken, aber es fiel ihr schwer, die Gedanken an Marion zu verdrängen. Ihr gemeinsamer Abend am Samstag war großartig gewesen, und auch den Sonntagmorgen hatten sie zusammen verbracht, waren durch die Universitätsparks spaziert und hatten den Genetischen Garten erkundet, in dem allerlei interessante Arten und Hybriden angepflanzt waren. Es war ein rundum schönes Wochenende gewesen.

Aber Diane Gilberts Telefon und Laptop würden ihre Geheimnisse erst preisgeben, wenn Ffion sich an die harte Arbeit machte und sich voll und ganz auf die Aufgabe konzentrierte. Sie ging in die Küche und holte sich eine Tasse ihres neuen Lieblingstees. *Yerba Maté* wurde aus den Blättern einer südamerikanischen Stechpalmenart gebrüht. Er hatte ein rauchiges Aroma, ähnlich dem von Lapsang Souchong, und verlieh eine anhaltende Energie, die angeblich die Konzentration und den Fokus förderte.

Mit der Tasse in der Hand kehrte sie an ihren Schreibtisch zurück und machte sich wieder daran, Dianes E-Mails zu durchforsten. Sie hatte die Nachrichten auf

Dianes Telefon in zwei Kategorien eingeteilt: private und geschäftliche. Die persönliche Korrespondenz bestand hauptsächlich aus Nachrichten an ihren Sohn Daniel, ihre Schwester Annabel und ihren Ex-Mann Ian.

Die Nachrichten an ihren Sohn waren am interessantesten und schienen ein Ungleichgewicht in ihrer Beziehung zu offenbaren. Bei einer Reihe von Gelegenheiten hatte Diane Daniel eine Nachricht geschickt, um ihm mitzuteilen, dass sie aus dem einen oder anderen Grund in London sein würde und um ihn zu fragen, ob er sie zum Mittagessen oder Nachmittagstee treffen wolle. Ihr Ton war immer locker und freundlich, ohne große Erwartungen, einfach ein Angebot. Aber jedes Mal hatte Daniel irgendeine Ausrede parat, warum er sie nicht treffen konnte – er hatte eine Besprechung; er versank in Arbeit; er besuchte einen Kunden in Essex. Hätte er nur ein oder zwei Einladungen abgelehnt, hätte Ffion sich nichts dabei gedacht. Aber alle Einladungen ablehnen? Das Muster deutete darauf hin, dass er ihr absichtlich aus dem Weg ging. Dennoch hatte sich Diane weiterhin um ein Treffen mit ihm bemüht. Ihr Verhalten deutete auf den starken Wunsch hin, ihren Sohn zurückzugewinnen, was auch immer der Grund für seine Abneigung sein mochte. Ffion machte sich eine Notiz über ihre Beobachtung und wandte sich der Kommunikation mit Annabel zu.

Aus diesen Gesprächen erfuhr Ffion, dass Diane ein viel engeres Verhältnis zu ihrer Schwester hatte als zu ihrem Sohn. Sie und Annabel hatten sich häufig in Oxford zum Kaffee und gelegentlich zum Mittagessen getroffen und hatten sich regelmäßig zu Hause besucht.

Trotz des *Yerba Maté* wanderten Ffions Gedanken zu ihrer eigenen Schwester Siân. Sie und Siân hatten nie eine so herzliche Beziehung gehabt wie Diane und Annabel, aber sie waren über die Jahre in Kontakt geblieben, und Siân hatte maßgeblich dazu beigetragen, dass es an diesem Weihnachtsfest zu einem Familientreffen und einer Versöhnung gekommen war. Jetzt hatte Ffion begonnen, regelmäßiger mit ihrer Schwester zu sprechen, und hoffte, sie und ihre Familie bald wieder besuchen zu können.

Sie schüttelte den Kopf und zwang sich, sich wieder auf ihre Aufgabe zu konzentrieren. Diese neue Angewohnheit, die Konzentration zu verlieren, wurde ihr allmählich lästig und sie musste sich besser disziplinieren.

Sie ging weiter zur Konversation zwischen Diane und Ian. Zu ihrer Überraschung stellte sie fest, dass sie sich gelegentlich zum Kaffee oder Mittagessen getroffen hatten. Ffion konnte sich nicht vorstellen, ein so freundschaftliches Verhältnis zu einem Ex-Partner zu haben. Worüber hatten sie wohl gesprochen? Vielleicht über Daniel? Aber er war ja kein Kind mehr, und über Dinge wie Schule oder Kinderbetreuung mussten sie nicht reden. Noch wichtiger war die Frage, was Louise, Ians neue Frau, von diesen Treffen zwischen ihrem Mann und Diane hielt. Es gab keinen Hinweis darauf, dass Louise einbezogen worden war. Ffion machte sich Notizen, bevor sie sich Dianes arbeitsbezogenen Nachrichten und Korrespondenz zuwandte.

Dianes Diskussionen mit ihren Kollegen waren oft esoterisch, sehr akademisch und für Ffion meist unverständlich. Aber eine Reihe von E-Mails von ihrem Chef am Blavatnik stach heraus. Professor Al-Mutairi, so schien es, hatte die Angewohnheit, Bedenken über Dianes Arbeit und Veröffentlichungen zu äußern. Seine fortwährenden Angriffe konnten sogar als Vendetta bezeichnet werden. In einer besonders heftigen Nachricht hatte er sie gewarnt, dass ihr neues Buch wahrscheinlich einen politischen Sturm auslösen würde, und sie gedrängt, es von der Veröffentlichung zurückzuziehen. In einer letzten Nachricht, die Diane ihrem Chef kurz nach dem Streit, den ihre Kollegen im Institut mitgehört hatten, geschickt hatte, drohte Diane damit, den Professor bloßzustellen, sollte er versuchen, in irgendeiner Weise gegen sie vorzugehen. Ffion notierte sich das.

Nachdem sie die letzte Nachricht erreicht hatte, legte sie das Telefon beiseite und widmete sich dem Laptop.

Hier erwartete sie, etwas über die wahre Diane Gilbert zu erfahren. Textnachrichten und E-Mails mochten etwas über die öffentliche Persönlichkeit eines Menschen offenbaren, aber es waren die privaten Inhalte eines Computers, die einen Blick in die Seele gewährten. Ffion war schon ganz aufgeregt bei dem Gedanken, die Dokumente von der Festplatte zu extrahieren.

Sie schaltete den Laptop ein und wartete auf den Anmeldebildschirm. Wie erwartet, war er passwortgeschützt. Ffion versuchte ein paar Mal, das Passwort zu erraten, bevor sie zu ihrer bewährten Alternative griff. Einem USB-Klongerät. Sie steckte das taschengroße Gerät in einen der freien Ports des Laptops und wartete, bis dieser hochfuhr. Ihr nützliches Gerät würde das Betriebssystem des Laptops umgehen und eine Kopie aller Daten erstellen, die sie dann auf ihrem eigenen Computer untersuchen konnte. Der Vorgang dauerte nicht lange. Als sie sich eine neue Tasse Tee geholt hatte, wartete bereits eine geklonte Kopie von Dianes Daten darauf, von ihr in aller Ruhe durchgesehen zu werden.

Innerhalb von Sekunden wurden ihre Hoffnungen zunichtegemacht. Die Daten auf dem Laptop waren verschlüsselt. Ohne das Passwort zu kennen, konnte sie nicht auf die Dateien auf der Festplatte zugreifen. Diane Gilbert hatte ihr aus dem Grab heraus die Tür vor der Nase zugeschlagen und fest verriegelt.

KAPITEL 19

Als Bridget die Charles Street entlangging, um ein Taxi oder eine U-Bahn-Station zu finden, die sie zurück nach Paddington bringen würde, schaltete sie ihr Handy wieder ein, in der Hoffnung, Updates von ihrem Team zu sehen. Aber es gab keine Nachricht von Ffion, Jake, Ryan oder Andy.

Was sie sah, war eine Nachricht von Chief Superintendent Grayson.

Ihr Herz setzte einen Schlag aus. War er wütend, weil er herausgefunden hatte, dass sie nach London gefahren war, ohne ihn vorher zu informieren? Wenn ja, hatte sie ihre Verteidigung schon parat. Wenn sie in Kidlington geblieben wäre, um mit ihm zu sprechen, hätte sie ihren Zug verpasst, und sie glaubte nicht, dass ihr Kontakt in der saudischen Botschaft eine Verspätung gutgeheißen hätte. Aber ob Grayson das auch so sehen würde, war eine andere Frage. An der Straßenecke blieb sie stehen, um zu lesen, was er geschrieben hatte.

Zu ihrer Überraschung war die knappe Nachricht weder eine Rüge noch eine Aufforderung, sofort nach Kidlington zurückzukehren. Stattdessen hatte Grayson sein Versprechen gehalten, ihr einen Termin beim MI5 zu verschaffen. Er hatte ihr einen Termin in – sie sah auf die Uhr – genau zwanzig Minuten besorgt. O Gott, wie sollte sie es in so kurzer Zeit von Mayfair nach Westminster schaffen?

Sie bog in die Curzon Street ein und stellte zu ihrem Erstaunen fest, dass ihr das Glück hold war. Ein schwarzes Taxi wollte gerade losfahren, nachdem es einen Fahrgast vor dem Curzon Arthouse Cinema abgesetzt hatte. Sie rannte auf die Straße und hielt es an, bevor es losfahren konnte.

„MI5, Millbank, bitte", rief sie. „So schnell Sie können."

Dem Fahrer klappte vor Staunen die Kinnlade herunter. „Darauf habe ich mein ganzes Leben gewartet, dass mir das jemand sagt. Steigen Sie ein, Darling."

Bridget kletterte atemlos auf den Rücksitz und ignorierte die sexistische Anrede. Jetzt war nicht die Zeit dafür. Noch bevor sie sich angeschnallt hatte, setzte sich das Taxi in Bewegung.

„Der Grosvenor Place ist wegen Bauarbeiten gesperrt", sagte der Taxifahrer. „Wir müssen also die Touristenroute nehmen. Aber keine Sorge, ich kenne diese Straßen wie meine Westentasche."

Es hatte keinen Sinn, zu diskutieren. Londoner Taxifahrer unterstanden ihren eigenen Gesetzen. Obwohl, rein technisch gesehen, dachte Bridget bei sich, war sie das Gesetz. Aber sie musste einfach darauf vertrauen, dass der Fahrer wusste, wohin er fuhr. Sie versuchte, sich zu entspannen, während das Taxi den Constitution Hill hinuntersauste und den Buckingham Palace umrundete. Die königliche Standarte flatterte von der Spitze des Fahnenmastes im Wind und zeigte an, dass die Monarchin zu Hause war.

Bridget studierte die Karte auf ihrem Handy, um zu sehen, wie weit sie von den MI5-Büros in Millbank entfernt waren. Es sollte nicht allzu lange dauern, wenn sie am Buckingham Gate abbogen, aber zu Bridgets

Enttäuschung steuerte der Fahrer die Mall hinauf in Richtung Trafalgar Square, wodurch sich die Entfernung fast verdoppelte. Sie klopfte an die Glasscheibe, die sie vom Fahrer trennte. „Wohin fahren Sie?"

„Vertrauen Sie mir, Liebes. Das ist der schnellste Weg."

Bridget hatte keine andere Wahl, also lehnte sie sich zurück und versuchte, sich auf das bevorstehende Treffen zu konzentrieren. Graysons Nachricht hatte kaum Informationen darüber enthalten, mit wem genau sie sich treffen sollte oder was man ihr vielleicht mitteilen konnte.

Bald fuhren sie unter einem der drei großen Bögen des Admiralty Arch hindurch, umrundeten den Kreisverkehr am südlichen Ende des Trafalgar Square und fuhren die Whitehall hinunter, vorbei an Big Ben und dem Palace of Westminster. Der Taxifahrer hatte nicht gelogen, als er sagte, sie würden die Touristenroute nehmen. Vom Foreign & Commonwealth Office, vorbei an der Downing Street bis zu den Houses of Parliament – das Herz der britischen Regierung in all seiner Macht und Herrlichkeit. Der „Schattenstaat", wie Michael Dearlove es nannte. Genau die Institutionen, gegen die Diane Gilbert ihr ganzes Leben lang protestiert hatte. War es der britische Staat – oder sein Geheimdienst –, der ihren vorzeitigen Tod angeordnet hatte? Bridget schauderte bei dem Gedanken, als das Taxi schließlich vor einem imposanten Steingebäude am Ufer der Themse hielt.

Sie bezahlte den Fahrer und gab ihm ein großzügiges Trinkgeld. Trotz der vielen Umwege hatte er es gerade noch rechtzeitig geschafft, sie vor den Toren des MI5 – oder des Security Service, wie die Organisation offiziell hieß – abzusetzen. Sie strich sich das Haar glatt, atmete tief durch und blickte zu dem riesigen, quadratischen Gebäude vor ihr hinauf.

Thames House war gewaltig und beeindruckend, wie eines der großen Gebäude, die den Roten Platz in Moskau säumten. Aber da es sich in London befand, gab es keinen Platz für eine große Freifläche, die die Masse des

Gebäudes hätte ausgleichen können. Stattdessen stand das Bürogebäude direkt an einer Hauptstraße, die entlang der Themse verlief. Der Fluss glitzerte zinnfarben in der Frühlingssonne, und einer der vielen Londoner Flussbusse tuckerte vorbei und pflügte Furchen ins Wasser, während er die Fahrgäste flussabwärts in Richtung Canary Wharf und Greenwich beförderte.

Bridget fand den Haupteingang des Gebäudes und eilte hinein. Zum zweiten Mal an diesem Tag musste sie ihr Handy ausschalten. Diesmal erhielt sie jedoch einen Schlüssel für ein Schließfach an der Wand, in dem sie es für die Dauer ihres Besuchs sicher aufbewahren konnte. Ein Sicherheitsbeamter wies ihr dann den Weg zu einer Sicherheitskapsel. Sie ging hinein und die Türen der Kapsel schlossen sich hinter ihr. Als sie auf der anderen Seite wieder herauskam, warteten ein Mann und eine Frau auf sie.

„Inspector Hart", sagte der Mann und trat vor, um ihr die Hand zu schütteln. „Willkommen im Thames House."

Die Frau nickte, sagte aber nichts. Beide trugen anonyme dunkle Anzüge und hätten genauso gut Buchhalter oder Bankmanager sein können. Oder Auftragsmörder.

„Mit wem habe ich das Vergnügen?", fragte Bridget.

Der Mann lächelte. „John."

„Jane", sagte die Frau.

„Verstehe", sagte Bridget. „Haben Sie Visitenkarten?"

„Hier entlang, bitte", sagte „John" und ignorierte ihre Frage.

Sie brachten sie mit dem Aufzug in den siebten Stock und führten sie durch einen gesichtslosen Flur, in dem sich eine verschlossene Tür an die andere reihte, bis sie schließlich in einen Besprechungsraum gelangten. In dem Raum stand ein langer Tisch, der mit kreisförmigen Flecken von Kaffeetassen übersät war, ein Dutzend Stühle und sonst nicht viel. Es war ganz anders als in der saudischen Botschaft. Aber er bot einen herrlichen Blick auf den Fluss, auf die Glas- und Stahlbauten am gegenüberliegenden Ufer, und, eingebettet zwischen Bäumen gleich hinter der Lambeth Bridge, auf den Lambeth Palace, die offizielle Londoner Residenz des Erzbischofs von Canterbury. Bridget hatte das Gefühl, dass sie göttlichen Beistand brauchte, um bei diesen Leuten etwas zu erreichen.

Sobald sie Platz genommen hatten, ergriff „Jane" zum ersten Mal das Wort. „Ich möchte, dass Sie verstehen, dass dieses Treffen streng vertraulich ist. Nichts von dem, was Sie heute von uns hören, wird vor Gericht als Beweismittel zulässig sein, und wenn Sie Druck ausüben, werden wir alles abstreiten, was Sie behaupten. Wir können die Umstände des Mordes an Dr. Diane Gilbert erörtern, aber wir werden nicht in der Lage sein, uns zu anderen Angelegenheiten zu äußern. Ist das klar?"

Bridget antwortete in ihrem höflichsten, distanziertesten Ton. „Völlig klar."

„Wie Sie zweifellos wissen", fuhr die Frau fort, „ist der Sicherheitsdienst für die Spionageabwehr im Inland und die Bekämpfung des internationalen Terrorismus zuständig, wenn dieser die Sicherheit des Vereinigten Königreichs bedroht."

„Sie meinen, unsere Feinde auszuspionieren", sagte Bridget.

Jane starrte sie regungslos an. Der Mann warf einen Blick auf seine Uhr.

Bridget versuchte es mit einer weniger feindseligen Herangehensweise. „Ist es möglich, dass Diane Gilbert als Bedrohung für die nationale Sicherheit angesehen wurde?"

Diesmal antwortete John. „Dr. Gilbert war für uns eine Person von Interesse. Jemand mit ihrem Hintergrund und ihren Aktivitäten würde immer unsere Aufmerksamkeit erregen."

„Was können Sie mir über ihre Aktivitäten sagen?"

„Was wissen Sie bereits?"

Gott, es war mühsam, mit diesen Leuten zu reden. Es war wie Pokern, und Bridget war noch nie gut im Kartenspiel gewesen. In diesem Spiel hatten sie eindeutig mehr Übung als sie, und Bridget hatte keine andere Wahl, als die Karten auf den Tisch zu legen. „Als junge Frau wurde Diane Gilbert in Greenham Common wegen wiederholter Störung der öffentlichen Ordnung verhaftet. Später forschte sie zu politischen Fragen im Zusammenhang mit britischen und amerikanischen Waffenexporten in den Nahen Osten. Kurz vor ihrem Tod schrieb sie ein Buch, das, gelinde gesagt, kein gutes Licht auf die britische Regierung wirft und Verträge im Wert von mehreren Milliarden Pfund gefährdet."

„Sie war auch ein aktives Mitglied der CND, der Campaign for Nuclear Disarmament", fügte Jane hinzu.

Bridget fühlte sich, als hätte man ihr einen Krümel hingeworfen. Angesichts der politischen Ansichten von Diane Gilbert war das keine Überraschung. Wahrscheinlich waren alle Frauen in Greenham Common Mitglieder der CND. Das war der Punkt. Sie wartete auf weitere Informationen, aber John und Jane hatten nichts hinzuzufügen. Bridget war verdammt, wenn sie den ganzen Weg hierhergekommen war, nur um etwas zu erfahren, das sie sich bereits selbst zusammengereimt hatte. „Angesichts von Dianes politischem Hintergrund, ihren Forschungsinteressen und der Tatsache, dass sie bewusst ein kontroverses Buch geschrieben hatte", sagte sie, „ganz zu schweigen von der Tatsache, dass sie eine Morddrohung erhalten hatte, muss ich die Möglichkeit in Betracht ziehen, dass ihr Tod ein politisch motiviertes Attentat war."

Sie wartete ab, um zu sehen, welche Wirkung das haben würde.

„Was hat Ihr Kontakt in der saudischen Botschaft zu dieser Theorie gesagt?", fragte John.

Bridget versuchte, ihre Überraschung zu verbergen. Sie hatte nichts von ihrem Besuch in der Botschaft erzählt. Niemand wusste davon, außer ihrem Team – und Dearlove. „Woher wussten Sie davon?", fragte sie.

„Es ist unser Job, es zu wissen." War das etwa ein spöttisches Lächeln auf Johns Lippen?

Die Frau blieb mürrisch wie immer.

„Die Saudis bestreiten jede Beteiligung", sagte Bridget.

„Was haben Sie denn erwartet?", fragte John mit einem gönnerhaften Lächeln.

„Nicht viel", gab Bridget zu. „Aber bisher haben Sie mir noch weniger erzählt als sie. Ich bin hierhergekommen, weil ich mir Hilfe erhofft habe. Darf ich Sie daran erinnern, dass eine britische Staatsbürgerin ermordet wurde? Wie kann der Mord an einer Zivilistin als Bedrohung der nationalen Sicherheit angesehen werden?"

Sie merkte, dass ihre Anschuldigung endlich ins Schwarze getroffen hatte. John öffnete den Mund, um zu sprechen, aber Jane hob die Hand, um ihn zu stoppen. „Wir tun unser Bestes, um Ihnen zu helfen, Inspector Hart. Aber vielleicht stellen Sie nicht die richtigen Fragen."

„Welche Fragen sollte ich denn stellen?"

Doch das rief nur ein Kopfschütteln hervor.

Bridget versuchte es erneut. „Glauben Sie, dass der saudische Sicherheitsdienst eine Rolle bei der Ermordung von Diane gespielt hat?"

„Wenn wir Beweise hätten, die auf diese Möglichkeit hindeuten, würden wir eigene Ermittlungen anstellen."

„Und tun Sie das?"

„Das kann ich nicht beantworten."

„Ist es dann möglich, dass der britische Sicherheitsdienst etwas mit ihrem Tod zu tun hat?", fragte Bridget.

Jane hatte eine Antwort parat. „Entgegen der landläufigen Meinung" – sie warf einen abfälligen Blick in Bridgets Richtung – „ist es unseren Beamten strengstens untersagt, das Gesetz zu brechen. Es wäre also unmöglich, dass wir einen Mord begangen haben oder in irgendeine illegale Handlung verwickelt waren."

„Ich verstehe", sagte Bridget. Es war die klarste und eindeutigste Antwort, die sie an diesem Tag erhalten hatte, und sie schätzte, dass es das Beste war, worauf sie hoffen konnte. Es war genau das, was sie die ganze Zeit erwartet hatte – ein klares Dementi, dass die Sicherheitsdienste an einem außergerichtlichen Mord beteiligt waren. Eine Mauer, die sich ihr in den Weg stellte.

„Andererseits", fügte John hinzu, „nehmen unsere Informanten die Dinge manchmal selbst in die Hand."

„Ihre Informanten?"

„Manchmal auch als Agenten bekannt. Mitglieder der Öffentlichkeit, die inoffiziell in unserem Auftrag als Informationsbeschaffer tätig sind. Sie führen verdeckte Aktivitäten durch und erstatten uns auf *Ad-hoc*-Basis Bericht."

„Und haben Sie einen Informanten in Oxford?"

„Ich fürchte, dazu können wir uns nicht äußern. Das würde unsere Operationen gefährden und unseren Agenten in Gefahr bringen. Wenn es denn einen gäbe."

Jane stand auf und schob ihren Stuhl lautstark zurück. „Ich glaube, wir sind hier fertig."

John stand ebenfalls auf und Bridget war gezwungen, ihm zu folgen. Das Spiel war vorbei. Sie war sich nicht sicher, wie gut sie gespielt hatte, aber die Chancen standen von Anfang an schlecht für sie. „Wenn ich weitere Fragen habe, kann ich mich dann noch einmal an Sie wenden?", fragte sie, als sie ins Erdgeschoss hinuntergingen.

„Nein, ich fürchte, das ist nicht möglich", sagte John. „Aber es war sehr nett, Ihre Bekanntschaft zu machen." Er schüttelte ihre Hand, als er sie zum Sicherheitstor führte. Wie zuvor machte Jane keine Anstalten, es ihm gleichzutun.

★

„Schon Glück gehabt, Kumpel?"

Jake sah von seinem Computer auf, wo er seine Notizen in die HOLMES-Datenbank eingegeben hatte. „Hm?"

„Hast du schon Dates klargemacht?", fragte Ryan, setzte sich auf die Kante von Jakes Schreibtisch und schob dabei ein paar Papiere auf den Boden.

Jake bückte sich genervt, um sie aufzuheben. „Pass auf,

wo du deinen fetten Hintern parkst. Und sprich bitte etwas leiser, ja?" Er warf einen Blick in Ffions Richtung, aber sie war nicht an ihrem Platz. „Ich dachte, du wolltest wissen, ob ich den Fall gelöst habe."

„Nein, ich frage nach den wichtigen Dingen."

Jake loggte sich aus der Datenbank aus und fuhr den Computer herunter. Es war offensichtlich, dass er heute keine Arbeit mehr erledigen würde. „Ob du es glaubst oder nicht, ich habe schon ein paar Antworten."

„Du klingst überrascht."

„Nun …" Eigentlich war Jake ziemlich überwältigt, wie schnell sein Profil Aufmerksamkeit erregt hatte. Er hatte gehofft, dass sich vielleicht ein oder zwei Mädchen melden würden, aber so schnell mehrere Antworten von attraktiven Frauen zu bekommen … Nun, das war gut für das Selbstbewusstsein eines Mannes, nicht wahr?

„Ich habe dir doch gesagt, dass es funktioniert", sagte Ryan selbstgefällig. „Also, hast du schon ein Date ausgemacht?"

„Noch nicht. Ich will mir erst alle genau ansehen, bevor ich meine Entscheidung treffe."

Ryan stieß einen Seufzer aus, und Jake war klar, dass weitere Ratschläge auf ihn zukamen. „Nein, nein, du verstehst das völlig falsch. Du sollst nicht ewig darüber nachdenken, sonst denken sie, dass du nicht interessiert bist. Du brauchst keine Entscheidungen zu treffen. Antworte einfach allen."

„Allen?"

„Ja, erst ein bisschen plaudern, dann eine Einladung zum Ausgehen. Diese Mädchen bekommen eine Menge Aufmerksamkeit. Wenn du zu langsam bist, verpasst du deine Chance."

„Aber wie soll ich sie alle einladen? Was, wenn alle Ja sagen?"

„Versuch es jeden Abend mit einer anderen. So findest du schnell heraus, wer die Richtige für dich ist."

Ryan lehnte sich lässig zurück und schob noch ein paar Papiere vom Schreibtisch. Er sah aus wie ein Mann, der

genau wusste, wovon er sprach. Aber Jake war sich da nicht
so sicher. War das der Grund, warum Ryan trotz angeblich
unzähliger Dates nie eine feste Bindung eingegangen war?

„Hier, gib mir dein Handy, lass mal sehen."

Widerwillig gab Jake ihm sein Handy. Ryan öffnete die
App und begann, durch die Ergebnisse zu scrollen. „Was
ist mit ihr?"

Die erste Frau, die geantwortet hatte, war ein
schwarzhaariges, blasses Mädchen, dessen Augen stark mit
schwarzer Mascara und Eyeliner geschminkt waren. Sie
behauptete, ihr Name sei Winter.

„Sie sieht ziemlich gruselig aus."

Ryan scrollte weiter und blätterte mit dem Daumen
gemächlich durch die Liste. „Was ist mit der hier? Sie sagt,
sie steht auf Typen mit viel Sinn für Humor. Klingt nach
Spaß. Sie sieht auch nett aus."

„Zeig mal", sagte Jake.

Das Foto zeigte eine Frau mit blondem, gewelltem
Haar, das ihr bis zu den Schultern reichte. Ihre vollen
Lippen waren zu einem großzügigen Lächeln geformt.

„Ihr Name ist Tilly", sagte Ryan.

„Das kann doch kein echter Name sein, oder?", fragte
Jake.

„Das ist wahrscheinlich eine Abkürzung von
irgendwas. Matilda, Natalie, Tallulah ... Warum
verabredest du dich nicht mit ihr und fragst sie selbst?"

„Ich weiß nicht ..."

„Du hast doch nichts zu verlieren."

Jake warf wieder einen Blick auf Ffions Schreibtisch. Er
war immer noch leer. Genau wie sein sozialer
Terminkalender. Ryan hatte recht – er hatte buchstäblich
nichts zu verlieren. „Na gut", sagte er. „Ich schicke ihr eine
Nachricht. Mal sehen, ob sie sich mit mir auf einen Drink
treffen will."

Er nahm sein Handy und tippte hastig eine Nachricht,
bevor ihn der Mut verließ. Es war einfacher, als ein
Mädchen persönlich um ein Date zu bitten, aber seine
Finger zitterten trotzdem, als er die Worte eingab. Die

Vorstellung, dass sie ihn zurückweisen könnte, erschien ihm plötzlich beängstigend – fast so beängstigend wie die Aussicht, dass sie die Einladung annehmen könnte. Wie lange würde er auf eine Antwort warten müssen?

Ihre Antwort kam, noch bevor er seinen Mantel angezogen hatte. Sie würde sich gerne heute Abend mit ihm treffen. Fünf Minuten später hatten sie sich auf Zeit und Ort geeinigt – ein Pub in der Cowley Road, nicht weit von Jakes Wohnung entfernt. Es blieb gerade genug Zeit, um nach Hause zu fahren, zu duschen und sich umzuziehen.

★

Normalerweise hätte Bridget nichts lieber getan, als einen Tag in London zu bleiben, das geschäftige Treiben der Hauptstadt zu genießen, ein oder zwei Stunden in einer Galerie oder einem Museum zu verbringen, und den Tag dann in einem Restaurant ausklingen zu lassen. Aber heute war ein Arbeitstag, es gab keine Galerien oder Restaurants – nicht einmal Zeit für einen kurzen Stopp an einer Sandwich-Bar – und die Hektik der Großstadt war einfach nur anstrengend. Ihre Besuche in der saudischen Botschaft und beim MI5 hatten sie nicht wirklich weitergebracht, aber vielleicht waren ihre Erwartungen auch zu hoch gewesen. Was hatte sie sich erhofft? Ein unterschriebenes Geständnis? Vielleicht sollte sie einfach froh sein, dass sie es geschafft hatte, rein und wieder raus zu kommen, ohne dass ihr etwas Schlimmes zugestoßen war. Sie drehte sich um und blickte hinter sich, halb in der Erwartung, eine schattenhafte Gestalt in Regenmantel und Filzhut auf der Straße lauern zu sehen, aber da war niemand Unheimliches, nur die übliche Mischung von Menschen, denen man in London begegnete.

Sie war gestresst, müde und hungrig und musste zurück nach Oxford.

Sie ging noch ein Stück weiter, bis zur Tate Gallery, und überlegte, ob zehn Minuten in der Präraffaeliten-

Sammlung ihre Laune verbessern würden, als ihr Handy mit einer eingehenden Nachricht vibrierte. Zu ihrer Freude war es eine Nachricht von Jonathan. Er war in Heathrow gelandet und saß im Heathrow Express nach Paddington, von wo aus er einen Zug nach Oxford nehmen würde.

Bridget rief ihn sofort zurück. „Hi, ich bin's. Du brauchst keinen Zug zu nehmen. Ich bin auch in London. Wir treffen uns in Paddington."

„Sehen wir uns an der Uhr?", sagte Jonathan.

„Ich werde da sein", sagte Bridget.

Sie machte sich auf den Weg zur nächsten U-Bahn-Station Pimlico, und zwanzig Minuten später stand sie unter der berühmten dreiseitigen Uhr auf Bahnsteig eins, während hektische Pendler zu den Zügen eilten. Nur die Bronzestatue von Paddington Bear, der rittlings auf seinem ramponierten Lederkoffer unter der Uhr saß, schien in der geschäftigen Station zur Ruhe zu kommen.

Als Jonathan mit einem kleinen schwarzen Koffer aus der Menge auftauchte, lief Bridget ihm in die Arme.

„Wie romantisch", lachte er. „Jetzt fehlt nur noch ein Dampfzug und Orchestermusik."

„Ich habe dich vermisst."

„Ich habe dich auch vermisst. Nächstes Mal musst du dir freinehmen und mit mir kommen. Hast du Hunger?"

„Ich bin am Verhungern."

„Dann komm", sagte Jonathan und nahm ihre Hand. „Ich kenne den perfekten Italiener in Soho. Die Tagliatelle mit Trüffelrahmsoße sind ein Gedicht."

KAPITEL 20

Bevor ich auf die Einzelheiten meiner gestrigen Reise nach London eingehe", sagte Bridget, „hat jemand Neuigkeiten für mich?"

Sie war immer noch satt vom Abendessen in Soho am Vorabend. Das Restaurant lag versteckt in einem Labyrinth von Gassen nahe der Shaftesbury Avenue. Bei köstlichen Pastagerichten, einem üppigen Schokoladendessert und einer Flasche Hauswein hatte Jonathan ihr von seiner Zeit in New York erzählt, und sie hatte ihm von der saudischen Botschaft und dem MI5 berichtet, natürlich ohne auf die Details des Falles einzugehen. Sie hatte zufrieden zugehört, während er vom Metropolitan Museum of Art, dem Guggenheim und der Frick Collection erzählte und von all den schillernden Persönlichkeiten, die er auf seiner Reise getroffen hatte. Schließlich hatten sie einen späten Zug zurück nach Oxford genommen, und Bridget war fast sofort eingeschlafen, sobald ihr Kopf das Kissen berührte.

Jetzt war ihr sehr bewusst, dass sie einen ganzen Tag lang nicht im Büro gewesen war, und war gespannt, welche Fortschritte alle in ihrer Abwesenheit gemacht hatten.

Ryan ergriff als Erster das Wort. „Wir haben den toxikologischen Bericht erhalten", sagte er und wedelte mit einem Stapel Papiere in der Luft. „Definitiv kein Nowitschok, also können wir die Russen ausschließen." Es war noch etwas früh am Morgen für einen von Ryans Scherzen und seine Bemerkung wurde mit kaum mehr als einem höflichen Kichern quittiert. „Aber", sagte er und fuhr unbeirrt fort, „sie wurde definitiv vergiftet. Sie haben ungewöhnlich hohe Konzentrationen von Phosphor, Magnesium und Kalium in ihrem Blut gefunden. Die Jungs im Labor waren ganz aus dem Häuschen."

Bridget zog fragend eine Augenbraue hoch.

„Ja", sagte Ryan. „Diese spezielle Kombination hatten sie noch nie gesehen. Magnesiumvergiftungen sind extrem selten, weil es normalerweise von den Nieren aus dem Blut gefiltert wird, aber in sehr hohen Mengen kann es zum Herzstillstand führen. Auch Kalium kann in sehr hohen Blutserumkonzentrationen zu Herzversagen führen, so dass eine Kombination aus Magnesium und Kalium, direkt ins Herz injiziert ... Nun, das wäre sehr heftig."

„Und Phosphor auch, sagten Sie?"

„Ja. Sie waren sich nicht ganz sicher, wie das wirken würde. Aber sie waren zuversichtlich, dass die drei Substanzen zusammen einen tödlichen Cocktail ergeben würden, mit fast sofortiger Wirkung."

„Das erklärt auch, warum Diane noch in ihrem Bett lag, als wir sie fanden", sagte Bridget. „Sie hatte keine Zeit, sich zu bewegen oder um Hilfe zu rufen." Das war ein weiteres Indiz dafür, dass der Angreifer genau wusste, was er tat. „Jake, was ist mit Ihnen?"

Jake saß im hinteren Teil des Raumes, die Hände um seine Leeds-United-Kaffeetasse geschlungen. Er wirkte abgelenkt, schaute aber auf, als sein Name fiel. „Ja. Ich habe mir ihre Telefonaufzeichnungen besorgt. In der Nacht ihres Todes gab es keine Anrufe, aber in den vierundzwanzig Stunden davor hat sie mit ihrem Agenten, ihrer Verlegerin, einigen ihrer Arbeitskollegen am Blavatnik und ihrer Familie gesprochen. Oh, und auch mit dem Journalisten Michael Dearlove."

„Ich nehme an, es ging um das Interview beim Literaturfestival", sagte Bridget. „Was ist mit ihren Bankkonten?"

„Ah, da wird es interessanter. Diane hatte nur ein Bankkonto, und ich habe mir ihre Kontoauszüge des letzten Jahres angesehen. Sie hat eine Menge Geld ausgegeben. Neben den üblichen Rechnungen für Restaurants, Kleidung und so weiter hat sie in den letzten zwölf Monaten viele Renovierungsarbeiten an ihrem Haus durchführen lassen. Und das war definitiv kein Schnäppchen."

Bridget erinnerte sich an die hochwertige Einrichtung des Hauses und ihren Eindruck, dass alles wie aus einem Katalog wirkte. „War sie kürzlich zu Geld gekommen?"

„Nun, vor einem Monat kam eine Zahlung von ihrem Verlag."

„Ich nehme an, das war der Vorschuss für ihr Buch", sagte Bridget. „Genug, um die Arbeiten am Haus zu bezahlen?"

„Bei weitem nicht. Sie bekommt auch ein monatliches Gehalt von der Universität. Ich habe es überprüft und es entspricht dem, was man für eine Dozentin mit ihrer langjährigen Erfahrung erwarten würde. In etwa so viel wie das Gehalt eines Detective Inspectors, Ma'am."

„Genug, um die Rechnungen zu bezahlen und etwas zur Seite zu legen." Bridget kam mit ihrem Einkommen gut aus, aber teure Renovierungsarbeiten an ihrem Haus in Wolvercote konnte sie sich nicht leisten.

„Aber da ist noch etwas", sagte Jake.

„Ja?"

„Sie erhielt auch monatliche Zahlungen von einer Firma namens Per Sempre Holdings. Diese Zahlungen schwankten von Monat zu Monat, aber sie lagen weit über dem, was sie von der Universität oder ihrem Verleger bekam."

„Haben Sie die Kontoauszüge?", fragte Bridget.

Jake reichte sie ihr. Die mysteriösen Zahlungen hatte er

mit orangefarbenem Textmarker hervorgehoben. Bridgets Augen wurden groß, als sie die Summen sah. Kein Wunder, dass Diane Gilbert ihre Küche mit hochwertigen Geräten hatte ausstatten können.

„Ich habe mir auch ihre Steuererklärung angesehen", sagte Jake. „Diese Zahlungen laufen schon seit mehreren Jahren und werden immer größer. Sie hat sie in ihrer Steuererklärung als Unternehmensdividenden deklariert."

Bridget sah sich erneut die Kontoauszüge an. „Was wissen wir über diese Per Sempre Holdings?"

„Das Unternehmen ist auf den Cayman Islands registriert, deshalb ist es nicht so einfach, Details zu erfahren. Ich habe einen Antrag auf Offenlegung gestellt, aber der ist noch ausstehend."

„*Per sempre* ist italienisch und bedeutet ‚für immer'", sagte Ffion.

„Italienisch?" Ryans Interesse war geweckt. „Glaubst du, es ist eine Mafia-Geschichte?"

„Könnten diese Zahlungen Bestechungsgelder sein?", fragte Andy.

„Oder hat Diane Gilbert jemanden erpresst?", schlug Harry vor.

„Lassen wir uns noch alle Möglichkeiten offen, ja?", sagte Bridget. „Zumindest bis Jake etwas mehr über diese Firma herausgefunden hat."

Sie drehte sich zu Ffion um, die bis jetzt nichts über ihre Fortschritte gesagt hatte. „Was gibt es Neues mit dem Handy und dem Laptop?"

„Nicht viel", sagte Ffion. „Ihr Telefon ist voll mit privaten und geschäftlichen Nachrichten und mit diesen kitschigen Liebesromanen, die ich bereits erwähnt habe."

Hinten im Raum kicherte Ryan und stieß Jake in die Rippen. Jake wurde sofort rot.

Ffion fuhr fort, ohne auf das Verhalten der Männer zu achten. „Ihre E-Mails und Nachrichten kamen größtenteils von Familienmitgliedern und Arbeitskollegen."

„Irgendwas besonders Interessantes?"

„Vielleicht. Vielleicht auch nicht. Diane hat immer wieder versucht, mit ihrem Sohn Daniel Kontakt aufzunehmen, aber er hatte immer eine Ausrede, um ihr aus dem Weg zu gehen. Sie scheint nicht viele Freunde gehabt zu haben, aber sie traf sich regelmäßig mit ihrer Schwester und auch mit ihrem Ex-Mann, was ich etwas merkwürdig finde. Was die Arbeit betrifft, so bestätigen die Nachrichten zwischen ihr und ihrem Chef am Blavatnik, was wir bereits wussten, nämlich dass zwischen den beiden eine ziemliche Feindseligkeit herrschte."

„Und der Laptop?"

Ffions Gesicht verzog sich. „Er ist verschlüsselt. Das heißt, ich kann die Daten auf der Festplatte nicht lesen, es sei denn, ich finde das Passwort heraus."

„Okay", sagte Bridget. „Nun, versuchen Sie es weiter."

Sie spürte, dass alle darauf warteten, etwas über ihre Reise nach London zu erfahren, also gab sie ihnen eine Zusammenfassung und erzählte alles, was ihre anonymen und pseudonymen Kontakte ihr erzählt hatten. Und das war im Nachhinein betrachtet enttäuschend wenig.

„Sie streiten also beide jede Beteiligung ab", schloss Jake.

„Nun, klar tun sie das, nicht wahr?", sagte Ryan.

„Bringt uns das weiter?", fragte Andy.

Auch Bridget hatte viel über diese Frage nachgedacht.

„Mein Kontakt in der Botschaft meinte, dass die Morddrohung vielleicht nicht ernst gemeint war, sondern nur dazu diente, Diane einzuschüchtern."

„Also könnte die Person, die ihr den Brief geschickt hat, nicht dieselbe sein, die sie ermordet hat?", fragte Ffion.

„Das ist eine Möglichkeit", räumte Bridget ein. „Oder es könnte nur ein Ablenkungsmanöver sein, um uns auf eine falsche Fährte zu locken. Eine andere Möglichkeit ist das, was der MI5 angedeutet hat. Dass ein abtrünniger Agent in Oxford operiert und den Mord an Diane selbst in die Hand genommen hat."

„Sie haben nicht zugegeben, einen Informanten zu

haben?", fragte Andy.

„Nein, aber ich denke, sie hätten es nicht angedeutet, wenn es keinen Informanten gäbe."

„Also haben sie Ihnen einen Schubs in die richtige Richtung gegeben, ohne die Existenz eines Agenten zu bestätigen."

„Ja. Oder sie haben mich in die falsche Richtung geschubst." Bridgets Einführung in Spionage und Gegenspionage hatte sich als äußerst frustrierend erwiesen. In dieser undurchsichtigen Welt waren Freund und Feind nicht zu unterscheiden und gleichermaßen unkooperativ. Immerhin war ihr Kontakt in der saudischen Botschaft zuvorkommend gewesen. Der MI5 hatte ihr nicht einmal eine Tasse Tee angeboten.

„Wir müssen also nur noch den MI5-Informanten finden, und schon ist der Fall gelöst?", fragte Andy.

„Professor Al-Mutairi vom Blavatnik", schlug Ffion vor. „Er passt ins Profil. In guter Stellung, hat viele Kontakte. Sympathisiert mit der Politik der britischen Regierung im Nahen Osten. Er war gegen die Aktivitäten von Diane Gilbert und glaubte, dass sie das Blavatnik in Verruf brachte. Nach dem Streit, als er drohte, sie zu feuern, schickte sie ihm eine E-Mail, in der sie ihm mitteilte, dass sie ihn bloßstellen würde, wenn er das täte."

„Ihn wegen was bloßstellen?"

„Das stand nicht in der Nachricht."

„Nun, er ist sicherlich der offensichtlichste Kandidat", stimmte Bridget zu. „Al-Mutairi könnte Diane eine Morddrohung geschickt haben, um sie von der Veröffentlichung ihres Buches abzuhalten, oder er könnte einfach persönliche Gründe gehabt haben, ihren Tod zu wollen. Aber wenn er ein MI5-Agent ist, wird er es wahrscheinlich nicht zugeben, und der MI5 auch nicht."

„Was sollen wir dann tun?", fragte Jake.

Bridget lächelte. „Rütteln wir an seinem Käfig und sehen, wie er reagiert."

KAPITEL 21

Inspector Hart, das ist ja eine Überraschung."
Diesmal war Bridget unangemeldet in der
„Blavatnik School erschienen, um Professor Al-
Mutairi auf dem falschen Fuß zu erwischen, indem sie ihn
nicht im Voraus über ihren Besuch informierte. Doch
wenn sie gehofft hatte, ihn dabei zu ertappen, wie er
verschlüsselte Nachrichten an seinen MI5-Kontakt
schickte, wurde sie enttäuscht. Stattdessen war er damit
beschäftigt, die gelb blühenden Pflanzen in seinem Büro
mit einer winzigen Gießkanne mit langer, dünner Tülle zu
gießen, wie er es alle zwei Wochen tat. Den lateinischen
Namen der Pflanzen hatte sie bereits vergessen. Al-Arfaj,
so hatte er sie genannt. So wie er winzige Mengen Wasser
in ihre Töpfe träufelte, bekamen sie bestimmt nicht zu viel.

Bridget betrachtete ihn genau. Wirkte er ein bisschen
weniger entspannt als beim letzten Mal? War seine
charmante Art ein wenig gezwungener? „Ich habe noch ein
paar Fragen zum Mord an Diane Gilbert", sagte sie.

Er stellte die Gießkanne auf die Fensterbank neben
eine Flasche Pflanzendünger und bedeutete ihr, Platz zu
nehmen. „Ich hatte nicht angenommen, dass das ein

Freundschaftsbesuch ist." Er bemühte sich, seine Stimme ruhig klingen zu lassen, konnte aber einen unterschwelligen Anflug von Besorgnis nicht verbergen. Er setzte sich ihr gegenüber, lehnte sich zurück und verschränkte seine langen Finger ineinander.

Bridget ließ ihm keine Zeit, es sich bequem zu machen. „Wo waren Sie am Donnerstagabend? In der Nacht, in der Diane ermordet wurde."

„Bin ich plötzlich ein Verdächtiger?"

„Wenn Sie die Frage bitte beantworten würden."

„Natürlich. Ich habe an dem Abend lange gearbeitet. Ich wollte vor dem Wochenende noch einen Artikel fertigstellen."

„Um wie viel Uhr haben Sie Ihr Büro verlassen?"

„Ich würde sagen, so gegen halb elf. Und dann bin ich zu Fuß nach Hause in die Walton Street gegangen."

„Kann das jemand bestätigen?"

„Ich fürchte nein. Ich lebe allein."

„Was ist mit Ihren Nachbarn? Haben die Sie vielleicht nach Hause kommen sehen?"

„Das bezweifle ich. Auf beiden Seiten sind Studentenwohnheime. Die Bewohner sind entweder spät unterwegs oder hören laute Musik."

„Und niemand hat Sie das Gebäude verlassen sehen?"

„Ich glaube, ich war die letzte Person, die das Gebäude verlassen hat."

Also kein Alibi. Und doch schien der Professor darüber nicht besonders beunruhigt zu sein. Er schien sich im Laufe des Gesprächs immer mehr zu entspannen. Bridget musste Al-Mutairis polierte Fassade durchdringen und herausfinden, was sich dahinter verbarg. Bei ihrem letzten Besuch hatte sie einen kurzen Blick auf seine Wut erhascht. Nun versuchte sie, sie zu provozieren.

„Einige Ihrer Mitarbeiter haben berichtet, dass Sie sich in den Tagen vor Dianes Tod mit ihr gestritten haben."

Er nickte. „Das mag stimmen. Wir waren oft unterschiedlicher Meinung."

„Und doch waren Sie ihr Chef. War es angemessen, bei

Meinungsverschiedenheiten laut zu werden?"

Al-Mutairi ließ sich nicht darauf ein. „Wenn ich meine Stimme erhoben habe, bedaure ich das. Aber Diane hat genauso viel geschrien wie ich – wenn nicht mehr. Es war sehr schwierig, sie zu handhaben. Sie weigerte sich, vernünftig zu sein."

„Haben Sie ihr gedroht?"

„Ich neige nicht dazu, Drohungen auszusprechen."

„Ein Zeuge sagt, er habe gehört, wie Sie ihr mit Entlassung gedroht hätten."

„Er hat sich vielleicht verhört. Oder es missverstanden. Eine solche Drohung würde ich sicher nicht aussprechen."

Bridget ließ nicht locker. „Nach diesem Treffen – oder sollten wir es ‚Streit' nennen? – hat Diane Ihnen eine E-Mail geschickt. Darin schrieb sie, dass sie Sie bloßstellen würde, wenn Sie versuchen würden, sie zu feuern. Erinnern Sie sich, eine solche Nachricht erhalten zu haben?"

Al-Mutairis Miene verriet nichts. „Ich glaube, ich erinnere mich. Aber ich habe keine Ahnung, worauf sie angespielt haben könnte. Wenn ich mich recht erinnere, hat sie nicht konkretisiert, weswegen sie mich bloßstellen wollte." In seinen Augen blitzte nun ein Hauch von Belustigung auf.

Bridget änderte ihre Taktik. „Sie haben sehr deutlich gemacht, dass Sie Dianes politische Ansichten nicht teilen. Glauben Sie, dass sie eine Gefahr für die nationale Sicherheit war?"

„Wenn Sie mich schon fragen, ja. Ich denke, dass Diane und ihresgleichen potenziell schädlich für die Stabilität der westlichen Demokratie sind."

„So schädlich, dass es sich lohnt, sie ein für alle Mal zum Schweigen zu bringen?"

„Jetzt legen Sie mir Worte in den Mund", sagte Al-Mutairi, zum ersten Mal in diesem Gespräch gereizt.

„Wie wäre es mit einer Morddrohung, um sie einzuschüchtern? Damit sie sich zweimal überlegt, welche Linie sie fährt?"

„So wie ich Diane kannte, würde ich sagen, dass eine Morddrohung bei jemandem mit ihren Überzeugungen und ihrem Temperament höchstwahrscheinlich zu einer noch härteren Linie führen würde."

„Sind Sie sich da sicher? Sie hat sich überreden lassen, Polizeischutz zu akzeptieren, also muss sie besorgt gewesen sein, auch wenn sie es vielleicht nicht zugegeben hat."

Al-Mutairi zuckte mit den Schultern. „Ich weiß nicht, was sie wirklich über die Morddrohung dachte. Aber was auch immer es war, ich kann Ihnen versichern, dass sie nicht von mir kam." Er sah auf seine Uhr. „Gibt es sonst noch etwas? Ich treffe mich in fünf Minuten mit einem meiner Doktoranden."

Wie praktisch. Aber vielleicht war dies ein unmissverständliches Zeichen dafür, dass er sie aus seinem Büro haben wollte. Bridget blieb sitzen. „Dann haben wir ja noch fünf Minuten. Es würde uns bei unseren Ermittlungen ungemein helfen, wenn Sie mir eine Probe Ihrer Handschrift geben könnten."

Seine Augen verengten sich, aber er stellte ihre Bitte nicht in Frage. „Gut." Er öffnete seine Schreibtischschublade, griff hinein und holte einen Block mit liniertem Papier heraus. „Was soll ich schreiben?"

„Was immer Sie möchten."

„Auf Englisch oder Arabisch?"

„Englisch, bitte."

Er nahm einen silbernen Füllfederhalter und schrieb mit blauer Tinte ein paar geschwungene Zeilen. Als er fertig war, schob er sie ihr über den Schreibtisch zu. „Wird das reichen?"

Bridget überflog das Blatt. Es enthielt mehrere Zeilen wunderschön handgeschriebener Prosa. Sie steckte es in eine Mappe und erhob sich. „Vielen Dank für Ihre Kooperation, Professor Al-Mutairi. Ich finde selbst hinaus."

Draußen vor seinem Büro blieb sie stehen und las, was er geschrieben hatte.

Aus dem Leid sind die stärksten Seelen hervorgegangen; die gewaltigsten Charaktere sind von Narben gezeichnet. Khalil Gibran.

KAPITEL 22

Bridget gab Jake den Zettel, den Professor Al-Mutairi geschrieben hatte, und bat ihn, ihn so schnell wie möglich an die Forensik weiterzuleiten. Zweifellos würde sie bis zum nächsten Tag warten müssen, um zu erfahren, ob Al-Mutairis Handschrift mit der auf der Morddrohung übereinstimmte, und Bridget war es leid, auf Antworten zu warten. Die Finanzbehörden auf den Cayman Islands zögerten zwar mit der Offenlegung von Einzelheiten über die mysteriöse Per Sempre Holdings, aber vielleicht gab es einen einfacheren und schnelleren Weg, die Quelle von Diane Gilberts Geld ausfindig zu machen. Bridget wählte die Nummer von Dianes Verlegerin und wartete geduldig auf die Verbindung. Nach dem zweiten Klingeln wurde der Anruf entgegengenommen.

„Jennifer Eagleston am Apparat, wer ist da?" Im Hintergrund konnte Bridget Straßenlärm und das Gewusel von Fußgängern hören.

„Detective Inspector Bridget Hart. Ich habe mich gefragt, ob Sie Zeit für ein Gespräch hätten? Ich habe ein paar Fragen zu Diane Gilbert im Zusammenhang mit der

Mordermittlung."

„Sicher. Ich bin zufällig noch in Oxford. Ich habe ein paar Veranstaltungen des Literaturfestivals besucht. Eigentlich wollte ich gerade etwas essen gehen. Möchten Sie mich begleiten?"

Im Laufe ihrer Karriere als Detective hatte Bridget gelernt, eine Einladung zum Mittagessen niemals auszuschlagen. „Wo wollten Sie essen gehen?"

„Im Eagle and Child in St. Giles. Kennen Sie es?"

„Natürlich", sagte Bridget. „Ich bin in einer Viertelstunde da."

Das Eagle and Child, in der Gegend auch liebevoll *Bird and Baby* genannt, war eines der berühmtesten und geschichtsträchtigsten Pubs in Oxford. Es stammte aus dem 17. Jahrhundert und seine dunkle Holzvertäfelung und die freiliegenden Balken verströmten das behagliche Flair vergangener Zeiten. Das schmale Gebäude war immer gut besucht und in den Tagen vor dem Rauchverbot in englischen Pubs hing ständig eine dicke Rauchwolke unter der niedrigen, schrägen Decke. Heutzutage erfüllten die lebhaften Gespräche der Gäste die beengten Innenräume.

Bridget fand Jennifer an einem Tisch am Fenster, der durch eine dekorative Holzblende teilweise vom Rest der Bar abgeschirmt war.

„Ich komme immer hierher, wenn ich in Oxford bin", sagte die Verlegerin, als Bridget sich zu ihr setzte. „Ich liebe die Atmosphäre, und natürlich ist die literarische Verbindung faszinierend."

„J. R. R. Tolkien und C. S. Lewis", sagte Bridget.

Der Pub war berühmt dafür, einst das Stammlokal der *Inklings* gewesen zu sein, einer Gruppe von Schriftstellern aus Oxford, zu denen auch die Schöpfer der fantastischen Welten *Mittelerde* und *Narnia* gehörten.

„Genau", sagte Jennifer und strahlte über beide Ohren. „Ich kann mir richtig vorstellen, wie sie hier um einen Tisch sitzen, Pfeife rauchen und über Elfen, Hexen und den Kampf zwischen Gut und Böse diskutieren. Was würde ich nicht dafür geben, in die Vergangenheit zu reisen und bei einer ihrer Mittagsrunden Mäuschen zu spielen. Die Leute denken oft, dass Schriftsteller einsame Einzelgänger sind, die über ihren Manuskripten brüten, aber als Verlegerin kann ich Ihnen sagen, dass Schreiben ein viel kollaborativerer Prozess ist, als die Leute denken."

„Das glaube ich gern", sagte Bridget, die sich nicht vorstellen konnte, ein ganzes Buch allein zu schreiben. Wie lange würde ein solches Mammutprojekt dauern? Monate? Jahre? Ein ganzes Leben?

Sie bestellten Essen von der Tafel mit den Tagesgerichten hinter der Bar – Fischpastete für Bridget und Lancashire Hot Pot für Jennifer – und nahmen dann ihre Getränke mit an den Tisch.

„Haben Sie noch andere Autoren, die beim Festival ihre Bücher vorstellen?", fragte Bridget.

Jennifer schaute sich übertrieben geheimnisvoll um. „Behalten Sie das für sich", flüsterte sie, „aber ich hoffe, dass ich ein paar Autoren von konkurrierenden Verlagen abwerben kann. Das Festival bringt viele namhafte Autoren, Agenten und Verleger zusammen. Nach außen hin mag es gesittet wirken, aber hinter den Kulissen ist es manchmal ein einziges Schlachtfest." Ihr Telefon summte und sie warf einen kurzen Blick darauf, bevor sie es wieder in ihre voluminöse Umhängetasche steckte. „Tut mir leid, das war nur die Vertriebsabteilung, die mir die neuesten Zahlen von *Ein tödliches Rennen* geschickt hat."

„Oh?", sagte Bridget, neugierig, wie sich die Berichterstattung über Dianes Tod auf die Buchverkäufe auswirkte.

Jennifer brauchte keine große Ermutigung, um ihre Geschäftsgeheimnisse preiszugeben. „Ich muss sagen, dass die Verkaufszahlen weit über unseren Erwartungen liegen. Die Publicity für das Buch war fantastisch. Wir haben bereits eine zweite Auflage in Auftrag gegeben, was für ein Buch dieser Art von einer unbekannten Autorin fast unvorstellbar ist." Sie bückte sich und zog ein Exemplar der *Times Literary Supplement* heraus, um es Bridget zu zeigen. *„Ein tödliches Rennen* hat es auf die Titelseite der *TLS* geschafft und wird auch in der *New York Review of Books* vorgestellt. Es dürfte es locker in die Top Ten der *Sunday Times* schaffen, vielleicht sogar in die Bestsellerlisten der *New York Times* und *USA Today*. Auch bei *Amazon* ist es ein Bestseller in seiner Kategorie."

Jennifers offensichtliche Freude über den Verkaufserfolg des Buches wirkte ein wenig taktlos. „Verstehe", sagte Bridget. „Und Sie führen den Erfolg des Buches auf den zufälligen Mord an der Autorin zurück?"

„Oh, sehen Sie mich nicht so an, Inspector", sagte Jennifer. „Das Verlagsgeschäft ist hart. Man hört zwar von Debütautoren, die riesige Vorschüsse für ihre Bücher erhalten, aber diese Fälle machen nur einen winzigen Bruchteil aus. Die meisten Bücher, die wir von neuen Autoren veröffentlichen, bringen Verluste. Wir sind auf solche Glücksfälle angewiesen, um die Branche am Laufen zu halten."

„Ich bin mir nicht sicher, ob jeder einen Mord als ‚Glücksfall' bezeichnen würde. Und finden Sie es nicht bedauerlich, dass Diane keine Fortsetzung schreiben kann?"

„Nun, selbst das ist nicht unbedingt ein Problem", sagte Jennifer gelassen. „Mit Hilfe eines Ghostwriters könnten wir wahrscheinlich einige ihrer Forschungsarbeiten in ein Folgebuch verwandeln. Wenn es eine Nachfrage gibt, finden wir immer einen Weg, sie zu befriedigen."

Der Kellner brachte das Essen an den Tisch und sie unterbrachen ihr Gespräch, um herzhaft zuzugreifen. Die Fischpastete war köstlich cremig und mit dem perfekten Kartoffelpüree bedeckt.

„Apropos Geld", sagte Bridget, nachdem ihr Hunger zumindest teilweise gestillt war, „wir haben Dianes Bankkonten durchgesehen und eine Zahlung von fünftausend Pfund von Ihrer Firma gefunden, die letzten Monat überwiesen wurde."

„Das war wahrscheinlich die letzte Rate des

Vorschusses", sagte Jennifer, während sie sich über ihren Lancashire Hot Pot hermachte. „Bei Sachbüchern zahlen wir ein Drittel bei Vertragsunterzeichnung, das nächste Drittel bei Lieferung des Manuskripts und den Rest bei Veröffentlichung."

„Der gesamte Vorschuss betrug also fünfzehntausend Pfund?"

„Das ist korrekt."

„Und wie lange hat sie an dem Buch gearbeitet?"

Jennifer runzelte die Stirn. „Wenn man die ganzen Recherchen, die Planung, das Schreiben, das Überarbeiten und den letzten Schliff zusammennimmt, etwa drei Jahre, würde ich sagen."

„Diane hat also fünfzehntausend Pfund für drei Jahre Arbeit bekommen?" Auch ohne nachzurechnen, war sich Bridget ziemlich sicher, dass das weniger als der Mindestlohn war.

„Abzüglich des Honorars für ihren Agenten", sagte Jennifer. „Sie meinen, wir sollten unseren Autoren mehr zahlen?"

„Es steht mir nicht zu, das zu sagen", sagte Bridget.

Jennifer lächelte bitter. „Wie ich schon sagte, machen wir mit den meisten Erstlingswerken neuer Autoren Verluste. Wir gehen ein großes Risiko ein, wenn wir den Autor im Voraus bezahlen, zusätzlich zu den Kosten für den Druck des Buches. Oft ist das Buch ein Flop und wir sehen nie einen Gewinn, aber wenn es erfolgreich ist, erhält der Autor Tantiemen, sobald der Vorschuss ausgeglichen ist."

„Und wie lange dauert das normalerweise?"

Jennifer legte Messer und Gabel beiseite und griff nach ihrem Glas Mineralwasser. „Manchmal verdienen Autoren nie genug, um ihren Vorschuss auszugleichen – und der Verlag wird wahrscheinlich keine weiteren Bücher dieses Autors annehmen. Deshalb sind Verlage heutzutage immer weniger bereit, hohe Vorschüsse für Erstlingswerke zu zahlen. Ein Buch wie *Ein tödliches Rennen* hätte unter normalen Umständen den Vorschuss vielleicht in ein oder zwei Jahren wieder eingespielt, aber dann wäre es am Ende seines Lebenszyklus. Buchhandlungen wollen keine alten Bestände auf Lager haben, sondern ihre Regale mit Neuerscheinungen füllen. Wenn also die Titel des letzten Jahres zu schwer verkäuflich sind, werden die unverkauften Bestände an uns zurückgeschickt, damit wir sie entsorgen."

Bridget verzog das Gesicht bei dem Gedanken, dass all diese ungewollten Bücher zu Brei verarbeitet wurden. Jahre harter Arbeit und Millionen von Wörtern, die plötzlich von rotierenden Klingen verschlungen wurden.

„Die meisten Autoren erhalten also nie mehr als ihren Vorschuss?"

„Richtig."

Die Verlagswelt schien viel erbarmungsloser zu sein, als Bridget gedacht hatte, und sie würde sich nie wieder die Literaturfestivals und Bestsellerlisten ansehen können, ohne sich die rotierenden Klingen der Maschinen und die enttäuschten Autoren vorzustellen, deren Karrieren auf dem Müllhaufen der Geschichte gelandet waren.

„Gab es etwas Bestimmtes, worüber Sie mit mir sprechen wollten?", fragte Jennifer. „Ich habe gleich noch eine Veranstaltung."

„Ja, tatsächlich", sagte Bridget, legte ihr Besteck beiseite und nahm einen Schluck Lemonsoda. „Neben Dianes Universitätsgehalt und den Zahlungen Ihrer Firma wiesen ihre Kontoauszüge auch Zahlungen von einer Firma namens Per Sempre Holdings aus."

Jennifer sah sie verständnislos an. „Was ist Per Sempre Holdings?"

„Ich hatte gehofft, Sie könnten mir das sagen", sagte Bridget.

„Tut mir leid, davon habe ich noch nie gehört. Sind diese Zahlungen signifikant?"

„Es sind monatliche Zahlungen in fünfstelliger Höhe", sagte Bridget.

Die Augen der Verlegerin weiteten sich zu riesigen Kreisen. „Fünfstellig? Sie meinen, mehr als zehntausend

Pfund pro Monat?"

„Das ist korrekt", sagte Bridget.

„Ich weiß nicht, was ich dazu sagen soll", sagte Jennifer und schüttelte den Kopf. „Ich wünschte, ich könnte Ihnen helfen, wirklich, aber ich habe keine Ahnung, worum es bei diesen Zahlungen geht. Sie stammen auf jeden Fall nicht aus den Verkäufen ihres Buches."

KAPITEL 23

„Na, wie war's, Kumpel?"

Jake blickte von seinem Teller auf und sah, wie Ryan ihm gegenüber Platz nahm und sein Tablett ablud. „Du meinst mein Date?"

Ryan riss eine Tüte Tomatenketchup auf und verteilte den blutroten Inhalt über seinen Pommes. „Natürlich meine ich dein Date. Los, erzähl schon."

Jake legte sein Besteck mit einem lauten Klirren auf den Tisch. Den ganzen Morgen über hatte er sich in die Arbeit gestürzt, um den epischen Fehlschlag vom Vorabend zu verdrängen. Beim Mittagessen brauchte er daran nicht erinnert zu werden. In der Kantine gab es eines seiner Lieblingsgerichte – Brathähnchen, Pommes und Bohnen. Das war das Essen, das seine Mutter ihm jeden Freitagabend nach dem Fußballtraining gekocht hatte. Alles, was er wollte, war, es in Ruhe zu genießen. „Sagen wir einfach, es war kein großer Erfolg."

Ryan begann, sein Essen in Windeseile zu verschlingen, als könnte man es ihm wegnehmen, wenn er zu langsam war. „Warum nicht? Tilly sah auf dem Foto verdammt heiß aus. War das ihr echter Name?"

„Abkürzung für Matilda. Tillys Name war so ziemlich das Einzige, was an ihr echt war."

„Also, was war das Problem?", fragte Ryan, griff nach Salz und Essig und übergoss sein Essen damit. „Raus mit der Sprache." Er nahm eine Gabel voll Bohnen und stopfte sie sich in den Mund.

„Das Problem war, dass ihr Foto ein wenig veraltet war. Und wenn ich sage ein wenig, dann meine ich etwa zwei Jahrzehnte." Als Jake nervös, aber hoffnungsvoll den Pub betreten hatte, hatte er sich gefragt, ob er im richtigen Lokal war. Niemand sah auch nur annähernd so aus wie die junge, frische Frau, die er erwartet hatte. Die echte Tilly war um die vierzig, und es war offensichtlich, dass sie die letzten zwanzig Jahre nicht auf strenger Diät verbracht hatte. Tatsächlich schien ihr Hang zum Vergnügen ihrem Aussehen überhaupt nicht gutgetan zu haben. „Sie war zwanzig Jahre älter, als ich erwartet hatte, und zwanzig Pfund schwerer."

Ryan gluckste und klopfte Jake auf die Schulter. „Manchmal sind die Leute in ihren Online-Profilen nicht ganz ehrlich. Aber das ist doch zu erwarten. Jeder will sich von seiner besten Seite zeigen."

„Man kann sich also nicht auf das verlassen, was man online liest?" Diese Erkenntnis hätte ihn nicht überraschen sollen, vor allem nicht nach der langen Sitzung, in der er Diane Gilberts Social-Media-Konten durchforstet hatte.

„Man muss einfach offener für Überraschungen sein, mehr sage ich nicht. Erwarte nicht, dass alles genau so ist, wie es auf den ersten Blick scheint. Aber hey, an älteren Frauen ist nichts auszusetzen. Erfahrung kann eine gute Sache sein. War sie denn so lustig, wie sie klang?"

„Oh, sie war lustig, das kann man wohl sagen", sagte Jake und schob seine Bohnen mit der Gabel halbherzig über den Teller. „Sie hat eine ganze Flasche Wein weggekippt und den ganzen Abend kaum aufgehört zu lachen." Er erschauderte, als er sich die lebhaften Details seines katastrophalen Abends ins Gedächtnis rief.

„Und was ist am Ende passiert?", erkundigte sich Ryan.

„Hast du sie nach Hause gebracht?"

„Machst du Witze? Ich habe ihr ein Taxi gerufen und eine gute Nacht gewünscht."

Ryan schüttelte enttäuscht den Kopf. „Kumpel, du hättest sie wenigstens nach Hause bringen und einen Kaffee bei ihr trinken können."

Jake verschränkte die Arme vor der Brust und starrte Ryan an. „Sie war einfach nicht die Art von Frau, nach der ich suche."

„Nun, halb so schlimm. So ist das eben manchmal. Wenigstens weißt du jetzt, wie Online-Dating funktioniert, also kannst du es noch mal versuchen."

„Nochmal? Ist das dein Ernst?"

Ryan kaute auf seinem in Ketchup und Essig getränkten Hähnchen herum. „Weißt du, was dein Problem ist? Du bist viel zu wählerisch. Und wenn ich das mal so sagen darf, jemand in deiner Lage kann sich das kaum leisten."

„Ach ja?"

„Ja. Also, du musst Folgendes tun. Reiß dich zusammen, richte die Krone und versuche es weiter, bis du Erfolg hast." Ryan stieß seine Gabel in Richtung von Jakes Teller. „Und wenn du die Pommes nicht isst, dann nehme ich sie."

★

Das Mittagessen im Eagle and Child war ein angenehmer Zeitvertreib gewesen, aber außer einer ziemlich harten Lektion über die prekäre wirtschaftliche Lage der Verlagsbranche hatte Bridget nicht viel gelernt. Zweifellos würde Jennifers Verlag von den gestiegenen Verkaufszahlen von *Ein tödliches Rennen* immens profitieren. Aber machte das Jennifer selbst zu einer Verdächtigen? Bridget machte sich eine gedankliche Notiz, Andy zu bitten, den finanziellen Status des Verlags zu überprüfen.

Zurück in Kidlington wollte Bridget sehen, ob es

Fortschritte bei der Handschriftenanalyse oder einer der vielen anderen offenen Aufgaben gab, aber bevor sie ihr Team nach den Fortschritten fragen konnte, wurde sie auf dem Flur von Chief Superintendent Grayson abgefangen. Grayson signalisierte ihr, dass sie sich auf ein weiteres Verhör gefasst machen musste.

„DI Hart. In mein Büro, bitte."

Sie folgte ihm in seine Höhle und wartete, während er sich in seinen Ledersessel fallen ließ. Er forderte sie nicht auf, sich zu setzen. „Also, skizzieren Sie Ihre derzeitigen Überlegungen", sagte er.

Bridget wusste, dass sie eine gute Geschichte erzählen musste, ungeachtet ihres eigenen, wachsenden Zweifels, Dianes Mörder zu fassen. „Zum jetzigen Zeitpunkt, Sir, verfolgen wir eine Reihe klarer Spuren." Sie erzählte von ihrer Reise nach London und ihrer Hoffnung, dass die Analyse von Al-Mutairis Handschrift ihn als Verfasser der Morddrohung identifizieren könnte. Sie informierte ihn auch über die mysteriösen Einzahlungen auf Dianes Konto.

Graysons Kugelschreiber wurde während ihres Berichts stark beansprucht, aber die Augenbrauen des Chief Super blieben entschlossen in einer geraden Linie, selbst als sie die Summe nannte, die Diane von der Firma auf den Cayman Islands erhalten hatte. „Sie haben also immer noch keine Ahnung, woher dieses Geld stammen könnte", sagte Grayson, „und bisher nur einen Verdächtigen."

Die Kritik erschien Bridget ziemlich ungerecht. „Einen vielversprechenden Verdächtigen, Sir."

„Vielleicht. Was ist mit dem Gift, mit dem das Opfer getötet wurde?"

Bridget nickte, froh, wenigstens eine der Fragen des Chiefs eindeutig beantworten zu können. „Eine Mischung aus Phosphor, Magnesium und Kalium. Die Injektion ins Herz führte zu einem sofortigen Herzstillstand."

„Wissen wir, woher es stammt?"

„Nein, Sir."

„Dann finden Sie es heraus."

„Ja, Sir."

„Die Zeit läuft ab, DI Hart. Wenn Sie nicht bald echte Fortschritte machen, verspreche ich Ihnen, dass ich Baxter einschalten werde, um den Fall zu übernehmen."

★

Nachdem sie Grayson entkommen war, machte sich Bridget auf den Weg zum Einsatzraum. Alle waren fleißig bei der Arbeit, hatten aber nicht viel zu berichten. „Finden Sie heraus, wie weit die Handschriftenanalyse ist", sagte Bridget zu Jake. „Das ist unsere beste Spur."

„Ja, Ma'am."

Sie merkte, dass sie ihm gegenüber ihre Stimme erhoben hatte, und bereute es sofort. Nur weil Grayson den Druck auf sie erhöhte, war das noch lange kein Grund, ihn an ihr Team weiterzugeben. Ein Blick durchs Büro verriet ihr, dass alle so hart arbeiteten, wie sie konnten, und das Beste, was sie tun konnte, war, ihnen aus dem Weg zu gehen und sie in Ruhe arbeiten zu lassen. Sie drehte sich um und verließ das Büro, während sie darüber nachdachte, wie sie die verbleibenden Stunden des Tages am besten nutzen konnte.

Nach der Feststellung, ob die Morddrohung von Al-Mutairi stammte, war es ihrer Meinung nach oberste Priorität, die Quelle des Geldes von den Cayman Islands ausfindig zu machen. Da Jennifer Eagleston keine Hilfe gewesen war, machte es Sinn, die einzige Person zu fragen, die möglicherweise Licht ins Dunkel bringen konnte. Ian Dunn, Dianes Ex-Mann. Immerhin hatte die Akademikerin keinen Versuch unternommen, ihr ungeklärtes Einkommen zu verheimlichen, sondern es in ihrer Steuererklärung angegeben – kaum das Verhalten einer Person, die in illegale Aktivitäten verwickelt war. Vielleicht gab es eine ganz harmlose Erklärung für das Geld. Wenn ja, konnten sie das Thema vergessen und die Ermittlungen auf andere Bereiche konzentrieren.

Als sie in Headington ankam, parkte das silberne Lexus Coupé des Krankenhausarztes vor dem Haus und ein schwarzer VW Golf fuhr gerade hinter ihm vor. Bridget parkte auf der gegenüberliegenden Straßenseite und beobachtete, wie Daniel Dunn aus dem Auto stieg, eine schwarze Dokumentenmappe mit Reißverschluss in den Händen.

Sie öffnete die Autotür und überquerte die Straße. „Guten Tag. Ich hatte gehofft, kurz mit Ihrem Vater sprechen zu können, aber wenn Sie auch hier sind, umso besser."

Er musterte sie misstrauisch, nickte dann aber. „In Ordnung. Kommen Sie rein."

Ihr Auftauchen schien ihn ein wenig überrumpelt zu haben. Er klemmte sich die Ledermappe unter einen Arm, steckte den Schlüssel ins Schloss und packte den Türgriff. Die Mappe entglitt ihm und fiel zu Boden. Bridget hob sie auf und reichte sie ihm zurück. Ohne ein Wort riss er sie ihr aus der Hand.

Ian musste ihr Eintreffen gehört haben, denn er erschien sogleich im Flur und nahm die Lesebrille von der Nase. „Daniel und Inspector Hart. Gibt es Neuigkeiten?"

„Nur noch mehr Fragen, fürchte ich", antwortete Bridget.

„In dem Fall gehen wir ins Wohnzimmer. Möchten Sie etwas trinken? Ich kann die Kaffeemaschine einschalten, wenn Sie möchten."

Bridget nahm das Angebot dankend an und Ian verschwand in der Küche.

Daniel setzte sich aufs Sofa und Bridget nahm ihm gegenüber Platz. Er betrachtete sie unergründlich, die Ledermappe auf den Knien balancierend, die Hände schützend darüber verschränkt. „Also keine Fortschritte bei der Aufklärung des Todes meiner Mutter?", fragte er.

„Wir verfolgen mehrere Spuren", sagte Bridget.

„Ach?"

„Vielleicht können wir warten, bis Ihr Vater zurück ist."

„O ja, sicher." Er verfiel wieder in mürrisches Schweigen.

„Waren Sie unterwegs?", fragte Bridget.

„Beim Anwalt. Wegen des Testaments."

„Ah, verstehe." Das war also der Inhalt seiner wertvollen Mappe.

Ian betrat den Raum mit drei Tassen Kaffee auf einem Tablett. Er hatte sich die Mühe gemacht, die Tassen auf Untertassen zu stellen und einen Teller mit Amaretti-Keksen hinzuzufügen. „Oh, ich sollte wirklich nicht", sagte Bridget und betrachtete die goldenen, nach Mandeln duftenden Kuppeln, die sie immer so sehr an Italien erinnerten. „Aber einer wird sicher nicht schaden."

„Bestimmt nicht", sagte Ian nachsichtig. Er wandte sich an Daniel. „Und, wie ist es mit den Anwälten gelaufen?"

Daniel warf Bridget einen genervten Blick zu, bevor er antwortete. Zweifellos hätte er es vorgezogen, seine Angelegenheiten unter vier Augen zu besprechen. Tja, zu dumm. „Es war ein nützliches erstes Treffen. Aber in Bezug auf das Testament können sie nichts weiter unternehmen, bis die Ermittlungen abgeschlossen sind. Alles wird sich wegen der Mordermittlungen verzögern."

„Es ist normal, dass bei einem verdächtigen Todesfall eine gerichtsmedizinische Untersuchung durchgeführt wird", sagte Bridget. „Aber der Zweck der Untersuchung besteht lediglich darin, die Todesursache festzustellen und nicht, die Schuld zuzuweisen. Die Mordermittlung sollte die Angelegenheit nicht verzögern."

„Ja, naja", sagte Daniel. „Es ist alles sehr stressig."

„Natürlich ist es das", sagte Ian beschwichtigend. „Aber du machst das gut. Mum wäre stolz auf dich gewesen."

Daniel zuckte gleichgültig mit den Schultern.

„Aber das Testament ist in Ordnung?", fragte Ian.

„Ja. Das Testament ist genau so, wie Mum es gesagt hat."

„Du erbst also alles?", fragte Ian.

„Ja."

„Nichts für Tante Annabel?"

„Nein."

„Ich dachte, Diane und ihre Schwester standen sich sehr nahe", bemerkte Bridget, die diesen Austausch zwischen Vater und Sohn so gespannt verfolgt hatte wie ein Wimbledon-Finale.

„Das taten sie", sagte Ian. „Aber Annabel hat alles, was sie braucht, finanziell gesehen."

„Während ich darum kämpfe, mir eine Wohnung leisten zu können", sagte Daniel gereizt.

Nicht mehr lange, dachte Bridget. „Das Haus muss einen Wert haben von …?"

„Mehreren Millionen", sagte Daniel und machte eine wiegende Bewegung mit der Hand, als wollte er andeuten, dass es auf ein oder zwei Millionen mehr oder weniger nicht ankam. „Ich habe ein paar Makler um eine Schätzung gebeten. Natürlich können sie sich das Innere erst ansehen, wenn Ihre Leute mit dem, was immer sie tun, fertig sind."

„Was ist mit den Tantiemen aus ihrem Buch?", fragte Bridget und ignorierte Daniels implizite Kritik an der Vorgehensweise der Polizei. „Wer wird die bekommen?"

„Ich", sagte Daniel. „Aber ich glaube nicht, dass es eine große Summe sein wird. Wer will schon die lächerlichen Verschwörungstheorien meiner Mutter lesen?" Er tunkte seinen Amaretto in den Kaffee, aber er rutschte ihm aus der Hand. „Aua", sagte er, als er sich die Finger beim Versuch verbrühte, den Keks aus dem heißen Kaffee zu fischen. Verärgert holte er ihn mit dem Teelöffel heraus und legte ihn auf die Untertasse, wo er durchweicht und tropfend auf dem Rand lag. „Sie hätte besser daran getan, einen Groschenroman zu schreiben. Das hätte mehr Geld gebracht."

„Ich glaube nicht, dass deine Mutter wegen des Geldes geschrieben hat, Daniel", sagte Ian.

„Nein, natürlich nicht. Sie hatte höhere Ideale. Geld verdienen ist etwas für den Rest von uns." Er lehnte sich im Sofa zurück und schmollte wie ein Mann, der gerade eine Menge Geld verloren hatte, und nicht wie einer, der bald mehrere Millionen Pfund erben würde.

„Ich denke, Sie werden feststellen", sagte Bridget, „dass die Tantiemen aus dem Verkauf ihres Buches etwas höher ausfallen, als Sie erwarten. Laut ihrer Verlegerin ist das Buch ein Verkaufsschlager."

Daniels Interesse war augenblicklich geweckt. „Wirklich? Das sind gute Neuigkeiten."

Bridget konzentrierte sich nun auf den eigentlichen Grund ihres Besuchs. „Ian, zum Thema Geld: Wir haben Dianes Bankkonto durchgesehen und ich hatte gehofft, Sie könnten mir etwas erklären."

„Nun", sagte Ian, „ich helfe Ihnen gerne, wenn ich kann, aber Diane hat mir seit unserer Scheidung keine Informationen über ihre Finanzen gegeben."

„Es gibt doch kein Problem mit ihrem Konto, oder?", fragte Daniel mit einem Stirnrunzeln.

„Nein, nichts dergleichen", antwortete Bridget. „Aber neben ihrem Universitätsgehalt erhielt sie jeden Monat eine beträchtliche Summe von einer Offshore-Firma namens Per Sempre Holdings. In ihren Steuererklärungen gab sie diesen Betrag als Dividendenzahlungen an."

Daniel beugte sich neugierig vor. „Wenn Sie von ‚beträchtlichen' Summen sprechen, wieviel genau meinen Sie?"

„Weit mehr als ihr Gehalt als Dozentin", sagte Bridget.

„Und was sagten Sie, woher diese Zahlungen kommen?"

„Von einer Firma namens Per Sempre Holdings. Sie ist auf den Cayman Islands registriert. Sagt Ihnen das etwas?"

Vater und Sohn sahen sich an, und die Überraschung in ihren Gesichtern schien echt zu sein.

„Ich habe noch nie von dieser Firma gehört", sagte Ian, „aber wie gesagt, wir sind schon seit etwa zehn Jahren geschieden. Wann wurde das Unternehmen gegründet?"

„Wir prüfen noch die Details", sagte Bridget. „Wie ich schon sagte, handelt es sich um eine Offshore-Firma, also wird es etwas dauern, um der Sache auf den Grund zu gehen. Ich hatte nur gehofft, dass einer von Ihnen mir vielleicht schneller eine Antwort liefern könnte."

„Tut mir leid, da kann ich Ihnen nicht helfen", sagte Ian.

Daniel schüttelte den Kopf. „Nein, meine Mutter hat diese Firma auch nie erwähnt." Aber die Aussicht auf noch mehr Geld schien seine Stimmung deutlich zu heben.

Bridget trank ihren Kaffee aus, aß ihren Keks und stellte Tasse und Untertasse zurück auf das Tablett. „Bevor ich gehe, noch eine letzte Frage. Ich nehme nicht an, dass einer von Ihnen das Passwort für Dianes Laptop kennt?"

„Nein, tut mir leid", sagte Daniel.

„Ich auch nicht", sagte Ian. „Diane war in solchen Dingen immer sehr verschlossen."

Bridget nickte. Sie hatte langsam den Verdacht, dass Diane in einer Reihe von Angelegenheiten Geheimnisse hatte.

„Wissen Sie", sagte Ian, „Diane hatte schon immer eine starke Faszination für Geheimcodes, wie sie von Spionen verwendet wurden. Schon als Teenager erfand sie ihre eigenen Codes, und sie sammelte Bücher über Spionage, Kryptographie und dergleichen. Sie liebte alle Arten von Rätseln, kryptische Kreuzworträtsel, Geheimsprachen und so. Ich kann mir also vorstellen, dass ihr Passwort nicht leicht zu erraten sein wird."

„Verstehe", sagte Bridget und stand auf. Es schien, als würde nichts, was Ian oder sein Sohn ihr heute sagten, hilfreich sein.

„Bevor Sie gehen", sagte Ian, „habe ich noch eine Frage an Sie. Wir haben uns gefragt, wann es der Familie möglich sein wird, Zugang zu Dianes Haus zu bekommen. Es gibt Dokumente, die benötigt werden, um alle Formalitäten im Zusammenhang mit ihrem Tod zu erledigen, und obwohl Daniel alles Wertvolle erbt, gibt es persönliche Gegenstände wie Fotos und andere Erinnerungsstücke, die an bestimmte Familienmitglieder gehen sollten."

„Ja, natürlich", sagte Bridget. „Ich sehe keinen Grund, warum das Haus über das Ende dieser Woche hinaus gesperrt bleiben muss. Ich rufe Sie an, sobald wir fertig sind. Ich nehme an, Sie haben einen Schlüssel?"

„Ich habe einen", sagte Daniel. „Und Tante Annabel auch."

„Eigentlich", sagte Ian, „hat Annabel ihren verloren."

„Verloren?", fragte Bridget. „Meinen Sie, jemand hat ihn gestohlen?"

„O nein, nichts dergleichen. Ich denke, sie hat ihn wahrscheinlich nur verlegt. Sie ist so durcheinander, wissen Sie. Ich bin sicher, er wird wieder auftauchen."

Bridget bedankte sich bei Vater und Sohn für ihre Zeit und erhob sich. Ian begleitete sie zur Haustür. Er blieb noch einen Moment stehen, und sie spürte, dass ihm etwas auf dem Herzen lag. „Hören Sie, denken Sie bitte nicht schlecht über meinen Sohn", sagte er. „Ich weiß, dass er manchmal gierig und undankbar wirkt, aber das ist er nicht wirklich. Es ist nur so, dass er und Diane keine einfache Beziehung hatten."

„Das höre ich immer wieder." Es fiel Bridget schwer, Daniels verbitterte Haltung gegenüber seiner Mutter mit den Fotoalben in Dianes Haus in Einklang zu bringen, die ein Bild nach dem anderen von ihrem einzigen Sohn enthielten. Diese Fotos zeigten deutlich, dass sie ihn über alles geliebt hatte, und sie hatte ihm in ihrem Testament alles vermacht. Doch Daniel schien sie zu verachten.

Ian seufzte. „Die Wahrheit ist wohl, dass Diane ein Produkt ihrer Zeit war. Damals, in den Achtzigern, wurde den Frauen gesagt, sie könnten alles haben. Selbst die Frau, die Diane am meisten verabscheute, Margaret Thatcher, hatte alles – sie regierte das Land und kümmerte sich gleichzeitig um ihre Familie. Also hatte Diane das Gefühl, sie müsse auf ihre Weise dasselbe tun. Ich vermute, dass sie Daniel so behandelt hat wie ihre Karriere – ein Projekt mit Zielen, Terminen und einem Plan. Das war nicht gerade das, was ein kleiner Junge von seiner Mutter brauchte."

„Aber Daniel hatte ein gutes Verhältnis zu Ihnen?"

„Oh, ja, absolut", sagte Ian. „Wissen Sie, ich hätte gerne noch mehr Kinder gehabt, aber Diane war fest davon überzeugt, dass eines genug sei. Sie hatte das Thema mit der Geburt von Daniel abgehakt und keine Zeit für mehr. Wenn ich ganz ehrlich bin, war das wahrscheinlich der Hauptgrund, warum wir uns auseinandergelebt haben."

„Verstehe", sagte Bridget. „Tut mir leid."

Nun kam also die Wahrheit über die gescheiterte Beziehung ans Licht. Die „einvernehmliche Trennung", die Ian ihr bei ihrem ersten Treffen geschildert hatte, war kaum mehr als eine Fiktion, die die übliche Verbitterung und die gegenseitigen Schuldzuweisungen einer zerbrochenen Ehe verbergen sollte. Nun, Bridget konnte es Ian nicht verübeln. Niemand wollte sich mit einer enttäuschten Liebe befassen. Es war besser, die Risse zu übertünchen, ein Lächeln aufzusetzen und weiterzumachen. Es sah ganz danach aus, als hätte Ian sein Glück mit seiner zweiten Frau gefunden und gleichzeitig ein gutes Verhältnis zu seinem Sohn aus erster Ehe aufrechterhalten. In Bridgets Augen kein schlechtes Ergebnis.

KAPITEL 24

Ffion trommelte mit ihren langen Fingern auf die Tastatur, ihre grün lackierten Fingernägel klopften beiläufig im Vier-Viertel-Takt der Technomusik, die sie so gern hörte. Doch egal, welche Kombination aus Buchstaben und Zahlen sie auch ausprobierte, das Passwort von Dianes Laptop konnte sie nicht knacken.

Ffion hatte in ihrer Karriere schon viele Passwörter geknackt. Offensichtliche Passwörter wie Geburtstage und Namen von Haustieren. Kniffligere, die eine Kombination aus einem Datum und einem Namen enthielten. Und sogar noch obskurere, für die man eine Art externen Schlüssel brauchte, um sie zu knacken. Aber nichts, was sie hier ausprobiert hatte, funktionierte, und langsam gingen ihr die Ideen aus.

Wenn nur das Dateisystem nicht verschlüsselt wäre. Dann hätte ihr USB-Klongerät die Sicherheitsvorkehrungen des Laptops problemlos umgehen und die Daten auslesen können. Aber mit der Verschlüsselung gab es nur einen Weg hinein, und zwar mit dem Passwort.

Warum in aller Welt hatte sich die Akademikerin die

Mühe gemacht, ihre Daten zu verschlüsseln? Was hatte sie zu verbergen? Ffion hatte sich bei einigen von Dianes Kollegen an der Blavatnik School erkundigt, ob es sich dabei um eine offizielle Praxis handelte, aber sie hatte nur verwunderte Gesichter geerntet. Keiner der anderen Akademiker wusste überhaupt, wie man einen Computer verschlüsselte. Diane schien unbedingt etwas geheim halten zu wollen. Und Ffion war ebenso entschlossen herauszufinden, was.

Ein Dateisystem zu verschlüsseln war kein leichtes Unterfangen. Es erforderte ein hohes Maß an Computerkenntnissen, die weit über das hinausgingen, wozu die meisten Menschen fähig waren, sowie Kenntnisse über Verschlüsselungstechniken. Woher hatte sie dieses Wissen?

Ffions Finger hielten abrupt inne. In ihrem Kopf entstand eine Verbindung. Verschlüsselungstechnologie … Überwachungstechniken … der geheime Staat. In Dianes Büchersammlung in ihrem Haus in North Oxford gab es eine ganze Sektion über das Entschlüsseln von Codes und Kryptographie. Vielleicht lohnte es sich, noch einmal ins Haus zu gehen und einen genaueren Blick darauf zu werfen.

Bridget war immer noch nicht im Büro, aber Ffion glaubte nicht, dass ihre Chefin etwas dagegen haben würde, wenn sie noch einmal in Diane Gilberts Büchersammlung stöberte. Nicht, wenn das bedeutete, dass sie endlich an den Laptop herankam. Mit ihrer Kawasaki konnte sie in einer halben Stunde hin und zurück sein. Zumindest wäre es ein willkommener Tapetenwechsel. Sie zog ihre Motorradklamotten an, schnappte sich ihren Helm und verließ das Revier.

★

Es war angenehm warm in der Frühlingssonne, und die Blumenampeln am nahe gelegenen Pub waren üppig mit

Frühlingsblumen bepflanzt. Bridget wandte ihr Gesicht der Sonne zu, als sie die kurze Strecke von Ian Dunns Haus zu ihrem Auto zurücklegte. Doch die Woge der Freude währte nur kurz. Graysons strenge Stimme hallte in ihrem Kopf wider wie ein Echo, das nicht verklingen wollte. *Die Zeit läuft ab, DI Hart. Ich verspreche Ihnen, ich werde Baxter einschalten, um den Fall zu übernehmen.*

Bridget war sich schmerzlich bewusst, wie wenig sie an diesem Tag erreicht hatte. Die Zeit schien ihr durch die Finger zu rinnen, ohne dass sie viel vorzuweisen hatte. Ihr Telefon klingelte, und in der Hoffnung, dass es Jake oder Ffion mit einem Update war, ging sie ran, ohne vorher auf die Nummer zu schauen.

Ein Fehler. Es war Vanessa. „Oh, Bridget, ich bin so froh, dass ich dich erreiche."

„Eigentlich bin ich gerade bei der Arbeit. Ist es etwas Wichtiges?"

Vanessas Stimme klang vorwurfsvoll. „Nun, ja, das ist es tatsächlich. Wenn du mir also fünf Minuten deiner *kostbaren* Zeit schenken könntest."

Ein Auto fuhr geräuschvoll vorbei und Bridget stieg in den Wagen. Drinnen war es bei geschlossener Tür viel leiser. „Was ist los?"

„Es geht um Mum." Vanessa klang aufgeregt.

„Was ist passiert?"

„Sie ist gestürzt."

„Schon wieder?" Bridget erinnerte sich an das verstauchte Handgelenk, das ihre Mutter sich bei einem Sturz kurz vor Weihnachten zugezogen hatte. „Geht es ihr gut?"

„Was meinst du damit, ob es ihr gut geht? Hast du nicht gehört, was ich gesagt habe? Sie ist gestürzt."

„Aber ich meine, wie schlimm ist es … Ist sie im Krankenhaus?"

„Dad hat sie untersuchen lassen, aber jetzt sind sie wieder zu Hause. Sie hat sich den Arm gebrochen und ein blaues Auge."

„Hast du mit ihr gesprochen?", fragte Bridget.

„Nur kurz. Ich habe hauptsächlich mit Dad gesprochen."

„Und wie kommt er zurecht?"

„Du kennst ihn ja. Er sagt, er schafft das schon, aber ..."

„Aber?"

„Offensichtlich tut er das nicht."

Bridget atmete tief durch. Es war immer ein Fehler, sich mit Vanessa zu streiten, aber ... „Wenn Dad sagt, dass er zurechtkommt, dann kommt er vielleicht zurecht."

Auf ihren Einwurf folgte eine Pause, und Bridget erkannte die Anzeichen dafür, dass Vanessa sich auf eine lange Rede vorbereitete. „Bridget, unser Vater kommt überhaupt nicht zurecht. Er kommt schon seit einem Jahr nicht mehr zurecht. Ich habe dir bereits erklärt, wie gebrechlich Mum geworden ist. Und Dad hat selbst gesundheitliche Probleme. Schon unter normalen Umständen kommen sie kaum zurecht. Und jetzt, wo Mums Arm eingegipst ist und sie selbst völlig durch den Wind –"

Es war schwierig, Vanessa zu stoppen, wenn sie einmal in Fahrt war, aber Bridget musste die Tirade unterbrechen. „Was denkst du, was wir tun sollten?"

„Ich dachte, das wäre offensichtlich. Du und ich müssen sofort hinfahren und uns vergewissern, dass es ihnen gut geht. Dad braucht eine Verschnaufpause, während wir uns um Mum kümmern. James hat sich bereit erklärt, die nächsten Tage von zu Hause aus zu arbeiten und sich um die Kinder zu kümmern, und ich bin sicher, dass Chloe allein zurechtkommt, aber sie kann jederzeit bei uns wohnen, wenn sie nicht allein sein möchte ..."

„Vanessa, ich kann nicht einfach alles stehen und liegen lassen und nach Lyme Regis fahren. Ich stecke mitten in einer Mordermittlung."

„Du steckst *immer* mitten in irgendetwas", sagte Vanessa. „Hat die Thames Valley Police keine anderen Detectives? Hast du kein Team, an das du delegieren kannst? Du hast immer Ausreden parat."

Vanessas Vorwurf schmerzte, und Bridget wusste, dass ein Fünkchen Wahrheit darin steckte. Ihr Leben war ein ständiger Balanceakt zwischen den konkurrierenden Anforderungen von Arbeit und Familie – einer, der ihr nie zu gelingen schien. Sie hatte einfach nicht genug Zeit, um allen gerecht zu werden. Doch diesmal stand ihre Karriere auf dem Spiel. „Hör zu, ich rufe Dad heute Abend an und rede mit ihm. Wenn ich den Eindruck habe, dass die Situation so schlimm ist, wie du sagst, dann werde ich sehen, was ich tun kann, um mir freizunehmen. Aber ich kann nichts versprechen."

„Nun, wie du willst", sagte Vanessa steif. „Ich fahre morgen nach Lyme Regis. Irgendjemand muss Verantwortung übernehmen, und es sieht so aus, als wäre das wieder einmal meine Aufgabe. Wenn du meinst, dass du die Zeit findest, mich zu begleiten, ruf mich an. Wenn nicht, lass es bleiben."

★

„Ffion, Liebes, wie geht es dir?"

Ffion wollte gerade Feierabend machen, als ihr Telefon klingelte. Es war ihre ältere Schwester Siân. Eigentlich sollte sie während der Arbeit keine privaten Anrufe entgegennehmen, aber es war ohnehin schon eine Stunde nach Dienstschluss. Auf ihrem Schreibtisch stapelten sich Bücher von Diane Gilbert – Bücher über Codierung, Dechiffrierung, Chiffren, Kryptographie und Kryptogramme. Sie hatte begonnen, sich durch die Sammlung zu arbeiten, aber es war schon zu spät am Tag, um ein neues Projekt zu beginnen. Da niemand sonst in der Nähe war, machte es nichts aus, den Anruf entgegenzunehmen. Sie ging ran und wurde sofort von der freundlichen Stimme ihrer Schwester aufgemuntert. Siâns Enthusiasmus war immer ansteckend.

„Mir geht es gut", antwortete sie. „Wie geht es dir? Und den Kindern?"

„Ach, du weißt schon. Arwen wird im nächsten

Halbjahr zwei Tage in der Woche in die Vorschule gehen, nur probeweise, bevor es im Herbst richtig losgeht. Dann habe ich mehr Zeit für Owain. Du weißt ja, wie anstrengend er sein kann. Immer nur Unfug im Kopf. Nichts Schlimmes wohlgemerkt. Er ist eben ein kleiner Schlingel."

Ffion grinste in sich hinein. Owain war gerade mal ein Jahr alt. Wie viel Unfug konnte ein Einjähriger schon anstellen? Siân sollte sich mal mit den Kriminellen auseinandersetzen, mit denen Ffion beruflich zu tun hatte. Andererseits würde sie die wahrscheinlich nach einem ernsten Gespräch in die Schranken weisen. Mit Siân war nicht zu spaßen. Wenn sie sich etwas in den Kopf setzte, bekam sie ihren Willen.

Siân hatte die Versöhnung zwischen Ffion und ihren Eltern nach Weihnachten eingefädelt. Ffions Mutter hatte die sexuelle Orientierung ihrer Tochter nie gutgeheißen, und der Streit hatte Ffion von zu Hause weggetrieben, weg aus Wales, bis nach Oxford. Es stand nicht zur Debatte, dass sie jemals wieder nach Wales zurückkehren würde, aber zumindest sprach sie wieder mit ihren Eltern und plante, sie zu besuchen, sobald sie ein paar Tage frei hatte.

„Also, was gibt's Neues?", fragte Siân.

„Muss es immer etwas Neues geben?"

„Nein. Aber ich hoffe, du hast seit unserem letzten Gespräch etwas Interessantes erlebt."

Ffion lachte. „Tatsächlich habe ich Neuigkeiten." Sie erzählte Siân alles über Marion und wie viel Spaß sie zusammen hatten.

„Sie klingt wirklich nett", sagte Siân. „Wann hast du vor, sie hierher zu bringen?"

Die Frage erwischte Ffion unvorbereitet. „Du meinst nach Wales?"

„Klar. Ich würde sie gerne kennenlernen."

„Darüber habe ich noch nicht nachgedacht."

Ffion hatte jahrelang alles daran gesetzt, ihre Familie vom Rest ihres Lebens fernzuhalten. Sie hatten sie nie in Oxford besucht. In sieben Jahren war sie kaum einmal nach Wales zurückgekehrt. Aber vielleicht war es an der Zeit, das zu ändern. Jetzt, da sie sich mit ihrer Mutter versöhnt hatte, gab es vielleicht nichts mehr zu befürchten. Vielleicht war das Unbehagen, das sie bei Siâns Vorschlag empfunden hatte, nur eine alte Gewohnheit, die sie ablegen musste. Was gab es für einen besseren Anfang, als Marion zu fragen, ob sie ein Wochenende in Wales verbringen wollte? Konnte sie das wirklich tun? Ihre Freundin mit zu ihren Eltern nehmen? Zeit in dem Dorf verbringen, das ihr einst so fremd vorkam und doch von natürlicher Schönheit war, mit seiner Bergkulisse, den stillen Seen zwischen grünen Berggipfeln und der kleinen, eingeschworenen Gemeinschaft von zweistöckigen Cottages? Sie wusste, dass sie es konnte.

Obwohl sie noch nicht lange mit Marion zusammen war, bewirkte die Beziehung eine Veränderung in ihr. Sie fühlte sich jetzt viel wohler in ihrer Haut, hatte mehr Selbstvertrauen in ihre Sexualität und war in Marions Gesellschaft völlig entspannt.

Sie konnte nicht umhin zu bemerken, wie anders diese Beziehung im Vergleich zu ihrer Zeit mit Jake war, als sie sich ständig über seine ungesunde Ernährung, das Chaos in seiner Wohnung und seinen schrecklichen Musikgeschmack geärgert hatte. Manchmal fragte sie sich, was sie jemals in ihm gesehen hatte. Nun, das war ein bisschen unfair. Er war freundlich, zuverlässig, unkompliziert und hatte einen großartigen Sinn für Humor. Hätte er doch nur gelernt, den Abwasch zu machen und seine schmutzige Unterwäsche in den Wäschesack zu stecken. Aber so waren die Männer eben. Wie Marion schon sagte, Männer waren anders, und das nicht nur in den offensichtlichen Dingen.

„Ich würde mich freuen", sagte sie zu Siân. „Und ich bin sicher, dass Marion dich auch gerne kennenlernen würde."

Je länger sie darüber nachdachte, desto besser gefiel ihr die Idee. Sie war sich sicher, dass Marion und Siân sich auf Anhieb gut verstehen würden, und wie könnte sie ihren

Eltern besser zeigen, wie glücklich sie in der Gesellschaft einer anderen Frau sein konnte? Sobald sie sie zusammen mit Marion sahen, würden sie Marion bestimmt mit offenen Armen empfangen.

Außerdem, wenn die Möglichkeit bestand, dass sie den Rest ihres Lebens mit Marion verbringen würde, dann war es das Beste, gleich damit anzufangen. Was hatte Marion gesagt?

Zeit ist kostbar. Wir sollten sie nicht vergeuden.

KAPITEL 25

Bridget kam am nächsten Morgen mit einem schlechten Gewissen zur Arbeit. War es richtig, zur Arbeit zu gehen? Hätte sie um Urlaub bitten und ihre Schwester nach Lyme Regis begleiten sollen, um sich um ihre Eltern zu kümmern? Ihr kam der Gedanke, dass Grayson einen solchen Antrag nicht abgelehnt hätte und vielleicht sogar froh über einen Vorwand gewesen wäre, DI Baxter hinzuzuziehen, ohne sie offiziell von dem Fall abzuziehen. Sie vermutete, dass ihre Schuldgefühle zum Teil daher rührten, dass sie Grayson keinen so leichten Ausweg bieten wollte, wodurch sie sich nur noch schlechter fühlte.

Auf der Fahrt von Wolvercote sagte sie sich immer wieder, dass ihre Entscheidung, in Oxford zu bleiben und an dem Fall zu arbeiten, eine logische Entscheidung war, die auf dem Gespräch mit ihrem Vater am Vorabend basierte. Sie hatte ihre Eltern um halb sieben angerufen, in der Annahme, dass sie um diese Zeit schon zu Abend gegessen hatten, aber noch nicht bei ihren Lieblingssendungen im Fernsehen waren, die man nicht unterbrechen konnte. Ihre Eltern zogen es immer noch vor, die Sendungen zu sehen, wenn sie ausgestrahlt wurden, und nicht on-demand. Sie hatte gedacht, ihr Vater hätte müde geklungen, als er den Hörer abnahm, aber er wurde deutlich munterer, als er erkannte, dass es Bridget war. Es stimmte, räumte er auf Nachfrage ein, dass ihre Mutter gestürzt war und sich das Handgelenk gebrochen hatte, und (er hatte seine Stimme gesenkt) „ein bisschen durcheinander" war, aber er betonte, dass sie gut zurechtkamen.

„Ich erwarte nicht, dass du mitten in der Woche alles stehen und liegen lässt und den ganzen Weg hierher fährst", hatte er gesagt, als Bridget Vanessas Pläne erwähnt hatte. „Du hast eine anstrengende Karriere. Und eine Tochter, um die du dich kümmern musst."

„Es gibt noch andere Detectives bei der Thames Valley Police", hatte sie sich genötigt gefühlt, zu entgegnen. „Und ich habe ein Team, an das ich Aufgaben delegieren kann." Fast wünschte sie sich, ihr Vater hätte klar gesagt, dass er Hilfe brauchte, dann wäre ihr die Entscheidung abgenommen worden.

Am Ende hatten sie sich darauf geeinigt, „abzuwarten und zu sehen, wie sich die Dinge in ein paar Tagen entwickeln." Eine typisch britische Herangehensweise, dachte Bridget. Abwarten und Tee trinken. Keine übereilten Entscheidungen treffen. Ruhe bewahren und weitermachen. Vanessa hingegen sah das völlig anders. Als Bridget ihr – nicht ohne eine gewisse Beklommenheit – ihre Entscheidung mitgeteilt hatte, vorerst in Oxford zu bleiben, hatte Vanessa ihr unmissverständlich zu verstehen gegeben, dass es gut sei, dass wenigstens eine von ihnen bereit war, alles stehen und liegen zu lassen und in einer Hilfsmission nach Lyme Regis zu fahren. *Vanessa die Märtyrerin*, hatte Bridget empört gedacht, nachdem sie das wenig harmonische Telefonat beendet hatten. Jetzt fragte sie sich, ob Vanessa wirklich eine Heilige war und sie, Bridget, einfach nur egoistisch.

Nun, sie hatte ihre Entscheidung getroffen – sie konnte es sich am Wochenende immer noch anders überlegen –

und im Moment blieb ihr nichts anderes übrig, als sich auf die Arbeit zu konzentrieren. Als sie ihre E-Mails öffnete, kam gleich die erste schlechte Nachricht des Tages.

Eine E-Mail von der Forensik informierte sie, dass der Abteilungsleiter des Blavatnik nicht der Verfasser der Morddrohung war. Zumindest gab es keine Beweise, die den Brief an Diane mit der Schriftprobe von Professor Al-Mutairi in Verbindung brachten. Aber wenn Al-Mutairi den Brief nicht geschrieben hatte, wer dann?

Der Tag begann nicht gerade vielversprechend. Bridget hatte den Eindruck, dass jede Spur in diesem Fall so schnell im Keim erstickt wurde, wie sie aufgetaucht war. Ihre Treffen in der saudischen Botschaft und mit dem MI5 hatten nichts ergeben. Es gab immer noch keine Spur von der Person, die den Drohbrief verfasst hatte. Es gab immer noch kein klares Bild davon, wie der Eindringling auf Dianes Grundstück gelangt war. Trotz der harten Arbeit ihres Teams hatte Bridget das Gefühl, keinen Schritt weiter zu sein als zu Beginn der Ermittlungen.

Was hatte Michael Dearlove ihr geraten? *Vergessen Sie es. Lassen Sie es sein*. Und doch konnte sie es nicht. Nicht nur eine Mordermittlung stand auf dem Spiel, sondern auch ihre eigene Karriere. Wenn Grayson seine Drohung, Baxter einzuschalten, wahr machte, würde sie nie die Chance bekommen, sich zu rehabilitieren. Sie dachte auch an PC Sam Roberts und PC Scott Wallis. Die beiden jungen Polizisten waren bereits vom Dienst suspendiert, und Bridget war es ihnen schuldig, herauszufinden, was genau in jener verhängnisvollen Nacht geschehen war. Sie hoffte, dass die anderen Mitglieder ihres Teams etwas Positiveres zu berichten haben würden.

„Wer möchte anfangen?", fragte sie und ließ den Blick auf der Suche nach Freiwilligen durch den Raum schweifen, sobald alle versammelt waren.

Nach einem Moment meldete sich Jake. „Ich habe eine Antwort von den Behörden auf den Cayman Islands."

Na endlich. Bridget spürte, wie ihre Hoffnung wuchs. War dies der Durchbruch, auf den sie so verzweifelt gewartet hatte?

„Also", sagte Jake. „Aus dem Unternehmensregister geht hervor, dass Diane die alleinige Anteilseignerin von Per Sempre Holdings war, und sie war auch als Geschäftsführerin eingetragen. Die registrierte Adresse ist keine echte Straßenadresse, sondern nur ein Briefkasten mit Nachsendeservice. Es scheint sich also nur um eine Scheinfirma zu handeln, die weder ein Büro noch Angestellte hat."

„Was ist das für ein Verein?", fragte Ryan. „Eine Art Geldwäscherei?"

„Nicht unbedingt", sagte Jake. „Nicht alle Briefkastenfirmen sind eine Fassade für illegale Aktivitäten. Es gibt legitime Gründe, ein Unternehmen auf diese Weise zu gründen. Vielleicht aus steuerlichen Gründen. Firmen, die auf den Cayman Islands eingetragen sind, zahlen keine Gewerbesteuer und beim Tod eines Gesellschafters fällt keine Erbschaftssteuer an."

„Das klingt für mich immer noch dubios", sagte Ryan.

„Aber woher kam das Geld der Firma?", fragte Bridget.

„Dazu wollte ich gerade kommen", sagte Jake. „Das wissen wir immer noch nicht. Das Unternehmensregister gibt uns nur die offiziell registrierten Informationen. Es verrät nichts über die Geschäftstätigkeit des Unternehmens. Deshalb habe ich jetzt einen weiteren Antrag auf Zugang zu den Bankdaten der Firma gestellt. Sobald ich die habe, können wir sehen, woher die Einnahmen kommen."

„Wie lange wird das dauern?" Bridget hatte Mühe, die Frustration nicht in ihrer Stimme mitschwingen zu lassen.

„Ich bin mir nicht sicher, Ma'am. Die Zusammenarbeit mit den Cayman Islands ist wegen der Zeitverschiebung schwierig. Sie werden erst in ein paar Stunden wach sein, und sie scheinen nicht viel Sinn für Dringlichkeit zu haben."

„Okay, versuchen Sie es weiter." Sie wandte sich an Ffion. „Gibt es Fortschritte mit dem Laptop?"

„Noch nicht, aber ich habe ein paar Ideen. Ich war

gestern noch einmal in Dianes Haus und habe eine Reihe von Büchern mitgenommen. Ich habe gestern Abend angefangen, sie zu lesen. Diane scheint sich sehr für Kryptographie und insbesondere für Steganographie interessiert zu haben."

„Zu viele komplizierte Wörter für diese Uhrzeit", witzelte Ryan und unterdrückte ein Gähnen.

Ffion warf ihm einen vernichtenden Blick zu. „Steganographie bedeutet ‚verborgene Schrift'. Das Wort stammt aus dem Griechischen."

„Natürlich", sagte Ryan. „Ich Dummerchen."

„Es handelt sich um eine Technik, bei der man eine Nachricht in einer anderen versteckt. Man versteckt zum Beispiel einen geheimen Text in einem normalen Text, ein Bild in einem anderen Bild oder ein Video in einem Video."

„Was hat das mit Dianes Laptop zu tun?", fragte Bridget.

„Ich werde sehen, ob ich mit dieser Methode ihr Passwort herausfinden kann."

„In Ordnung, gut." Bridget beschloss, Ffions Urteil zu vertrauen und sie machen zu lassen. Es war ja nicht so, dass sie selbst eine bessere Idee hatte. „Was ist mit dem Chemikaliencocktail, mit dem Diane getötet wurde? Phosphor, Magnesium und Kalium. Woher kamen die? Wer könnte sie besorgt haben? Sind wir schon weiter?"

Ryan zuckte mit den Schultern und auch Ffion wirkte ratlos.

Harry hob zögernd die Hand. „Ma'am, man findet sie in Multivitaminen. Sie sind wichtig für die Knochengesundheit."

„Knochengesundheit", wiederholte Bridget und brachte Harry damit in Verlegenheit. „Nun, es ist zumindest ein Ansatz", fügte sie aufmunternd hinzu. Es war auf jeden Fall mehr, als irgendjemand sonst im Team zustande gebracht hatte. „Ryan, warum versuchen Sie nicht, mehr herauszufinden? Wir haben eine Weltklasse-Universität in dieser Stadt. Da muss es doch jemanden geben, der uns helfen kann."

„Ich werde sehen, was ich tun kann", sagte Ryan, aber er klang nicht sehr hoffnungsvoll.

„Andy, ich möchte, dass Sie sich die Finanzen des Verlags ansehen, der Dianes Buch veröffentlicht hat. Finden Sie heraus, ob er irgendwelche Probleme hat."

„Wird gemacht."

„Und Harry" – Bridgets Blick ruhte auf dem jüngsten Mitglied ihres Teams – „helfen Sie jedem, der Sie braucht."

„Ja, Ma'am."

„In der Zwischenzeit", sagte sie, „treffe ich mich noch einmal mit Dianes Agenten, Grant Sadler. Er war einer derjenigen, die Diane geraten haben, die Morddrohung ernst zu nehmen. Ich will sehen, ob er mehr Licht in die Sache bringen kann."

★

Ein tödliches Rennen mochte auf dem Weg zu einem internationalen Bestseller sein, aber Grant Sadler hatte offenbar der Versuchung widerstanden, seine luxuriöse Unterkunft in der Travelodge in der Abingdon Road aufzugeben. Als Bridget ihn anrief, verließ er gerade die Hotelrezeption. „Ich nehme gleich den Bus ins Zentrum von Oxford", sagte er. „Ich möchte bei Blackwell's vorbeischauen und mich mit ein paar Büchern eindecken, bevor ich nach London zurückfahre."

„Kein Problem", sagte Bridget. „Ich kann Sie dort treffen."

Blackwell's, Oxfords akademische Buchhandlung, lag in der Broad Street zwischen dem White Horse Pub und der Weston Library, direkt gegenüber dem Sheldonian Theatre. Das eher malerische Äußere der alten, vierstöckigen Stadthäuser, in denen sich das Geschäft befand – mit Fensterläden, Sprossenfenstern und Dachgauben –, täuschte über das weitläufige Innere hinweg. Als Studentin hatte Bridget hier unzählige

Stunden verbracht, in den Regalen der Geschichts- und Literaturabteilungen gestöbert und sich gewünscht, es gäbe mehr Zeit auf der Welt, um all die Bücher zu lesen, die um ihre Aufmerksamkeit buhlten.

Als sie ankam, traf sie im Erdgeschoss auf die übliche Mischung aus Buchliebhabern und Touristen. Hier bediente die Buchhandlung den Publikumsgeschmack und tat ihr Bestes, um den zahlreichen Besuchern Oxfords möglichst viel Geld aus der Tasche zu ziehen. Bücher, die für Literaturpreise nominiert waren, konkurrierten mit den neuesten Thrillern bekannter Autoren. Wie es sich für Oxford gehörte, stapelten sich die Tische mit allem, was einen lokalen Bezug hatte. Werke von Tolkien, C. S. Lewis, Lewis Carroll und Colin Dexter gab es in Hülle und Fülle. Auf einem Tisch im vorderen Teil des Ladens stapelten sich die Exemplare von Diane Gilberts neuestem Buch, einem Newcomer unter den Bestsellern, was, wie Bridget wusste, sowohl auf die Umstände ihres Todes als auch auf seine Lesbarkeit zurückzuführen war.

Grant Sadler hatte ihr gesagt, dass sie ihn im Norrington-Saal finden würde, und so bahnte sich Bridget ihren Weg an den Stapeln von *Alice im Wunderland* und *Harry Potter* vorbei zur Treppe, die in die unteren Stockwerke führte. Die meisten Touristen kamen nie so weit, aber sie wussten nicht, was ihnen entging. Von wegen *Alice im Wunderland,* das Untergeschoss von Blackwell's, benannt nach Sir Arthur Norrington, dem ehemaligen Präsidenten des Trinity College, war schlicht und einfach ein Wunderland der Bücher. Der riesige unterirdische Raum, der sich über mehrere Ebenen erstreckte, ließ Bridgets Rücken immer vor Aufregung kribbeln, als würde sie eine Kathedrale der Worte betreten.

Sie stieg eine Treppe hinab, folgte den schwarz-weißen Schildern, die an Drähten von der Decke hingen und die verschiedenen Abteilungen kennzeichneten, und suchte zwischen den Bücherregalen nach Grant Sadler. Nachdem sie einen Korridor mit meterhohen Bücherregalen durchquert hatte, bog sie um eine Ecke, entdeckte ihn auf der untersten Ebene des Raumes und nahm eine zweite Treppe, um ihn zu treffen.

Aus der Nähe sah er noch schlimmer aus als das letzte Mal, als Bridget ihm begegnet war. Sein Haar stand zu Berge, sein Gesicht war unrasiert und seine Augen waren von dunklen Ringen umgeben. Er sah aus, als hätte er nicht geschlafen und wäre direkt aus dem Bett gestolpert.

„Mr. Sadler?"

Er war in ein Buch vertieft und hatte nicht bemerkt, dass sie sich näherte. Beim Klang seines Namens zuckte er zusammen und ein Zettel flatterte neben Bridgets Füßen auf den Boden. Sie bückte sich und hob ihn auf. Auf dem Zettel stand eine Einkaufsliste mit Buchtiteln. Seine Arme waren bereits voll beladen mit Büchern.

Sie wollte ihm den Zettel geben, aber etwas hielt sie zurück. Sie hielt inne und sah sich die Liste genauer an. An den Titeln selbst war nichts Bemerkenswertes, aber das war es auch nicht, was ihre Aufmerksamkeit erregt hatte. Es war die Handschrift. Sie betrachtete sie genau, um sich zu vergewissern, dass sie sich nicht irrte. Aber nein, da war dieser charakteristische Schwung des großen „W", die nach rechts geneigte Schreibschrift, die über die Seite eilte, und die abschließenden Schnörkel am Ende von Buchstaben wie „f" und „g", die unter der Linie endeten. Man musste kein Experte für Handschriften sein. Die Ähnlichkeit war für jeden klar ersichtlich.

Grant Sadler war der Verfasser der Morddrohung. Er hatte sich nicht einmal die Mühe gemacht, seine Handschrift zu verstellen.

Er sah sie erwartungsvoll an, ein nervöses Lächeln umspielte seine Lippen. „Gibt es ein Problem?"

„Grant Sadler", sagte sie. „Ich verhafte Sie wegen des Verdachts des Mordes an Diane Gilbert."

KAPITEL 26

Grant Sadler saß Bridget gegenüber, ein bebendes Nervenbündel. Seine Finger zitterten und seine Hände fuhren immer wieder zu seinem Gesicht, um sich zu kratzen oder sein Haar zurückzustreichen. Unter dem Tisch wippte sein Knie so heftig auf und ab, dass sie hören konnte, wie es gegen das Holz schlug. Sein Kopf drehte sich beim leisesten Geräusch aus dem Flur.

Bridget empfand kein Mitleid.

Sein Anwalt saß ruhig neben ihm, das Haar ordentlich gekämmt, die Hände vor sich gefaltet, die Verkörperung von Gelassenheit und Ordnung im Gegensatz zu Grants chaotischem, nervösem Erscheinungsbild.

„Also", sagte Bridget und schob ein paar durchsichtige Asservatentüten über den Tisch. „Hier haben wir zwei handgeschriebene Dokumente. Das erste ist eine Liste von Büchern, die Sie heute Morgen in der Buchhandlung Blackwell's kaufen wollten. Das zweite ist ein Brief an Diane Gilbert, in dem ihr gedroht wird, sie zu töten, wenn sie mit der Veröffentlichung ihres Buches fortfährt. Unserem Experten zufolge stimmt die Handschrift in beiden Fällen überein. Selbst für einen Laien sehen sie gleich aus. Der Brief trägt einen Londoner Poststempel, und ich muss Sie sicher nicht daran erinnern, dass Sie in London leben und arbeiten."

Grant sagte nichts, aber seine Hände begannen noch heftiger zu zittern. Er zog sie aus dem Blickfeld und verbarg sie in seinem Schoß.

Sein Anwalt beugte sich vor, um die Beweise zu betrachten, eine Lesebrille saß auf der langen Nase. Sein Gesichtsausdruck verhieß nichts Gutes für Grants Chancen.

An Bridgets Seite räusperte sich Jake, und Grant zuckte zusammen, als hätte er einen Schlag bekommen. „Mr. Sadler, würden Sie zustimmen, dass diese beiden Dokumente von ein und derselben Person verfasst wurden?"

„Ja", sagte Grant und vermied es, Blickkontakt aufzunehmen.

„Und können Sie uns sagen, wer das geschrieben hat?" Eine Pause. „Das war ich."

„Sie geben also zu, die Morddrohung an Diane Gilbert geschrieben und abgeschickt zu haben?"

„Ja." Er blickte auf, seine Miene war ein verzweifelter Appell an Bridgets Mitgefühl. „Aber ich habe sie nicht umgebracht. Sie müssen mir glauben!"

Bridget ließ sich von seinem Flehen nicht beeindrucken. „Warum sollten wir Ihnen glauben? Alle Beweise sprechen gegen Sie."

„Sie verstehen das nicht. Ich wollte Diane niemals etwas antun. Ich wollte sicher nicht, dass sie stirbt. Sie war meine Klientin! Ich hatte nichts von ihrem Tod."

„Abgesehen von fünfzehn Prozent aller Einnahmen aus dem Verkauf ihres Buches. Das scheint eine beträchtliche Summe zu sein, jetzt, wo das Buch ein Bestseller geworden ist."

„Ich weiß!", rief Grant verzweifelt. „Ich weiß, wie es aussieht. Aber so war es nie geplant."

„Sie wollten nicht, dass das Buch ein Bestseller wird?"

„Natürlich wollte ich das! Deshalb habe ich ihr die

Morddrohung geschickt, aber Sie müssen mir glauben, ich habe Diane nicht umgebracht. Ich hatte nie die Absicht, ihr etwas anzutun."

Jake beugte sich über den Tisch. „Ich denke, Sie sollten das besser erklären."

Grant fuhr sich mit beiden Händen durchs Haar, wodurch die ohnehin schon unordentlichen Büschel noch weiter abstanden. „Also gut, es war so." Er atmete tief durch, um sich zu beruhigen. Als er sich wieder unter Kontrolle hatte, begann er zu sprechen. „Diane und ich haben den Plan mit der Morddrohung gemeinsam ausgeheckt. Es war meine Idee, aber als ich es ihr vorschlug, war sie begeistert. Ich schrieb den Brief und schickte ihn ihr, und als sie ihn erhielt, zeigte sie ihn ihrer Schwester und Jennifer, ihrer Verlegerin."

„Wollen Sie damit sagen, dass die beiden in den Plan eingeweiht waren?"

Er schüttelte den Kopf. „Nein. Sie hielten die Morddrohung für echt."

Bridget runzelte die Stirn. „Nach Aussage von Annabel und Jennifer hat Diane den Brief abgetan. Anfangs wollte sie ihn nicht einmal bei der Polizei melden."

„Ja, aber verstehen Sie denn nicht? Das war alles Teil der Inszenierung. Diane musste auf den Brief so reagieren, wie sie es getan hätte, wenn er echt gewesen wäre. Mit anderen Worten: mit ihrer üblichen Verachtung. Sie musste Annabel und Jennifer davon überzeugen, dass der Brief echt war. Das würde es glaubwürdiger machen, wenn sie sich schließlich bereit erklärte, den Brief der Polizei zu übergeben."

Er sah nun verlegen aus, als hätte er einen Schuljungenstreich ausgeheckt, der zu weit gegangen war.

„Und was genau war der Zweck dieser vorgetäuschten Drohung?", fragte Bridget scharf. „Ein Werbegag?"

„Genau. Das Verlagsgeschäft ist knallhart. Und die Wahrheit ist, dass ich es in den letzten Jahren nicht leicht hatte. Eine Pechsträhne, könnte man sagen. Autoren, die vielversprechend waren, deren Karrieren aber im Sande verliefen."

Bridget betrachtete den zerzausten Mann, der ihr gegenüber saß. Sie stellte sich das billige Hotel vor, in dem er am Ende der Abingdon Road wohnte, die täglichen Busfahrten in die Stadt und zurück, die Art, wie er sich im Café davor gedrückt hatte, seinen Kaffee zu bezahlen. Dass seine finanzielle Situation schlecht war – das konnte sie glauben.

„Also", fuhr er fort, „besuchte ich Diane in Oxford, um mit ihr die Pläne für die Buchvorstellung zu besprechen, und wir sprachen darüber, wie wir die Verkaufszahlen steigern könnten. Sie meinte, ihr Auftritt beim Oxford Literary Festival sei reine Zeitverschwendung. Ich sagte ihr, das sei Unsinn. Es sei eine Ehre, beim Festival aufzutreten, aber sie meinte, ihr Vortrag in der Divinity School würde nur von einem kleinen Publikum gehört werden – es war ja nicht so, dass man ihr das Sheldonian angeboten hätte – und sie sei sowieso nicht besonders scharf darauf, Leser zu treffen. Sie sagte, sie würde es hassen, ihre dummen Fragen zu beantworten und Bücher für sie zu signieren." Er blickte zur Decke. „Sie wissen ja, wie Diane war."

Bridget nickte. Das klang genau nach der Art von Bemerkung, die Diane gemacht hätte.

„Jedenfalls", fuhr Grant fort, „sagte ich, wenn sie mehr Publicity wolle, müssten wir das Beste aus der kontroversen Natur ihres Buches machen. Halb im Scherz schlug ich die Idee mit der Morddrohung vor. Ich sagte ihr, wenn sich herumspricht, dass sie bedroht worden ist, könnten wir die Geschichte nutzen, um mehr Werbung für die Veröffentlichung zu machen. Zu meiner Überraschung hielt sie das für eine großartige Idee, und wir beschlossen, es so zu machen. Wissen Sie, ich dachte nicht wirklich, dass es funktionieren würde, aber als die Polizei den Brief ernst nahm und anbot, Diane rund um die Uhr zu beschützen, wusste ich, dass wir einen Volltreffer gelandet hatten. Das würde eine tolle Geschichte werden."

Bridget war wütend. „Sie haben die Polizei also

benutzt, um einfach nur einen Hype für ein Buch zu erzeugen?" Wenn Grant die Wahrheit sagte, hatte sie nicht nur ihre Zeit damit verschwendet, Diane zum Literaturfestival zu begleiten, sondern er hatte auch die Ermittlungen völlig durcheinandergebracht und noch mehr wertvolle Zeit vergeudet. Und wenn er sie immer noch belog ... „Wie können Sie beweisen, dass das, was Sie sagen, wahr ist?"

Grants Anwalt warf seinem Mandanten einen Seitenblick zu und fragte sich vielleicht dasselbe. Doch die nervöse Energie, die den Agenten während seiner Erzählung beflügelt hatte, schwand plötzlich, und seine Miene fiel in sich zusammen. Verzweifelt starrte er über den Tisch zurück. „Wie kann ich das? Die einzige Zeugin, die meine Geschichte bestätigen könnte, ist Diane, und sie ist tot. Sie müssen mir einfach glauben."

„Aber warum sollten wir das? Selbst wenn es stimmt, was Sie sagen, dass Diane an einem PR-Gag beteiligt war, erzählen Sie uns vielleicht nur die halbe Wahrheit."

„Was meinen Sie damit?"

„Vielleicht lief alles so gut, dass Sie beschlossen haben, noch einen Schritt weiterzugehen. Nehmen wir einmal an, Sie hatten ursprünglich nicht die Absicht, sie zu töten. Aber als Sie erkannten, dass Sie das Potenzial für einen Bestseller in den Händen hielten, haben Sie entschieden, einen Schritt weiterzugehen."

„Nein", keuchte Grant.

„Eine fingierte Morddrohung hätte Ihnen vielleicht ein paar Spalten in der Literaturpresse eingebracht, aber mit dem Mord haben Sie dafür gesorgt, dass jede Zeitung und jeder Nachrichtensender im Land Diane und ihr Buch als Topthema behandelt."

„Nein!"

Bridget richtete sich in ihrem Stuhl auf, um ihrer Anschuldigung Nachdruck zu verleihen. „Sie waren in der Nacht von Dianes Tod in Oxford, Sie hatten ein klares Motiv, sie zu töten, und Sie haben zugegeben, ihr eine Morddrohung geschickt zu haben. Wenn Sie keine überzeugendere Erklärung vorbringen können, ist es sehr wahrscheinlich, dass wir Sie wegen Mordes anklagen werden."

★

Bridget verließ den Verhörraum außer sich vor Wut. Sie konnte nicht mit Sicherheit sagen, ob Grant Sadler die Wahrheit sagte oder ob er verzweifelt log, um seine Haut zu retten. Auf jeden Fall würde sie ihn wegen vorsätzlicher Belästigung, Einschüchterung oder Bedrohung anklagen. Von der Morddrohung ganz zu schweigen. Beides waren schwere Straftaten. Aber wenn die Morddrohung wirklich ein Scherz gewesen war, wie Grant behauptete, dann war sie der Identität des Mörders keinen Schritt näher gekommen. Im Gegenteil, die neuen Informationen stellten alles in Frage, woran sie gearbeitet hatten.

„Was halten Sie von ihm?", fragte sie Jake. „Glauben Sie ihm?"

„Es fällt mir schwer, ihm auch nur ein Wort zu glauben."

„Stimmt. Aber wenn er die Wahrheit sagt ..." Sie ließ den Satz unvollendet und stürmte in den Einsatzraum, um etwas Abstand zwischen sich und ihren Verdächtigen zu bringen, bevor sie die Beherrschung mit ihm völlig verlor.

Im Büro war alles ruhig, alle schienen mit ihren Aufgaben beschäftigt zu sein. Ffion saß an ihrem Schreibtisch, den Kopf in ein Buch vertieft. Tatsächlich waren die Bücher chaotisch auf ihrem sonst so aufgeräumten Schreibtisch verteilt.

Bridget schaute der jungen Detective neugierig über die Schulter. Bei den Büchern handelte es sich offenbar um die Werke über Kryptographie aus Dianes Haus, die Ffion vorhin erwähnt hatte. Die Seite, die Ffion gerade las, war für Bridget unverständlich, voller komplizierter Diagramme und seltsamer Symbole. Sie lehnte sich näher heran und sah, dass das Wort „Steganographie" mit einem gelben Marker hervorgehoben war. Bridget ging schnell weiter und überließ Ffion ihrer Aufgabe.

Andy sah von seinem Bildschirm auf, als sie sich näherte, und ein Funken Aufregung belebte seine sonst so ausdruckslosen Gesichtszüge. „Es gibt eine neue Entwicklung, Ma'am."

„Was denn?"

„Das ist das Überwachungsvideo der Travelodge, in der Grant Sadler übernachtet hat. Wir haben es letzte Woche angefordert, hatten aber noch keine Zeit, es uns genau anzusehen. Es schien nicht von höchster Priorität zu sein. Außerdem haben sie Unmengen davon. Kameras an der Rezeption, Kameras an den Aufzügen, noch mehr auf dem Parkplatz –"

Bridget war es eigentlich egal, wo das Hotel seine Kameras angebracht hatte. „Haben Sie etwas gefunden?", fragte sie.

„Nun, ja. Ich habe es durchgesehen, während Sie das Verhör geführt haben, und die Ergebnisse sind ziemlich interessant. In der Nacht, in der Diane ermordet wurde, blieb Grant Sadler nicht in seinem Zimmer und sah fern, wie er behauptete. Das Videomaterial zeigt eindeutig, dass er erst wenige Minuten vor Mitternacht ins Hotel zurückkam."

Bridget spürte, wie die Wut wieder in ihr aufstieg. Wie viele Lügen konnte der skrupellose Literaturagent ihr noch auftischen?

Sie machte auf dem Absatz kehrt und marschierte schnurstracks zurück in den Verhörraum.

KAPITEL 27

Bridget nahm gegenüber von Grant Platz und studierte sein aschfahles Gesicht. Waren seine zerfurchten Züge ein Eingeständnis seiner Schuld oder einfach nur blinde Angst vor dem, was ihm bevorstand? Sie wartete ab, wie er auf ihre Rückkehr reagieren würde.

Mit einem flehenden Blick beugte er sich zu ihr. „Bitte klagen Sie mich nicht wegen Mordes an Diane an."

„Nennen Sie mir einen guten Grund, warum ich das nicht tun sollte."

„Weil ich Ihnen alles gesagt habe, was ich weiß. Sie müssen mir einfach glauben."

„Ist das alles, was Sie mir zu bieten haben? Denn ich habe neue Beweise, die ich Ihnen vorlegen möchte."

Falls es möglich war, dass jemand, der bereits alles verloren zu haben schien, noch niedergeschlagener wirken konnte, dann schaffte Grant Sadler genau das.

„Als ich am Tag nach Dianes Tod mit Ihnen sprach", sagte Bridget, „erzählten Sie mir, dass Sie nach dem Literaturfestival auf ein schnelles Bier ins White Horse gegangen und dann zurück in Ihr Hotel zurückgekehrt waren."

Grant rutschte nervös auf seinem Stuhl hin und her. Neben ihm seufzte sein Anwalt, dem klar war, dass weitere schlechte Nachrichten bevorstanden.

„Die Videoüberwachung der Travelodge zeigt, dass Sie erst kurz vor Mitternacht dorthin zurückgekehrt sind." Bridget zeigte auf eine Kopie des Obduktionsberichts, die sie zur Vernehmung mitgebracht hatte. „Der Pathologe, der Diane obduziert hat, gab den Todeszeitpunkt zwischen elf Uhr abends und ein Uhr morgens an. Das gibt Ihnen mehr als genug Zeit, Diane zu töten und dann in Ihr Hotel zurückzukehren. Wenn Sie also nicht erklären können, wo Sie in dieser Nacht waren, werde ich empfehlen, Sie des Mordes an Diane anzuklagen."

Grant ließ resigniert seine Stirn auf die Tischplatte sinken. Endlich kam das Knie, das fast ununterbrochen unter dem Tisch auf und ab gehüpft war, zum Stillstand. Bridget fragte sich, ob er das Leben einfach aufgegeben hatte.

Er hob den Kopf vom Tisch, als wäre er aus massivem Blei, und starrte sie mit einem Blick völliger Verzweiflung an. „Die Wahrheit ist, dass ich gelogen habe", sagte er. „Oder zumindest habe ich nicht die ganze Wahrheit gesagt. Ich war zwar im White Horse, aber ich bin länger geblieben, als ich gesagt habe. Ich hätte Ihnen das schon früher sagen sollen, aber ich hielt es nicht für wichtig."

Bridget kniff die Lippen zusammen und wartete.

„Sehen Sie, ich war dort mit jemandem verabredet."

„Mit wem?"

„Jennifer Eagleston und Michael Dearlove."

Bridget runzelte angesichts dieser jüngsten Behauptung die Stirn. „Aber Michael Dearlove sagte, er sei direkt nach dem Vortrag nach London gefahren. Als Diane ihn fragte, ob er noch etwas trinken gehen wolle, sagte er ihr, er müsse sofort los."

„Ja", sagte Grant, „aber nur, weil wir das Treffen geheim halten wollten."

„Warum?"

Grant rieb sich die schwarz umrandeten Augen, als wolle er am liebsten für immer einschlafen. „Michael möchte ein Buch schreiben, aber sein derzeitiger Agent hat keinen Verleger für ihn finden können. Nachdem es mir gelungen ist, Dianes Buch unterzubringen, hat er mich gefragt, ob ich ihn mit Jennifer zusammenbringen könnte."

„Warum musste das geheim bleiben?"

„Wegen Michaels Vertrag. Er hat bereits einen Agenten, also hat er seine Exklusivitätsklausel verletzt, als er mit mir gesprochen hat. Das Ganze ist sehr heikel."

„Nicht so heikel wie Ihre derzeitige Lage", sagte Bridget.

„Richtig. Deshalb erzähle ich Ihnen jetzt alles."

„Sie behaupten, dass Sie Jennifer und Michael im White Horse getroffen haben, nachdem Dianes Vortrag zu Ende war? Das können wir leicht überprüfen, wissen Sie."

„Ja. Sofern sie bereit sind, es zuzugeben."

„Hoffen wir um Ihretwillen, dass sie es sind. Wie lange hat dieses Treffen gedauert?"

„Bis elf? Vielleicht nicht ganz so lange. Sagen wir viertel vor elf."

„Warum haben Sie dann über eine Stunde gebraucht, um in Ihr Hotel zurückzukehren? Sagen Sie mir nicht, dass Sie den Bus verpasst haben."

„Nein, obwohl die Busse um diese Zeit nicht sehr häufig fahren. Die Wahrheit ist, dass ich einfach Lust auf einen Spaziergang hatte. Nach einem Abend im Sitzen und einer langen Besprechung in einem überfüllten Pub musste ich meinen Kopf frei bekommen. Also bin ich zu Fuß gegangen."

Bridget überschlug kurz die Strecke. Die Entfernung zwischen Pub und Hotel betrug etwas mehr als zwei Meilen. Grants Behauptung, er sei eine Stunde zu Fuß unterwegs gewesen, konnte in etwa stimmen.

Er beugte sich wieder vor, als wolle er seine Argumente bekräftigen. „Sehen Sie, ich bin nicht stolz darauf, wie ich mich verhalten habe. Ich habe schreckliche Dinge getan. Die falsche Morddrohung. Ich habe Menschen hintergangen. Ich habe Sie angelogen. Aber mein Geschäft ist in verzweifelten Schwierigkeiten. Ich stehe kurz vor dem Bankrott. Ich musste *irgendetwas* tun."

Bridget musterte ihn misstrauisch über den Tisch hinweg. „Wissen Sie etwas über Zahlungen, die Diane von einer Firma namens Per Sempre Holdings erhalten hat?"

Er schien durch den plötzlichen Richtungswechsel alarmiert zu sein. „Per Sempre Holdings? Davon habe ich noch nie etwas gehört. Was ist das?"

„Ein Unternehmen auf den Cayman Islands. Diane scheint die alleinige Geschäftsführerin und Anteilseignerin gewesen zu sein. Könnte es sein, dass sie geheime Buchdeals gemacht hat, von denen Sie nichts wussten, ähnlich wie der, den Sie mit Michael Dearlove einfädeln wollten?"

„Unmöglich", sagte Grant. „Die Vereinbarung zwischen einem Autor und seinem Agenten ist ein rechtlich bindender Vertrag. Sie müssen verstehen, dass meine Gespräche mit Michael und Jennifer nur informeller Natur waren. Wenn Jennifer uns grünes Licht gibt, muss Michael seinen Vertrag mit seinem derzeitigen Agenten kündigen und mich mit den Verhandlungen beauftragen. Er kann das nicht einfach selbst machen. Verlage sind nicht daran interessiert, Manuskripte direkt von den Autoren zu erhalten. Sie sind auf vertrauenswürdige Agenten angewiesen, um den Schrott herauszufiltern."

„Also konnte Diane nicht hinter Ihrem Rücken gehandelt haben?"

„Auf keinen Fall. Warum sollte sie auch? Ich habe einen guten Deal für ihr Buch ausgehandelt. Jennifer wollte viel weniger zahlen, aber ich habe sie dazu gebracht, den Vorschuss um zwanzig Prozent zu erhöhen. Ich bin gut in dem, was ich tue."

„Das mag ja sein", sagte Bridget, obwohl Grants prekäre finanzielle Lage eher das Gegenteil vermuten ließ. „Aber Diane hat jeden Monat eine beträchtliche Summe von dieser Firma bekommen. Weit mehr, als sie mit dem Verkauf von *Ein tödliches Rennen* verdienen dürfte."

*

Bridget war wenig überrascht, als sie feststellte, dass Jennifer Eagleston immer noch in Oxford unterwegs war, Vorträge besuchte und mit Schriftstellern und deren Agenten Kontakte knüpfte. In Anbetracht dessen, was Grant über zwielichtige Geschäfte gesagt hatte, die bei einem Glas Bier in schummrigen Pubs abgewickelt wurden, bekamen Jennifers Kommentare über das Abwerben von Autoren anderer Verlage eine noch unheilvollere Bedeutung. Wenn man Grant Glauben schenken wollte, schreckte Jennifer nicht davor zurück, das Gesetz zu brechen, um zu bekommen, was sie wollte.

„DI Hart?", sagte sie lässig, als sie an ihr Telefon ging. „Wie schön, wieder von Ihnen zu hören, aber heute Mittag bin ich leider zu beschäftigt, um essen zu gehen."

„Ich wollte auch nicht vorschlagen, gemeinsam zu essen", sagte Bridget. „Diesmal wäre es praktischer, wenn Sie zu mir auf die Wache kämen."

Auf ihre Worte folgte eisiges Schweigen. Hintergrundgeräusche von Gesprächen füllten die Pause. Bridget hörte eine Stimme sagen: „Jennifer, kann ich dir noch einen Drink holen?"

„Gibt es ein Problem, Inspector?", fragte Jennifer nach einem Moment.

„Ich bin sicher, dass das nicht der Fall ist", sagte Bridget freundlich. „Ich schicke gleich einen Wagen, der Sie abholt."

Eine halbe Stunde später kam die Verlegerin sichtlich nervös in Kidlington an. Aber wie immer war ihre Rüstung aus rotem Lippenstift und scharlachrotem Nagellack an ihrem Platz. Ihre riesige Umhängetasche hielt sie wie einen Schutzschild vor sich.

„Hier entlang, bitte", sagte Bridget und führte sie in den Verhörraum, den Grant Sadler gerade verlassen hatte.

Jennifer nahm Platz und sah sich nervös in dem spärlich möblierten Raum um. Sie faltete die Hände ordentlich vor sich. So kleinlaut hatte Bridget die Frau noch nie gesehen. „Was möchten Sie wissen?", fragte sie.

„Ich möchte wissen", sagte Bridget, „was genau Sie nach Dianes Vortrag in der Divinity School in der Nacht ihres Todes gemacht haben."

„Ah", sagte Jennifer. „Sie haben mit jemandem gesprochen. Darf ich fragen, mit wem?"

„Bitte beantworten Sie einfach meine Frage, Miss Eagleston."

„Nun, ich habe nichts Unrechtes getan", sagte Jennifer. „Ich hatte ein Treffen mit Grant Sadler und Michael Dearlove."

„Ein *geheimes* Treffen", sagte Bridget.

Jennifer schnaubte. „Wenn ich das so sagen darf, ist das eine sehr melodramatische Ausdrucksweise. Es war ein informelles Gespräch, das ist alles."

„Und was war der Grund für dieses Gespräch?"

„Wir haben nur über ein Buch gesprochen, das Michael schreiben will. Daran ist doch nichts auszusetzen, oder?"

„Außer, dass Michael bereits einen Agenten hat, der ihn vertritt, und dass Grant ihn Ihnen deshalb gar nicht hätte vorstellen dürfen."

„Nun, diese Vertragsbedingungen können ziemlich vage sein", sagte Jennifer. „Wie gesagt, es war nur ein Gespräch unter Freunden bei einem Drink."

„Können Sie mir sagen, wo dieses Treffen stattgefunden hat und wann Sie gegangen sind?"

„Es war im White Horse. Kennen Sie es? Das ist ein charmanter kleiner Pub in der Broad Street. Und ich schätze, wir müssen fertig gewesen sein, oh, ich bin mir nicht sicher, wann. Die Zeit vergeht wie im Flug, wenn man in guter Gesellschaft ist, meinen Sie nicht auch?"

„Was ist Ihre beste Schätzung?", fragte Bridget mit zusammengebissenen Zähnen.

Jennifer runzelte die Stirn. „So gegen elf. Vielleicht ein bisschen früher, vielleicht ein bisschen später."

Die Zeit stimmte in etwa mit Grants Angaben überein. Nicht, dass Jennifer Eagleston als besonders zuverlässige

Zeugin gelten konnte.

„Und was haben Sie nach dem Treffen gemacht?"

„Ich bin zurück in mein Hotel gegangen."

„Und die anderen beiden? Grant und Michael?"

„Michael musste zurück nach London, und Grant ist wohl direkt in sein Hotel gefahren."

Bridget starrte sie über den Tisch hinweg an. „Was würden Sie sagen, wenn ich Ihnen verrate, dass Grant Sadler die Morddrohung an Diane geschrieben hat?"

Jennifers Augen weiteten sich vor Schreck. Sie öffnete den Mund, um zu sprechen, aber ausnahmsweise kam kein Wort heraus.

*

Unmittelbar vor Dianes Tod hatten sich drei Personen heimlich getroffen, und Bridget brauchte nicht lange, um den dritten Teilnehmer dieses Treffens ausfindig zu machen. Eine schnelle Suche auf der Website des Oxford Literary Festival ergab, dass Michael Dearlove gerade eine informelle Frage- und Antwortstunde im Blackwell's-Zelt neben dem Bodleian veranstaltete. Bridget stieg in ihr Auto und machte sich auf den Weg ins Zentrum von Oxford.

Als sie eintraf, war die Veranstaltung gerade zu Ende, und die Zuschauer schlenderten durch die Bücherstände, die unter dem großen Vordach des Festzeltes aufgebaut waren. Michael Dearlove unterhielt sich höflich mit einer älteren Dame, erweckte aber den Eindruck, als wolle er schnell weg. Vielleicht hatte er noch etwas vor oder er lechzte einfach nach einer Zigarette, was wahrscheinlicher war. Bridget beschloss, ihn zu erlösen.

„Ah, Inspector Hart", rief er, als sie sich ihm näherte. „Ich wollte gerade aufbrechen."

„Vielleicht könnten Sie mir ein paar Minuten Ihrer Zeit schenken, bevor Sie gehen."

„Natürlich. Was immer ich tun kann, um die Polizei bei ihren Ermittlungen zu unterstützen."

Die alte Dame verstand den Wink und ließ Bridget den Journalisten wegführen. Kaum draußen, zündete er sich sofort eine Zigarette an und inhalierte tief, als hinge sein Leben davon ab. „Mein Gott", sagte er, „das ist besser. Ich hatte vergessen, wie schnell einen dieses Zeug wieder in den Griff bekommt."

Bridget wedelte den Rauch mit einer Hand weg. Sie verlor langsam die Geduld mit Michael Dearlove und seinen Zigaretten. „Ich habe noch ein paar Fragen an Sie."

„Schießen Sie los", sagte Dearlove. „Es macht Ihnen doch nichts aus, wenn wir ein bisschen spazieren gehen, oder?" Er setzte sich in Richtung Radcliffe Square in Bewegung, denselben Weg, den sie das letzte Mal gegangen waren, als sie mit ihm gesprochen hatte. „Also, worum geht es?"

„Es geht um Ihr Treffen mit Grant Sadler und Jennifer Eagleston."

„Ach ja, dieses Treffen. Das ist wohl kaum ein Fall für die Polizei, oder?"

„Ich möchte den Sachverhalt klären, da er sich in der Mordnacht ereignet hat."

Dearlove blieb stehen und sah sie an. „Sie können doch nicht ernsthaft glauben, dass einer von uns etwas mit ihrem Tod zu tun hat, oder? Das ist doch lächerlich! Ich habe Ihnen bereits gesagt, was ich denke."

„Das haben Sie. Sie waren sogar sehr schnell dabei, mit dem Finger auf die Sicherheitsdienste zu zeigen. Wenn ich mich recht erinnere, haben Sie mir auch gesagt, dass ich keine Chance hätte, jemanden aus dem Umfeld der Sicherheitsdienste zu einem Gespräch zu bewegen."

Er paffte an seiner Zigarette. „Nun, haben sie geredet?"

„Sie haben geredet. Natürlich haben sie jede Beteiligung abgestritten."

„Natürlich."

„Deshalb untersuche ich jetzt eine andere Spur."

„Wollen Sie damit andeuten, dass ich Diane getötet haben könnte?" Echte Wut erfüllte ihn nun. Die Vorstellung schien ihn zu verletzten.

„Ich deute gar nichts an", sagte Bridget. „Aber ich würde gerne Ihren Bericht über das Treffen an jenem Abend hören."

Sie bogen in den Radcliffe Square ein und Dearlove hielt einen Moment inne, um die goldenen Säulen und Bögen der Camera zu betrachten, die von der grün-grauen Bleikuppel des Daches gekrönt wurden. „Gott, ist das schön, nicht wahr? Da möchte man fast seine Prinzipien über Bord werfen und sich der Elite anschließen."

„Es hat nicht viel gebraucht, damit Sie Ihre Prinzipien über Bord geworfen haben, nicht wahr, Mr. Dearlove?"

Er warf ihr einen verärgerten Blick zu. „Hören Sie, dieses Treffen ist keine große Sache. Tatsache ist, dass ich schon eine Weile versuche, einen Verlagsvertrag zu bekommen. Das sollte nicht so schwer sein. Ich bin ein bekannter Journalist mit einer soliden Erfolgsbilanz. Aber meine Agentin hat einfach keinen Fuß bei den großen Verlagen in die Tür bekommen. Sie versucht es schon seit fast einem Jahr, ohne Erfolg. Ehrlich gesagt war es frustrierend, zuzusehen, wie Diane ihr Buch veröffentlichte, während ich tatenlos an der Seitenlinie stehe. Also beschloss ich, vor Dianes Vortrag in aller Ruhe mit Grant zu sprechen, und er schlug vor, dass ich mich mit Jennifer treffen sollte. Tatsächlich war es ein sehr produktives Treffen. Wir arbeiten bereits an einigen Ideen."

„Und wo und wann hat dieses Treffen stattgefunden?"

„Im White Horse, gleich nach Dianes Vortrag." Er sah verlegen aus. „Ich musste Diane sagen, dass ich direkt nach London zurückfahre. Ich fühle mich jetzt schlecht dabei. Es war das Letzte, was ich zu ihr gesagt habe, und es war eine Lüge."

„Und wann war das Treffen beendet?"

„Wir verließen den Pub um etwa fünf vor elf. Ich erinnere mich, dass ich auf die Uhr gesehen habe, weil ich abschätzen wollte, wann ich zu Hause sein würde. Als ich mich auf den Weg machte, rief ich meine Frau an, um ihr mitzuteilen, dass ich nicht vor ein Uhr nachts zurück sein würde, und dass sie nicht auf mich warten sollte."

„Verstehe. Das scheint eine lange Fahrt zu sein, zumal Sie am nächsten Tag zum Literaturfestival nach Oxford zurückkehren wollten."

„Ja. Wenn ich in Oxford bin, wohne ich normalerweise bei …" Er brach abrupt ab. „Ich meine, manchmal wohne ich bei einem Freund."

„Ein Freund? Wer?"

Dearlove warf den Zigarettenstummel auf den Boden und zerdrückte ihn wütend mit seinem Schuh auf dem Kopfsteinpflaster. Er griff in seine Jackentasche, um eine neue zu holen, aber die Packung war leer. „Gott, verdammt! Wo kann ich noch mehr von denen kaufen?"

„Da drüben ist ein Laden", sagte Bridget und lenkte ihn in Richtung High Street. „Sie sagten, dass Sie normalerweise bei einem Freund in Oxford übernachten. Wollen Sie mir sagen, wer das ist, oder soll ich raten?"

Er neigte den Kopf. „Na gut, ich kann es genauso gut zugeben. Ich bleibe normalerweise bei Diane."

Bridget erinnerte sich daran, dass Dearlove bei ihrem letzten Gespräch davon gesprochen hatte, dass Diane „ganz allein in ihrem großen leeren Haus" sei. Jetzt war es klar, dass er dieses Haus von innen gesehen hatte. Und er hatte keinen Hehl daraus gemacht, dass er als Student mit Diane geschlafen hatte.

„Sie hatten eine Affäre mit ihr?"

„Ja", gab er zu.

„Und wusste Ihre Frau davon?"

„Natürlich nicht! Deshalb habe ich vorher auch nichts davon erwähnt. Verstehen Sie, Inspector, Diane bedeutete mir sehr viel. Sie war weit mehr als nur eine Kollegin. Sie war mehr als eine Freundin. Das ist der Grund, warum ich so darauf brenne, Ihnen zu helfen, herauszufinden, wer sie getötet hat."

„Das mag ja sein", sagte Bridget. „Aber Sie müssen verstehen, dass Sie dadurch auch zu einem Hauptverdächtigen in ihrem Mordfall werden." Sie waren jetzt auf der High Street angekommen, in der Nähe eines kleinen unabhängigen Zeitungskiosks, der auch Tabakwaren verkaufte. Bridget deutete auf den Laden. „Ich denke, dort finden Sie, was Sie brauchen."

KAPITEL 28

Ffion war in ein Buch vertieft. Genau genommen in mehrere Bücher. Auf einer Seite ihres Schreibtisches türmte sich ein Stapel von Diane Gilberts Fachbüchern über Kryptographie. Ein Buch über Steganographie lag aufgeschlagen vor ihr. Und in ihren Händen hielt sie eine gebundene Ausgabe von *Ein tödliches Rennen* – signiert von der Autorin.

Ffion war auf der Suche nach einer geheimen Botschaft – Dianes Passwort – und vielleicht war die Botschaft genau hier versteckt, in dem Buch, das sie in der Hand hielt. Denn wenn Diane Gilbert die Kunst der Kryptographie nutzen wollte, um ihr Passwort zu verbergen, wo hätte sie es besser verstecken können als in ihrem größten Werk, ihrem ersten veröffentlichten Buch?

Steganographie. Versteckte Schrift. Eine Nachricht in einer anderen verborgen.

Steganographie war sogar noch raffinierter als der Schutz einer Nachricht durch einen Geheimcode, denn sie verschleierte, dass es überhaupt eine Nachricht gab. Ffion stellte sich das Vergnügen vor, das die Akademikerin bei dem Wissen empfunden haben musste, dass ihr größtes

Geheimnis offen vor aller Augen lag. Es passte zu dem Profil, das Ffion von Diane entworfen hatte.

Arrogant. Verächtlich. Anmaßend.

Aber das waren Eigenschaften, die leicht nach hinten losgehen konnten.

Es war schon spät, und die meisten Leute hatten das Büro bereits verlassen. Aber Ffion ging nirgendwohin, nicht jetzt, da sie die Fährte ihrer Beute aufgenommen hatte. Es war nur eine Vermutung, aber sie wusste, dass ihre Intuition gut war. Sie hatte sich schon früher auf ihr Bauchgefühl verlassen, und es hatte sie zum Erfolg geführt. Sie war sich sicher, dass es diesmal nicht anders sein würde. Wenn sie nur den Schlüssel finden könnte.

Sie blätterte durch die Seiten von Dianes Buch. Knapp fünfhundert insgesamt. Dreihundert Wörter pro Seite. Und Diane Gilbert hatte nie ein kurzes Wort benutzt, wenn sie ein längeres mit derselben Bedeutung finden konnte. Ffion rechnete nach. Insgesamt fast eine Million Buchstaben. Es war wie die Suche nach der Nadel im Heuhaufen. Oder nach einem Sandkorn am Meeresstrand. Oder einem Wassertropfen in ...

Komm schon, konzentrier dich.

Das Prinzip der Steganographie war einfach. Während die meisten Codes – oder Chiffren, um den korrekten Begriff zu verwenden – eine Substitutionsmethode verwendeten, um jeden Buchstaben eines Wortes oder Satzes durch einen anderen zu ersetzen, wurden bei der Steganographie die Buchstaben, aus denen die versteckte Botschaft bestand, nicht verändert, sondern einfach aus einem größeren Text ausgewählt. Das Buch, das aufgeschlagen auf Ffions Schreibtisch lag, erklärte dies anhand von Beispielen.

Eine gängige Technik war von Francis Bacon, dem englischen Philosophen und Berater von Königin Elisabeth I., erfunden worden. Das Prinzip von Bacons Chiffre bestand darin, eine Nachricht durch unterschiedliche Formatierung des Textes zu verbergen, etwa durch Fett- oder Kursivdruck. Aber Ffion hatte keine unregelmäßigen Formatierungen gefunden. Der gesamte Text im Buch hatte die gleiche Größe und Schriftart, abgesehen von offensichtlichen Ausnahmen wie dem Inhaltsverzeichnis.

Eine andere Methode bestand darin, absichtlich Fehler in den Text einzufügen – zum Beispiel Rechtschreibfehler. Wenn man alle fehlerhaften Buchstaben fand und in die richtige Reihenfolge brachte, offenbarte sich eine Botschaft. Aber Ffion hatte in diesem Buch keine Rechtschreibfehler entdeckt.

Vielleicht dachte sie zu kompliziert. Die älteste Methode, eine Nachricht in einem größeren Text zu verbergen, war die „Null-Chiffre"-Technik. Bei dieser Methode wurden die Buchstaben nach einer einfachen Regel ausgewählt. Man nahm beispielsweise den ersten Buchstaben jedes Kapitels und ordnete sie so an, dass sie ein Wort oder einen Satz ergaben. Dieses Buch bestand aus zehn Kapiteln. Ein zehnstelliges Passwort erschien plausibel.

Ffion schrieb das erste Wort jedes Kapitels auf ein leeres Blatt Papier.

Never The Examples Military The Capitalism No Imperial What If

Dann schrieb sie den Anfangsbuchstaben jedes Wortes auf.

NTEMTCNIWI

Es klang sinnlos, aber ein Computer-Passwort musste kein sinnvolles Wort sein. Eine beliebige alphanumerische Zeichenfolge würde genügen. Sie griff nach Dianes Laptop und tippte eifrig die Buchstabenfolge ein, wobei sie darauf achtete, sie wie im Original in Großbuchstaben zu schreiben.

Kein Erfolg.

Sie versuchte es auch in Kleinbuchstaben, nur für den Fall.

Der Laptop ließ sich nach wie vor nicht entsperren.

Macht nichts, so leicht ließ sich Ffion nicht unterkriegen. Sie schlug das Buch erneut auf.

Ihr Telefon summte, und sie sah nach, wer ihr eine Nachricht geschickt hatte. Marion. Sie nahm es zur Hand, um sie zu lesen.

Ich habe jetzt Feierabend. Willst du essen gehen oder zu mir kommen? Ich kann kochen, wenn du möchtest. Ich habe dir etwas Wichtiges zu sagen. xx

Ffions Finger verharrte über der Nachricht. Das Angebot war verlockend und sie war neugierig, was Marions Neuigkeiten sein könnten. Aber sie würde sich nie entspannen können, solange ihre Arbeit hier unvollendet war. Sie würde ihnen beiden nur den Abend verderben. Sie tippte eine kurze Antwort ein.

Sorry, bin heute Abend im Büro beschäftigt. Wir sehen uns stattdessen morgen xx

Sie verspürte einen kurzen Anflug von Bedauern, dass sie die Einladung abgelehnt hatte, doch das Gefühl verflog schnell, und sie legte das Handy zurück auf den Schreibtisch und stellte es auf lautlos.

Sofort konzentrierte sie sich wieder darauf, das Passwort zu knacken. Wenn der erste Buchstabe jedes Wortes nicht funktionierte (und das war wirklich viel zu einfach), dann vielleicht eine Variation. Vielleicht der erste Buchstabe des ersten Kapitels, der zweite Buchstabe des zweiten Kapitels …

Sie begann sie aufzuschreiben und überprüfte dabei jeden einzelnen Buchstaben.

Nhaifaklwi

Immer noch kein Erfolg.

Abgesehen von ihr war das Büro jetzt menschenleer. Das Licht war ausgeschaltet, nur ihre Schreibtischlampe erhellte den dunklen Raum. Wenn sie die ganze Nacht hierbleiben wollte, könnte sie wirklich einen Tee gebrauchen, und zwar einen ziemlich starken. Doch bevor sie in die Küche ging, wollte sie noch die dritte und naheliegendste Methode ausprobieren. Sie nahm das erste Wort des ersten Kapitels: *Never*. Danach das zweite Wort des zweiten Kapitels: *Establishment*. Dann das dritte Wort des dritten Kapitels: *Abuse*. Als sie die zehn Wörter aufgeschrieben hatte, nahm sie von jedem den ersten Buchstaben. Es dauerte nicht lange, bis ein neues Wort vor ihr auftauchte, das aus scheinbarem Chaos entstand.

Neapolitan

Ffion hielt den Atem an. Das geheime Wort war die ganze Zeit da gewesen, eingebettet in ein Buch mit gewöhnlichem Text. Tausende von Lesern hatten dieselben Worte gelesen, ohne zu ahnen, dass sie eine versteckte Botschaft enthielten.

Ihre Finger griffen erneut nach dem Laptop und begannen zu tippen. Sekunden später war sie drin.

★

Jake betrat die Weinbar und sah sich aufmerksam um. Er war auf der Suche nach einer Frau namens Lauren mit dunklen, geheimnisvollen Augen und langen schwarzen Haaren. Er überprüfte das Foto auf seinem Handy zum ungefähr hundertsten Mal. Lauren sah auf jeden Fall sehr attraktiv aus, aber nach seiner Erfahrung mit Tilly fragte er sich, ob die echte Lauren viel Ähnlichkeit mit ihrem Profil auf der Dating-App haben würde. Würde auch sie fast alt genug sein, um seine Mutter zu sein?

Er richtete seinen Hemdkragen und fuhr sich durchs Haar. Die Nerven. Diese Weinbar war wirklich nicht sein Ding. Viel zu protzig. Wenigstens hatte Tilly einen netten, bodenständigen Pub in der Cowley Road als Treffpunkt gewählt. Vielleicht hätte er doch bei Tilly bleiben sollen. Seit ihrem ersten Date hatte sie ihm Nachrichten über die App geschickt, aber bisher hatte er sie ignoriert. Ja, er war verzweifelt, aber nein, ganz *so* verzweifelt war er nicht. Noch nicht.

Er ließ seinen Blick durch das schicke Lokal schweifen, nahm das helle Ambiente in der Nähe der Bar und die dunkleren, abgeschiedeneren Tische mit ihren roten Ledersitzen in Augenschein. Die meisten Tische waren für zwei Personen. Es war offensichtlich eine Single-Bar. Junge (und nicht mehr ganz so junge) Paare lehnten sich aneinander, blickten sich intensiv in die Augen, stießen mit den Gläsern an und flüsterten sich süße Nichtigkeiten zu. Oder vielleicht flüsterten sie auch nicht – die wummernde Musik, die aus den Lautsprechern dröhnte, schien es unmöglich zu machen.

„Jake?"

Er sah sich um und erblickte eine Frau um die dreißig, die ihn anlächelte.

„Lauren." Zu seinem Erstaunen sah sie genauso gut aus wie auf dem Foto. Besser. Sie trug ein tief ausgeschnittenes Kleid, ihr dunkles Haar fiel ihr über die Schultern und ihre Augen funkelten. „Ich …", stammelte er.

Sie küsste ihn auf die Wange. „Du holst ein paar Drinks, während ich uns einen Tisch suche. Ich nehme einen French Martini." Sie schlenderte zu einem Ecktisch und Jake machte sich auf den Weg zur Bar. Nervös zupfte er an seinen Ärmeln. Die Gäste hier sahen aus, als ob sie Geld im Überfluss hätten. Vielleicht hätte er sich etwas schicker anziehen sollen.

„Hallo, was darf es sein?"

Für einen Moment war Jake vom Haarschnitt des Barkeepers abgelenkt. Am Hinterkopf und an den Seiten bis auf die Haut rasiert und oben zu einem Bürstenschnitt gestutzt, war mit einem Rasiermesser ein abstraktes Muster aus geschwungenen Linien und Kurven in das Haar eingearbeitet worden.

„Ähm … einen French Martini" – Jake hatte keine Ahnung, was ein French Martini war, aber er wusste, dass er selbst keinen wollte – „und haben Sie Bier?"

Der Barkeeper griff in den hell erleuchteten Kühlschrank und holte eine Flasche heraus. „Diesen

Monat haben wir ein Ananas-Minze-Sauerbier aus Neuseeland im Angebot."

„Ananas und Minze?" Die seltsame Mischung klang wie einer von Ffions verrückten Tees. „Wie wäre es mit einem einfachen Yorkshire Bitter?"

„Nein, tut mir leid."

Widerwillig nahm Jake das Bier und den Cocktail entgegen, für die er einen gefühlt beträchtlichen Teil seines Monatsgehalts hinblätterte, und trug sie zu dem abgeschiedenen Tisch, an dem Lauren mit verführerischem Blick und tiefem Dekolleté auf ihn wartete. Sie wirkte sehr entspannt, als sei dies ihr Stammlokal.

Er nahm ihr gegenüber Platz und probierte einen Schluck von seinem überteuerten Bier. Er fand, dass Ananas und Minze den Geschmack nicht gerade verbesserten, und dass Yorkshire keine Invasion von Kiwi-Bier zu befürchten hatte.

Lauren nippte an ihrem Cocktail und schob dann ihre Hände über den Tisch, um seine zu berühren. „Ich habe mich so darauf gefreut, dich kennenzulernen, Jake."

„Ich mich auch", sagte er.

Sanft strich sie mit den Fingern über seine Handfläche. „Also, erzähl. Erzähl mir alles über dich."

Er überlegte, wo er anfangen sollte. „Ich komme ursprünglich aus Leeds, bin aber vor etwa einem Jahr nach Oxford gezogen. Ich bin Detective bei der Thames Valley Police."

Lauren strich mit den Fingern über seine. „Mm. Das ist sehr interessant. Ist das ein gefährlicher Job, Jake?"

Er dachte über die Frage nach. War sein Job gefährlich? Sicher hatte es Momente gegeben, in denen sein Leben in Gefahr gewesen war. Er erinnerte sich an eine Situation, in der er auf dem Turm eines Colleges gestanden hatte und nur eine niedrige Steinbrüstung ihn davor bewahrt hatte, in die Tiefe zu stürzen. Andere Male hatte er sich Angreifern stellen müssen, die mit tödlichen Waffen bewaffnet waren, darunter eine messerscharfe chinesische

Keramikscherbe und ein Zeremoniendolch. Aber genauso oft, so erinnerte er sich, war es Ffion gewesen, die sich der Gefahr gestellt und die Verhaftung vorgenommen hatte.

„So schlimm ist es wirklich nicht", sagte er.

„Ich denke, du musst sehr mutig sein", sagte Lauren. Sie sah ihm tief in die Augen. „Du bist ein sehr gut aussehender Mann, Jake. Hat dir das schon mal jemand gesagt?"

„Ähm ..." Er versuchte sich zu erinnern, ob Ffion jemals etwas in dieser Richtung gesagt hatte. Er glaubte nicht. Tatsächlich hatte sie in der ganzen Zeit, in der sie zusammen gewesen waren, nie etwas besonders Nettes über ihn gesagt. Irgendwie war das leichter zu ertragen gewesen als Laurens Schmeicheleien.

Er erwiderte ihren Blick und verlor sich in den dunklen Tiefen ihrer Augen. Sie schien zu erwarten, dass er ihr Kompliment erwiderte. „Du bist eine sehr schöne Frau, Lauren."

Sie beugte sich näher zu ihm. „Küss mich, Jake."

Er spürte, wie sein Gesicht sich dem ihren näherte, fast so, als hätte er die Kontrolle über sein Handeln verloren. Laurens Lippen öffneten sich und ihre Augen schlossen sich.

Sie waren kurz davor, sich zu küssen, als eine Männerstimme über die dröhnende Musik hinweg rief. „Hey! Lass die Finger von ihr!"

Lauren riss die Augen auf, und Jake spürte, wie der Bann, der auf ihm gelegen war, gebrochen wurde. Im Nu war er auf den Beinen.

Ein Mann kam mit empörter Miene auf ihn zu, die Hände zu Fäusten geballt.

Jake trat ihm entgegen. „Hey, beruhige dich, Kumpel. Was ist dein Problem?"

„Du willst wissen, was mein Problem ist?" Der Mann ruckte mit dem Kopf in Laurens Richtung. „Du hast eine Affäre mit meiner Frau!"

„Deiner Frau?"

„Aidan", flehte Lauren. „Ich kann das erklären!"

Jake wandte sich ihr zu. „Ist das dein Mann?" Ryan hatte ihm jede Menge Dating-Tipps gegeben, aber über diese Situation hatten sie nie gesprochen.

„Das bin ich", sagte Aidan. „Und wer zum Teufel bist du?"

„Ich bin Polizist."

„Das soll ich dir glauben? Du unverschämter Bastard!"

Eine Faust schwang in Jakes Richtung und er wich zur Seite aus. Aidan war ein großer Kerl und er schlug mit voller Wucht gegen den Tisch, dass die Gläser nur so flogen. Lauren schrie auf.

Jake griff in seine Tasche und holte seinen Dienstausweis heraus. „Ich bin Detective Sergeant Jake Derwent", rief er, als Aidan wieder auf die Beine kam. „Und du musst dich jetzt beruhigen."

„Beruhigen? Während du mit meiner Frau schläfst? Es ist mir egal, ob du ein verdammter Polizist bist oder nicht!" Er holte zu einem weiteren Schlag gegen Jake aus.

Diesmal fing Jake den Schlag ab, wirbelte den gekränkten Ehemann herum und packte seinen Arm hinter dem Rücken. Aidan schrie vor Schmerz auf. Jake drückte ihn gegen die Wand und legte ihm Handschellen an. „So, Kumpel", sagte er, „so bleibst du jetzt, bis du dich beruhigt hast. Und dann könnt ihr beide, du und deine Frau, das auf zivilisierte Weise unter euch ausmachen. Andernfalls nehme ich dich mit aufs Revier."

KAPITEL 29

Bei der Teambesprechung am nächsten Morgen fiel Bridget auf, dass Ffion wie eine Katze aussah, die Sahne bekommen hatte, während Jake aussah, als hätte man ihm die Milch weggenommen und ihn dann die ganze Nacht in der Kälte ausgesperrt.

Als Bridget fragte, ob jemand etwas zu berichten hätte, war sie nicht überrascht, als Ffions Hand nach oben schnellte. „Ich habe gestern Abend Dianes Passwort geknackt und bin in ihren Laptop gekommen." Ihre Aufregung ließ ihren walisischen Akzent noch stärker als sonst hervortreten.

„Was haben Sie herausgefunden?"

„Ich weiß, woher die Zahlungen auf ihr Offshore-Bankkonto kommen."

Jetzt spürte Bridget, wie ihre eigene Spannung stieg. Hatten sie endlich den Durchbruch erzielt, auf den sie gehofft hatte? Genug, um ihr Grayson vom Hals und Baxter in Schach zu halten? „Fahren Sie fort."

„Diane hat Bücher geschrieben."

Bridget wusste nicht, was sie zu hören erwartet hatte, aber das sicher nicht. Sie merkte, dass auch die anderen im

Raum enttäuscht waren. Sie versuchte, die Enttäuschung aus ihrer Stimme zu verbannen. „Bücher? Wie *Ein tödliches Rennen?*"

„Nein", sagte Ffion mit einem Grinsen. „Ganz bestimmt nicht so."

„Wie dann?", fragte Ryan.

„Nun", sagte Ffion, die es sichtlich genoss, im Mittelpunkt der Aufmerksamkeit zu stehen, „wir wussten bereits von Dianes Handy, dass sie gerne heiße Liebesromane las. Was ich auf ihrem Laptop gefunden habe, ist, dass sie solche Romane auch geschrieben und online veröffentlicht hat."

„Sie hat Liebesromane geschrieben?", wiederholte Bridget erstaunt.

„Heiße Romane?", fragte Ryan. „Meinst du –"

„Was auch immer du dir gerade in deiner fiebrigen Fantasie ausmalst", unterbrach Ffion, „ja, all das und noch mehr, mit allem Drum und Dran. Ganz zu schweigen von Peitschen, Handschellen und allerlei anderem Zubehör."

Sie klappte den Laptop auf und zeigte einen Bildschirm voller Buchcover mit halbnackten Männern und spärlich bekleideten Frauen. Die Titel der Bücher waren, gelinde gesagt, suggestiv. Jakes Ohren wurden rot, als er sich die Bilder ansah.

„Es scheint, als ob Dianes Persönlichkeit zwei Seiten hatte", fuhr Ffion fort. „Und zwei Berufe, die sie widerspiegelten. Tagsüber war sie eine seriöse Akademikerin, die Artikel für Fachzeitschriften schrieb, an Konferenzen und Seminaren teilnahm und ein Buch über Regierungen und ihre zwielichtigen Machenschaften veröffentlichte. Nachts verschlang sie heiße Liebesromane und schrieb und veröffentlichte ihre eigenen unter dem Pseudonym Lula Langton. Natürlich gab sie sich große Mühe, diese beiden Seiten voneinander zu trennen. Sie verschlüsselte sogar ihren Laptop, damit niemand etwas davon mitbekam. Wir dachten, es sei wegen ihren Recherchen zum internationalen Waffenhandel, aber es war, um ihren akademischen Ruf zu schützen."

Bridget fragte sich, was Professor Al-Mutairi wohl sagen würde, wenn er von Dianes anderer Seite erfuhr. Das würde seine Fakultät zweifellos in Verruf bringen. Aber sie war immer noch verwirrt. „Und woher kam das Geld?"

„Aus dem Verkauf ihrer Liebesromane. Sie hat mehrere Serien veröffentlicht, und den Rezensionen auf Amazon nach zu urteilen, hat sie eine Menge Fans auf der ganzen Welt – weit mehr, als jemals *ein tödliches Rennen* gelesen haben. Die Zahlungen auf ihr Offshore-Konto stammen von E-Book-Händlern."

„Waren ihr Agent und ihre Verlegerin an diesem Geschäft beteiligt?"

„Nein. Sie hat ihre E-Books direkt online veröffentlicht."

Bridget hatte keine Ahnung, dass man mit E-Books so viel Geld verdienen konnte. Und das im Alleingang, ohne Agenten oder Verleger, die für sie arbeiteten. So viel zu Diane Gilberts sozialistischen Überzeugungen – sie war eine sehr erfolgreiche Unternehmerin gewesen.

Bridget dankte Ffion für ihren Einfallsreichtum und ihre Beharrlichkeit. Aber brachten die neuen Informationen sie wirklich weiter? Abgesehen davon, dass das Rätsel der Offshore-Firma gelüftet war, war sich Bridget nicht sicher, ob sie der Lösung des Falles näher gekommen waren. Wenn hinter den Zahlungen auf Dianes Konto nichts Verdächtiges steckte und man den Dementis des MI5 und der Saudis Glauben schenken konnte, was blieb dann noch? Eine fingierte Morddrohung eines abgehalfterten Literaturagenten, der verzweifelt versuchte, mehr Bücher zu verkaufen. Ach ja – und die hartnäckige und unvermeidliche Tatsache, dass eine Frau in ihrem eigenen Haus ermordet worden war, während sie unter Polizeischutz stand.

Wer hatte nochmal gesagt: *Man kann nicht zurückgehen und den Anfang ändern, aber man kann dort anfangen, wo man ist, und das Ende ändern?* Etwas an diesem Fall hatte sie von Anfang an gestört.

„Die Glasscherben", murmelte sie, „an der Hintertür des Hauses."

„Was ist damit, Ma'am?", fragte Jake.

„Jake, Sie kommen mit mir. Und" – Bridget ließ ihren Blick über die Gesichter schweifen, bis er bei dem jüngsten Mitglied ihres Teams hängen blieb – „Harry."

„Ich?" Seine Augen leuchteten auf.

„Ja, Harry. Ich glaube, Sie wären perfekt für den Job."

★

Der Tatort auf der Rückseite von Dianes Haus sah noch genauso aus wie in der Woche zuvor. Das Absperrband an der Hintertür flatterte noch immer im Wind, aber das würde Bridget nicht davon abhalten, das Experiment durchzuführen, das ihr vorschwebte. Auf dem Weg vom Revier hatten sie bei einem Baumarkt in Kidlington angehalten und alles Nötige besorgt.

Neben ihr wirkte Harry nervös. „Sind Sie sicher, dass das eine gute Idee ist, Ma'am?"

„Ja. Ich will der Sache ein für alle Mal auf den Grund gehen."

Harry stellte die Glasscheibe, die er trug, vorsichtig auf den Boden und lehnte sie an die Backsteinmauer des Hauses.

„Stellen Sie sie direkt neben die Hintertür", sagte Bridget. „Ich möchte versuchen, die Bedingungen in der Nacht, in der Diane getötet wurde, so genau wie möglich zu rekonstruieren. Also, wo ist der Hammer?"

Jake hatte ihn. Er reichte ihn Harry, zusammen mit einer Schutzbrille.

„Also", begann Bridget. „Hier ist der Plan. Ich werde in meinem Auto vor der Tür warten. Jake, Sie gehen hoch in Dianes Schlafzimmer und warten dort. Harry, wir schicken Ihnen eine Nachricht, wenn wir beide bereit sind, und dann können Sie das Glas einschlagen."

Harry wirkte immer noch unsicher.

„Wäre es Ihnen lieber, wenn Jake das Glas einschlägt?",
fragte Bridget.

Das brachte Harry schließlich zu einem Entschluss.
„Nein, Ma'am. Ich werde es tun."

„Gut", sagte Bridget. „Dann gehen wir jetzt alle in
Position." Sie ließ Harry mit dem Hammer und dem Glas
auf der Rückseite des Hauses stehen und ging nach vorne.
Der Constable, der das Haus bewacht hatte, war nicht
mehr im Dienst. Jake schloss die Tür auf und verschwand
im Obergeschoss. Bridgets Auto stand direkt vor dem
Haus, genau an der Stelle, wo Sam und Scott in der
Mordnacht geparkt hatten. Sie stieg ein, schickte Harry
eine Nachricht, dass sie bereit war, und wartete.

Die Straße war wahrscheinlich tagsüber fast so ruhig
wie nachts. Obwohl auf der nahe gelegenen Banbury Road
um diese Zeit viel Verkehr herrschte, war hier in der
St. Margaret's Road, abgeschirmt von großen Häusern,
Bäumen und Hecken, nur ein leises Rauschen des
Verkehrs zu hören. Bridget machte es sich bequem, schloss
die Augen und lehnte sich zurück, um zu warten.

Einige Zeit später wurde sie durch ein lautes Klopfen
an der Seitenscheibe des Wagens aufgeschreckt. Harry.
Bridget ließ das Fenster herunter. „Was ist los?"

„Es ist vollbracht, Ma'am. Haben Sie nichts gehört?"

„Nein." Bridget verspürte ein Kribbeln, denn sie
wusste jetzt, dass es richtig gewesen war, Sam und Scott
zu vertrauen. Ihre Schilderung der Ereignisse hatte
gestimmt. Vom Auto aus, das vor dem Haus parkte, war
das Geräusch des zerbrechenden Glases hinten nicht zu
hören.

Sie stieg aus und folgte Harry ins Haus. Jake kam
gerade die Treppe herunter. „Haben Sie es gehört?", fragte
sie ihn.

„Absolut. Ganz deutlich."

„Und hätte es Sie geweckt?"

„Ich würde sagen, Ja."

Es war genau so, wie Bridget vermutet hatte. Eine
leichte Schläferin wie Diane hätte auf jeden Fall aufwachen

müssen, als der Eindringling das Glas zerbrach. Dennoch hatte man sie tot in ihrem Bett gefunden. Es gab nur eine mögliche Erklärung, die zu den Fakten passte. Diane war bereits tot gewesen, als die Scheibe der Hintertür eingeschlagen wurde.

„Gehen wir wieder nach draußen", sagte sie zu den anderen.

Harry führte sie zur Rückseite des Hauses. Dort, wo die Glasscheibe gelehnt hatte, lagen Scherben auf den Steinplatten, genau wie Bridget sie auf dem Küchenboden gesehen hatte, als sie angekommen war und den Einbruch entdeckt hatte.

„Harry, können Sie für mich über die Glasscherben laufen."

Mit einem verwirrten Gesichtsausdruck tat er, worum sie ihn bat.

„Jetzt zeigen Sie mir Ihre Schuhsohlen."

Er lehnte sich gegen die Wand und hob seine rechte Schuhsohle.

„Ich sehe es", sagte Jake, „Die Glassplitter bleiben im Profil der Sohle stecken."

„Genau", sagte Bridget. „Wenn der Eindringling durch das zerbrochene Glas gelaufen wäre, hätte er es mit seinen Schuhen aufgesammelt und etwas davon im Rest des Hauses verteilt. Aber im SOCO-Bericht wurde kein Glas in den Teppichen erwähnt. Vik ist immer sehr gründlich. Er hätte es gefunden, wenn es da gewesen wäre."

Jake kratzte sich am Kopf. „Was soll das bedeuten?"

„Das bedeutet", sagte Bridget, „dass das Glas vom Eindringling nicht auf dem Weg ins Haus eingeschlagen wurde. Es wurde zerbrochen, als er das Haus verließ."

„Damit es wie ein Einbruch aussieht", sagte Harry.

„Genau. Derjenige, der Diane getötet hat, hatte mit ziemlicher Sicherheit einen Schlüssel für die Hintertür, aber er hat die Scheibe eingeschlagen, um diesen Umstand zu vertuschen."

KAPITEL 30

E ndlich fügten sich die Puzzleteile des Rätsels wie
Glasscherben zusammen. Der Mörder hatte sie in
die Irre geführt, indem er vorgab, in das Haus
einzudringen, während Diane schlief. In Wirklichkeit hatte
er sich mit dem Schlüssel unbemerkt durch die Hintertür
Zutritt verschafft, war die Treppe hinaufgeschlichen, hatte
Diane die Giftspritze in die Brust gestoßen und sie getötet,
bevor sie reagieren konnte. Auf dem Weg nach draußen
hatte er die Scheibe der Hintertür eingeschlagen, um zu
verschleiern, dass er einen Schlüssel besaß.

Jetzt verstand Bridget, wie er in den Garten gekommen
war. Wenn der Mörder einen Schlüssel für die Hintertür
hatte, konnte man davon ausgehen, dass er auch einen
Schlüssel für das Tor in der Gartenmauer besaß. Auf diese
Weise war er in das Anwesen eingedrungen, hatte den
Mord begangen und war danach verschwunden, wobei er
das Gartentor hinter sich verschlossen und keine Spuren
hinterlassen hatte.

„Wir suchen also jemanden, der einen Schlüssel zum
Haus hatte", erklärte Bridget Jake und Harry.
„Höchstwahrscheinlich ein Familienmitglied. Und der

einzige Verwandte, der ein klares Motiv hatte, Diane zu töten, ist ihr Sohn, Daniel Dunn. Er erbt alles – das Haus, die Tantiemen aus ihren Buchverkäufen, einfach alles."

Bridget verlor keine Zeit und schickte einen Streifenwagen zum Haus von Ian Dunn, um seinen Sohn abzuholen. Sie hoffte, dass er Oxford noch nicht verlassen hatte. Ausnahmsweise war das Glück auf ihrer Seite, und kurz nachdem sie nach Kidlington zurückgekehrt war, trafen die Beamten mit Daniel im Schlepptau ein.

Er war sichtlich verärgert darüber, unter so erniedrigenden Umständen auf die Polizeiwache gebracht worden zu sein. Doch Bridget kümmerte sich nicht um seinen verletzten Stolz. Die Zeit des behutsamen Vorgehens war längst vorbei.

Daniel bestand auf seinem Recht auf Rechtsbeistand und besorgte sich einen Anwalt aus derselben Kanzlei, die auch Dianes Nachlass verwaltete. Nachdem der Anwalt eingetroffen war und zehn Minuten allein mit seinem Mandanten verbracht hatte, betrat Bridget mit Jake den Verhörraum.

Der Anwalt war ein ernster, zurückhaltender Mann in einem dunkelgrauen Anzug, der etwas abseits von Daniel saß, als wolle er eine distanziertere Sicht auf das Geschehen haben. Bridget fragte sich, ob er sich bereits eine negative Meinung von seinem Mandanten gebildet hatte, als Daniel wegen des Testaments seiner Mutter in die Kanzlei gekommen war.

Sie wartete, während Jake Plastikbecher mit Tee verteilte – die beste Gastfreundschaft, die das Revier zu bieten hatte –, und nahm sich einen Moment Zeit, Daniel Dunn zu beobachten. Der Mann sah müde aus, als hätte er in letzter Zeit nicht viel geschlafen. Ein Muskel direkt unter seinem linken Auge zuckte ununterbrochen und als er sich nach vorne beugte, um seinen Tee zu nehmen, stieß er den Plastikbecher um und verschüttete etwas von der braunen Flüssigkeit über den Tisch.

„Tut mir leid", sagte er, während Jake das verschüttete Wasser mit einem Papiertuch aufwischte. „Wie ungeschickt von mir. Dieser Ort macht mich nervös."

„Kein Grund zur Sorge", sagte Bridget. „Sie sind nicht verhaftet." Aber Daniel schien sehr nervös zu sein. Nun, das konnte sie zu ihrem Vorteil nutzen.

Der Anwalt räusperte sich. „Inspector, könnten Sie mir bitte erklären, warum mein Mandant heute hierher gebeten wurde?"

„Wir haben noch einige Fragen im Zusammenhang mit dem Tod seiner Mutter."

„Fragen, die man zu Hause nicht hätte stellen können?"

„Fragen, die zu neuen Beweisen oder neuen Ermittlungsansätzen führen könnten."

„Verstehe."

Der Anwalt schien keine Einwände zu haben, also wandte sich Bridget an Daniel. „Mr. Dunn, haben Sie Schlüssel zum Haus Ihrer Mutter?"

Er sah sie überrascht an. „Ja, habe ich."

„Auch einen Schlüssel für die Küchentür?"

„Ja."

„Und auch für das Tor in der Gartenmauer auf der Rückseite?"

„Ja." Er sah sie misstrauisch an. „Warum ist das wichtig?"

„Wir haben Grund zu der Annahme, dass die Person, die für den Mord an Ihrer Mutter verantwortlich ist, einen Schlüssel benutzt hat, um durch das Gartentor und dann durch die Küchentür ins Haus zu gelangen."

„Ich dachte, Sie sagten, er wäre eingebrochen."

„Neue Beweise deuten darauf hin, dass das Glas der Küchentür auf dem Weg nach draußen eingeschlagen wurde, um es so aussehen zu lassen, als hätte er sich gewaltsam Zutritt verschafft. Das würde erklären, warum Ihre Mutter nicht aufgewacht ist. Als leichte Schläferin hätte sie mit Sicherheit das Geräusch von zerbrechendem Glas gehört, wenn sie noch am Leben gewesen wäre, als das Glas in der Tür eingeschlagen wurde."

Daniels Stirn legte sich in Falten, als er die neuen

Informationen verarbeitete. „Das macht Sinn. Aber was hat das mit mir zu tun? Sie glauben doch nicht etwa, dass ich etwas mit dem Tod meiner eigenen Mutter zu tun habe?" Er schaute seinen Anwalt um Unterstützung bittend an, aber der zeigte keine Regung.

Auf ein Nicken von Bridget hin übernahm Jake das Verhör. „Wo waren Sie in der Nacht, in der Ihre Mutter getötet wurde?"

„Ich war in London. Da lebe ich." Ein mürrischer Unterton hatte sich in seine Stimme geschlichen und Bridget bemerkte, dass seine Bereitschaft zur Kooperation schwand.

„Kann das jemand bestätigen?"

Er überlegte einen Moment. „Ich glaube nicht. Nein."

„Was ist mit Ihrer Freundin?"

„Sie war für ein paar Tage auf einer Fortbildung." Er dachte kurz nach. „Aber ich war am Donnerstag bis spät abends bei der Arbeit. Das Ende des Steuerjahres ist immer eine hektische Zeit, und ich habe das Büro erst nach acht verlassen. Am nächsten Morgen saß ich um sieben wieder an meinem Schreibtisch. Sie können meinen Chef fragen."

„Das werden wir", sagte Bridget. „Aber wenn ich das sagen darf, das erklärt nicht, wo Sie zu dem Zeitpunkt waren, als Ihre Mutter ermordet wurde."

„Und wann war das?", fragte der Anwalt.

„Zwischen elf Uhr abends und ein Uhr morgens."

„Nun, ich bin gegen elf ins Bett gegangen", sagte Daniel. „Wer kann schon ein Alibi für die Zeit vorweisen, in der er geschlafen hat?"

„Jemand, dessen Freundin nicht zufällig über Nacht weg war", schlug Jake vor.

Daniel schüttelte wütend den Kopf. Er streckte die Hand aus und diesmal schwappte der Rest seines Tees über den Schreibtisch.

Bridget wartete geduldig, während Jake mehr Papiertücher holte. Als das Missgeschick beseitigt war, fragte sie: „Wie lange würde es dauern, von Ihrem Haus in

London zum Haus Ihrer Mutter in Oxford zu fahren?"

„Das hängt vom Verkehr ab", sagte Daniel, der nun die Arme vor der Brust verschränkt hatte.

„Mitten in der Nacht, bei wenig Verkehr."

„Ich habe nicht die Angewohnheit, mitten in der Nacht zum Haus meiner Mutter zu fahren."

„Anderthalb Stunden?", schlug Bridget vor.

„Ungefähr.

„Also drei Stunden hin und zurück."

Der Anwalt beugte sich vor. „Wollen Sie damit andeuten, dass mein Mandant mitten in der Nacht nach Oxford gefahren ist, um seine eigene Mutter zu ermorden?"

„Ich versuche lediglich herauszufinden, ob Ihr Mandant Beweise vorlegen kann, die diese Möglichkeit ausschließen. Und es scheint, dass er das nicht kann."

„Mein Mandant ist nicht verpflichtet, seine Unschuld zu beweisen, wie Sie sehr wohl wissen, Inspector."

„Natürlich."

„Wenn Sie also keine weiteren Fragen haben, bitte ich Sie, ihn gehen zu lassen."

Bridget blickte zu Jake. „Im Moment keine weiteren Fragen."

Daniel stand auf und schob seinen Stuhl geräuschvoll über den Boden. „Ich muss sagen, das war reine Zeitverschwendung. Haben Sie wirklich etwas Nützliches aus diesem Gespräch gelernt, Inspector?"

Bridget betrachtete ihn ruhig. „Ich habe erfahren, dass Sie im Besitz eines kompletten Schlüsselsatzes für das Haus Ihrer Mutter sind und dass Sie für die Tatzeit kein Alibi haben."

Er funkelte sie an, die Wut stand ihm ins Gesicht geschrieben. „Sie hatten es von Anfang an auf mich abgesehen, nicht wahr?"

„Überhaupt nicht", sagte Bridget. „Ich halte mich schlicht an die Fakten."

Der Anwalt nahm Daniel am Arm und wollte ihn aus dem Raum führen, aber Daniel schüttelte ihn ab. „Sie wollen die Fakten? Dann hören Sie mal zu. Mein Vater ist ein Narr, wenn es um meine Mutter geht. Solange sie lebte, war er blind für ihre Fehler und hat sie immer entschuldigt. Selbst jetzt, wo sie tot ist, weigert er sich zu glauben, was alle anderen längst wissen."

„Und das wäre, Daniel?"

„Dass sie eine selbstsüchtige, egozentrische Frau war, die glaubte, die ganze Welt drehe sich um sie, und die sich für andere Menschen nur dann interessierte, wenn sie ihr nützlich sein konnten oder es ihr ein gutes Gefühl gab. All diese Dinge, für die sie sich einsetzte – ihre Politik und ihre Kampagnen –, waren für sie nur ein Mittel, um ihr Ego zu stärken und sich allen anderen überlegen zu fühlen. Nun, in meinen Augen hat sie bekommen, was sie verdient hat. Sie ist schließlich auf jemanden getroffen, dem ihr Leben völlig egal war."

Er hielt atemlos inne. Sein Anwalt versuchte erneut, ihn aus dem Raum zu ziehen, aber Daniel war noch nicht fertig.

„Louise hat sich nie von meiner Mutter täuschen lassen. Oh, ich weiß, sie hat sich immer Mühe gegeben, höflich zu ihr zu sein, Dad zuliebe. Aber sie hat sie sofort durchschaut. Sie hat erkannt, was für eine gefühllose, manipulative Hexe meine Mutter war."

„Wie können Sie das wissen?"

„Weil sie es mir gesagt hat! Und wissen Sie, was noch? Die arme Louise hat die ganze Zeit, in der sie mit meinem Vater verheiratet war, versucht, meiner Mutter Konkurrenz zu machen. Er redet ständig von ihr, wissen Sie. Diane dies, Diane das. Kennen Sie den wahren Grund für die Scheidung meiner Eltern?"

„Was?"

„Dad wollte immer mehr Kinder, aber nach meiner Geburt weigerte sich meine Mutter, weitere zu bekommen. Deshalb verließ er sie schließlich und heiratete eine Frau, die jung genug war, um eine Familie zu gründen."

Daniels Behauptung war keine allzu große

Überraschung. Sie stimmte mit dem überein, was Ian Bridget selbst erzählt hatte.

„Louise behauptet, es sei ein Segen, kinderlos zu sein", fuhr Daniel fort, „aber das ist nur eine weitere Lüge! Warum ist sie wohl Kinderärztin geworden? Sie liebt Kinder und sie und Dad wollten unbedingt eine eigene Familie haben. Sie hatten sogar eine Fruchtbarkeitsbehandlung. Aber es hat nie geklappt. Da haben Sie es also. Noch mehr Lügen. Und noch ein Grund für Louise, sich unzulänglich und verbittert zu fühlen." Er hielt einen Moment inne, um sich zu sammeln. Als er wieder sprach, war sein Ton ruhiger. „Ich weiß, dass Sie mich nicht mögen, Inspector. Sie halten mich für einen verzogenen Bengel, der nur auf Geld aus ist. Aber lassen Sie mich Ihnen etwas sagen. Ich würde nie tun, was mein Vater Louise angetan hat. Er wollte ihr vielleicht nichts Böses, aber er hat sie manchmal so behandelt, als ginge es nur darum, ob sie Kinder bekommen konnte – oder eben nicht. Ich würde meine eigene Freundin nie so unter Druck setzen."

Mit diesen Worten ließ sich Daniel von seinem Anwalt aus dem Raum führen.

KAPITEL 31

Bridget stand am Freitag früh auf, unfähig weiterzuschlafen, als das erste Licht durch die Vorhänge lugte und die Vögel ihren morgendlichen Gesang anstimmten. Es gab so viele Dinge, die sie an diesem Fall störten, nicht nur die Tatsache, dass sie ihn immer noch nicht lösen konnte. Irgendetwas übersah sie im Zusammenhang mit Dianes Familie. Daniels leidenschaftliche Erklärung über den Wunsch seines Vaters nach weiteren Kindern und die Unfähigkeit von ihm und Louise, eine Familie zu gründen, hatte sie zum Nachdenken gebracht. Sie dachte unter der Dusche darüber nach und beschloss, bei Dianes Haus vorbeizuschauen, bevor sie nach Kidlington fuhr. Es gab etwas, das sie überprüfen wollte.

Sie parkte an ihrem üblichen Platz direkt vor dem Haus, genau dort, wo Sam und Scott in der Mordnacht gestanden hatten. Als sie das Haus und das Grundstück betrachtete, konnte sie die Abfolge der Ereignisse in jener Nacht rekonstruieren. Das Tor an der Rückseite des Grundstücks öffnete sich lautlos mit einer Schlüsselumdrehung; der Eindringling ging den

Gartenweg entlang und hinterließ keine Spuren; er schloss die Küchentür auf und schlich die Treppe hinauf; und dann injizierte er dem schlafenden Opfer die Giftspritze. Dianes Augen öffneten sich vielleicht kurz und erfassten die Identität ihres Mörders. Aber sie war innerhalb von Sekunden tot, und der Mörder verließ das Haus auf demselben Weg und hielt gerade lange genug inne, um die Scheibe der Hintertür einzuschlagen. Es war ein sorgfältig geplanter Mord – sogar dreist, denn der Mörder wusste, dass zwei uniformierte Polizeibeamte vor dem Haus Wache standen.

Bridget war sich sicher, den genauen Tathergang herausgefunden zu haben. Aber sie wusste immer noch nicht, ob es sich um ein politisch motiviertes Attentat oder um eine persönliche Angelegenheit handelte. Wenn Letzteres der Fall war, war der Mord von Hass, Rachegelüsten oder Habgier angetrieben? Wenn es ihr gelänge, dieses Geheimnis zu lüften, würde sie sicher endlich erfahren, wer der Mörder war.

Sie ging zu den Regalen in Dianes Wohnzimmer und fand das rote Fotoalbum, das die Italienreise dokumentierte, die Diane im April 1983 mit Annabel und ihren jeweiligen Partnern unternommen hatte. Aus Dianes Laptop-Passwort – Neapolitan – schloss sie, dass dieses Ereignis für sie eine tiefe persönliche Bedeutung hatte. Was war während dieses dreiwöchigen Urlaubs geschehen, das so wichtig gewesen war?

Schnell blätterte Bridget die Seiten durch, bis sie das Foto der beiden Paare fand, die in Neapel an einem Tisch im Freien saßen, während sich hinter ihnen bedrohlich der Vesuv erhob.

Als sie dieses Bild zum ersten Mal gesehen hatte, war sie von der Villa im Palazzo-Stil und der Verlockung von Pasta und Wein unter strahlender Sonne verzaubert gewesen. Jetzt ignorierte sie die Umgebung und konzentrierte sich auf die vier Personen auf dem Foto.

Zwei Paare. Diane und Ian. Annabel und John. Damals waren sie Anfang zwanzig gewesen, gerade frisch von der

Universität oder in Ians Fall mitten in seiner langen medizinischen Ausbildung. Diane und Ian hatten nur zwei Monate nach der Aufnahme dieses Bildes geheiratet, Annabel und John ein Jahr später. Zwei der vier waren inzwischen verstorben, einer verwitwet, einer geschieden und wiederverheiratet. Alle waren auf die eine oder andere Weise vom Schicksal gezeichnet.

Die vier Personen auf dem Foto saßen um einen perfekt quadratischen Tisch, die beiden Schwestern einander gegenüber, die beiden zukünftigen Ehemänner zu beiden Seiten. Der Fotograf musste schräg zum Tisch gestanden haben, um alle auf das Bild zu bekommen. Vier junge Menschen, die zusammen aßen, tranken und lachten. Ein vollkommen unschuldiger Moment, festgehalten für die Ewigkeit.

Und doch hatte das Bild etwas Merkwürdiges an sich. Je länger Bridget es betrachtete, desto mehr spürte sie, dass sie richtig lag. Sie schloss das Album und nahm es mit nach Kidlington. Bevor sie voreilige Schlüsse zog, wollte sie eine zweite Meinung einholen.

Es überraschte sie nicht, dass Ffion bereits an ihrem Schreibtisch saß, mit einer frisch gebrühten Tasse Kräutertee neben sich.

„Ich möchte, dass Sie sich dieses Foto ansehen", sagte Bridget und öffnete das Album. Sie zeigte auf Annabels verstorbenen Mann, John Caldecott. „Erinnert er Sie an jemanden?"

Ffion betrachtete das Foto eingehend. Langsam nickte sie. „Man kann die Ähnlichkeit an der Form der Augenbrauen erkennen. Auch die Augen sind gleich."

„Ich bilde mir das nicht nur ein, oder?", sagte Bridget.

„Nein, ich glaube nicht."

Die Konsequenzen rasten Bridget bereits durch den Kopf, aber sie wartete, bis Ffion den Namen laut aussprach.

„Daniel Dunn", sagte sie schließlich. „Daniel sieht genauso aus wie John Caldecott."

★

Es dauerte nicht lange, bis der Rest des Teams eintraf, und der Duft von frisch gebrühtem Kaffee, herzhaften Speckbrötchen und fettigen Marmeladenkrapfen erfüllte den Einsatzraum. Bridget trat vor das Whiteboard, ignorierte den Essensduft und skizzierte rasch ihre Theorie, dass Daniel Dunn möglicherweise nicht Ians Sohn war.

Sie reichte das Foto aus Italien herum, damit jeder es selbst sehen konnte, und hoffte, dass es nicht mit klebrigen Fingerabdrücken zurückkam. „Die äußerlichen Ähnlichkeiten zwischen Daniel Dunn und John Caldecott", erklärte sie, „deuten darauf hin, dass John tatsächlich Daniels Vater ist."

„Jetzt, wo Sie es sagen, ergibt es einen Sinn", sagte Jake. „Ist Ihnen aufgefallen, wie ungeschickt Daniel sein kann? Als wir ihn verhört haben, hat er seinen Tee nicht nur einmal, sondern zweimal verschüttet. Könnte er die Huntington-Krankheit von seinem Vater geerbt haben?"

Bridget erinnerte sich an den Besuch bei Ian Dunn in Headington, bei dem Daniel seine lederne Dokumentenmappe hatte fallen lassen. Ungeschicklichkeit war kein Beweis, aber es passte zu dem, was Annabel ihr über das Frühstadium der degenerativen Krankheit erzählt hatte. „Das ist eine durchaus realistische Möglichkeit. Nun, Diane und Annabel reisten im April 1983 mit Ian und John nach Italien. Daniel wurde im Januar 1984, also neun Monate später, geboren. Was ändert das nun an unserer Sicht der Dinge?"

„Verführung unter der heißen italienischen Sonne?", sagte Ryan. „Nun, das gibt Ian Dunn ein starkes Motiv. Wenn Diane ihn während dieses Italienurlaubs betrogen hat und Daniel wirklich Johns Sohn ist, was würde er tun, wenn er die Wahrheit herausfindet?"

„Auch wenn er und Diane schon seit zehn Jahren geschieden sind?"

„Das würde den Schock der Enthüllung nicht

unbedingt mildern. Eine Lüge bleibt eine Lüge. Und es geht nicht nur um Dianes Untreue. Der Sohn, den er für seinen hielt, ist in Wirklichkeit der eines anderen Mannes. Das würde seine ganze Welt erschüttern."

„Aber wie hätte er die Wahrheit herausfinden können?", fragte Bridget.

„Genau wie Sie, Ma'am", sagte Andy. „Man muss sich nur die Gesichter der beiden Männer ansehen, um die Ähnlichkeit zu erkennen."

„Ich weiß nicht", sagte Bridget. „Wenn das der Fall wäre, hätte Ian es sicher schon vor Jahren herausgefunden."

„Vielleicht hatte er seine Zweifel", sagte Ffion, „aber die ersten Symptome der Huntington-Krankheit treten normalerweise erst mit Anfang dreißig auf. Wenn sich Daniels Ungeschicklichkeit also erst jetzt bemerkbar macht, könnte Ian erst vor kurzem Gewissheit erlangt haben."

„Und das würde ihm ein starkes Mordmotiv geben", sagte Jake. „Vor allem, weil er und Louise keine eigenen Kinder bekommen konnten. Vielleicht ist gar nicht Louise unfruchtbar, sondern Ian. Diese Erkenntnis hätte seinen Groll nur noch verstärkt."

„Außerdem ist er Arzt", sagte Andy, „er würde die Symptome von Huntington sicher erkennen."

„Und", sagte Harry, froh, einen Beitrag leisten zu können, „als Arzt hätte er leichten Zugang zu Injektionsspritzen und den Chemikalien, die er brauchte, um sie zu vergiften."

„Es ist gut möglich, dass er noch Schlüssel zu Dianes Haus hat", sagte Ffion, „schließlich hat er früher dort gewohnt. Oder er könnte Annabels Schlüssel genommen haben."

Bridget hob die Hände, um den Informationsfluss zu stoppen. „Ich denke, das ist mehr als genug, um weiterzumachen", sagte sie. „Es ist Zeit für einen weiteren Besuch in Headington."

KAPITEL 32

Als Bridget diesmal an dem mit Efeu bewachsenen georgianischen Haus klingelte, wurde die Tür von Ians neuer Frau Louise Morton geöffnet. Ians Lexus Coupé stand nicht vor dem Haus. Genauso wenig wie Daniels Golf.

Louise schien nicht besonders erfreut, Bridget zu sehen. „Gibt es etwas, wobei ich Ihnen helfen kann? Aber ich habe nicht viel Zeit. Ich bin gerade auf dem Weg ins Fitnessstudio."

Louise trug eng anliegende Sporthosen und ein tailliertes Oberteil, das ihre durchtrainierte Figur gut zur Geltung brachte. Bridget hatte oft von Chloe gehört, dass die richtige Kleidung Wunder wirken könne, um überschüssigen Speck zu kaschieren. Bei Bridget schien das nie zu funktionieren, aber in Louises Fall schien es auch nichts zu geben, das die Kleidung verbergen konnte.

„Eigentlich wollte ich mit Ian sprechen", sagte Bridget.

„Ich fürchte, er ist nicht hier. Er hatte eine Woche frei, um Daniel zu unterstützen, aber er meinte, es sei an der Zeit, wieder zu arbeiten. Es war ja schließlich nicht so, als hätte er jemanden verloren, der ihm sehr nahe stand. Er und Diane waren schon seit Jahren geschieden."

Aber fünfundzwanzig Jahre verheiratet, dachte Bridget. „Keine Sorge", sagte sie. „Ich werde ihn im Krankenhaus finden."

An der Rezeption des John Radcliffe zeigte Bridget ihren Dienstausweis und erhielt eine Wegbeschreibung zur Kardiologie. Sie folgte den Schildern durch die Korridore und mehrere Treppen hinauf. Die Frau am Empfang der Abteilung teilte ihr mit, dass Dr. Dunn gerade bei einem Patienten sei, aber in etwa zwanzig Minuten Zeit für sie habe. Bridget nahm im Wartebereich Platz und überprüfte ihr Telefon auf Nachrichten.

Wie zu erwarten, hatte Vanessa versucht, sie zu erreichen. Bridget hatte nicht mehr mit ihr gesprochen, seit sie sich über ihre Eltern gestritten hatten. Vanessa war am Mittwoch allein nach Lyme Regis gefahren und hatte dort ein paar Nächte verbracht, während sie Bridget eine Flut von Nachrichten mit Vorwürfen geschickt hatte – „James muss von zu Hause aus arbeiten, damit er sich um die Kinder kümmern kann" – „Mum könnte jetzt wirklich deine Unterstützung gebrauchen" und so weiter. Vanessa hatte geplant, heute zurückzukommen, und zweifellos würde sie voller selbstgerechter Empörung über die Opfer sein, die sie für Bridget gebracht hatte. Bridget hörte ihre Voicemail ab und machte sich auf die volle Wucht von Vanessas Zorn gefasst.

Bridget, ich komme gerade aus Lyme Regis zurück. Die Dinge stehen nicht gut mit Mum und Dad. Ruf mich an, sobald du das hörst. Wir müssen dringend reden.

Bridgets Herz sank. Übertrieb Vanessa, oder hatte sich die Situation wirklich so sehr verschlechtert? Als sie am Abend zuvor mit ihrem Vater gesprochen hatte, hatte er müde, aber gut gelaunt geklungen. Gab es wirklich ein dringendes Problem oder war es nur das übliche Theater ihrer Schwester? Bridgets Daumen schwebte kurz über der Kurzwahltaste, doch dann sah sie die Empfangsdame auf sich zukommen.

„Dr. Dunn kann Sie jetzt empfangen."

Bridget steckte ihr Handy mit dem Gefühl weg, eine Galgenfrist erhalten zu haben. Sie folgte der Frau in ein Behandlungszimmer, in dem Ian Dunn hinter einem großen Schreibtisch saß, auf dem ein Computer, ein Telefon und eine Ablage mit Fallnotizen standen.

Er stand auf, um sie zu begrüßen. „Inspector Hart, was für eine Überraschung." Sein professionelles Auftreten war geschliffen, aber Bridget entdeckte ein gewisses Misstrauen hinter seinen Augen. Niemand freute sich über den Besuch der Polizei, schon gar nicht am Arbeitsplatz. „Bitte nehmen Sie Platz. Gibt es eine neue Entwicklung in dem Fall?"

„Möglicherweise", sagte Bridget. „Ich habe ein paar Fragen an Sie, die vielleicht ein wenig taktlos erscheinen."

Er schenkte ihr ein resigniertes Lächeln. „Ich überbringe Menschen jeden Tag schlechte Nachrichten, das gehört zu meinem Job. Ich denke, ich kann mit ein wenig Taktlosigkeit gut umgehen."

Bridget fragte sich, ob er bereits ahnte, was sie fragen wollte. Vielleicht hatte er nur darauf gewartet, dass sie zu dem offensichtlichen Schluss kam.

„Es geht um Ihren Sohn Daniel. Ich bin ihm jetzt schon ein paar Mal begegnet und mir ist aufgefallen, dass er ein wenig … unbeholfen wirkt. Er lässt Dinge fallen. Er verschüttet seinen Tee. Mir ist klar, dass er gerade einen schrecklichen Schock erlitten hat, aber er ist ein junger Mann und diese … Ungeschicklichkeit, wenn man so will, kommt mir ungewöhnlich vor." Sie hielt inne und wartete auf eine Reaktion.

Ian blickte über sie hinweg, als wäre er in eine ferne Erinnerung versunken. Dann nickte er und richtete seinen Blick wieder auf sie. „Ich hatte mich gefragt, ob Sie es bemerken würden. Aber Sie sind Detective, da haben Sie natürlich eine gute Beobachtungsgabe. Hätten Sie Daniel vor einem Jahr kennengelernt, wäre es Ihnen vielleicht nicht aufgefallen, aber jetzt ist es zu offensichtlich, um es zu ignorieren."

„Huntington?"

„Im Frühstadium. Das ist zumindest meine Vermutung. Um sicher zu sein, muss er sich testen lassen."

„Wie lange wissen Sie es schon?"

„Ich habe die ersten Anzeichen schon vor ein paar Jahren bemerkt, aber ich habe mir immer eingeredet, dass ich mich irre."

„Aber jetzt glauben Sie das nicht mehr?"

„In meiner beruflichen Rolle als Arzt nicht. Aber als Vater würde ich alles dafür geben, im Unrecht zu sein."

„Aber genau darum geht es doch, nicht wahr?", sagte Bridget sanft. „Ist Daniel wirklich Ihr Sohn? Oder ist John Caldecott sein leiblicher Vater?"

Ian stieß einen langen Seufzer aus, vielleicht aus Erleichterung, dass das Geheimnis, das er so lange mit sich herumgetragen hatte, endlich gelüftet war. „Ich habe schon lange vermutet, dass John Daniels Vater ist. Um ehrlich zu sein, kamen mir schon kurz nach seiner Geburt Zweifel. Seine Haarfarbe, sein Aussehen, seine Wesenszüge … Selbst der Zeitpunkt seiner Geburt weckte Zweifel in mir. Aber ich schob all diese Bedenken beiseite und liebte Daniel so innig, wie jeder Vater seinen Sohn liebt. Ich war derjenige, der ihn großgezogen hat. Ich war sein Vater in jeder Hinsicht, auf die es ankam."

„Und doch, wenn Sie Zweifel daran hatten, ob Daniel wirklich Ihr Sohn war …" Bridget suchte nach einer mitfühlenderen Formulierung für das, was sie sagen wollte, aber es gelang ihr nicht.

Ian half ihr. „Dann musste Diane mich betrogen haben. Mit dem Ehemann ihrer eigenen Schwester – oder ihrem damaligen Freund. Sie denken, ich war eifersüchtig auf John? Dass ich mich von Diane betrogen fühlte?"

„Ja."

„So einfach war es nicht", sagte Ian.

„Würden Sie mir das bitte erklären?"

Er sah aus, als ob er mit sich rang, ein tiefes, dunkles Geheimnis preiszugeben. Nach ein oder zwei Augenblicken schien er zu einem Entschluss gekommen zu sein. „Wir haben getauscht", sagte er unvermittelt.

„Getauscht?"

„Wir haben die Partner getauscht. Im Urlaub, in Italien. Das Land der Liebe und Leidenschaft." Seine Stimme klang flach und matt, das Gegenteil von leidenschaftlich. „Als wir zu dieser Reise aufbrachen, war ich mit Annabel zusammen und John mit Diane. Als wir zurückkamen, waren Diane und ich verlobt und Annabel und John ein Paar."

Bridget musste an das Foto der beiden jungen Paare denken, die im Schatten des Vesuvs am Esstisch saßen. Wer war mit wem zusammen, als das Foto gemacht wurde? Das war anhand des Fotos allein unmöglich zu sagen. Neapel war der letzte Stopp auf ihrer großen Italienreise gewesen. Sie hatten England in einer Konstellation verlassen und waren in einer anderen zurückgekehrt. Es hatte alle Merkmale einer von Mozarts komischen Opern. Doch selbst in komischen Opern schlummerte oft ein dunkler Kern. In diesem Fall war damals ein Samen gesät worden, der eines Tages zu einer Tragödie erblühen sollte.

„Diane war also bereits mit Johns Kind schwanger, als Sie die Partner getauscht haben?"

Ian breitete die Hände aus. „Das wäre die logische Schlussfolgerung."

„Aber wie kam es zu diesem Tausch?"

Ian lachte kurz auf. „Man könnte es als einen Moment des Wahnsinns erklären, nehme ich an. Schieben Sie es auf den Wein und die Sonne. Aber die Wahrheit ist rationaler. Wir vier verstanden uns sehr gut, aber als wir durch Italien reisten, wollten Annabel und John immer in den Bergen wandern, während Diane und ich lieber Kirchen und Museen besuchten. Nach und nach stellten wir fest, dass wir besser zum Partner des anderen passten. Der Tausch war ganz natürlich. Wir waren alle glücklich mit diesem Arrangement."

„Verstehe", sagte Bridget. „Aber wie kann ich sicher sein, dass Sie die Wahrheit sagen?"

„Über was?"

„Dass Sie mit dem Ergebnis dieses romantischen Tauschs zufrieden waren?"

„Ah, ich verstehe, worauf Sie hinauswollen", sagte Ian amüsiert. „Sie denken, ich hätte insgeheim einen lebenslangen Groll gegen die Beziehung mit Diane gehegt. Vielleicht denken Sie, ich sei vor Eifersucht explodiert, als ich endlich begriff, dass Daniel nicht mein Sohn ist. Wie ein Vulkan, der Jahre oder Jahrzehnte brodelt, bevor er mit fatalen Folgen ausbricht. Sie glauben, ich hätte sie aus Eifersucht ermordet." Jetzt grinste er sie an. „Die Sache ist die, dass das alles eine alte Geschichte ist. Erstens habe ich schon lange vermutet, dass John Daniels Vater ist. Zweitens hat Diane mich nie betrogen. Daniel wurde gezeugt, als sie und John noch ein Paar waren. Und drittens habe ich mich vor fast zehn Jahren von ihr getrennt. Ihre Theorie hält also wirklich keiner Prüfung stand."

„Und was ist mit Annabel?", fragte Bridget. „Könnte sie herausgefunden haben, dass Daniel in Wahrheit Johns Sohn ist?"

„Ich bin sicher, dass sie es weiß. Ich vermute sogar, dass sie es schon so lange weiß wie ich. Denken Sie daran, dass sie den Ausbruch der Huntington-Krankheit bei John aus erster Hand miterlebt hat. Wenn jemand in der Lage wäre, die gleichen Symptome bei Daniel zu erkennen, dann sie. Aber Annabel hat Daniel immer so behandelt, als wäre er ihr eigenes Kind. Vielleicht, weil sie wusste, dass er Johns Kind war. Vielleicht auch, weil sie und John keine eigenen Kinder hatten."

„Aber es scheint, als hätte Annabel bei diesem Partnertausch den Kürzeren gezogen. Sie hätte Sie heiraten können, aber stattdessen endete sie mit John, der an einer schrecklichen Krankheit starb."

Ian schüttelte den Kopf. „Sie irren sich. Annabel war John treu ergeben. Sie hätten sehen sollen, wie liebevoll sie sich um ihn gekümmert hat, als er im Sterben lag. Sie pflegte ihn zärtlich bis zum Schluss."

Bridget starrte missmutig über den Schreibtisch. Sie

war in der Überzeugung hierhergekommen, endlich das dunkle Geheimnis gelüftet zu haben, das den Kern dieses Rätsels bildete. Nun war dieses Geheimnis ans Licht gebracht und einer gründlichen Prüfung unterzogen worden, und wieder einmal waren ihre Hoffnungen, den Fall zu lösen, zunichtegemacht worden.

„Wenn jemand Grund zur Beschwerde hat", sagte Ian, „dann Louise. Ich habe sie schlecht behandelt."

„Das verstehe ich nicht", sagte Bridget. „Was hat Louise damit zu tun?"

Ian sah verlegen aus. „Ich habe vorhin gesagt, dass einer der Gründe, warum ich Diane verlassen habe, war, dass ich mehr Kinder haben wollte."

Bridget nickte. „Daniel hat das auch erwähnt."

„Hat er? Nun gut. Nun, als ich Louise heiratete, hatte ich wirklich gehofft – wir beide hatten gehofft –, eine eigene Familie zu gründen. Aber es sollte nicht sein."

„Tut mir leid, das zu hören."

„Wir haben mehrere Fruchtbarkeitsbehandlungen versucht, aber keine davon hat etwas gebracht. Am Ende haben wir aufgegeben. Für Louise war das alles zu schmerzhaft. In dem Glauben, Daniel sei mein Sohn, gab sie sich selbst die Schuld daran, dass sie nicht schwanger werden konnte." Er stützte seinen Kopf in die Hände. „Ich hätte ehrlich zu ihr sein sollen."

„Nun, vielleicht ist es an der Zeit, die Dinge richtigzustellen", sagte Bridget. „Haben Sie schon mal daran gedacht, einen Vaterschaftstest zu machen?"

„Es ist mir durch den Kopf gegangen. Aber manchmal möchte man die Wahrheit lieber nicht wissen. Ist das nicht so?"

„Vielleicht", sagte Bridget, „aber Daniel hat ein Recht darauf zu erfahren, wer sein leiblicher Vater ist, vor allem angesichts der möglichen Folgen für seine Gesundheit."

Ian nickte langsam. „Sie haben recht, Inspector. Sie haben absolut recht. Es ist an der Zeit, ein paar schwierige Gespräche zu führen. Ich habe das schon viel zu lange vor mir hergeschoben."

KAPITEL 33

Bridget verließ das Krankenhaus tief in Gedanken versunken. Sie war in dem Glauben dorthin gegangen, Ian Dunn sei ein Mörder, aber auf dem Weg nach draußen hatte er ihr die Hand geschüttelt und ihr gedankt. Ihre Intervention hatte ihm den Anstoß gegeben, offen über das Geschehene zu sprechen und den Schaden, den er vor so vielen Jahren angerichtet hatte, wieder gutzumachen.

Gute Nachrichten, aber was bedeutete das für Bridget? Auf dem Weg zurück zum Mini ging sie noch einmal die Fakten durch.

Sie war nach wie vor davon überzeugt, dass der Mörder von Diane einen Schlüssel zu ihrem Haus hatte. Wer könnte das sein? Der naheliegendste Kandidat war immer noch Daniel Dunn. Daniel hatte freimütig zugegeben, dass er Schlüssel für das Haus besaß, und das machte es vielleicht weniger wahrscheinlich, dass er der wahre Mörder war. Andererseits war Daniel ein hochintelligenter Mensch, der gewusst haben musste, dass ein Eingeständnis der Tatsache dazu beitragen würde, den Verdacht von ihm abzulenken. Die Tatsache, dass er für die Mordnacht kein Alibi hatte und sich im Haus und Garten auskannte, einschließlich des rückwärtigen Tores, sprach eindeutig gegen ihn. Außerdem war er als alleiniger Erbe von Dianes Testament das einzige Familienmitglied, das ein offensichtliches Motiv hatte, ihren Tod zu wünschen. Ein Motiv in Höhe von mehreren Millionen Pfund.

Wer hatte sonst noch einen Schlüssel? Die einzige andere Person, von der Bridget mit Sicherheit wusste, war Annabel. Aber wenn man Ian Dunn glauben konnte, hatte Annabel keine Eifersuchtsgefühle gegenüber ihrer Schwester, und nach allem, was Bridget beobachtet hatte, war Annabel Diane sehr zugetan gewesen. Die regelmäßigen Nachrichten und Treffen, die Ffion auf Dianes Handy gefunden hatte, bestätigten dies. Annabel hatte keinen erkennbaren Vorteil von Dianes Tod, und außerdem war ihr Schlüsselbund verschwunden. Hatte ihn jemand gestohlen?

Ein Familienmitglied schien am ehesten für den Diebstahl in Frage zu kommen. Daniel hatte seine eigenen Schlüssel. Könnte Ian Dunn sie genommen haben, um seine Ex-Frau zu töten? Wie Harry bemerkt hatte, hatte Ian als Arzt leichten Zugang zu einer Injektionsspritze und den giftigen Substanzen, die Dianes Herz zum Stillstand gebracht hatten. Wenn dem so war, hatte er sich während des Verhörs bemerkenswert ruhig und kontrolliert verhalten. Er hatte ein Alibi für die Tatzeit, aber es war nicht wasserdicht. Vielleicht hätte er von der Party, auf der er gewesen war, rechtzeitig nach Oxford zurückkehren können, um Diane zu töten. Aber die Zeitfenster ließen nicht viel Spielraum für diese Möglichkeit.

Ein weiterer offensichtlicher Kandidat war Professor Mansour Ali Al-Mutairi, Dekan der Blavatnik School. Er hatte die persönliche Feindschaft zwischen ihm und Diane und ihre erbitterte berufliche Rivalität offen zugegeben. Ihre politischen Ansichten waren diametral entgegengesetzt, und es war gut möglich, dass die Veröffentlichung ihres Buches das Fass zum Überlauf gebracht hatte. Bridget wusste, dass Menschen, die sich im Recht wähnten, zu allem fähig waren, sogar zu Mord. Der Professor hatte Bridget von der kaltblütigen Hinrichtung seines Vaters durch irakische Soldaten erzählt. Wenn politische Überzeugungen durch bittere persönliche Erfahrungen geprägt wurden, konnte daraus eine zerstörerische Leidenschaft entstehen. Doch wie hätte der Professor in den Besitz von Dianes Schlüssel gelangen können? Vielleicht hatte er sie eines Tages einfach aus ihrem Büro genommen und eine Kopie anfertigen lassen. Es war eine ebenso plausible Erklärung wie jede andere.

Michael Dearlove, der Journalist, war Dianes heimlicher Liebhaber gewesen. Wenn er bei seinen Besuchen in Oxford regelmäßig bei Diane übernachtet hatte, war es möglich, dass sie ihm einen eigenen Schlüssel gegeben hatte, damit er sich unbemerkt Zutritt verschaffen konnte. Er war bis etwa eine Stunde vor dem Mord bei dem Treffen im White Horse gewesen. Genug Zeit also, um bei Diane vorbeizuschauen, sich hineinzuschleichen, ihr die tödliche Injektion zu verabreichen und dann zu seiner Frau nach London zu fahren. Aber was war das Motiv? Bridget kannte keines.

Grant Sadler, der in Ungnade gefallene Literaturagent, war ebenfalls bei dem Treffen gewesen. Von allen in diesen Fall verwickelten Personen war Grant der am wenigsten vertrauenswürdige. Er hatte Bridget mehrfach belogen, und erst nach intensiver Befragung schließlich zugegeben, die Morddrohung verschickt zu haben. Bridget hatte nur sein Wort, dass Diane wissentlich an einem Publicity-Gag beteiligt gewesen war. Genauso gut konnte Grant die Drohung ernst gemeint und in die Tat umgesetzt haben. Er hatte ein starkes finanzielles Motiv und reichlich Gelegenheit, da er in Bezug auf sein Alibi gelogen hatte. Aber wie war er an die Schlüssel zu Dianes Haus gekommen? Dafür gab es keine Erklärung.

Und dann war da noch Jennifer Eagleston, die Verlegerin, immer gierig nach mehr Geld. Zynisch, habgierig, bereit, geheime Treffen abzuhalten und vertragliche Verpflichtungen zu brechen, wenn sie dadurch bekam, was sie wollte. Auch sie hatte kein Alibi, denn sie hatte das White Horse zur gleichen Zeit wie Michael und Grant verlassen. Niemand hatte sie in ihr Hotel zurückkehren sehen. Sie hätte genauso gut zu Fuß zu Dianes Haus gehen können. Aber wie bei Grant Sadler war da die Frage nach den Schlüsseln. Wie konnte Jennifer sie in die Hände bekommen haben?

Es bestand immer noch die Möglichkeit, dass Bridget sich zu sehr auf die Frage nach den Schlüsseln konzentrierte. Wenn der MI5 oder jemand, der für den saudischen Geheimdienst arbeitete, den Mord begangen hatte, hätte er vielleicht einfach die Schlösser geknackt und wäre ohne Schlüssel ins Haus gekommen. Aber warum sich dann die Mühe machen, das Glas der Hintertür einzuschlagen? Bridget war ganz verwirrt von all den Unbekannten.

Eines wusste sie mit Sicherheit – so wie Ian Dunn die schwierigen Gespräche über Daniels Vaterschaft nicht länger aufschieben konnte, konnte Bridget Vanessa nicht länger aus dem Weg gehen. Es war an der Zeit, sich selbst einer schwierigen Unterhaltung zu stellen. Sie ging zu ihrem Auto zurück und machte sich auf den Weg nach North Oxford.

*

Als Bridget in der Charlbury Road ankam, war sie erleichtert, Vanessas Range Rover auf der Einfahrt vor ihrem Haus zu sehen. Sie freute sich keineswegs darauf, ihre Schwester zu sehen, aber ein Gespräch von Angesicht zu Angesicht war ihr lieber als ein Telefonat. Sie vermutete stark, dass das Gespräch sehr einseitig verlaufen würde. Vanessa würde den größten Teil der Unterhaltung übernehmen und Bridgets Aufgabe wäre es, aufmerksam zuzuhören und die Sorgen ihrer Schwester ernst zu nehmen.

Sie klingelte und wartete. Nach einer guten Minute

kam immer noch keine Antwort. Aber da der Frühling in voller Blüte stand und der Sommer vor der Tür, war Vanessa vielleicht draußen. Sie war eine leidenschaftliche Gärtnerin, und in der Hochsaison konnten ihre Staudenbeete es mit allem aufnehmen, was die Royal Horticultural Society zu bieten hatte.

Bridget ging um das Haus herum in den weitläufigen Garten hinter dem Haus. Die akkurat geschnittenen Hecken und der perfekt gepflegte Rasen standen in krassem Gegensatz zu ihrem eigenen wilden, ungezähmten Garten. Es gab kaum eine Chance, dass sich Bridgets winziger Garten in Wolvercote in absehbarer Zeit verbessern würde. Aber sie hatte im Radio gehört, dass es gut für die Umwelt sei, einen Teil des Gartens der Natur zu überlassen. Unkraut war willkommen, hieß es. Vielleicht würde sie einen Teil des Gartens in ein Refugium für Wildtiere verwandeln und ihn den Launen der Natur überlassen. Wem wollte sie etwas vormachen? Das hatte sie im Grunde schon mit dem ganzen Grundstück getan.

Das Bellen von Rufus machte Vanessa auf Bridgets Ankunft aufmerksam. Mit einer Kelle in der Hand stand sie auf. So wie es aussah, hatte sie auf dem Rückweg von Lyme Regis einen Zwischenstopp im Gartencenter eingelegt, denn vier leuchtend grüne Topfpflanzen warteten darauf, ihren Platz im frisch umgegrabenen Beet zu bekommen, und eine Gießkanne, ein Sack Kompost und eine bunte Flasche Flüssigdünger standen bereit, um ihnen den bestmöglichen Start in ihr neues Leben zu ermöglichen.

„Hi", sagte Bridget. „Du bist beschäftigt."

„Unkraut jäten hilft mir, mich zu beruhigen", sagte Vanessa. Aus dem Haufen abgestorbenen Unkrauts in der Schubkarre nebenan schloss Bridget, dass Vanessa viel Beruhigung gebraucht hatte. „Und Ostern ist eine Zeit des Neuanfangs."

Bridget nahm diese Bemerkung als positives Zeichen. „Willst du reingehen und reden?", fragte sie. „Ich habe

Zeit." Das stimmte zwar nicht ganz, aber dieses Gespräch würde viel reibungsloser verlaufen, wenn sie Vanessa zeigte, dass sie sich bemühte. Außerdem hatte Bridget keine neuen Ideen mehr für ihre Ermittlungen. Jede Spur, die sie verfolgt hatte, hatte sich als Sackgasse erwiesen.

„Wir können uns hier draußen unterhalten", sagte Vanessa. „Es ist ein schöner Tag. Außerdem möchte ich diese Azaleen einpflanzen, bevor ihre Wurzeln austrocknen."

Sie kniete sich wieder auf ihre Gartenmatte, grub mit der Kelle ein Loch, drehte einen der Pflanzbehälter um und schlug mit scheinbar unnötiger Wucht auf den Boden des Plastiktopfes. In einer einzogen fließenden Bewegung sprang der junge Strauch aus dem Behälter, Vanessa setzte ihn in das ihm zugewiesene Loch und füllte es mit Kompost. Mit ihren behandschuhten Händen drückte sie die dunkle, krümelige Erde fest an und begann dann, ein zweites Loch zu graben, bevor sie weitersprach.

„Mum erholt sich langsam und Dad kümmert sich um sie. Ich denke, im Moment kommen sie klar. Aber ich habe gesagt, dass ich sie wieder besuchen werde, sobald ich kann. Ich hoffe, du kannst das nächste Mal mitkommen."

„Das hoffe ich auch", sagte Bridget. „Das heißt, ich werde mein Bestes tun, um wegzukommen. Sobald die laufenden Ermittlungen abgeschlossen sind, kann ich mir freinehmen."

Und falls sie, was immer wahrscheinlicher wurde, den Fall nicht erfolgreich abschließen konnte, würde sie wahrscheinlich eine Menge Freizeit haben. Grayson würde ihr sicher nicht mehr viel Spielraum lassen. Er hatte unmissverständlich klargemacht, dass er Baxter hinzuziehen würde, wenn er das Vertrauen in sie verlor. Vielleicht sollte sie dieser Entscheidung zuvorkommen und es selbst vorschlagen. Sie konnte nicht behaupten, dass sie volles Vertrauen in ihre eigenen Fähigkeiten hatte, den Fall zu lösen.

„Die Dinge müssen sich ändern, so oder so", fuhr Vanessa fort. „Kurzfristig werden wir mehr Zeit unten in

Dorset verbringen müssen, um zu helfen. Das Haus ist gerade noch zu schaffen, aber der Garten ist viel zu groß für Dad, besonders jetzt, wo Mum so viel von seiner Zeit beansprucht."

„Wie geht es ihr?"

„Überhaupt nicht gut. Sie hat zu viele gesundheitliche Vorbelastungen. Dad hatte schon vorher zu kämpfen, und der gebrochene Arm ist nur das jüngste in einer langen Reihe von Problemen. Ich mache mir Sorgen um sie und darüber, wie sehr sie Dad zur Last fällt. Du und ich müssen ihm diese Last abnehmen, sonst weiß ich nicht, wie er es weiterhin schaffen soll."

Bridget nickte. „Ich hatte nicht realisiert, dass es so schlimm geworden ist. Das liegt daran, dass wir sie so wenig gesehen haben, seit sie nach Dorset gezogen sind. Sie haben sich von allem abgeschottet."

„Genau. Du hast es auf den Punkt gebracht. Tatsache ist", sagte Vanessa, „es wäre viel besser, wenn sie wieder nach Oxford ziehen würden. Wir wären in der Nähe und könnten helfen, falls wieder etwas passiert. Oder besser gesagt, wenn etwas passiert, denn Mum wird sich nicht mehr erholen. Sie würden auch ihre Enkelkinder regelmäßig sehen und könnten Abigails Grab besuchen, wann immer sie wollten."

Bridget nickte. Ihre tote jüngere Schwester war nicht sichtbar, aber in ihren Gedanken nie weit weg. „Aber werden sie sich bereit erklären, hierher zu ziehen?", fragte sie.

Die zweite Pflanze war nun an ihrem Platz. Vanessa schob ihre Gartenmatte am Beet entlang und stieß ihre Kelle erneut in die sauber gehackte Erde. „Nicht ohne Widerstand."

„Hast du mit ihnen darüber gesprochen?", fragte Bridget.

„Natürlich habe ich das."

„Und was haben sie gesagt?"

Vanessa befreite einen dritten Strauch aus seinem Behälter und setzte ihn an seinen Platz. „Sie waren nicht gerade begeistert von der Idee. Sie wollen sich nicht eingestehen, dass sie nicht mehr zurechtkommen. Ich glaube, Lyme Regis zu verlassen, käme für sie einem Eingeständnis des Scheiterns gleich."

„Was ist dann der Plan?"

„Wenn ich sie das nächste Mal sehe, werde ich darauf bestehen, dass sie zurück nach Oxford ziehen, und ich möchte, dass du mich dabei unterstützt. Wenn wir ihnen beide das Gleiche sagen, hören sie vielleicht auf uns."

„Ich glaube nicht, dass ich mehr Einfluss auf sie habe als du", sagte Bridget.

„Unsinn", sagte Vanessa. „Sie erwarten, dass ich einen Aufstand mache, aber wenn du mich unterstützt, werden sie gezwungen sein, die Idee ernst zu nehmen."

Vielleicht stimmte das. Vanessa war schon immer die herrischste der drei Schwestern gewesen. Aber einem Eingeständnis war sie noch nie näher gekommen. Bridget genoss den Moment.

Vanessa hatte inzwischen alle vier Azaleen gepflanzt und säuberte gerade den Rand des Beetes, wo die Erde auf den Rasen traf. „Wie auch immer, mach dich nützlich und gieß etwas von dem Flüssigdünger in die Gießkanne, ja?"

Bridget hob die grüne Plastikflasche auf, die auf dem Rasen stand. „Wie viel soll ich reinschütten?" Sie suchte auf dem Etikett nach einer Mengenangabe.

„Nur eine Kappe voll", sagte Vanessa. „Das Zeug ist stark."

Doch Bridgets Gedanken waren nicht mehr bei Pflanzen und Gartenarbeit. Ihre Aufmerksamkeit galt den fettgedruckten Buchstaben auf dem Flaschenetikett.

Erika-Dünger: Reich an Phosphor, Magnesium und Kalium für alle säureliebenden Pflanzen.

Phosphor, Magnesium und Kalium.

Die drei Substanzen, die in Dianes Blut gefunden worden waren. Sie war mit flüssigem Pflanzendünger umgebracht worden.

„Tut mir leid", sagte Bridget und drückte Vanessa die Flasche in die Hand, „aber ich muss mich beeilen."

Vanessa sprang auf. „Warte doch mal! Du kannst mich doch nicht schon wieder im Stich lassen. Wir müssen besprechen, wann wir *beide* nach Lyme Regis fahren."

„Ich rufe dich später an", sagte Bridget. Schon hatte sie die Hälfte des Rasens überquert und steuerte auf ihr Auto zu. Sie glaubte, Vanessa schimpfen zu hören, aber sie war zu weit weg, um sicher zu sein.

KAPITEL 34

Bridget konnte sich immer noch nicht an den lateinischen Namen von Professor Al-Mutairis exotischen Topfpflanzen erinnern, aber das spielte keine Rolle. Wichtig war nur, dass sie gesehen hatte, wie er seine kostbaren Blumen mit Flüssigdünger gegossen hatte. Phosphor, Magnesium und Kalium. Als sie den tödlichen Cocktail auf Vanessas Pflanzendünger entdeckt hatte, hatte sie den letzten entscheidenden Hinweis in dem Fall gefunden.

Der Professor hatte nie versucht, seinen persönlichen und beruflichen Hass auf Diane Gilbert zu verbergen. Nur einen Tag vor ihrer Ermordung hatte er ihr sogar mit Entlassung gedroht und Diane hatte mit der Drohung gekontert, die Wahrheit über ihn ans Licht zu bringen. Bridget hatte eine gute Ahnung, was diese Wahrheit war. Kein Wunder, dass er zum Handeln gezwungen gewesen war, obwohl er wusste, dass Diane unter Polizeischutz stand.

Bridget fuhr so schnell sie konnte zur Blavatnik School of Government, rannte die Wendeltreppe zum Büro des Professors hinauf und stürmte hinein, ohne anzuklopfen.

Professor Al-Mutairi blickte überrascht von seinem Schreibtisch auf. „Inspector Hart, was kann ich für Sie tun?"

„Ich muss mir den Dünger ansehen, den Sie Ihren Pflanzen geben."

Er sah sie verwundert an. „Planen Sie, sich gärtnerisch zu betätigen? Ich kann es nur empfehlen. Pflanzen zu züchten ist ein hervorragender Ausgleich zum Stress des modernen Lebens."

Er erhob sich von seinem Stuhl und ging zum Fensterbrett hinüber. Ein kleines Fläschchen mit Pflanzendünger stand neben der leuchtenden gelben Blütenpracht. Er reichte es ihr und wandte sich seinen geliebten Pflanzen zu. „*Rhanterium epapposum* ist eine faszinierende Pflanze. Sie ist an das raue Klima und die salzigen Bedingungen an den Küsten des Arabischen Golfs angepasst. Sie blüht im Frühjahr und wirft dann alle Blätter ab, wenn die Wüstenhitze zunimmt. Während des Sommers sieht sie aus, als sei sie abgestorben. Wenn dann im Spätherbst der erste Regen fällt, erwacht sie wieder zum Leben und wächst weiter. Als ich diese Exemplare zum ersten Mal nach England brachte, wusste ich nicht, ob sie wachsen würden, aber tatsächlich gedeihen sie prächtig. Ich muss sagen, ich bin ziemlich stolz auf sie."

Doch Bridget teilte das Interesse des Professors an der Wüstenflora nicht. Schnell überprüfte sie das Etikett auf der Suche nach dem Beweis, den sie brauchte. Phosphor, Magnesium und Kalium.

Aber das Etikett auf der Flasche sagte etwas anderes. *Reich an Stickstoff.* Sie las die restlichen Inhaltsstoffe, aber keiner stimmte mit den Chemikalien überein, die im toxikologischen Bericht aufgeführt waren.

„Ist das der Dünger, den Sie verwenden?", fragte sie. „Stickstoff?"

Der Professor wirkte verwirrt. „Warum? Was haben Sie erwartet?"

„Phosphor, Magnesium und Kalium!", rief Bridget frustriert.

Al-Mutairi schüttelte den Kopf. „Sie verwechseln das mit Erika-Pflanzen. Wüstenböden sind stark alkalisch, Erika-Dünger wäre schädlich für ihr Wachstum. Das ist überhaupt nicht das, was sie brauchen."

„Haben Sie zu Hause in Ihrem Garten auch Eriken?"

„Leider nicht", sagte der Professor. „Ich habe wirklich nicht die Zeit, mich um mehr als meinen kleinen Fenstergarten hier zu kümmern."

Bridget stellte die Flasche zurück auf das Fensterbrett, ihre Stimmung war im Keller.

„Ich würde gerne mehr Zeit mit Ihnen verbringen und mit Ihnen über Gartenarbeit und Gartenbau sprechen, Inspector", sagte Al-Mutairi, „aber ich habe noch andere Aufgaben zu erledigen."

Bridget sah zu ihm auf und studierte seine Gesichtszüge. Vielleicht war Al-Mutairi unschuldig am Mord an Diane, aber sie war sich sicher, dass er ein Geheimnis verbarg. „Ich weiß, was Sie getan haben", sagte sie ihm. „Ich kenne die Wahrheit über Sie, die Diane Gilbert zu enthüllen drohte."

Ein kalter Ausdruck machte sich auf seinem Gesicht breit und sie wusste, dass sie Recht hatte. „Wirklich? Und welche Wahrheit könnte das sein?"

„Dass Sie als Informant für den MI5 arbeiten."

Professor Al-Mutairis Miene verriet nichts. „Ist das eine Feststellung, Inspector, oder wollen Sie mich auffordern, Ihre Vermutung zu bestätigen oder zu dementieren?"

„Stimmt es?"

Er strich sich sanft über den Bart, bevor er antwortete. „Sagen wir es so. Diane Gilbert war eine Gefahr für die nationale Sicherheit dieses Landes und auch eine Bedrohung für den Frieden im Nahen Osten. Jemand musste ein Auge auf sie haben."

„Und Sie haben es auf sich genommen, dieser Jemand zu sein?"

Er lächelte daraufhin breit, und jede Spur von Unmut war verflogen. „Mir scheint, wenn ich versuchen würde, es zu leugnen, würden Sie sich einfach weigern, mir zu glauben.“

„Vermutlich“, sagte Bridget.

„In diesem Fall, Inspector, gibt es für uns nichts mehr zu besprechen. Ich muss mich jetzt wirklich dringenden Angelegenheiten widmen, also wünsche ich Ihnen einen schönen Tag.“

★

Diane Gilbert hatte große Sorgfalt darauf verwendet, ihr zweites Leben als Autorin erotischer Liebesromane zu verbergen. Ein geheimes Pseudonym. Ein verschlüsselter Laptop. Eine Offshore-Firma. Niemandem in ihrer Familie oder ihrem beruflichen Umfeld hatte sie von dieser lukrativen Einnahmequelle erzählt.

Ffion, die sich mit Doppelleben auskannte, war fasziniert von den außergewöhnlichen Anstrengungen, die Diane unternommen hatte, um ihre Aktivitäten geheim zu halten. Und warum? Um ihren akademischen Ruf zu schützen. Es war zwar das einundzwanzigste Jahrhundert, aber der altmodische Snobismus war immer noch weit verbreitet, vor allem in der akademischen Welt, wo Kollegen oft als Rivalen betrachtet wurden. Ffion konnte sich gut vorstellen, wie erfreut Professor Al-Mutairi sein würde, wenn er herausfände, dass Diane so tief gesunken war, kommerzielle Belletristik zu schreiben, noch dazu Liebesromane. Kein Wunder, dass Diane ihr Geheimnis so gut gehütet hatte.

Doch bei ihren Fans war Dianes Alter Ego Lula Langton berühmt. Sie hatte weltweit eine große Fangemeinde, die verzweifelt nach dem neuesten Band ihrer Lieblingsautorin gierte. Lula hatte ihre eigene Website, auf der die Leser ihre Bücher entdecken und sich für Lulas Newsletter anmelden konnten, um keine Neuerscheinung zu verpassen. Die *Über-Mich*-Seite, auf der normalerweise ein Foto des Autors mit einem informativen Lebenslauf zu sehen war, war jedoch bewusst vage gehalten. Sie zeigte das Bilder einer Frau von hinten, die barfuß am Strand spazieren ging – es hätte jede beliebige Person sein können –, und eine Biografie, die sich fast ausschließlich auf die Rezensionen ihrer Bücher konzentrierte – *„sinnlich"*, *„schillernd"*, *„sexy"* und *„verführerisch"* waren beliebte Adjektive – und auf ihren Bestseller-Status – *Lula Langton ist die New York Times- und USA Today-Bestsellerautorin für brandheiße, zeitgenössische Liebesromane.* Über Lula Langton selbst gab es eigentlich nichts. Aber das war kein Wunder, denn Lula existierte nicht.

Dianes Laptop hatte eines der am besten organisierten Dateisysteme, die Ffion je gesehen hatte. Alle Ordner und Dateien waren so benannt, dass man sich auf der Festplatte leicht zurechtfand. Eine Tabelle mit dem Titel *Schreib- und Veröffentlichungsplan* gab einen Einblick in Dianes rigorosen Planungsprozess und enthielt eine detaillierte Übersicht für die Produktion jedes Buches, mit Zeitvorgaben für das Plotten, Schreiben, Bearbeiten und Veröffentlichen. Dies widerlegte den Mythos, dass Schreiben eine rein kreative Kunst war, die immer dann entstand, wenn die Muse einen küsste. Diane hatte es wie ein Geschäft behandelt, sich an einen strikten Arbeitsplan und an selbst auferlegte, anspruchsvolle Fristen gehalten. Ffion bewunderte ihre Selbstdisziplin.

Diane – oder Lula – hatte drei verschiedene Serien geschrieben. Da war die *Highlands*-Reihe, die in Schottland spielte und auf deren Covern raue Männer abgebildet waren, die auf felsigen Klippen standen und trotz des unbeständigen Wetters nichts als Schottenröcke trugen. In der Serie der Milliardärsromane waren verführerisch aussehende Männer zu sehen, die ihr Dinnerjacket über die Schultern geworfen hatten. Für Ffions Geschmack sahen sie alle etwas zu jung aus, um Milliardäre zu sein. Aber es war Dianes jüngste Reihe *Betrogen,* mit Coverfotos von schönen, aber verrucht aussehenden Frauen, die sich als der größte Hit herausgestellt hatte. Jedes Buch spielte an einem anderen luxuriösen Urlaubsort in Europa und trug Titel wie *Betrogen in Barcelona, Verführt in St. Tropez, Getäuscht in Cannes, Geblendet in Dubrovnik, Entführt in Athen* und das neueste Buch, *Gestohlen in Sorrent.*

Gestohlen in Sorrent war einen Monat vor Dianes Tod erschienen. Ffion las den Klappentext.

Scarlett und Katie sind Schwestern und beste Freundinnen. Scarlett ist mit Jamie verlobt und Katie mit Tom. Ein Roadtrip durch Italien scheint die perfekte Art, den Sommer zu verbringen, bevor beide Paare heiraten und sesshaft werden.

Doch unter der immer heißer werdenden italienischen Sonne nehmen Liebe und Leidenschaft eine unerwartete Wendung.

Als sie ihr endgültiges Ziel Sorrent erreichen, werden Treue und Hingabe auf eine harte Probe gestellt. Im Schatten des Vesuvs stehen Lust und Verlangen kurz vor dem Ausbruch. Doch welche Schwester wird am Ende die Oberhand behalten, wenn die heiße Lava fließt?

Ffion lief es kalt den Rücken hinunter. Die Handlung der Geschichte klang, als könnte sie auf der Italienreise basieren, die Diane und Annabel mit ihren jeweiligen Partnern unternommen hatten, bevor sie heirateten. Sie deutete an, dass während dieses Urlaubs etwas Dramatisches passiert war. Was – oder wer – war gestohlen worden? Ffion griff nach dem Foto, auf dem die beiden Paare an einem Tisch saßen, im Hintergrund der bedrohlich wirkende Vesuv. Konnte es sein, dass Dianes Liebesromane nicht völlig frei erfunden waren? War das ein weiterer Grund, warum sie sie geheim gehalten hatte?

Ffion klickte sich durch das Dateisystem, bis sie das Originalmanuskript von *Gestohlen in Sorrent* fand. Es war nur 50.000 Wörter lang, ein Bruchteil der Länge von *Ein tödliches Rennen.* Sie würde nicht lange brauchen, um den Text zu lesen, und vielleicht würde sie etwas Neues entdecken. Sie ließ sich auf ihrem Stuhl nieder und begann, die Prosa zu überfliegen und in eine Welt der *Liebe und Leidenschaft* einzutauchen, wie es der Klappentext versprach.

★

Frustriert kehrte Bridget zu ihrem Auto zurück. Professor Al-Mutairi gab seinen Pflanzen die falsche Art von Dünger! Aber was er ihr über Eriken gesagt hatte, war richtig. Der Dünger, der mit dem toxikologischen Bericht übereinstimmte, war der, den Vanessa für ihre Azaleen verwendete. Eriken liebten sauren Boden. Also suchte sie jemanden, der Rhododendren, Kamelien, Heidekraut, Magnolien und so weiter pflanzte. Sie klatschte in die Hände und machte sich auf den Weg nach Old Headington.

Bald hielt sie wieder vor dem georgianischen Haus, das Ian Dunn und Louise Morton gehörte. Sie stieg aus und hielt einen Moment inne, um die prächtigen rosa Blüten der Magnolie im Vorgarten zu bewundern. Dann schritt sie den Gartenweg hinauf und läutete.

Die Tür wurde von Louise Morton geöffnet. Sie hatte ihre Sportkleidung ausgezogen und trug eine enge Stretch-Jeans mit einer durchsichtigen Bluse über einem Top. Als sie Bridget sah, runzelte sie die Stirn. „Ich dachte, Sie hätten bereits mit Ian gesprochen. Er hat mir erzählt, dass Sie ihn im Krankenhaus besucht haben."

„Das habe ich", sagte Bridget. „Darf ich reinkommen?"

„Ian ist nicht da. Er ist von der Arbeit nach Hause gekommen und dann wieder gegangen."

„Kein Problem", sagte Bridget. „Ich wollte ohnehin mit Ihnen sprechen."

Sie folgte Louise ins Wohnzimmer und setzte sich. Diesmal wurde kein Kaffee angeboten und Louise vermittelte Bridget den deutlichen Eindruck, dass sie froh wäre, sie wieder loszuwerden. Bridget ließ sich im Sessel nieder und machte es sich bequem. „Ich habe Ihren Garten bewundert, als ich hereinkam. Er sieht wunderschön aus. Wer kümmert sich um ihn, Sie oder

Ian?"

Louise musterte sie misstrauisch. „Hauptsächlich ich. Aber ich habe einen Gärtner, der einmal die Woche kommt."

„Das muss eine Menge Arbeit sein", sagte Bridget. „Vor allem die Magnolien. Haben Sie viele Eriken?"

„Ein paar." Louise warf einen Blick auf die Smartwatch an ihrem Handgelenk. „Gibt es etwas Bestimmtes, das Sie mich fragen wollten? Denn wenn nicht, hätte ich eine Menge zu tun."

„Da bin ich mir sicher", sagte Bridget freundlich. „Ihr Job als Kinderärztin muss sehr anstrengend sein. Da bleibt bestimmt nicht viel Zeit für Hobbys wie Gartenarbeit. Ich persönlich finde nie Zeit dafür. Mein eigener Garten ist ein einziges Chaos. Aber wenn man im Krankenhaus arbeitet, hat man leichten Zugang zu medizinischen Instrumenten wie Spritzen. Und Sie wissen sicher, wie Phosphor, Magnesium und Kalium auf den menschlichen Körper wirken."

Louise starrte sie an. „Wovon reden Sie?"

„So wurde Diane ermordet. Man hat ihr eine konzentrierte Lösung von Chemikalien ins Herz gespritzt. Sie war fast augenblicklich tot."

„Und warum erzählen Sie mir das?"

„Weil Phosphor, Magnesium und Kalium die Hauptbestandteile des Erikadüngers sind, den man Magnolien gibt." Sie ließ Louise einen Moment Zeit, um die Bedeutung dieser Aussage zu verdauen. „Ich muss sagen, ich habe eine Weile gebraucht, um den Zusammenhang herzustellen. Sie schienen keinen Grund zu haben, Dianes Tod zu wollen. Es gab kein finanzielles Motiv. Ich hatte auch keinen Grund, Eifersucht zu vermuten, da Ian sich schon vor so langer Zeit von Diane scheiden ließ. Aber dann habe ich herausgefunden, dass Sie mich bei unserem ersten Gespräch angelogen haben."

„Was meinen Sie?"

„Als Sie mir sagten, dass Sie und Ian keine eigenen Kinder haben, meinten Sie, das sei ein Segen. Aber in

Wirklichkeit hat Ihnen das großen Kummer bereitet."

Louise schüttelte verärgert den Kopf. „Sie haben keine Ahnung, wovon Sie reden."

„Doch, ich glaube, das habe ich, Louise. Ich glaube, dass Sie sich in Wirklichkeit nach einem Kind gesehnt haben und dass Sie Ian in dem Glauben geheiratet haben, dass er, da er bereits einen Sohn hatte, der ideale Vater für ein eigenes Kind wäre. Als Sie nicht schwanger werden konnten, gaben Sie sich die Schuld."

Eine einzelne Träne kullerte über Louises Wange.

„Ich kann mir nur ansatzweise vorstellen, wie traurig Sie gewesen sein müssen", sagte Bridget leise. „Und dann, als Ihnen klar wurde, dass Ian nicht Daniels leiblicher Vater war –"

„Was?"

„Das müssen Sie doch geahnt haben", sagte Bridget. „Die Ungeschicklichkeit, die zitternden Hände. Als Ärztin müssen Sie die Symptome der Huntington-Krankheit erkannt und realisiert haben, dass Daniel in Wahrheit John Caldecotts Sohn ist."

Louise starrte sie mit offenem Mund an, und Bridget kamen erste Zweifel. Dennoch fuhr sie fort. „Sie müssen sich verraten gefühlt haben, weil Diane Ian betrogen und dann die Wahrheit über Daniels Vaterschaft verschwiegen hat. Sie schien ihren eigenen Sohn nicht einmal zu lieben. In der Zwischenzeit hatten Sie all die Jahre verzweifelt versucht, ein Kind zu bekommen, und sich die Schuld dafür gegeben – alles umsonst. Dianes Verhalten muss wie ein Schlag ins Gesicht gewesen sein."

„Nein", sagte Louise. „Das ist nicht wahr. Ich habe nichts davon gewusst. Woher wissen Sie das?"

„Das spielt keine Rolle", sagte Bridget. „Aber es gab einen letzten Hinweis, der das Puzzle vervollständigte. Annabels fehlende Schlüssel zu Dianes Haus. Ich wusste, dass der Mörder Zugang zu einem Satz Schlüssel gehabt haben musste, aber ich wusste nicht, wie er ihn in die Hände bekommen hatte. Aber Sie hätten Annabels Schlüssel leicht an sich nehmen können, als Sie bei ihr waren, nicht wahr?"

„Nein", sagte Louise. „Ich war fast nie in Annabels Haus. Ian ist derjenige, der sie am häufigsten sieht. Sie haben sich immer sehr nahe gestanden. Er kennt sie sogar schon länger als Diane. Jedenfalls", fuhr sie fort, „hat Ian die fehlenden Schlüssel gefunden."

„Was?", fragte Bridget. „Wo?"

„Sie waren in einer unserer Küchenschubladen. Ich habe keine Ahnung, wie sie dort hingekommen sind, aber Ian hat sie entdeckt."

„Wann?"

„Als er vor einer Stunde von der Arbeit nach Hause kam."

„Können Sie sie mir zeigen?"

Louise schüttelte den Kopf. „Ian hat sie. Er bringt sie Annabel zurück. Sie haben ihn gerade verpasst. Er ist etwa zehn Minuten vor Ihrer Ankunft gegangen."

*

Ian Dunn klopfte laut an Annabels Haustür und wurde sofort von tippelnden Pfoten und aufgeregtem Bellen aus dem Inneren des Hauses empfangen. Oscar. Der kleine kläffende Hund hatte Ian schon immer ziemlich genervt. Er war kein großer Hunde-Fan und der Jack-Russell-Terrier, den Annabel sich nach dem Tod ihres Mannes als Gefährten ausgesucht hatte, war ein besonders ungestümes Exemplar. Der Hund brauchte ständig einen langen Spaziergang, bellte unentwegt, buddelte im Dreck und sprang hoch, um seine schlammigen Pfoten auf Ians Hose zu legen. Ganz zu schweigen davon, dass er oft versuchte, Ians Schuhe zu zerkauen. Ian war froh, dass Annabel so vernünftig war, den Hund an der kurzen Leine zu halten.

Annabel zufolge wurde die Rasse Jack Russell nach einem gleichnamigen Pfarrer aus dem neunzehnten Jahrhundert benannt, der ein begeisterter Fuchsjäger und Hundezüchter gewesen war. Der junge Mr. Russell, damals Student am Exeter College in Oxford, sollte eines Tages auf der Jagd in Marston einen Terrier gekauft haben. Er hielt die Hündin für den perfekten Foxterrier und alle Jack Russells stammten angeblich von diesem einen Tier ab. Insgeheim wünschte sich Ian, Jack Russell wäre an jenem Tag vom Pferd gefallen.

Als Annabel die Tür öffnete, stürmte der Hund heraus, sprang wie immer aufgeregt hoch und kläffte frenetisch. Ian bückte sich, um das Tier zu streicheln, in der Hoffnung, dass er ihm nicht die Finger abbeißen würde. Der Hund stellte sich auf die Hinterbeine und leckte ihm mit seiner rosa Zunge über das Gesicht.

„Oh, hallo, Ian", sagte Annabel. „Du hast Glück, dass du mich erwischt hast. Ich wollte gerade mit Oscar eine Runde um das Feld drehen, bevor es anfängt zu regnen."

Ian blickte zu den dunklen Wolken auf, die sich über ihm zusammenzogen. In seiner Eile, nach Marston zu kommen, hatte er nicht daran gedacht, einen Mantel mitzunehmen. „Macht es dir etwas aus, wenn ich mitkomme?"

Annabel befestigte die Leine an Oscars Halsband. „Natürlich nicht. Wir freuen uns, wenn Ian uns auf unserem Spaziergang begleitet, nicht wahr, Oscar?"

Ian betrachtete die Frau vor sich fast wie eine Fremde, das lose graue Haar, den alten, schlammverschmierten Mantel und die Wanderstiefel. Was für ein Kontrast zu Diane, die sich immer makellos präsentiert hatte. Und so ganz anders als Louise, deren Schönheit und Anmut so mühelos wirkten.

Fast hätte ich dich geheiratet.

Wie anders wäre sein Leben verlaufen, wenn es diese Reise nach Italien nicht gegeben hätte.

„Es gibt etwas, worüber ich mit dir reden möchte", sagte Ian. Zum Glück hatte er sie erwischt, als sie gerade mit dem Hund rausging. Draußen, mit Oscar als Ablenkung, würde es ihm leichter fallen, das zu tun, weswegen er gekommen war, als von Angesicht zu Angesicht in ihrem winzigen Wohnzimmer. Was für ein

Feigling er doch war.

„Solange dir ein bisschen Schlamm nichts ausmacht", sagte sie.

Er lächelte.

„Warte hier", sagte sie. „Ich muss kurz noch etwas erledigen."

Er nahm ihr Oscars Leine ab und hielt sie fest, während der Hund energisch daran zog. Annabel verschwand kurz im Cottage, kam aber eine Minute später zurück. Sie zog die Haustür hinter sich zu und nahm die Leine wieder an sich. „Hier entlang", sagte sie, während Oscar enthusiastisch den Gartenweg hinunterrannte und am Torpfosten schnüffelte.

★

Bridget war bereits auf dem Weg nach Marston, als ihr Telefon klingelte. Sie nahm den Anruf über die Freisprechanlage entgegen. „Hallo?"

„Hier ist Ffion, Boss. Ich habe gerade Dianes neuesten Liebesroman gelesen. Ich weiß, wer es war!"

„Ich auch. Ich habe mit Louise Morton gesprochen. Sie sagte mir, dass die Schlüssel zu Dianes Haus, die Annabel als verloren gemeldet hatte, wieder aufgetaucht sind. Ian Dunn behauptet, er habe sie heute Morgen in seiner Küchenschublade gefunden. Er hat Louise gesagt, dass er zu Annabels Haus fährt, um sie zurückzugeben, und ich bin gerade auf dem Weg dorthin. Schicken Sie einen Streifenwagen und treffen Sie mich am Haus."

„Okay, ich organisiere einen Wagen. Aber hören Sie zu. Es gibt etwas, das Sie wissen müssen …"

KAPITEL 35

Annabel fragte Ian nicht nach dem Grund seines Besuchs, und so folgte er ihr und Oscar den Weg hinunter und überlegte, wie er das Thema, wegen dem er gekommen war, am besten ansprechen sollte.

Er wusste, dass er mit seiner Entscheidung, zuerst Annabel zu besuchen – unter dem Vorwand, ihr die verlorenen Schlüssel zurückzugeben –, im Grunde nur das tat, was er seit vielen Jahren getan hatte. Er schob das schwierige Gespräch mit seinem Sohn vor sich her. Denn trotz allem betrachtete er Daniel immer noch als seinen Sohn und würde es wohl auch immer tun. Aber eine vollständige und ehrliche Erklärung war längst überfällig. Der Besuch von Detective Inspector Hart heute Morgen hatte ihm das nur noch deutlicher vor Augen geführt. Wenn Daniel wirklich Johns Sohn war, und Ian hatte wenig Grund, daran zu zweifeln, dann brauchte Daniel jede Hilfe und Unterstützung, die Ian bieten konnte, sowohl als Vater als auch als Mediziner. Für Daniel wäre es ein großer Schock und ein doppelter Schlag, wenn er herausfände, dass Ian nicht nur nicht sein leiblicher Vater war, sondern er zudem an einer unheilbaren degenerativen

Krankheit litt.

Ian musste es Louise erklären und sich bei ihr entschuldigen für all den Kummer, den er ihr bereitet hatte. Sie wusste nichts von dem Tausch, der in Italien stattgefunden hatte. Das Ganze war schon so lange her und vielleicht hatte Ian sich im Laufe der Jahre immer mehr für das geschämt, was ihm wie eine jugendliche Torheit vorkam. Jetzt erkannte er, was für ein Feigling er gewesen war, weil er seiner neuen Frau nicht die ganze Wahrheit über seine Vergangenheit erzählt hatte. Er hatte versucht, sie zu begraben, aber wie ein Vulkan, der lange geschlummert hatte, war sie jetzt auf spektakuläre Weise ausgebrochen. Das einzig Anständige, was er tun konnte, war zu versuchen, das Chaos, das er mit verursacht hatte, wieder in Ordnung zu bringen.

Doch bevor er diese beiden schwierigen Gespräche führen konnte, musste er mit Annabel sprechen. Das betraf sie genauso wie Daniel oder Louise. Er glaubte nicht, dass die Nachricht, dass John Daniels Vater war, ein großer Schock für sie sein würde. Wie er DI Hart erklärt hatte, war er sich ziemlich sicher, dass sie die Wahrheit längst kannte. Aber er war immer noch nervös, das Thema anzusprechen. Wie würde sie darauf reagieren? Er hatte keine Ahnung, weil er sich nie getraut hatte, darüber zu sprechen.

Sie hatte allen Grund, ihm gegenüber verbittert zu sein. Hätte er sie geheiratet, wie er es einst vorgehabt hatte, hätte sie nie den Schmerz über den Verlust von John ertragen müssen. Es war ziemlich offensichtlich, dass sie bei diesem Tausch viel schlechter weggekommen war als er. Jetzt würde die schmutzige Wahrheit über ihre Beziehung für alle sichtbar werden.

Das einzig Tröstliche war, dass sie unmöglich die ganze Wahrheit kennen konnte. Denn wenn sie das jemals herausfand, würde dieses Wissen sie mit Sicherheit umbringen.

★

Bridget hörte mit wachsender Fassungslosigkeit zu, als Ffion die Handlung von Dianes neuestem Roman erläuterte. Ffion hatte bereits einen Streifenwagen losgeschickt und versprochen, Bridget in Marston zu treffen.

„Das Buch heißt *Gestohlen in Sorrent* und handelt von zwei Schwestern, die mit ihren Freunden Jamie und Tom Urlaub in Italien machen."

„Verstanden", sagte Bridget und bahnte sich ihren Weg durch die engen, verwinkelten Gassen von Old Headington.

„Als sie in England aufbrechen, sind die beiden Paare sehr verliebt, aber es ist für den Leser offensichtlich, dass nicht alles so ist, wie es scheint. Die älteste Schwester, Scarlett, ist die Dominante. Sie ist eine manipulative Person, die immer ihren Willen durchsetzt. Sie verachtet ihre jüngere Schwester Katie, die immer zu ihr aufschaut, und kommandiert sie ständig herum. Scarlett ist rücksichtslos und ehrgeizig. Sie will Journalistin werden und die Welt verändern. Katie liebt Tiere und will Tierärztin werden."

Der Mini hoppelte über eine Bodenwelle und umrundete den Friedhof von Headington. Bridget hielt das Lenkrad fest umklammert und drückte das Gaspedal durch. „Können Sie bitte einfach zum Wesentlichen kommen?", fragte sie Ffion.

„Ich komme gleich dazu. So geht es weiter. Als sie Sorrent erreichen, ihr endgültiges Ziel, beschließt Scarlett, dass Jamie ein Versager ist – aus verschiedenen Gründen – , und dass sie viel lieber Katies Freund Tom hätte."

„Richtig", sagte Bridget, „und Katie bevorzugt Jamie, und so einigen sie sich auf einen Tausch."

„Nein", sagte Ffion. „So war das nicht. Im Buch wollen beide Schwestern Tom, und Scarlett erkennt, dass sie Jamie und Tom davon überzeugen muss, dass ein Tausch auch in ihrem besten Interesse ist."

„Wie macht sie das?"

„Indem sie lügt und hinterlistig ist. Ich habe nicht die Zeit, alle Details zu erklären. Jedenfalls, um es kurz zu machen, trickst Scarlett die beiden Männer aus, damit sie ihrem Plan zustimmen, und so sitzen sie eines Abends beim Essen zusammen und reden offen über alles. Zuerst ist Katie aufgebracht, aber da Jamie und Tom beide so begeistert von der Idee sind, lässt sie sich nach und nach darauf ein."

„Scarlett bekommt also genau das, was sie will", sagte Bridget, „und Katie erfährt nie, dass es in Wirklichkeit ihre Schwester war, die das Ganze eingefädelt hat."

„Genau." Offenbar saß Ffion jetzt selbst in einem Auto und fuhr mit hoher Geschwindigkeit aus Kidlington heraus. Bridget hörte Jakes Stimme im Hintergrund. „Also", sagte Ffion, „angenommen, Scarlett ist wirklich Diane und Katie ist Annabel …"

„Und Tom ist Ian Dunn und Jamie ist John Caldecott …"

„Dann bedeutet das, dass Diane Annabel zum Partnertausch überredet hat. Im Buch hat Jamie eine tödliche Krankheit, und im wirklichen Leben hatte John Huntington. Anfang der 1980er-Jahre gab es noch keine Gentests, also wusste John nicht, ob er die Krankheit hatte oder nicht. Aber er wusste, dass seine Mutter daran litt, und es bestand eine fünfzigprozentige Wahrscheinlichkeit, dass er sie von ihr geerbt hatte. Nehmen wir nun an, er hat Diane einen Heiratsantrag gemacht und sie über das Risiko aufgeklärt. Nach allem, was wir über Dianes Persönlichkeit wissen, wäre das für sie wahrscheinlich nicht akzeptabel gewesen."

„Aber sie hätte keine Skrupel gehabt, John bei Annabel abzuladen, wenn sie dafür Ian bekommen konnte", schloss Bridget. „Als ich heute Morgen mit Ian gesprochen habe, hat er mir gesagt, dass er und Diane einfach besser zueinander passten, aber wenn das, was im Roman passiert, auch im wirklichen Leben geschehen ist, dann hat er gelogen, um zu verbergen, dass er Teil des Plans war, Annabel zu täuschen."

„Ganz genau", sagte Ffion. „Annabel hat also nie erfahren, dass es eine Verschwörung gegen sie gegeben hat. Erst als *Gestohlen in Sorrent* letzten Monat veröffentlicht wurde und die Wahrheit ans Licht kam."

„Sie gehen davon aus, dass Annabel irgendwie von Dianes Romanen wusste."

„Davon gehe ich aus. Und wenn ich recht habe …"

„Dann ist auch Ian Dunn in Gefahr."

★

Das Feld war schlammiger, als Ian erwartet hatte. Die heftigen Regenfälle der letzten Zeit und das ständige Kommen und Gehen der Hundebesitzer und ihrer Vierbeiner hatten den Boden aufgewühlt, vor allem in der Nähe des Eingangs zum Feld, das sich in einen Morast verwandelt hatte. Es war noch zu früh im Jahr, als dass das Gras richtig nachgewachsen wäre. Ian, der immer großen Wert auf seine Kleidung legte, verzog das Gesicht bei der Aussicht, durch den Schlamm zu laufen, aber er hatte sich zu dem Spaziergang entschlossen und wollte unbedingt mit Annabel sprechen, bevor er Daniel und Louise gegenübertrat. Er ignorierte die wachsende Schlammschicht auf seinen teuren Oxford-Brogues und am Saum seiner Hose, die nur chemisch gereinigt werden konnte, und stapfte tapfer in Annabels Schlepptau weiter. Bis jetzt hatten sie darüber gesprochen, wann die Beerdigung stattfinden würde und ob Diane eingeäschert oder begraben werden wollte. Unstrittige Themen. Jetzt war es an der Zeit, das Thema anzusprechen, das er schon viel zu lange vor sich hergeschoben hatte.

Er räusperte sich, bevor er begann. „Ich wollte eigentlich mit dir über Daniel sprechen."

Annabel holte einen schlammigen Tennisball aus einer ihrer voluminösen Manteltaschen und warf ihn, damit Oscar ihn jagen konnte. Wie aus der Kanone geschossen, rannte der Hund über das Feld. „Was ist mit Daniel?"

„Ob er wirklich mein Sohn ist."

Annabel sagte nichts, und Ian fragte sich, ob sie ihn richtig verstanden hatte. Sie wartete, bis Oscar mit dem Ball zurückkam und ihn zu ihren Füßen fallen ließ. Der Hund wedelte mit dem Schwanz, voller Vorfreude auf die nächste Runde. Annabel kam seiner Aufforderung nach, hob den Ball auf und warf ihn diesmal weiter. Es schien ihr nichts auszumachen, dass der Ball voller Schlamm und Hundesabber war. Sie hatte sich noch nie von den Unannehmlichkeiten des Lebens abschrecken lassen.

„Es hat lange gedauert, bis du das herausgefunden hast, Ian", sagte sie. „Ich hätte erwartet, dass du es als Arzt schon viel früher merkst."

Ian spürte ein Gefühl der Erleichterung. Sie hatte es bereits erraten. Das würde alles so viel einfacher machen. „Wir sehen nicht immer, was direkt vor uns liegt", sagte er.

„Du meinst, wir *wollen* es nicht sehen."

Oscar kam zurück, sein Bauch war vom schlammigen Regenwasser durchnässt. Beine und untere Körperhälfte waren fast vollständig schwarz. Diesmal hob Ian den Ball auf und schleuderte ihn mit einem kräftigen Wurf in die hinterste Ecke des Feldes. Unbeirrt machte sich der kleine Hund wieder auf den Weg und wedelte energisch mit dem Schwanz. Als Hund war das Leben so viel einfacher. „Wann hast du es zum ersten Mal bemerkt?", fragte Ian.

Annabel zuckte mit den Schultern. „Ich glaube, ich habe es schon immer gewusst. Da Daniel so kurz nach deiner Heirat mit Diane geboren wurde, war die Wahrscheinlichkeit groß, dass er Johns Sohn war. Er sah auch aus wie John. Und dann fing er an zu zittern. Das musst sogar du bemerkt haben."

„Ja", sagte Ian. „Ich hatte gehofft, es wäre nur der Stress des Lebens in London, zu viel Arbeit, Geldsorgen. Aber das war es nicht. Daniel muss die Wahrheit erfahren. Wir beide können unser Bestes tun, um ihm zu helfen."

Er erwartete, dass Annabel ihm von ganzem Herzen zustimmen würde. Sie war Daniels Tante und hatte ihren Neffen immer geliebt. Aber sie verfiel in ein seltsames

Schweigen.

„Wir müssen ihm die Wahrheit sagen, nicht wahr?", fragte er.

„Wie viel Wahrheit willst du ihm sagen, Ian?"

„Was meinst du?"

Als Oscar diesmal zurückkam und ihr den Ball vor die Füße legte, ignorierte Annabel ihn. „Ich dachte, du schämst dich vielleicht zu sehr, um alles zuzugeben."

„Ich weiß nicht, was du meinst", sagte Ian, obwohl ihm klar war, was Annabel andeutete. Irgendwie schien sie doch alles zu wissen.

„Ich glaube, du weißt es", sagte Annabel. „Wenn nicht, lass es mich erklären. John machte Diane in Italien einen Heiratsantrag, aber er sagte ihr, dass seine Mutter an Huntington litt und dass eine fünfzigprozentige Wahrscheinlichkeit bestand, dass sie es an ihn vererbt hatte. Er erklärte ihr, dass Huntington unheilbar sei und dass er, wenn er daran erkrankt war, voraussichtlich vor seinem fünfzigsten Lebensjahr sterben werde. Er erklärte auch, dass ihre gemeinsamen Kinder eine fünfzigprozentige Chance hätten, die Krankheit zu erben. Ich denke, du weißt, was Dianes Antwort war."

„Sie weigerte sich, ihn zu heiraten."

„Natürlich tat sie das. Ein solches Angebot wäre für Diane niemals akzeptabel gewesen. Sie musste immer gewinnen. Auch in der Ehe. John war naiv, wenn er etwas anderes glaubte."

Oscar kläffte, und Annabel kickte den Ball ins hohe Gras.

„Dann kam sie also zu dir, Ian, mit einem eigenen Vorschlag."

Ian wurde bei dieser Anschuldigung blass, aber es war zwecklos, es zu leugnen. Irgendwie kannte Annabel die Wahrheit bereits. „Sie hat mir erzählt, dass John ihr einen Heiratsantrag gemacht hat", gab er zu, „aber sie hat ihn abgelehnt, weil sie sich in mich verliebt hat."

„Und du hast ihr geglaubt?"

„Sie schien aufrichtig zu sein."

„O ja, Diane war immer gut darin, aufrichtig zu erscheinen. Was hast du ihr also gesagt?"

„Ich habe ihr gesagt, dass ich mich geschmeichelt fühle, aber dass ich vorhätte, dir einen Heiratsantrag zu machen."

Annabel blickte ihm fest in die Augen, aber da war wenig Wärme. „Aber du hast mich nie gefragt."

„Nein. Diane hat mich überzeugt, dass John besser zu dir passen würde. Ich habe mit John gesprochen, und er fand das auch. Und so kamen wir überein, dir zu sagen, was wir entschieden hatten."

„Ja", sagte Annabel. „Arme kleine Annabel, niemand dachte daran, sie zu fragen, was sie wollte, sie würde sicher mitziehen. Diane gab die Befehle, und du und John habt sie bereitwillig befolgt."

„So war es nicht", protestierte Ian.

„Doch, so war es! Diane hat dich in dem Glauben gelassen, du hättest die Kontrolle, aber sie war immer diejenige, die die Fäden gezogen hat. Sie hatte vielleicht nicht die Absicht, von John schwanger zu werden, aber alles andere hat sie bis ins kleinste Detail arrangiert."

Annabel hatte recht. Ian wusste es. Doch selbst jetzt versuchte er, seine Scham zu verbergen. „Du hättest Johns Antrag nicht annehmen müssen", sagte er. „Niemand hat dich dazu gezwungen."

„Welche Wahl hatte ich denn? Ich dachte, du liebst mich, aber plötzlich warst du mit Diane zusammen. Außerdem war John so ein lieber Mann. Er erklärte mir alles über das Risiko von Huntington, aber das war mir egal. Ich war bereit, das Risiko einzugehen. Diane wusste, dass ich es tun würde."

Ian atmete schwer und ließ die Fakten in seinem Kopf Revue passieren. „Hast du schon immer gewusst, dass Diane hinter dem Tausch steckte?"

„Nein. Ich hatte keine Ahnung. Sie hat dafür gesorgt, dass keine Spuren zurückblieben. Aber vor ein paar Wochen habe ich es dann herausgefunden."

„Wie?"

„Ich habe ein Buch gelesen. *Gestohlen in Sorrent*. Es erklärt alles."

Ian schüttelte den Kopf. „Wie kann ein Buch erklären, was vor fast vierzig Jahren passiert ist?"

„Diane hat es geschrieben."

„Was?"

„Sie schrieb Liebesromane und veröffentlichte sie online unter einem Pseudonym. Das wusstest du nicht? Das war ein weiteres ihrer Geheimnisse. Sie war wirklich sehr gut darin, Teile ihres Lebens geheim zu halten, nicht wahr? Aber nicht gut genug."

Ein leichter Regen hatte eingesetzt, und Ian fröstelte, aber das lag weniger an der Kälte als an der Geschichte, die sich vor ihm abspielte. Er war in dem Glauben hergekommen, er könne dieses Gespräch kontrollieren, aber Annabel war ihm immer zwei Schritte voraus. Er hatte Mühe, mit ihr mitzuhalten, so wie er sich mühsam durch den schlammigen Boden hinter ihr bewegt hatte. „Ich verstehe das nicht", sagte er.

„Das spielt keine Rolle", sagte Annabel mit kalter, harter Stimme. „Alles, was du wissen musst, ist, dass Diane mich unterschätzt hat. Sie hatte keine Ahnung, wozu ich fähig bin. Ich glaube, du hast mich auch unterschätzt, Ian."

*

Als Bridget bei Annabels Haus ankam, verriet ihr das am Straßenrand geparkte silberne Lexus Coupé, dass Ian Dunn bereits angekommen war. Dahinter war ein Streifenwagen vorgefahren, und zwei uniformierte Beamte warteten an der Eingangstür des Cottages auf sie.

Sie ging den Gartenweg entlang und bemerkte die großen Hortensienbüsche, die sie bei ihrem ersten Besuch gesehen hatte. *Natürlich*. Hortensien blühten blau, wenn sie in sauren Boden gepflanzt oder mit Erika-Dünger behandelt wurden. Wenn der Sommer kam, würden diese Sträucher zweifellos mit riesigen blauen Blüten bedeckt sein.

„Es scheint niemand hier zu sein, Ma'am", sagte einer der wartenden Beamten.

„Haben Sie reingeschaut?"

„Nein. Das Haus ist verschlossen, vorne und hinten."

„Brechen Sie die Tür auf", sagte Bridget. „Ein Mann schwebt in Lebensgefahr."

Als Bridget von Old Headington aufgebrochen war, hatte sie Ian Dunn verfolgt, aber jetzt war klar, dass Annabel die Mörderin war. Die fiktive Geschichte, die Ffion ihr geschildert hatte, stimmte so gut mit den bekannten Fakten überein, dass Bridget sicher war, dass es sich bei dem Roman nicht um reine Fiktion handelte, sondern um eine kaum verhüllte Darstellung dessen, was sich in Italien tatsächlich zugetragen hatte.

Die beiden Constables tauschten einen Blick aus, dann ging der eine zum Auto und kam mit einem roten Metallrammbock zurück. Er brauchte zwei Versuche, um die Haustür aufzubrechen, und dann waren sie drin. Die Beamten betraten das Cottage und Bridget folgte ihnen. Während einer der Männer die Treppe hinaufging und der andere die Küche überprüfte, steckte Bridget ihren Kopf durch die Tür zum vorderen Wohnzimmer. Der Raum sah genauso aus wie bei ihrem letzten Besuch, als sie Annabel die Nachricht vom Tod ihrer Schwester überbracht hatte. Ausgaben von Gartenzeitschriften. Unpassende Kissen und Überwürfe. Ein Hundekorb in einer Ecke. Konnte das wirklich das Zuhause einer kaltblütigen und berechnenden Mörderin sein?

Der Constable, der die Tür aufgebrochen hatte, kam die Treppe herunter. „Oben ist alles sauber."

Bridget ging in die Küche. „Sehen Sie sich das an, Ma'am." Der zweite Polizist deutete auf eine Schachtel mit Spritzen, die auf der Arbeitsfläche lag.

Natürlich. Annabel hatte John in den letzten Tagen vor seinem Tod zu Hause gepflegt. Sie musste die Spritzen aufbewahrt haben, mit denen sie ihm seine Schmerzmittel verabreicht hatte. Neben den Spritzen stand eine

Plastikflasche, die Bridget sofort erkannte. Es war dieselbe Marke Pflanzendünger, die Vanessa verwendet hatte. *Reich an Phosphor, Magnesium und Kalium für alle säureliebenden Pflanzen.*

Doch von Annabel oder Ian fehlte jede Spur.

Jakes orangefarbener Subaru kam mit quietschenden Reifen auf der Straße zum Stehen, gerade als Bridget das Cottage verließ. Jake und Ffion sprangen heraus. „Irgendeine Spur von ihnen, Ma'am?", fragte Jake.

„Sie sind nicht hier. Aber ich glaube, ich weiß, wo sie sein könnten."

Sie wandte sich an die beiden Polizisten, um ihnen Anweisungen zu geben. „Sie beide bleiben hier. Rufen Sie mich an, wenn sich etwas tut. Bei der Verdächtigen handelt es sich um eine Frau in den späten Fünfzigern mit langen grauen Haaren, die wahrscheinlich einen Wollmantel trägt. Ein sechzigjähriger Mann wird bei ihr sein. Oh, und wahrscheinlich auch ein Hund."

„Kommen Sie mit", sagte sie zu Jake und Ffion. „Ich hoffe, es macht Ihnen nichts aus, wenn es matschig wird."

★

„Es war die Morddrohung, die mich auf die Idee brachte", sagte Annabel. „Nachdem ich Dianes Buch gelesen hatte, war ich so wütend, dass ich direkt zu ihr nach Hause ging, um sie zur Rede zu stellen. Aber bevor ich etwas sagen konnte, zeigte sie mir den Brief, den sie erhalten hatte, und fragte mich, was sie damit tun sollte. Es war fast wie ein Zeichen von oben. Da habe ich beschlossen, wie ich es Diane heimzahlen wollte für das, was sie mir angetan hatte."

„Aber du warst es, die ihr geraten hat, die Polizei zu rufen."

„Ja, weil es das Vernünftigste war, nicht wahr? Die gute alte Annabel, immer verlässlich, tut immer das Richtige. Aber dieses Mal entschied ich mich, etwas völlig Unerwartetes zu tun."

Ian brauchte nicht zu fragen, was Annabel getan hatte. Er verstand und es lief ihm eiskalt den Rücken hinunter. So kalt wie der Regen, der jetzt unaufhörlich fiel und das aufgeweichte Feld noch schlammiger machte, als es ohnehin schon war. Oscar kehrte wieder zurück, klitschnass und niedergeschlagen, ohne mit dem Schwanz zu wedeln. Er ließ den durchnässten Tennisball vor Annabels Füße fallen, aber auch er schien nicht mehr mit Spiel und Spaß zu rechnen. Sie waren die einzigen Spaziergänger, die noch auf dem Feld waren. Alle anderen waren nach Hause gegangen, als der Regen einsetzte. Auch Ian wollte weg. Er wollte so schnell wie möglich von seiner Schwägerin weg, aber er schien in diesem gottverlassenen Schlammbad auf dem Feld festzustecken, während der Regen auf sein Gesicht prasselte.

„Die Schlüssel", flüsterte er. „Du hast sie gar nicht verloren."

„Nein", sagte Annabel. „Ich habe sie benutzt, um in Dianes Haus zu kommen. Dann habe ich sie in deine Küche gelegt und dir gesagt, ich hätte sie verloren."

„Du hast alles geplant", murmelte Ian.

„Ja." Sie schob ihre Hand in eine der übergroßen Taschen ihres Mantels und begann darin herumzuwühlen. Was zur Hölle bewahrte sie da drin auf, außer schlammigen Tennisbällen und Hundekotbeuteln?

Er brauchte nicht lange zu warten, um es herauszufinden.

„O mein Gott", rief er. „Annabel. Was machst du da?"

„Ich bringe die Dinge in Ordnung." Sie schraubte die Schutzkappe von der Spritze ab, die sie nun in der Hand hielt, und enthüllte die scharfe Nadel darunter. Die Spritze war mit einer blassen Flüssigkeit gefüllt. Sie sah zu ihm auf. „Diane hat mich verraten, Ian. Aber sie hätte es nicht ohne deine Komplizenschaft tun können. Auch John hat mich betrogen, obwohl er mir nie etwas Böses wollte. Jetzt sind beide tot. Also bleibt nur noch einer übrig, nicht wahr?"

KAPITEL 36

Bridget bog abrupt in das Feld ein und fluchte laut, als ihre Füße im Matsch ins Rutschen gerieten und sie auf dem Hintern landete. Es tat nicht besonders weh – sie war in dieser Region gut gepolstert –, aber ihrer Würde war es nicht zuträglich. Wie würde sie aussehen, wenn sie mit einem Hintern voller Schlamm eine Verhaftung vornahm?

Jake streckte die Hand aus, um ihr wieder auf die Beine zu helfen.

„Es geht schon", sagte sie und wischte sich die schlammigen Handflächen an der Hose ab. „Finden wir sie."

Das Feld war recht groß, aber fast leer, und so dauerte es nicht lange, bis sie am anderen Ende neben einer Baumreihe zwei Gestalten entdeckten. Ein kleiner Hund rannte um sie herum und schnüffelte am Boden, als suche er nach einem Platz für sein Geschäft. Wie hieß der Hund nochmal? Ach ja. Oscar.

Ffion rannte bereits über das Feld. „Gehen Sie mit ihr", wies Bridget Jake an. „Warten Sie nicht auf mich."

Jake setzte sich in Bewegung und Bridget tat ihr Bestes,

um im immer stärker werdenden Regen Schritt zu halten. Das Feld verwandelte sich mehr und mehr in ein Schlammloch.

★

Ffion war es gewohnt, bei jedem Wetter über Port Meadow zu laufen und hatte keine Probleme, sich ihren Weg durch das sumpfige Feld zu bahnen. Als sie die Hälfte der Strecke bis zu der entfernten Ecke zurückgelegt hatte, wo Annabel und Ian sich unterhielten, waren Bridget und Jake schon ein Stück zurückgefallen. Sie drehte sich um und sah, wie die beiden mit dem Schlamm kämpften.

Es sah so aus, als würde sie die Verhaftung vornehmen müssen. Kein Problem. Da sie diejenige war, die die Wahrheit in *Gestohlen in Sorrent* gefunden hatte, schien es nur fair, dass sie die Lorbeeren erntete. Sie näherte sich Ian von hinten, ohne Annabel aus den Augen zu lassen.

„Polizei!", rief sie.

Durch den Regen konnte sie sehen, dass Annabel etwas in ihrer rechten Hand hielt. Ein Gegenstand aus Metall und Plastik. Sie erkannte, was es war, und rief Ian eine Warnung zu, aber er schien wie erstarrt, unfähig, sich zu bewegen. „Laufen Sie!", rief sie, aber nur Annabel rührte sich.

★

Wasser rann über Ians Gesicht, sickerte durch seine Kleidung und durchnässte ihn bis auf die Haut. Der Regen fiel in Strömen und sammelte sich in immer größeren Pfützen auf dem aufgeweichten Boden. Er fühlte sich, als stünde er in einem See. Seine schicken Schuhe versanken mit jeder Sekunde tiefer im Morast. Er versuchte, einen Fuß zu heben, aber der Schlamm saugte ihn fest und hielt ihn gefangen wie die Wurzeln eines Baumes.

Annabel kam auf ihn zu, ihre verdammten Wanderschuhe waren für diese Bedingungen wie gemacht.

Sie watete durch das nasse Gras, die Nadel der Injektionsspritze kam mit jedem Schritt näher.

„Annabel", sagte er, verstummte aber schnell wieder. Die Worte, die er ihr hätte sagen sollen, hatte er fast vierzig Jahre lang zurückgehalten, und jetzt war es viel zu spät, sie auszusprechen. Er erinnerte sich an ihren verletzten Gesichtsausdruck in Neapel, als er und John zum ersten Mal die Idee eines Partnertauschs zur Sprache gebracht hatten. Genauso gut hätte er ihr einen Dolch in die Brust stoßen können.

„Du hast mich verraten", sagte sie jetzt. „Du hast mich hintergangen. Du musst gewusst haben, dass ich alles für dich getan hätte, Ian. Wir hätten zusammen glücklich sein können, aber du hast meine Liebe in den Wind geschlagen."

„Ich ..." Er wusste nicht, was er sagen sollte. Jedes Wort, das sie sagte, war wahr. Er war ein Lügner, ein Feigling und ein elender Schuft.

Der Klang einer walisischen Frauenstimme, die das Prasseln des Regens übertönte, war so unerwartet, dass er aus seiner Misere in die Realität zurückgerissen wurde. „Laufen Sie!", rief die Frau, und Ian wusste, was er zu tun hatte. Er hatte es vielleicht nicht verdient, aber er wusste, was er wollte – leben, weg von diesem schrecklichen Ort und zurück in Louises Arme.

Er versuchte, sich umzudrehen, aber der Schlamm riss seinen Schuh mit, sobald er einen Schritt machte. Er ließ ihn zurück und taumelte vorwärts, einen geräuschvollen Schritt nach dem anderen. Vielleicht wäre er entkommen, aber plötzlich war da ein Bellen und ein Knäuel aus weißem Fell und schwarzem Schlick. Oscar schnappte nach seinem Bein und vergrub seine winzigen Zähne im Stoff seiner Hose.

Ian schrie auf und ruderte mit den Armen, um das Gleichgewicht zu halten, aber er konnte nicht anders, als nach vorne in das schlammige Wasser zu fallen. Der Hund hatte sich an seinem Bein festgebissen und schüttelte den Kopf, während seine Zähne die Haut durchbohrten. Ian schrie erneut und drehte sich auf den Rücken.

Der Regen prasselte auf ihn nieder, peitschte wie ein Wasserfall in sein Gesicht. Er konnte kaum noch etwas sehen. Dann tauchte Annabel über ihm auf, die Spritze in der Hand. Sie ließ sich auf die Knie fallen und stieß sie ihm in die Brust.

★

Ffion rannte über den glitschigen Boden, während Annabel sich ihrem Opfer näherte. Der Hund klebte wie eine Klette an Ians Bein. So sehr er auch versuchte, sich zu befreien, das Tier klammerte sich an ihn und hielt ihn fest. Hund und Gefangener waren beide pechschwarz geworden, als sie sich im Schlamm wälzten.

Ffion legte einen letzten Sprint ein, gerade als Annabel ihr Opfer erreicht hatte und ihm die Nadel ins Fleisch stieß.

Sie brauchte nicht nachzudenken. Ihr Taekwondo-Training übernahm die Kontrolle, und sie setzte zu einem fliegenden Sidekick an. Sie sprang in die Luft, überbrückte die letzten Meter und trat mit dem linken Fuß zu. Ihre Ferse traf Annabels Kiefer und stieß sie von Ians liegendem Körper weg. Als Ffion auf dem Boden landete, lag Annabel auf dem Rücken und stöhnte vor Schmerzen.

Der Hund ließ sofort von Ians Bein ab und lief zu seinem Frauchen, leckte sie mit seiner langen Zunge und winselte eindringlich. Als Ffion erkannte, dass Annabel überleben würde, überließ sie die beiden sich selbst und kniete sich neben Ian.

Er rang nach Luft und hatte die Augen halb geschlossen. Die Injektionsnadel steckte in seiner Brust, aber die Spritze war noch voll. Annabel hatte keine Zeit gehabt, den Kolben herunterzudrücken. Ffion riss sie heraus und steckte sie in den weichen Boden, wo sie keinen Schaden anrichten konnte.

Ian öffnete die Augen. „Mein Gott!", rief er aus. „Sie haben mich gerettet!"

„Ich habe nur meine Arbeit getan", sagte Ffion. „Aber wenn Sie ein gutes Wort für mich einlegen wollen, lassen Sie sich nicht aufhalten."

★

Als Bridget den Ort des Geschehens erreichte, fühlte sie sich, als hätte man sie in voller Montur in ein Schwimmbecken geworfen, noch dazu in ein ungeheiztes. Der strömende Regen hatte inzwischen nachgelassen und war einem normalen Frühlingsregen gewichen. Aber alle Anwesenden waren bis auf die Haut durchnässt, Oscar eingeschlossen.

Bridget war erleichtert, als sie sah, dass Ian Dunn aufrecht saß und offenbar unverletzt war, während Annabel kraftlos am Boden lag. Die Frau hielt sich den Kiefer, während der Hund schützend an ihrer Seite stand und jeden, der sich ihr zu nähern versuchte, wütend anbellte.

Jake ging zu dem Hund hinüber und streckte ihm vorsichtig die Hand entgegen. „Na, na, Junge, kein Grund zu beißen. Ich tue dir nichts."

Der Hund kläffte ihn an.

„Sein Name ist Oscar", sagte Bridget.

„Oscar, ja?", sagte Jake. „Guter Hund, Oscar. Guter Hund!"

Unglaublicherweise schafften es die beruhigenden Worte, das Tier zu besänftigen, und schon bald leckte der kleine Hund Jake die Handfläche.

Bridget und Ffion halfen Annabel auf die Beine. Unbewaffnet und benommen stellte sie jetzt keine große Gefahr mehr dar, und es bestand keine Notwendigkeit, ihr Handschellen anzulegen. „Annabel Caldecott", sagte Bridget, „ich verhafte Sie wegen des Verdachts des Mordes an Diane Gilbert und des versuchten Mordes an Ian Dunn."

KAPITEL 37

„DI Hart, Sie haben gute Arbeit geleistet", sagte Grayson. „Ich möchte, dass Sie wissen, dass ich die ganze Zeit vollstes Vertrauen in Sie hatte."

„Wirklich, Sir? Vielen Dank." Eine heiße Dusche, frische Kleider und eine süße Tasse Tee hatten Bridget wieder in Form gebracht. Jetzt, wo die Täterin hinter Gittern war, konnte sie sich sogar in Graysons Gegenwart entspannen. „Ich nehme also an, dass es jetzt keine Untersuchung mehr darüber geben wird, was schiefgelaufen ist?"

„Ich glaube nicht, dass uns das irgendetwas Nützliches bringen würde", sagte Grayson, „zumal sich die Morddrohung als Scherz herausstellte. Die beiden Constables, die vom Dienst suspendiert wurden, PC Sam Roberts und PC Scott Wallis, sind wieder im Dienst, und alle Beschwerden gegen sie wurden fallengelassen. Es scheint, als hätten sie nichts Falsches getan und die ganze Zeit die Wahrheit gesagt."

„Ja, Sir. Das glaube ich auch." Bridget war erfreut zu hören, dass Sam und Scott rehabilitiert worden waren, und es war eine Genugtuung zu wissen, dass es richtig gewesen war, ihrer Aussage zu glauben. Es tat auch gut, Graysons Lob zu hören, aber es wäre besser gewesen, wenn er seine Unterstützung während der laufenden Ermittlungen deutlicher gezeigt hätte. „Hätten Sie wirklich DI Baxter geholt, um mich abzulösen?", fragte sie.

Grayson wirkte angemessen verlegen. „Nicht freiwillig, aber manchmal sind gewisse Maßnahmen notwendig. Das werden Sie eines Tages verstehen, wenn Sie die hohen Ränge erreichen, die ich derzeit innehabe."

Bridget hob eine Augenbraue. Wollte der Chief sie auf den Arm nehmen, oder glaubte er wirklich, dass sie das Potenzial hatte, in seine Fußstapfen zu treten und eines Tages Chief Superintendent zu werden? Sie war erst seit weniger als einem Jahr DI. Vor ihr lagen die Dienstgrade Detective Chief Inspector und Detective Superintendent, sollte sie es jemals so weit bringen. „Sir? Heißt das, ich kann bald mit einer Beförderung rechnen?"

„Schritt für Schritt, DI Hart. Diese Dinge brauchen Zeit. Gibt es in der Zwischenzeit irgendetwas, was Sie von mir brauchen?"

„Es gibt tatsächlich eine Sache, um die ich Sie bitten möchte, Sir. Urlaub. Es gibt einige persönliche Angelegenheiten, um die ich mich kümmern muss."

★

Bridget verließ das Revier mit Graysons Segen. Aber es gab noch einige unerledigte Dinge, um die sie sich kümmern musste.

Grant Sadler war wegen der fingierten Morddrohung angeklagt worden, und die Nachricht über den Schwindel war unweigerlich an die Presse durchgesickert. Grant zufolge würden die Buchverkäufe schnell einbrechen, jetzt, da es keine reißerische Publicity mehr gab, um sie zu anzukurbeln. Bridget dachte für einen Moment an all die frisch gedruckten Bücher, die nun wahrscheinlich in den Reißwolf wandern würden. Was für eine Verschwendung von Papier. Aber zweifellos würde Professor Al-Mutairi insgeheim jubeln.

Grant selbst war am Boden zerstört. „Das war's dann wohl", sagte er zu Bridget. „Meine Karriere als Agent ist so gut wie vorbei. Wer wird jetzt noch bei mir unterschreiben? Niemand, das ist klar!"

Bridget verzichtete darauf, ihn daran zu erinnern, dass er sich seine Misere selbst eingebrockt hatte. Auch wenn Grant eine Menge ihrer Zeit verschwendet hatte, erschien es ihr geschmacklos, sich an seinem Niedergang zu weiden. „Was ist mit Michael Dearlove?", fragte sie. „Ich dachte, Sie hätten einen Buchvertrag mit ihm und Jennifer abgeschlossen."

Grants Miene verfinsterte sich. „Als Jennifer herausfand, dass ich hinter der Morddrohung steckte, hat sie mich aus dem Deal ausgeschlossen und Michael direkt unter Vertrag genommen. Meine Schuld, nehme ich an, weil ich in seinem Namen gehandelt habe, obwohl ich nicht einmal sein Agent war. Das war's also. Ich bin am Ende."

„Das tut mir leid", sagte Bridget.

Nun, da der Mordfall abgeschlossen war, würde er an die Staatsanwaltschaft übergeben werden. Annabel hatte auf einen Rechtsbeistand verzichtet und ein umfassendes und detailliertes Geständnis abgelegt, in dem sie genau erklärte, wie und warum sie ihre Schwester ermordet hatte. Sie hielt nichts zurück und schien es als Erleichterung zu empfinden, von ihrer Last befreit zu sein. Ihre einzige Sorge galt ihrem Hund. „Wer wird sich um Oscar kümmern?", fragte sie besorgt.

„Vorerst ist er im Tierheim sicher", sagte Bridget, „aber ich habe eine Idee, was wir langfristig mit ihm machen können. Überlassen Sie das erst einmal mir."

Daniel Dunn war anfangs sehr unsicher, was ihren Vorschlag anging. „Aber ich wohne in einer kleinen Wohnung in London. Und ich habe einen anspruchsvollen Job. Wie soll ich mich da um einen Hund kümmern?"

Oscar saß neben ihm auf Ian Dunns Sofa, hatte seine Schnauze in seinem Schoß und blickte mit großen braunen

Augen zu ihm auf. Bridget war froh zu sehen, dass der Jack Russell gebadet worden war und wieder seine übliche weiß-braune Farbe hatte, das Fell ordentlich gebürstet und getrocknet. Kaum zu glauben, dass das Tier sich so aggressiv verhalten hatte, um sein Frauchen zu verteidigen.

Ian Dunn stand auf der anderen Seite des Raumes und beäugte den Hund misstrauisch. Er schien nicht allzu glücklich darüber zu sein, Oscar in seinem Haus zu haben, und der Hund kniff die Augen zusammen, wann immer er sich bewegte.

Ian hatte mit Daniel gesprochen, bevor Bridget eintraf, und ihm die Nachricht überbracht, dass er nicht nur nicht sein leiblicher Vater war, sondern dass Daniel mit ziemlicher Sicherheit eine unheilbare Krankheit geerbt hatte. Zur Bestätigung wäre ein Test erforderlich, aber nach dem, was Bridget von Daniel selbst gesehen hatte, zweifelte sie nicht daran, dass Ians Diagnose sich als richtig erweisen würde. Daniel seinerseits war nach den Ereignissen des Tages sichtlich erschüttert. Er würde noch eine ganze Weile brauchen, um alles zu verarbeiten.

„Was ist mit dem Haus deiner Mutter in Oxford?", fragte ihn Bridget. „Was hast du damit vor?"

„Ich wollte es verkaufen", antwortete Daniel. „Und von dem Geld ein Haus in London kaufen. Aber jetzt überlege ich es mir noch einmal. Ich muss mein ganzes Leben überdenken."

Bridget nickte verständnisvoll. Sie mochte während der Mordermittlungen keine große Sympathie für Daniel entwickelt haben, aber sie hätte ihm niemals die niederschmetternde Nachricht gewünscht, dass er an Huntington erkrankt war. Vielleicht war ein Hund genau das, was er jetzt brauchte.

„Oscar ist ein freundlicher Hund", sagte sie und versuchte, das Bild des Terriers zu verdrängen, der Ians Knöchel fest umklammert hatte, „und er kennt dich gut. Ich glaube, ihr würdet gut zueinander passen."

„Vielleicht haben Sie recht. Ich würde mich gern um ihn kümmern, Tante Annabel zuliebe."

„Ich bin sicher, sie würde das sehr schätzen." Die Tatsache, dass „Tante Annabel" Daniels Mutter ermordet und ihr Bestes getan hatte, um auch Ian zu töten, schien Daniels Zuneigung zu ihr nicht zu schmälern. Aber Annabel würde nicht da sein, um Daniel zu helfen, sich mit der Tatsache abzufinden, dass er sterben würde. Bridget war sich sicher, dass ein Hund in den kommenden Tagen ein großer Trost für ihn sein würde.

„Ich lasse ihn dann bei Ihnen", sagte sie und stand auf.

*

„Gut gemacht, Mum!"

Als Bridget nach Hause kam, warteten Chloe und Jonathan auf sie, auch Alfie war dabei. Jonathan schloss sie zur Begrüßung in die Arme.

„Klasse, Bridget", sagte Alfie.

Bridget hatte Jonathan bereits am Telefon erzählt, was passiert war, und ihm mitgeteilt, dass sie in Sicherheit war. Jetzt, in seinen Armen, fühlte sie sich wirklich sicher.

„Du bist wieder eine Heldin", sagte Jonathan mit einem Lächeln.

„Ich glaube, die Ehre gebührt meinem Team", sagte Bridget, während sie daran dachte, wie Ffion Annabel auf dem Feld überwältigt hatte.

„Du bist zu bescheiden."

„Ja, Bridget", sagte Alfie enthusiastisch. „Du kannst stolz auf dich sein!"

„Komm", sagte Chloe lächelnd und hakte sich bei ihm ein. „Lass uns dem verliebten Paar etwas Zeit für sich geben." Sie ging mit Alfie nach oben und ließ Bridget mit Jonathan in der Küche allein.

„Wein?", fragte Jonathan und schenkte ein Glas Rotwein ein, ohne ihre Antwort abzuwarten. „Ich habe einen Auflauf im Ofen."

„Du bist der Held", sagte Bridget. „Ich weiß nicht, wie ich ohne dich überleben würde."

„Pizza zum Mitnehmen, nehme ich an. Oder Reste aus

der Mikrowelle. Irgendwie würdest du schon über die Runden kommen."

Bridget nahm einen Schluck von dem Wein. „Aber ich will nicht einfach nur über die Runden kommen. Ich habe mich jahrelang nur so durchgeschlagen, und jetzt bin ich fast vierzig!" Sie wusste, dass sie eigentlich glücklich sein sollte, aber aus irgendeinem Grund lief ihr eine Träne über die Wange. „Nach Dianes Tod dachte ich, meine Karriere wäre vorbei. Ich habe in den Abgrund gestarrt und alles war finster. Du warst in New York, Chloe in London. Ich wusste nicht, was ich tun sollte."

Jonathan nahm ihre Hände in seine. „Aber du wusstest, was zu tun war. Du hast den Fall gelöst und die Schuldige gefasst. Jetzt bist du rehabilitiert. Chloe ist wieder zu Hause, und ich bin auch hier. Also, was ist los?"

„Ich weiß es nicht. Es ist nur ..."

Er musterte sie aufmerksam. „Geht es um Ben und Tamsin?", fragte er. „Machst du dir nach allem, was du durchgemacht hast, immer noch Sorgen wegen der Hochzeit?"

Bridget sah ihn hoffnungsvoll an. „Meinst du, wir könnten uns irgendwie vor der Hochzeit drücken? Du könntest wieder eine Geschäftsreise arrangieren, und dieses Mal könnte ich dich begleiten. Paris, New York, Tokio. Wir könnten überall hin, nur nicht nach London."

„Du weißt, dass wir das nicht können. Wir müssen Chloe zuliebe dort sein. Es ist wichtig für sie zu wissen, dass ihre Eltern noch wie zivilisierte Menschen miteinander auskommen können."

„Ist es das?" Bridget dachte an Diane Gilbert und Ian Dunn und ihre sogenannte einvernehmliche Scheidung. Die hatte sich letztlich als brodelnde Masse aus verborgenem Groll und Bitterkeit entpuppt. Aber vielleicht war das der Sinn der Zivilisation. Die Oberfläche zu polieren und zu versuchen, die schlimmen Dinge zu verbergen. Sie musste ihre Gefühle nur für einen Tag im Zaum halten. Chloe zuliebe. Und um ihrer selbst willen.

„Gib Ben nicht die Genugtuung zu wissen, wie sehr er

dich immer noch verunsichert", sagte Jonathan.

Bridget nickte langsam. „Du hast recht. Er soll nicht denken, dass er so wichtig ist. Denn das ist er nicht."

„Das ist also beschlossen", sagte Jonathan. „Sieh es als eine Gelegenheit, auf Bens Kosten gutes Essen und Wein zu genießen. Und außerdem", fügte er hinzu, „bin ich ja bei dir."

★

Jake war spät dran. Bis sie Annabel auf die Wache zurückgebracht, verhört – sie gestand sofort alles – und angeklagt hatten, war es bereits nach sieben. Er eilte nach Hause, duschte schnell und zog sich frische Kleider an.

Nach seinem Date mit Lauren war er zu dem Schluss gekommen, dass Ryans gut gemeinte Ratschläge nichts taugten. Das Problem war, dass Jake Ryan erlaubt hatte, sein Dating-Profil für ihn zu schreiben, und er erkannte jetzt, dass es nicht authentisch war. Die Betonung lag viel zu sehr auf seinem angeblich guten Sinn für Humor und dem Wunsch, sich zu amüsieren. Kein Wunder, dass es eine Frau wie Lauren angezogen hatte, die einfach nur ein bisschen Spaß haben wollte.

Aber das war nicht das, was Jake suchte. Er wollte eine feste, langfristige Beziehung mit einer Frau, mit der er sich wohlfühlte. Und so hatte er sein Profil in der Dating-App komplett umgeschrieben. Statt nur seine guten Seiten hervorzuheben, hatte er versucht, ein vollständiges und ehrliches Bild von sich zu vermitteln. Es hatte keinen Sinn, sein wahres Ich vor einer potenziellen Partnerin zu verbergen. Wenn das heutige Date genauso schlecht lief wie die beiden vorherigen, würde er sein Konto löschen und lernen, seinen Single-Status mit Gelassenheit zu akzeptieren.

Amy hatte sich mit ihm in einem Pub in der Cowley Road verabredet, also hatte er es diesmal wenigstens nicht weit. Er sah sich noch einmal das Foto von ihr an, um sicherzugehen, dass er wusste, nach wem er Ausschau halten musste – krauses rotes Haar und Sommersprossen. Wäre er ihr auf der Straße begegnet, hätte er sie wahrscheinlich nicht weiter beachtet, aber nachdem er sein neues Profil hochgeladen hatte, war Amy eine von nur zwei Frauen, die sich bei ihm meldeten. Er war ein wenig nervös, da sie am Bodleian arbeitete. Er hoffte, dass sie nicht den ganzen Abend über Bücher reden wollte, sonst würde es eine sehr einseitige Unterhaltung werden.

Der Regen hatte aufgehört, aber die Straßen waren noch nass und reflektierten die Scheinwerfer der Autos. Jake stieß die Tür des Pubs auf und trat in die warme, dunstige Atmosphäre. Es dauerte nicht lange, bis er feststellte, dass niemand in Sicht war, der auf Amys Beschreibung passte. Irgendwie fühlte er sich erleichtert. Jetzt konnte er nach Hause gehen, eine Pizza in den Ofen schieben und fernsehen. Seine sichere Routine.

Er wollte gerade wieder nach draußen gehen, als die Tür aufflog und eine kleine Gestalt in einer leuchtend gelben Warnweste in den Pub stürmte. Sie nahm ihren Fahrradhelm ab, und ihre krausen Haare sprangen in ihre wilde Form zurück. Ihr Gesicht war knallrot von der Anstrengung des Radfahrens. Einen Moment lang sah sie ihn an.

„Jake?"

„Amy?"

Sie lachte ein herzhaftes Lachen, bei dem man ihre Vorderzähne sehen konnte. „Tut mir leid, dass ich ein bisschen spät dran bin! Das Glockenläuten hat heute länger gedauert als sonst."

„Glockenläuten?" Jake war noch nie jemandem begegnet, der Glocken läutete.

„Ich komme gerade von Mary Mags."

„Von wem?"

Wieder lachte sie, als hätte er einen Scherz gemacht. „Die Kirche. St. Mary Magdalen. Wir nennen sie Mary Mags."

„Ah, okay. Wenn ich das mal so sagen darf, das klingt sehr nach Oxford."

„Tut es das? Wahrscheinlich. Woher kommst du?"

„Leeds".

„Ja, das dachte ich mir. Bist du ein Cricket-Fan?"

„Nein, tut mir leid."

„Macht nichts. Ich mag Cricket sowieso nicht wirklich."

Amy war ganz anders als alle Frauen, mit denen Jake je ausgegangen war. Aber er mochte ihre bodenständige Art und ihre unverblümte Art zu reden. Jetzt, wo sie sich ein wenig abgekühlt hatte, war ihr Gesicht weniger rot und ihre Sommersprossen wurden sichtbar. Von den drei Frauen, die er über die Dating-App kennengelernt hatte, war Amy die Einzige, die kein Make-up trug. Sie schien sich nicht besonders viel Mühe gegeben zu haben, sich für ihn hübsch zu machen. Aber trotzdem war sie wirklich ziemlich hübsch. Er stellte fest, dass er von ihr mehr über das Glockenläuten erfahren wollte.

„Also", sagte er, „möchtest du etwas trinken?"

„O ja, bitte. Ich bin total ausgetrocknet nach all dem Glockenläuten und Radfahren. Ich nehme ein Old Speckled Hen. Was nimmst du?" Sie nahm ihren Rucksack vom Rücken, um nach ihrem Portemonnaie zu suchen.

„Danke", sagte er. „Ich nehme das Gleiche."

„Zwei Pints Old Speckled Hen, bitte", sagte Amy zum Barkeeper. Sie drehte sich um und sah Jake an. „Also, das Wichtigste, was du über das Glockenläuten wissen musst, ist Folgendes ..."

★

Kerzenlicht. Wein. Leise Musik. Nachdem Ffion diese Woche so lange auf der Arbeit festgesessen war, wusste sie, dass sie es bei Marion wieder gutmachen musste, und dieses Restaurant war eine geniale Wahl. Französisch, natürlich. Niemand verstand sich so gut auf romantische Abendessen wie die Franzosen. Die Italiener hatten die Leidenschaft, die Spanier den Flamenco, die Schweden die Fleischbällchen. Aber die Franzosen waren die Besten, wenn es um intime Dinner zu zweit ging, und Marion verdiente Ffions volle Aufmerksamkeit, jetzt, da die Ermittlungen endlich abgeschlossen waren.

Ffion überließ Marion die Auswahl der Speisen und des Weins, denn sie wusste, dass sie sich in den Händen einer Expertin befand. Sie hatten mit einer mediterranen Fischsuppe begonnen, waren dann zu Fasan in Maronen-Pilz-Sauce übergegangen und warteten nun auf ihr Pistaziensoufflé.

Ffion hatte ein paar ausgewählte Höhepunkte des Falles verraten und sie hatten Anekdoten über ihre Reisen und kulinarischen Erlebnisse in aller Welt ausgetauscht. Jetzt herrschte erwartungsvolles Schweigen zwischen ihnen. Bei ihrem letzten Gespräch hatte Marion angedeutet, dass sie eine große Neuigkeit zu verkünden hatte. Ffion konnte es kaum erwarten, sie nach Wales einzuladen, um Siân und den Rest ihrer Familie kennenzulernen. Aber es war nur fair, Marion zuerst zu Wort kommen zu lassen, damit sie sagen konnte, was ihr auf dem Herzen lag. „Also", sagte sie, „hast du mir etwas zu sagen?"

Marion hob ihr Weinglas an die Lippen und nippte daran. „Ja. Aufregende Neuigkeiten. Ich habe die ganze Woche darauf gewartet, sie dir zu erzählen."

„Geht es um die Arbeit?" Marion war Junior Research Fellow am Department of Engineering Science und hatte sich auf erneuerbare Energien spezialisiert. Ffion fand es spannend, über ihre Arbeit zu sprechen, etwas über die neuesten Entwicklungen im Bereich der Wind- und Wellenenergie zu erfahren und zu hören, welche transformative Wirkung diese auf die Bekämpfung des Klimawandels haben könnten. Und Marion interessierte sich stets auf intelligente Weise für Ffions Arbeit, insbesondere für ihre Computerkenntnisse, die es ihr ermöglichten, so viele Informationen aus dem Telefon oder Laptop einer Person herauszuholen. Besonders beeindruckt hatte Marion, wie Ffion das Passwort von Diane Gilbert mit Hilfe der Steganographie herausgefunden hatte.

Marion neigte anmutig den Kopf, ein schwaches Lächeln umspielte zögernd ihre Lippen. „Es sind gute Neuigkeiten. Zumindest hoffe ich, dass du das auch so siehst."

„Okay", sagte Ffion vorsichtig. „Lass mich nicht länger zappeln."

„Also, ich bin jetzt seit drei Jahren hier in Oxford", sagte Marion. „Meine Stelle läuft Ende des Jahres aus."

„Richtig", sagte Ffion. „Du hast mir erzählt, dass du dich auf freie Stellen beworben hast." Marion hatte gehofft, eine Festanstellung an ihrem College zu bekommen, aber die Konkurrenz um die Stellen an der Fakultät und am College war groß. Dabei hatte Marion eine hervorragende Forschungsbilanz vorzuweisen. Sie reiste ständig ins Ausland, um ihre Arbeit auf internationalen Konferenzen vorzustellen.

„Also", sagte Marion. „Man hat mir einen Job angeboten. Eine Festanstellung als Dozentin."

Ffion griff über den Tisch und drückte Marions Hand. „Das sind fantastische Neuigkeiten."

„Ja", sagte Marion. „Die Stelle ist in Edinburgh."

Ffions Lächeln verzog sich. „Was?"

„Ich fange dort im nächsten Semester an."

„Du hast also schon zugesagt?", sagte Ffion mit angespannter Stimme.

„Ich hatte keine Wahl. So eine Chance … die kann man nicht ausschlagen. In Oxford würde ich vielleicht jahrelang auf eine Festanstellung warten."

Ffion zog verwirrt die Hand zurück. „Aber was ist mit uns? Du hast doch gesagt, es seien gute Neuigkeiten!"

Marion neigte ihren Kopf zur Seite. „Nun, es sind gute Neuigkeiten. Zumindest für mich. Aber ich hoffe, sie können für uns beide gut sein. Ffion, ich möchte, dass du mit mir kommst. Komm mit nach Edinburgh! Ich verspreche dir, es wird ein großes Abenteuer. Was sagst du?"

„Nach Edinburgh ziehen? Und Oxford verlassen?"

„Warum nicht?", sagte Marion. „Du hast keine Familie in Oxford. Nichts hält dich hier."

„Ich …"

„Ich weiß, das kommt überraschend. Aber die Universität brauchte schnell eine Antwort. Ich soll im Sommersemester anfangen. Ein anderer Dozent geht aus gesundheitlichen Gründen vorzeitig in den Ruhestand. Ich habe versucht, früher mit dir zu sprechen, aber du warst immer zu sehr mit deiner Arbeit beschäftigt."

„Ich weiß nicht, was ich sagen soll", sagte Ffion. Nur wenige Stunden zuvor hatte Bridget sie für ihren Einsatz bei der Verhaftung von Annabel Caldecott und der Verhinderung eines zweiten Mordes gelobt. Sie hatte nachdrücklich angedeutet, dass sie aufgrund ihrer guten Arbeit bei der Aufklärung des Falles bald zum Detective Sergeant befördert werden könnte. Sie müsste die entsprechende Prüfung bestehen, aber das wäre für jemanden mit Ffions Fähigkeiten ein Leichtes. Ihre Karriere stand kurz vor dem Durchbruch.

Der Kellner brachte die Soufflés an den Tisch und stellte sie schwungvoll ab, doch plötzlich hatte Ffion keinen Hunger mehr.

„Ich hoffe, du sagst ja", sagte Marion. „Komm mit mir nach Schottland! Dort bekommst du doch leicht einen Job bei der Polizei, nicht wahr?"

„Vermutlich schon." Aber Ffion wusste, dass sie Oxford nicht verlassen wollte, selbst wenn das bedeutete, Marion zu verlieren. Es war nicht nur die Aussicht auf eine Beförderung, die sie festhielt. Sie hatte gute Freunde in Oxford, zum Beispiel ihre Mitbewohnerinnen Claire und Judy. Und auch Arbeitskollegen – Bridget, Andy, Harry und sogar Ryan.

Und dann war da noch Jake. Die beiden hatten so viel zusammen durchgemacht. Zuerst als Kollegen, dann als Freunde, und für kurze Zeit sogar als Liebhaber.

Der Gedanke, ihn und den Rest des Teams zurückzulassen und an einen völlig neuen Ort zu gehen, fühlte sich wie ein Schlag in die Magengrube an. Sie schob ihr Dessert unberührt beiseite.

„Was denkst du?", fragte Marion.

Ffion konnte sich kaum erinnern, wann sie das letzte Mal geweint hatte. Sie hatte nicht geweint, als sie Wales verlassen hatte. Sie hatte nicht einmal geweint, als sie sich von Jake getrennt hatte. Aber jetzt liefen ihr die Tränen über die Wangen.

„Es tut mir leid", sagte sie. „Aber ich kann nicht mit dir gehen. Ich werde Oxford nicht verlassen."

KAPITEL 38

Ich denke, dass ich für die Lösung des Falles etwas Anerkennung verdiene", sagte Vanessa.

„Ach, wirklich? Wie kommst du denn darauf?"

Jetzt, da die Ermittlungen abgeschlossen waren und Bridget ein paar Tage frei hatte, löste sie ihr Versprechen ein, Vanessa zu ihren Eltern zu begleiten. Die Fahrt nach Lyme Regis gab den beiden Schwestern die dringend benötigte Zeit, um miteinander zu reden und zu versuchen, ihre Differenzen beizulegen.

„Nun", sagte Vanessa, „ohne mich hättest du nie herausgefunden, wie das Opfer getötet wurde. Ich glaube, ich habe einen ganz entscheidenden Beitrag geleistet."

„Ich glaube, ich war es, die herausgefunden hat, dass Diane Gilbert mit Pflanzendünger vergiftet wurde", sagte Bridget. „Ich kann mich nicht erinnern, dass du mir das gesagt hast."

„Vielleicht hätte ich es getan, wenn du mir die Fakten genannt hättest. Ich glaube, du unterschätzt meinen Nutzen."

„Du weißt doch, dass ich mit dir nicht über meine Arbeit sprechen kann", sagte Bridget. Vanessa hatte ihrer

Arbeit bisher nie die geringste Aufmerksamkeit geschenkt und bei dem Wort „Mord" immer die Nase gerümpft. Vielleicht konnte man dieses neu entdeckte Interesse als wachsende Akzeptanz für ihre Arbeit als Detective interpretieren. So erfreulich das auch sein mochte, Bridget wollte Vanessa keinesfalls dazu ermutigen, ihre Nase in ihre Ermittlungen zu stecken. „Sagen wir einfach, dass eine Reihe glücklicher Umstände genau zum richtigen Zeitpunkt zusammenkamen."

„Na gut", sagte Vanessa. „Aber ein ‚Danke' wäre schon angebracht."

„Danke", sagte Bridget widerstrebend.

Sie verfielen in Schweigen, während der Range Rover auf der zweispurigen Autobahn Kilometer um Kilometer verschlang.

„Freust du dich schon auf die Hochzeit?", fragte Vanessa.

„Chloe schon", sagte Bridget und umging damit das heikle Thema Ben und Tamsin. „Aber sie hat in den nächsten ein, zwei Monaten Prüfungen. Sie sollte lernen und nicht über Hochzeiten und Kleider nachdenken. Und ich finde auch nicht, dass sie so viel Zeit mit Alfie verbringen sollte."

„Er scheint ein sehr netter Junge zu sein", sagte Vanessa. „Und Chloe ist viel vernünftiger, als du ihr zutraust. Sie wird so schnell erwachsen."

„Im Juni wird sie sechzehn", sagte Bridget. „Sechzehn!"

„Was für ein schönes Alter. Das ganze Leben liegt noch vor ihr! Weißt du noch, wie du mit sechzehn warst?"

„Kaum." Mit sechzehn hatte Bridget davon geträumt, die Welt zu bereisen und einen wohlhabenden italienischen Grafen zu heiraten. Oder Geschichtsprofessorin in Oxford zu werden und in den Tiefen der Bodleian Library ein altes, lange verschollenes Dokument zu entdecken. Nichts von alledem hatte sie erreicht. Jetzt stellte sie erschrocken fest, dass sie nicht einmal wusste, was Chloes Hoffnungen und Träume waren. Sie konnte sich nicht einmal daran erinnern, wann sie ihrer Tochter zuletzt eine solche Frage gestellt hatte. Die Zeit rann ihr durch die Finger und sie konnte nichts dagegen tun.

„Nächstes Jahr werde ich vierzig", sagte sie zu Vanessa. „Wie ist das möglich?"

Vanessa schnaubte. „Vierzig? Keine Sorge. Mit stolzen zweiundvierzig kann ich dir versichern, dass Geburtstage reine Kopfsache sind."

„Geburtstage sind nicht nur Kopfsache", sagte Bridget. „Und selbst wenn, wäre es nicht weniger beunruhigend. Wenn überhaupt, würde ich sagen, ist es ein Grund mehr, sich Sorgen zu machen."

„Nun, jetzt redest du wirklich Unsinn."

Am Ortsschild von Andover blinkte Vanessa links und bog von der A34 auf die A303 ab. Zu beiden Seiten war die Straße dicht von Bäumen und Sträuchern gesäumt. Vor ihr erstreckte sich der Asphalt schnurgerade bis zum Horizont.

„Also", sagte Bridget und wandte sich schließlich dem Zweck ihrer Reise zu. „Was ist deine Strategie für Mum und Dad?" Sie war sich sicher, dass Vanessa eine hatte. Bevor sie ihre Karriere aufgab, um Kinder zu bekommen und ihre Zeit mit häuslichen Pflichten zu verbringen, hatte Vanessa große Projekte für ein großes Unternehmen geleitet. Strategie und Planung waren für sie damals so selbstverständlich wie heute der Schulweg und der Geigenunterricht nach der Schule.

„Nun, im Moment müssen wir nur dafür sorgen, dass sie den Alltag bewältigen können. Aber langfristig müssen wir sie natürlich zurück nach Oxford holen. Wir können nicht bei jedem Notfall nach Dorset fahren. Außerdem brauchen sie etwas Kleineres und Pflegeleichteres. Ein schönes Seniorenheim wäre ideal für sie, vielleicht sogar eine Wohnung. Es ist wirklich nicht nötig, dass sie sich um einen Garten kümmern."

„Ich glaube, Dad hat Spaß an der Gartenarbeit", sagte Bridget.

Vanessa warf ihr einen verächtlichen Blick zu. „In der Theorie ist das ja alles schön und gut, aber er hat weder die Zeit noch die Energie dazu. Als ich das letzte Mal dort war, musste ich den Rasen mähen und die schlimmsten Sträucher zurückschneiden. Ostern ist die Zeit im Jahr, in der die Gartenarbeit richtig losgeht, und bis jetzt hat Dad nicht wirklich etwas getan. Das wird sehr schnell aus dem Ruder laufen."

Bridget nickte zustimmend. Sie wusste aus eigener Erfahrung, wie schnell ein Garten verwildern konnte, wenn man ihn vernachlässigte.

„Ich habe mich auch nach Seniorenheimen erkundigt, die Pflege anbieten", sagte Vanessa. „Es gibt ein Altersheim in Witney, das eine Rund-um-die-Uhr-Betreuung anbietet. Es hat sogar ein eigenes Spa."

Bridget konnte sich nicht wirklich vorstellen, dass ihre Eltern ein Spa nutzen würden, aber sie ließ Vanessa begeistert von den gesundheitlichen und sozialen Vorteilen eines solchen Ortes erzählen. Sie hatte sich offensichtlich viele Gedanken darüber gemacht.

„Es wäre schön, wenn Mum und Dad näher bei uns wohnen würden", räumte Bridget ein, „aber ich glaube, sie werden sich weigern umzuziehen."

„Natürlich werden sie das", sagte Vanessa. „Sie sind stur. Genau wie du."

Wenn jemand in diesem Auto stur war, dann war Bridget ziemlich sicher, dass sie es nicht war.

„Also brauche ich deine Unterstützung", sagte Vanessa. „Kann ich auf dich zählen?"

Konnte Vanessa auf sie zählen? Diese Frage traf genau den Kern der Beziehung der beiden Schwestern. Obwohl Bridget manchmal das Gefühl hatte, dass sie und Vanessa in entgegengesetzte Richtungen zogen, hatten sie immer ein instinktives Verständnis füreinander. Im Gegensatz zu Diane Gilbert, die ihrer Schwester jahrelang ein brisantes Geheimnis vorenthalten hatte, waren Bridget und Vanessa immer völlig offen zueinander gewesen. Trotz ihrer offensichtlichen Unterschiede waren sie sich vielleicht gar nicht so unähnlich.

Vanessa warf Bridget einen besorgten Blick zu, doch Bridget lächelte zurück. „Du kannst immer auf mich zählen, Vanessa. Das weißt du. Dafür sind Schwestern doch da, oder?"

TOTENGELÄUT
(BRIDGET HART #7)

**Ein feierliches Begräbnis. Ein bitteres Schisma.
Ein brutaler Mord.**

Als der beliebte Gutsherr Henry Burton stirbt, versammeln sich die Dorfbewohner von Hambledon-on-Thames, um ihm bei seiner Beerdigung die letzte Ehre zu erweisen. Doch der Tag wird getrübt, als die Messnerin brutal zu Tode geprügelt im nördlichen Querschiff der Kirche aufgefunden wird.

Detective Inspector Bridget Hart, die zu den Ermittlungen gerufen wird, stößt in der beschaulichen Idylle dieses verschlafenen Dorfes in South Oxfordshire bald auf ein verworrenes Netz aus altem Groll und schwelenden Fehden.

Bridget und ihr Team müssen hinter die Fassaden der strohgedeckten Cottages und rosenumrankten Häuser blicken, um die Wahrheit herauszufinden und einen weiteren Todesfall zu verhindern.

Die Bridget-Hart-Reihe spielt inmitten der verträumten Türme der Universität Oxford und ist ideal für Fans von J M Dalgliesh, Rachel McLean, Angela Marsons und klassischen britischen Krimis.

VIELEN DANK FÜRS LESEN

Wir hoffen, dass dir dieses Buch gefallen hat. Wenn ja, wären wir dir sehr dankbar, wenn du dir einen Moment Zeit nehmen und eine Rezension bei Amazon hinterlassen könntest. Herzlichen Dank.

BÜCHER DER BRIDGET-HART-REIHE:

ÜBER DIE AUTOREN

M.S. Morris ist das Pseudonym des Autorenduos Margarita und Steve Morris. Beide studierten an der Universität Oxford, wo sie sich 1990 kennenlernten. Zusammen schreiben sie Psychothriller und Kriminalromane. Sie sind verheiratet und leben in Oxfordshire.

msmorrisbooks.com